EIFELWOLF

Rudolf Jagusch, 1967 geboren, arbeitet als freier Schriftsteller in der Nähe von Köln. Mehr über ihn erfährt man hier: www.rudijagusch.com

Dieses Buch ist ein Roman. Handlungen und Personen sind frei erfunden. Ähnlichkeiten mit lebenden oder toten Personen sind nicht gewollt und rein zufällig. Im Anhang befinden sich Rezepte.

RUDOLF JAGUSCH

EIFELWOLF

Kriminalroman

emons:

Bibliografische Information der Deutschen Nationalbibliothek
Die Deutsche Nationalbibliothek verzeichnet diese Publikation in der Deutschen Nationalbibliografie; detaillierte bibliografische Daten sind im Internet über http://dnb.d-nb.de abrufbar.

FSC
www.fsc.org
MIX
Papier | Fördert gute Waldnutzung
FSC® C083411

Umschlagmotiv: Laurie Allread/Arcangel.com
Umschlaggestaltung: Nina Schäfer, nach einem Konzept von Leonardo Magrelli und Nina Schäfer
Umsetzung: Tobias Doetsch
Gestaltung Innenteil: DÜDE Satz und Grafik, Odenthal
Lektorat: Marit Obsen
Druck und Bindung: CPI – Clausen & Bosse, Leck
Printed in Germany 2022
ISBN 978-3-7408-1432-8
Originalausgabe

Dieser Roman wurde vermittelt durch die Literarische Agentur Kossack GbR.

1

Wenn der Kollege sich gebückt mit einer Hand an einem Baumstamm abstützte und sein Frühstück den Regenwürmern kredenzte, musste es übel aussehen.

Horst Fischbach, den alle nur »Hotte« nannten, hängte seinen Stahlhelm an den Lenker seiner Harley, warf seine Lederjacke über den Sitz und ging zu ihm. »Alles in Ordnung?«

Jan Welscher schaute auf, das Gesicht kreideweiß, die Augen rot gerändert. Die Beine des weißen Overalls, den er über seiner Kleidung trug, zierten Spritzer von Erbrochenem. »Sieht das für dich nach ›in Ordnung‹ aus?«

Fischbach hieb ihm mitfühlend auf den Rücken. »Geht vorüber«, munterte er ihn auf. »Kotz dich in aller Ruhe aus. Ich schau mich währenddessen schon mal um.«

»Du bist *so* fürsorglich«, grummelte Welscher, ehe ihm erneut die Galle in den Hals schoss.

Fischbach entfernte sich einige Schritte in Richtung des Fachwerkhauses und blieb neben einem Hauklotz stehen, in dem ein Beil steckte. An der Klinge klebte Blut.

»Nicht anrühren!«, forderte eine Frauenstimme aus dem Inneren des Hauses, die Fischbach leider nur zu gut kannte. Sie gehörte der Chefin der Kriminaltechnik, Maila Aalto. Eine Generation trennte sie voneinander, was an sich kein Problem darstellte. Doch die junge Kollegin war nicht auf den Mund gefallen und provozierte gern – und zwar mit Vorliebe Fischbach.

»Schon klar«, rief er und murmelte, während er ungehalten abwinkte, »bin ja kein Frischling mehr.«

»Könnte die Tatwaffe sein«, informierte ihn Maila Aalto.

»Das Beil?«

»Nee, der Hauklotz.«

Fischbach stutzte. »Wirklich?«

Sie lachte. »Mensch, Hotte. Lass dich doch nicht immer veräppeln. Ich meine natürlich das Beil, nicht den Klotz. Komm rein, dann wird dir alles klar.«

Fischbach spürte, wie Ärger in ihm aufstieg. Warum konnte diese Frau sich nicht auf die für den Fall wesentlichen Informationen beschränken? Weshalb musste sie immer ein freches Mundwerk an den Tag legen? »Gleich«, verkündete er säuerlich. »Will mir erst hier draußen ein Bild machen.«

Die Kriminaltechnikerin hob die Hand und streckte den Daumen nach oben. Dann verschwand sie aus seinem Blickfeld.

Der Bauernhof, auf dem sie im Einsatz waren, wirkte heruntergewirtschaftet. Brennnesseln streckten sich an den Gemäuern in die Höhe. Das Dach der Scheune hätte schon längst neue Schindeln benötigt. Die Fenster des Wohnhauses waren einfachverglast, von den Rahmen blätterte Farbe ab. Die ehemals schwarz lackierten Fachwerkbalken hatten einen ausgelaugten Grauton angenommen, der First hing durch, der Kamin neigte sich bedrohlich zur Seite. Ein Nutzgarten schloss sich rechts an das Haus an. Immerhin, die Pflanzen dort schienen gut versorgt. Trotz der andauernden Sommerhitze, die Fischbach schon vor der Mittagszeit den Schweiß auf die Stirn trieb, wuchsen sie ausgezeichnet. Die Kartoffeln, Möhren, Zwiebeln und der Rhabarber schossen sichtlich ins Kraut. Hinter dem Garten lag eine Obstbaumwiese, auf der einige Schafe grasten.

Fischbach sah zu Welscher hinüber. Der Kollege stützte sich weiterhin an dem Stamm der riesigen Linde ab, die mit ihrer ausladenden Krone die Einfahrt zum Hof überschattete. Dort parkten die Bullis der Kriminaltechnik, ein Wagen mit einem Anhänger und Welschers Dienstwagen. Vögel zwitscherten, Schwalben flogen auf der Jagd nach Insekten tief über dem Boden. Eine grau melierte Katze schlich durch das Gras und beobachtete ihn argwöhnisch. Es war kaum zu glauben, dass sich hier, an diesem zwar etwas heruntergewirtschafteten, aber trotzdem durchaus idyllischen Fleckchen Erde, ein furchtbares Verbrechen zugetragen hatte.

Welschers Anruf hatte Fischbach vor einer halben Stunde erreicht. Er war gerade dabei gewesen, in Freilingen das Ableben eines Mannes zu untersuchen, der von seiner Schwester tot in seiner Wohnung aufgefunden worden war. Die Sache hatte sich rasch aufgeklärt. Herzversagen. Fischbach hatte nichts entdecken können, was die vom ebenfalls herbeigeeilten Arzt bescheinigte natürliche Todesursache in Frage gestellt hätte. Reine Routine, Schema F für einen Kriminalbeamten. Er wollte die Wohnung des Verstorbenen eben verlassen, da hatte Welscher angerufen und ihn gebeten, nach Schnorrenberg zu kommen. Auf einem Hof unweit der Sendeanlage Eifel-Bärbelkreuz sei ein Mann tot aufgefunden worden.

Jetzt stand er hier, und das blutige Beil sowie der desolate Zustand seines Kollegen deuteten darauf hin, dass in der nächsten Zeit von Schema F keine Rede mehr sein würde.

»So. Geht wieder.« Welscher schreckte ihn aus seinen Gedanken. Er war unbemerkt an ihn herangetreten.

»Sicher?«

»Ja, ja, kein Problem.« Mit einem Taschentuch wischte er sich den Mund sauber. »Eigentlich bin ich ja gar nicht mehr so empfindlich. Man gewöhnt sich mit der Zeit an einiges. Aber diesmal … Na ja, du wirst es gleich selbst sehen. Komm.«

Welscher schritt tapfer voran, Fischbach folgte ihm auf dem Fuß. Sie betraten das Haus. Augenblicklich war ein übler Geruch wahrzunehmen, eine Mischung aus Fäkalien, Ammoniak, Eisen, Schweiß, Schimmel, Muff und kaltem Rauch. Reflexartig hielt er die Hand über die Nase und stieß ein »Puh« aus.

»Wenn es nur der Gestank wäre«, presste Welscher heraus.

Um sie herum wuselten die Kolleginnen und Kollegen der Kriminaltechnik, klebten Spuren ab und nahmen Fingerabdrücke. Scheinwerfer leuchteten jeden Winkel aus.

Maila Aalto erschien in einem Türrahmen. Sie hielt einen Fotoapparat in der Hand. Spitzbübisch sah sie Welscher an. »Na? Hast du dir dein Frühstück noch mal durch den Kopf gehen lassen?«

Der Wutfunken in Fischbachs Magengrube wurde durch diesen Kommentar erneut angefacht. Wie konnte man darüber nur scherzen? Absolut taktlos. Zu seinem Erstaunen schien es

Welscher vollkommen gleichgültig zu sein, denn der antwortete lapidar: »Ein Käsebrötchen, dazu eine Tomate. Sehr zu empfehlen. Kannst du dir nachher ja mal anschauen.«

Maila Aalto grinste und zeigte dabei auf den Stapel Overalls, die auf einem Hocker neben der Haustür lagen. »Zieh dir auch einen an, Hotte. Die Kondome für die Schuhe liegen darunter.«

Fischbach zwängte sich in einen Anzug.

»Zugenommen?«, fragte Welscher.

»Alles Muskeln.«

»Das Einzige, was du trainierst, ist dein Magenmuskel.«

Fischbach ließ das unkommentiert. Sein Kollege hatte ja recht. Zurück im Polizeidienst, war auch sein Appetit zurückgekehrt. Inzwischen trug er sogar wieder lieber Hosenträger, da die Gürtel selbst im letzten Loch zwickten. »Wo ist das Opfer?«

»In der Wohnküche.« Welscher wies ihm mit dem Kinn die Richtung an. »Dort, wo deine Freundin Maila ist.« Er lächelte schelmisch und trat zur Seite. »Nach dir.«

Fischbach betrat den Raum. »Oha!«, stieß er angesichts des Opfers aus.

Maila Aalto sah kurz von ihrem Fotoapparat auf. »Mindestens zwei Hiebe mit einem schweren, scharfen Gegenstand.«

»Das Beil?«, fragte Fischbach.

»Sehr wahrscheinlich. Ein Hieb hat ihm den Kopf fast bis zum Hals gespalten, ein weiterer drang tief in den Brustkorb ein.«

Fischbach schluckte seinen Ekel hinunter und inspizierte das Opfer, das auf einer Eckbank inmitten von Stapeln alter Zeitschriften und Zeitungen saß. Ein Mann, so viel konnte er aufgrund des blutgetränkten Barts erkennen. Hirnmasse hing im grauen, lockigen Haar und hatte sich auf der Wand dahinter und in seinem Gesicht verteilt. Dort, wo die Klinge in die Brust eingedrungen war, klaffte ein senkrechter Riss, weiße Knochensplitter waren zu sehen. Das Muster des karierten Hemdes war aufgrund des vielen Blutes kaum mehr auszumachen. Er schätzte den Mann auf um die fünfzig. Der Tisch, an dem er saß, war vollgestellt mit überfüllten Aschenbechern, umgeworfenen leeren Flaschen, dreckigen Tassen und Tellern mit Essenresten, an denen sich unzählige Fliegen labten. Auch auf dem Fußboden lag Geschirr, teilweise zerbrochen.

»Was wissen wir über ihn?«, fragte Fischbach.

Maila Aalto reichte ihm den Personalausweis des Toten. »Rainer Levkus, geboren 1977 in Aachen. Das Passfoto weicht zwar *etwas* von seinem derzeitigen Aussehen ab, doch Ähnlichkeiten sind zu erkennen.«

Fischbach nahm das Dokument entgegen. »Das ist nicht lustig.«

Sie zuckte mit den Schultern. »Die einen sagen so, die anderen so.«

Fischbach grunzte ärgerlich. Nachdem er das Passfoto eingehend geprüft hatte und sicher war, dass es sich bei dem Mann auf der Bank tatsächlich um Rainer Levkus handelte, fragte er: »Hat hier ein Kampf stattgefunden?« Er schob eine Scherbe mit der Fußspitze an. »Was meint ihr?«

»Ich denke eher, der Täter griff ihn über den Tisch hinweg an und hat dabei Gegenstände hinuntergeworfen«, antwortete Welscher. »Für einen Kampf sieht es mir hier zu … hm … aufgeräumt aus.«

»Aufgeräumt ist gut«, rief Maila Aalto mit sarkastischer Miene. »Eine verdammte Messiebude ist das hier. Bis wir da einmal komplett durch sind, wird es dauern. Und dann müssen wir auch noch draußen die Spuren sichern. Eine verfluchte Scheiße ist das. Bei der Hitze wollte ich eigentlich früh Feierabend machen und meinen Hintern ins Freibad schaffen. Übrigens, Jan, du hast noch nichts zum Loch in der Decke gesagt.« Sie schenkte ihnen keine weitere Beachtung, sondern wandte sich dem Küchenherd zu, auf dem dreckige Töpfe standen, und fotografierte weiter.

Fischbach sah nach oben. Rechts neben der Lampe klaffte ein Loch, wenige Millimeter im Durchmesser, drum herum war der Putz abgebröckelt. »Ein Einschussloch?«

»Ja«, bestätigte Welscher. »Das Projektil steckt in einem der Balken. Kann man sehen, wenn man hineinleuchtet. Das Holz ist gesplittert, sieht frisch aus. Interessant ist, dass wir bisher keine Waffe im Haus gefunden haben.«

»Könnte der Täter sie mitgebracht haben?«

»Wenn es so war«, entgegnete Welscher, »frage ich mich, warum er dann das Beil als Mordwaffe gewählt hat. Er hätte Rainer Levkus doch wie in diesem Fall vermutlich geplant einfach erschießen können.«

»Stimmt. Vielleicht besaß Levkus die Waffe, und der Täter hat sie mitgenommen.«

»Wäre dann ein illegaler Besitz gewesen. Auf seinen Namen ist nämlich keine Waffe gemeldet.«

»Hm, okay, zurzeit also eine Sackgasse«, stellte Fischbach fest. »Vertagen wir das, bis wir mehr wissen.« Ihm fielen die vom Zigarettenrauch vergilbten Fotos an der Wand auf. Sie zeigten das Opfer in Camouflagekleidung, einen Stahlhelm auf dem Kopf, in den Händen ein Sturmgewehr. Die Aufnahmen schienen in der Wüste aufgenommen worden zu sein. »Er war Soldat?«

»Schaut so aus«, bestätigte Welscher.

»Dann müssen wir Kontakt mit der Bundeswehr aufnehmen.« Fischbach rieb sich nachdenklich das Kinn. »Oder mit dem Verteidigungsministerium? Verflucht, diese Zuständigkeiten.«

»Mach dir keinen Kopf. Ich kümmere mich darum.«

»Danke. Wer hat ihn eigentlich gefunden?«

Bevor Welscher antworten konnte, erklang hinter Fischbach eine dunkle Frauenstimme. »Hallo? Dürfen wir schon reinkommen?«

Fischbach drehte sich um und entdeckte im Flur die Staatsanwältin Doris Schmitz-Ellinger. Ihre kurzen roten Haare hatten ihr den Spitznamen »Pumuckl« eingebracht. Sie war in Begleitung der Rechtsmedizinerin Frau Dr. Jacobs.

»Overalls liegen neben der Tür auf dem Hocker«, rief Maila Aalto.

»Ich kümmere mich um die beiden«, erklärte Welscher aufgeräumt und ging hinaus.

»Von mir aus gern.« Fischbach sah sich ein wenig unschlüssig in dem Raum um. »Wird langsam etwas eng hier.«

»Da kann ich nur zustimmen«, sagte Maila Aalto trocken. »Wenn das so weitergeht, kommt das einer Personalversammlung gleich.«

»Dann werde ich … also … vielleicht draußen warten?«, bot Fischbach an. Es passte ihm nicht so recht, fühlte er sich dadurch doch ein wenig wie ein fünftes Rad am Wagen. Aber die Notwendigkeit sah er natürlich, und daher folgte er seinem Kollegen in den Flur. »Ich bin dann mal so lange …«

»Warte.« Welscher hielt ihn am Arm zurück. »Du wolltest doch wissen, wer das Opfer gefunden hat.«

»Ja?«

»Nimm den Hinterausgang, den Flur entlang, dann nach rechts und bis zum Ende durch. Er wartet draußen.«

»Wer?«

Welscher bewegte abwehrend den Zeigefinger. »Nee, nee, mein Lieber. Diese Überraschung will ich dir nicht nehmen. Du wirst schon sehen.«

2. Januar 1996

Die Stube glich dem Schlafsaal einer Jugendherberge. Sechs Metallspinde, die Doppelstockbetten aus Metallrohren, die Matratzen dünn wie ein Blatt Papier. Der Tisch und die Stühle hatten ihren Dienst vermutlich schon bei der Wehrmacht versehen. Es roch nach Bohnerwachs und Schweißfüßen. Vom Hof gellten Befehle zu ihnen herauf. Das also würde sein Zuhause für die kommenden Monate sein, eine Kaserne in Dülmen, ein Ort, von dem er vorher noch nie etwas gehört hatte. Grundausbildung Bundeswehr, 2. Feldartilleriebataillon 71. Sein Rang: Rekrut – oder wie man es auch nannte: Schütze Arsch.

Der Ausbilder hatte sie zu ihrer Stube geführt und sich dann mit dem Versprechen verabschiedet, sie in Kürze zum Mittagessen abzuholen. Im Anschluss daran sollten sie ihre Uniformen anziehen, und am Nachmittag stand der erste Drill an.

Jemand rempelte Rainer von hinten an und drängte ihn vorwärts in den Raum.

»Platz da, hier komm ich«, dröhnte der Kerl, ein Hüne mit Oberarmen wie Arnold Schwarzenegger. »Mein Platz ist oben, rechts an der Wand. Verstanden? Hab keinen Bock, von euch Bettnässern was abzubekommen.«

Weder Rainer noch die anderen vier, die wie er unschlüssig herumstanden, widersprachen. Stattdessen verteilten sie sich auf die freien Betten, wobei Rainer darauf achtete, so weit wie möglich von dem Hünen entfernt unterzukommen. Es war offensichtlich, dass mit dem groben Klotz nicht gut Kirschen essen war. Leider gab es solche Alphamännchen überall, ob in der Schule oder beim Fußball. Wie Gorillas trommelten sie mit den Fäusten auf ihre Brust und rissen dabei das Maul weit auf. Am besten war es, ihnen aus dem Weg zu gehen, um Ärger zu vermeiden. Er entschied sich für das Etagenbett an der linken Wand. Da das obere Bett schon von einem pickeligen Blondschopf belegt war, blieb ihm nur die untere Matratze.

Rainer stellte seine Tasche ab, legte sich hin und schloss kurz die Augen. Die Decke fühlte sich kratzig an, das Kopfkissen steinhart. Vermutlich ist es ein Segen, nachts von einem Alarm aus diesen Betten geholt zu werden, dachte er und grinste.

»Was feixt du denn so blöd?«

Erschrocken schnellte Rainer hoch, in der Annahme, der Ausbilder wäre zurückgekehrt und hätte ihn bei irgendetwas Verbotenem erwischt. Dabei stieß er mit der Stirn an den Rost des oberen Bettes. »Scheiße«, zischte er und rieb sich die schmerzende Stelle. Doch nicht der Ausbilder stand vor ihm, sondern der Schwarzenegger-Typ.

»Der träumt sicherlich von seiner Braut«, mutmaßte der kleine Dicke an dessen Seite mit beifallheischendem Blick auf den Grobklotz.

Stumm fluchte Rainer. Hatte der Kerl doch tatsächlich schon einen Lakaien gefunden. Auch die speichelleckenden Goebbels und Görings fand man überall auf dieser Welt.

Schwarzenegger schüttelte den Kopf. »Quatsch. Der und eine Freundin? Niemals. Die Mädels stehen nicht auf Hänflinge.« Er beugte sich zu Rainer hinunter. »Habe ich nicht recht? Du spielst doch noch fünf gegen eins, oder?«

Rainer setzte sich auf. »Einen«, murmelte er und hätte sich im selben Moment am liebsten auf die Zunge gebissen. Nach allem, was man so hörte, würde die Grundausbildung anstrengend werden. Da wollte er sich nicht bereits am ersten Tag Feinde machen. Er hoffte, der Hüne hätte ihn nicht verstanden, doch da hatte er die Rechnung ohne den Wirt gemacht.

»Wie? Einen?«

Bevor Rainer darauf antworten konnte, ertönte von oben die Stimme des Blondschopfs: »Es heißt fünf gegen einen, du Grammatikheld.«

Die beiden Kameraden im mittleren Doppelbett lachten.

Der Hüne lief rot an, seine Augen verengten sich. »Willst du mich verarschen, Pizzagesicht?«

Jetzt kicherte der kleine Dicke. »Pizzagesicht, hehe.« Er erklärte an die beiden Kameraden in dem mittleren Doppelstockbett gerichtet: »Wegen der Pickel. Im Gesicht. Sieht aus wie eine Pizza.«

Die beiden verdrehten genervt die Augen. Der Blonde sprang vom Bett und baute sich furchtlos vor Schwarzenegger auf. Nichts deutete darauf hin, dass er in irgendeiner Form eingeschüchtert wäre.

»Weißt du was?«, fragte er den Grobklotz.

Der verkürzte die Entfernung, indem er einen Schritt vortrat, wodurch sie fast Nasenspitze an Nasenspitze standen. Was jetzt folgte, war wie ein Tennismatch. Aufschlag hatte Schwarzenegger.

»Was?«

»Pickel sind temporär.«

»Häh?«

»Temporär?«

»Ich weiß, was das heißt.«

»Sicher?«

»Vorübergehend, Pizzafresse.«

»Sehr gut. War dein Sonderschulabschluss doch nicht vergebens. Aber weißt du auch, was der große Unterschied zwischen dir und mir ist?«

»Die Antwort hau ich dir gleich aus deiner Scheißfresse.«

»Hm, Fresse scheint dein Lieblingswort zu sein. Aber egal, du musst nicht handgreiflich werden. Ich sag es dir auch so.«

»Da bin ich ja mal gespannt, du Kackfr… Flachwichser.«

»Das Onanieren scheint dich auch zu beschäftigen. Interessant. Aber darüber können wir ein anderes Mal parlieren. Klären wir zunächst, was uns voneinander segregiert.«

»Was?«

»Egal. Also pass auf: Pickel verschwinden mit der Zeit, aber deine Betise wird für immer bleiben.«

»Häh?«

»Siehst du. Das meine ich.«

Verdattert runzelte Schwarzenegger die Stirn. »Hast du mich gerade beleidigt?«

»Ich weiß nicht, habe ich das? Was meinst du?«

Für einen Moment war es totenstill in der Stube. Selbst auf

dem Kasernenhof schienen alle stumm darauf zu warten, was jetzt geschehen würde. Dann hatte der Grobklotz eine Antwort auf die Frage gefunden. Er packte den Blondschopf am Kragen und schob ihn vor sich her bis zur Wand. »Ich mache dich fertig!«

In dem Moment wurde die Tür aufgestoßen, und der Ausbilder erschien. Mit einem einzigen Blick erfasste er die angespannte Situation. »Gibt es ein Problem?«

Schwarzenegger ließ von dem Blonden ab, fuhr herum und vollführte einen zackigen Militärgruß. »Alles in bester Ordnung, Herr Unteroffizier. Wir lernen uns kennen.«

Der Ausbilder ließ den Blick ausdruckslos von einem zum anderen schweifen, dann sagte er: »Macht mir keinen Ärger. Denn passiert hier was, muss ich darüber einen Bericht schreiben. Und ich hasse Schreibkram. Ist einfach nicht mein Ding. Daher werde ich in solchen Fällen ziemlich ungemütlich. Wäre nicht gut für euch. Verstanden?« Seine Stimme war immer lauter geworden.

»Jawohl!«, riefen alle wie aus einer Kehle.

Der Ausbilder nickte. »So, und jetzt gibt es was zum Beißen. Los Leute, auf, auf, voran, der Küchenbulle wird sauer, wenn er seinen Fraß nicht rechtzeitig loswird.«

Sie stürmten hinter ihm auf den Flur, Rainer und sein Bettnachbar als Letzte. »Ich weiß auch nicht, was das heißen soll«, raunte Rainer ihm zu.

»Was meinst du?«

»Na, dieses Beti… Dings.«

»Betise?«

»Genau.«

»Dummheit, Einfältigkeit.«

»Ach so. Du kannst gut quatschen. Äh … dafür gibt es bestimmt auch ein treffenderes Wort.«

»Eloquenz.«

Rainer grinste. »Ich werde dich ›Duden‹ nennen.«

»Wie geistsprühend. Aber wenigstens schmeichelhafter als Pizzagesicht.« Er seufzte. »Wenn der Nonsens hier vorbei ist, werde ich Germanistik studieren.«

»Könnte mir vorstellen, dass das Studium ein Spaziergang für dich wird. Danke wollte ich übrigens auch noch sagen.«

»Für was?«

»Dass du mich aus der Schusslinie genommen hast.«

Der Blondschopf wies mit dem Kinn auf Schwarzenegger, der gleich hinter dem Ausbilder den Gang entlangschritt, neben ihm der kleine Lakai. »Diesen Typen musst du Kontra geben. Ansonsten bist du für alle Zeit ihr Opfer.«

»Sprichst du aus Erfahrung?«

Er verzog das Gesicht. »Erinnere mich nicht daran. Nachdem ich vor einiger Zeit zum zweiten Mal mit Prellungen am ganzen Körper im Krankenhaus aufgewacht bin, habe ich mir geschworen, nie wieder vor irgendwem zu kuschen. Denn weißt du was?«

»Nein.«

»Egal, wie unterwürfig du dich verhältst, es wird dir nicht helfen. Haben diese Typen es erst auf dich abgesehen, hauen sie dir so oder so eine rein, egal was du machst.«

»Dann ist dein Motto … hm … Kopf hoch und mit wehenden Fahnen untergehen?«

Er schmunzelte. »So kann man es ausdrücken. Damit kann ich den Körper zwar nicht schützen, aber immerhin meinen Geist.«

Rainer dachte kurz darüber nach. War diese Einstellung ungemein tapfer oder absolut bescheuert? Zu einem Ergebnis kam er so auf die Schnelle nicht. Er hielt ihm die Hand hin. »Ich heiße Rainer.«

Der Blondschopf schlug ein. »Daniel. Und?«

»Und was?«

»Hast du nun eine Freundin oder spielst du tatsächlich noch fünf gegen einen?« Er grinste.

»Arsch«, antwortete Rainer amüsiert und ließ die Frage im Raum stehen. Auch weil sie alles andere als leicht zu beantworten war.

2

Fischbach trat aus dem Hinterausgang in die grelle Sonne. Er blinzelte und schirmte die Augen mit der Hand ab. Befreit atmete er durch. Nach dem Gestank im Inneren des Hauses war die frische Luft eine wahre Wohltat.

Doch wo war die Person, von der Welscher gesprochen hatte? Unter einem Kirschbaum stand eine Bank, aber niemand saß darauf. Auf der Obstwiese dahinter rannten die Schafe auseinander. Etwas schien sie aufgeschreckt zu haben.

Fischbach folgte dem ausgetretenen Pfad am Baum vorbei bis zu einem hüfthohen Maschendrahtzaun. Weiter vorne hockte jemand mit dem Rücken zu ihm inmitten der Wiese, ein Lamm in den Armen, und hantierte an einem Huf herum. Er trug eine Baseballkappe und einen grünen Overall, die Ärmel hochgekrempelt.

»He, Sie da«, rief Fischbach, um auf sich aufmerksam zu machen.

Der Mann stand auf und ließ das Lamm los, das mit weiten Sprüngen davonstob. Dann drehte er sich zu Fischbach um und grinste ihn schief an.

Der Kommissar riss erstaunt die Augen auf. »Du?«

»Da biste baff, was?« Der Kollege Thomas Gilles, mit dem Fischbach schon einige bizarre Situationen erlebt hatte, schlenderte auf ihn zu.

»Ein wenig, zugegeben. Zwar ist es einerseits nicht ungewöhnlich, dass ihr Streifenhörnchen als Erste am Tatort seid, allerdings … was machst du da mit den Schafen?«

»Das Lamm hatte sich einen Dorn eingetreten. Konnte mir das Leid nicht länger anschauen. Die Polizei, dein Freund und Helfer, nicht wahr?«

»Wo wir gerade davon sprechen. Solltest du nicht eigentlich … also … Mensch, wie läufst du rum? Was hast du mit deiner Uniform gemacht?«

»Mach mal halblang. Ich bin privat hier.« Gilles stieg über den Zaun. »Komm mit zur Bank.«

Sie setzten sich in den Schatten. Die Vögel im Kirschbaum zwitscherten aufgebracht, sie fühlten sich wohl durch ihre Anwesenheit gestört.

»Was soll das heißen, du bist nicht im Dienst? Bist du etwa zufällig des Weges gekommen und dabei über das Mordopfer gestolpert?«

»Ob du es glaubst oder nicht, so war es, in der Tat.«

»Auf die Story bin ich gespannt.«

»Jetzt quatsch nicht rum, sondern hör zu. Der Tote heißt Rainer, Rainer Levkus, und …«

»Wissen wir doch schon. Erzähl mal was Neues.«

»Okay, stimmt. Dann erspare ich uns das. Somit direkt dazu, warum ich hier bin. Der Rainer war zwar im wahrsten Sinne des Wortes ein Stinktier, wie du bestimmt schon gerochen hast, aber immerhin ein großzügiges. Von ihm hat mein Onkel für lau Heu abgegriffen.«

Gilles half in seiner Freizeit auf dem Gnadenhof seines Onkels aus. Da sein Onkel finanziell nicht auf Rosen gebettet war, musste er alles mitnehmen, was er geschenkt bekam. Nur so konnte er den Tieren ein würdevolles Leben ermöglichen. »Verstehe. Dann gehört dir der Wagen mit dem Hänger?«

»Eigentlich meinem Onkel.« Gilles verzog bedauernd das Gesicht und deutete mit dem Daumen auf das Wohnhaus. »Was für ein Gemetzel, oder?«

»Schrecklich, ja. Kanntest du den Rainer Levkus näher? Wart ihr befreundet?«

»Eher nicht. Was ich weiß, ist, dass Rainer zurückgezogen lebte. Deswegen nennen ihn hier in der Gegend alle den ›einsamen Wolf‹. Wir haben bei jedem Besuch ein paar Worte gewechselt, aber bloß Small Talk, nichts Tiefgründiges. Ich weiß, dass er unverheiratet ist, dass sein Vater noch lebt und dass es eine Schwester gibt. Von dem alten Herrn hat Rainer den Hof, die Schwester wohnt nicht mehr hier. Ich habe sie einmal angetroffen, als sie Rainer besucht hat. Nettes Persönchen, für meinen Geschmack ein wenig zu esoterisch angehaucht, aber ja, trotzdem angenehm.«

»Was muss ich unter esoterisch angehaucht verstehen?«

»Schamanin, Öko, Kräuterhexe, such dir etwas aus. Passt irgendwie alles. Nicht meine Welt, damit kann ich nichts anfangen. Ansonsten hätte ich sie sicher mal zum Abendessen eingeladen.«

»Weißt du, wie ich sie erreichen kann?«

»Leider nein. Den Vater findest du im Seniorenzentrum Maternus in Hillesheim.«

»Hm, gut, dann werde ich gleich bei ihm vorbeifahren und die traurige Nachricht überbringen.« Fischbach spürte angesichts der unangenehmen Aufgabe ein mulmiges Gefühl in der Magengrube. »Weißt du sonst noch etwas, das uns weiterhelfen könnte?«

Gilles überlegte einen Moment. »Der Levkus war früher Berufssoldat. In der Küche hängen Fotos von ihm in Uniform.«

»Habe ich gesehen. Sonst noch was?«

Er schüttelte den Kopf. »Leider nein. Wie gesagt, so gut kannten wir uns nicht.«

»Also keine Idee, wer ihm das angetan haben könnte?« Fischbach kam bei dieser Frage ein irrwitziger Gedanke. Er musterte den Kollegen verstohlen. Da waren dunkle Flecken auf der Kleidung. Blutflecken? Die wären sicherlich ohne einen Mord erklärbar. Schließlich bluteten Tiere hin und wieder, und Gilles hatte engen Kontakt zu ihnen. Vermutlich waren es aber eher Jauchespritzer oder Ölflecken. »Hatte er Streit mit … jemandem?«

»Was schaust 'n plötzlich so?« Gilles stand abrupt auf. »Echt jetzt, Hotte? Du verdächtigst *mich*? Was sollte ich denn für ein Motiv haben?« Er winkte ärgerlich ab. »Weißt du was? Sag lieber nichts dazu. Mir ist das zu blöd. Ich werde mich jetzt wieder um die Schafe kümmern. Die Hühner habe ich schon eingesammelt und nehme sie nachher mit. Irgendwer muss sich ja jetzt um sie kümmern.«

»Thomas, hör zu, es tut mir …«

»Schon klar«, fuhr der Kollege dazwischen und wandte sich ab. »Die Tiere brauchen Wasser.« Mit weit ausholenden Schritten stapfte er davon.

3

Welscher rieb sich die Stirn. Zu seiner Übelkeit gesellten sich jetzt zu allem Überfluss auch noch Kopfschmerzen. Der Gestank hier am Tatort war kaum auszuhalten. Wäre eine Wäscheklammer in der Nähe, er hätte sie sich glatt auf die Nase gesetzt. Er bewunderte die Kolleginnen und Kollegen der Kriminaltechnik. Sie wirkten alle unbeeindruckt von der Luftqualität und dem Zustand des Umfeldes. Maila Aalto kaute zwischen ihren Fotoaufnahmen sogar auf einer BiFi herum.

»Ich muss jetzt ins Gericht. Sie halten mich auf dem Laufenden«, sagte die Staatsanwältin zu Welscher und verabschiedete sich.

Er schaute ihr sehnsüchtig nach. Am liebsten wäre er ihr gefolgt, um dem Saustall hier zu entrinnen.

Fischbach kam zurück.

»Und?«, fragte Welscher. »Überrascht?«

»Kann man wohl sagen. Dass ausgerechnet Thomas … na ja, egal. Solche Zufälle passieren hin und wieder. Darüber sollten wir nicht weiter nachdenken. Eigentlich war es auch kein Zufall. Thomas hatte einen triftigen Grund, hier zu sein.«

Welscher horchte auf. »Ist zwar alles richtig. Trotzdem wirkst du auf mich, als müsstest du dich selbst davon überzeugen.«

»Wovon?«

»Dass Thomas nichts mit der Sache zu tun hat.«

Fischbachs Hals färbte sich rot. »Ich meine doch nur … wir sollten halt nicht … voreilig was denken.«

Maila Aalto summte eine Melodie, in der Welscher das deutsche Volkslied »Die Gedanken sind frei« erkannte.

Fischbach ging es wohl ebenso, denn er warf ihr einen entrüsteten Blick zu und fragte dann die Rechtsmedizinerin: »Können Sie uns schon was sagen?«

»Einen Moment noch«, antwortete Dr. Jutta Jacobs und

nahm aus ihrer Arzttasche ein Blatt Papier, auf dem Diagramme und Kurven zu erkennen waren. Sie blickte darauf und tippte dann auf ihrem Handy herum.

Fischbach wandte sich an Welscher. »Ich fahre gleich zum Vater des Opfers und sehe, was ich herausbekomme.«

»Weißt du denn, wo er wohnt?«

»In der Seniorenresidenz in Hillesheim. Thomas hat mir das gesteckt.«

Maila Aalto biss von ihrer BiFi ab und sagte lässig kauend: »Günstige Gelegenheit. Frag doch direkt mal die Heimleitung.«

Fischbach runzelte verständnislos die Stirn. »Was genau soll ich fragen?«

»Ob die nicht ein Plätzchen für einen betagten Kriminalbeamten haben, der den harten Rocker mimt.«

Fischbach lief vollends rot an. »Das ist ja …«

»… eine ausgezeichnete Idee, ich weiß«, unterbrach ihn Maila Aalto. »Ich bin dann mal im Wohnzimmer.« Unschuldig pfeifend verließ sie die Küche und schlenderte in den angrenzenden Raum.

»Ruhig, Brauner«, sagte Welscher. Er wusste, wie sehr seinem Kollegen die Spitzen der Kriminaltechnikerin zusetzten.

»Irgendwann …«, begann Fischbach, brach dann aber ab, ohne seine Drohung zu konkretisieren. »Das verspreche ich!«, ergänzte er stattdessen, und seine Mundwinkel hoben sich bei diesen Worten tatsächlich etwas an.

»Endlich lernst du es. Genau so musst du sie nehmen«, sagte Welscher und klopfte Fischbach auf die Schulter. »Ich bin stolz auf dich.«

»So, fertig«, verkündete Dr. Jutta Jacobs. Sie steckte das Papier zurück in ihre Tasche. »Was ich jetzt sage, ist alles mit heißer Nadel gestrickt. Aber das können Sie sich ja denken. Ich gehe allerdings davon aus, dass die Obduktion keine Überraschungen zutage fördern wird. Fangen wir mit der Todesursache an.« Sie nahm eine Pinzette und hob damit den blutverschmierten Stoff des Hemdes ein wenig an. »Das Opfer lebte noch, als die Gewalteinwirkung stattfand. Ansonsten wäre nicht solch eine Menge Blut ausgetreten.«

Welscher nickte. Das hatte er angenommen. »War die Tatwaffe tatsächlich ein Beil?«

»Sehr wahrscheinlich. Die Länge der Wunden, die Eindringtiefe, die Spaltung des Brustkorbs beziehungsweise des Schädels, die Energie, die nötig ist ... Dafür benötigt man eine Hebelwirkung. Also einen schweren Gegenstand mit Stiel und ordentlich Schwung. Ja, ein Beil wäre eine passende Tatwaffe. Leider kann ich nicht sagen, welcher Schlag zuerst ausgeübt wurde. Das ist meines Erachtens aber auch nicht wichtig. Denn jeder Hieb für sich allein betrachtet hätte unweigerlich das Ableben des Opfers herbeigeführt.«

Fischbach deutete zum Fenster hinaus, auf den Hauklotz, in dem das blutbeschmierte Beil steckte. »Angenommen, das dort draußen ist die Tatwaffe. Dann nahm der Täter das Beil vermutlich direkt bei seiner Ankunft mit rein, er hatte also die Absicht, Rainer Levkus zu ermorden.«

Welscher nickte. »Dem stimme ich zu. Auch wenn das Beil theoretisch in der Küche herumgelegen haben könnte.«

»Gut, ja. Aber selbst bei dem Chaos hier denke ich, es hat wie jetzt auch im Hauklotz gesteckt. Da gehört es hin, dort findet man es sofort, dort wird es gebraucht«, sagte Fischbach.

»Es ist praktischer so, willst du sagen.« Nachdenklich sah Welscher zum Fenster hinaus. »Nach der Tat hat der Täter das Beil dann wieder mit rausgenommen und in den Klotz gehauen. Schon bemerkenswert, oder? Diese ... Sorgfalt.«

Fischbach wiegte den Kopf. »Ich würde da nicht zu viel hineininterpretieren. Ist vermutlich unterbewusst passiert, im Vorbeigehen quasi.« Er wandte sich an die Rechtsmedizinerin. »Können Sie uns was zum Todeszeitpunkt sagen?«

»Kann ich.« Sie zeigte ihm ihr Handydisplay, auf dem die Zahl »16« zu sehen war. »Anhand von Körpertemperatur, Außentemperatur, Leichenstarre, Hypostase und so weiter ... jetzt quassle ich schon wie in einem Tatort-Krimi. Verzeihen Sie mir, Sie sind vom Fach, Sie wissen, wie wir so etwas bestimmen. Also, meinen Berechnungen und Beobachtungen zufolge ist dieser Mann seit mindestens sechzehn Stunden tot, jedoch nicht länger als drei Tage. Und um Ihrer nächsten Frage zuvorzukommen«, sie hob abwehrend die Hände und lachte, »genauer geht es leider nicht.« Das Smartphone wanderte in ihre Hose, sie schloss ihre Tasche und nahm sie hoch. »Zum jetzigen Zeitpunkt weitere Fragen, meine Herren?«

Welscher schüttelte genau wie Fischbach den Kopf.

»Dann habe ich noch eine. Wird jemand von Ihnen bei der Obduktion zugegen sein?«

»Also eigentlich ... ich meine ...« Welscher, dem bei dem Gedanken daran sogleich wieder übel wurde, suchte nach geeigneten Ausflüchten.

Fischbach schien es ähnlich zu gehen, denn er räusperte sich und sagte: »Wir wissen ja jetzt, äh ... das, was wir wissen müssen.«

Lachfältchen erschienen rund um Frau Dr. Jacobs Augen. »Verstehe. Sie teilen meine Leidenschaft für die Rechtsmedizin nicht.«

»So würde ich es jetzt nicht unbedingt ausdrücken wollen«, relativierte Welscher lahm, doch die Ärztin winkte ab.

»Geschenkt.« Sie musterte den Toten noch ein letztes Mal. »Ich empfehle mich jetzt und erwarte den neuen Gast dann in Kürze in Bonn. Meinen Abschlussbericht werde ich Ihnen natürlich schnellstmöglich zukommen lassen.«

Welscher machte ihr Platz, damit sie an ihm vorbei in den Flur huschen konnte. »Danke, dass Sie es einrichten konnten«, rief er ihr nach.

»Dafür nicht. Sie haben mir eine schöne Dienstreise aus dem stickig heißen Bonn in die sonnige Eifel verschafft. Ich habe zu danken.« Sie zog ihren Overall aus und verließ das Haus.

»Ts ... eine *schöne* Dienstreise?«, brummte Fischbach. »Sind denn heutzutage alle verroht?« Sein Blick wanderte in Richtung des Wohnzimmers, in dem Maila Aalto emsig Fotos knipste. »Wie auch immer«, ergänzte er, »ich werde jetzt mal zum Vater fahren.«

Welscher wäre fast herausgerutscht, dass er wohl ja damit ebenfalls eine schöne Dienstreise in die tiefste Eifel antrat. Doch er verkniff sich die Bemerkung. Er wusste, dass Fischbach eine ungeliebte Aufgabe bevorstand. Kein Polizeibeamter überbrachte gern eine so schreckliche Nachricht.

»Mach das«, sagte er daher mitfühlend. »Ich halte derweil die Stellung.« Er hob die Hand, um seine Worte zu unterstreichen, rümpfte die Nase und wischte sich hektisch eine Fliegenlarve vom Arm.

Kaum war das Motordröhnen von Fischbachs Harley in der Ferne verklungen, kam Maila Aalto zurück in die Küche.

»Bock auf frische Luft?«, fragte sie.

»Nichts lieber als das.«

Sie setzten sich auf die Bank unter dem Kirschbaum und öffneten die Reißverschlüsse ihrer Overalls. In einiger Entfernung auf der Schafwiese hantierte Gilles mit einem Zinkeimer am Wasserfass. Die Herde stand im Halbkreis um ihn herum. Ein Lamm schien ihn besonders ins Herz geschlossen zu haben. Es sprang aufgeregt durch das Gras und schmiegte sich bei jeder sich bietenden Gelegenheit an seine Beine.

Maila Aalto fummelte eine weitere BiFi unter ihrem Overall hervor und bot sie Welscher an.

»Beim besten Willen nicht«, lehnte er ab. »Es wird noch einen Moment dauern, bis ich wieder etwas essen kann.«

Sie zuckte mit den Schultern, riss das Päckchen auf und biss von der Minisalami ab. »Wohnst du eigentlich immer noch bei Hotte?«

Welscher nickte. Es war erst wenige Wochen her, dass er den kurz vor der Vollendung stehenden Plan aufgegeben hatte, mit seinem Freund Lars in die USA auszuwandern. Lars, der sich gern als Frau kleidete und mit seiner Malerei unter dem Künstlernamen Larissa einen gewissen Bekanntheitsgrad in der Kunstszene erlangt hatte, war von einem Geldgeber angeboten worden, eine eigene Kunstgalerie in New York zu eröffnen. Eine einmalige Gelegenheit, die Welscher ihm nicht verbauen wollte. Gemeinsam hatten sie das Abenteuer in Angriff nehmen wollen. Überraschenderweise hatte sich dann auch noch Welschers Mutter Hannelore der Unternehmung angeschlossen. Alles war bereits in die Wege geleitet gewesen, angefangen mit den Anträgen zur Aufenthaltsgenehmigung über die Beauftragung eines international agierenden Umzugsunternehmens bis hin zum Verkauf der Immobilien und von Welschers Porsche, als er in allerletzter Sekunde kalte Füße bekommen hatte. Statt in den Flieger zu steigen, hatte Welscher sein One-Way-Ticket nach Amerika storniert und war in der Eifel geblieben.

Wenn er nachts wach lag, zweifelte er gelegentlich an seiner Entscheidung. Hatte er wirklich freiwillig ein Leben in der funkelnden Weltmetropole an der Mündung des Hudson Rivers gegen eins in der verschlafenen Eifel eingetauscht? Was war mit ihm los? Noch vor wenigen Jahren wäre er in den Atlantik gesprungen und selbst nach New York geschwommen, um schnellstmöglich von hier verschwinden zu können. Und bot sich ihm endlich eine erstklassige Gelegenheit, zog er den Schwanz ein. Unfassbar! Immerhin: Zurzeit beruhigte ihn der Gedanke, eine eventuelle Fehlentscheidung korrigieren zu können. Zwar hatte Lars ihm wegen des unerwarteten Rückziehers Vorwürfe gemacht, am Ende aber verständnisvoll eingelenkt: »Also gut, nimm dir die Zeit, die du für deinen Abschied benötigst. Es ging ja auch alles sehr schnell. Ich warte auf dich.« Der Weg nach Übersee stand Welscher somit noch offen.

Eigentlich hatte er beabsichtigt, sich bis auf Weiteres hier in der Eifel in einem Hotel einzumieten. Doch die Fischbachs hatten das vehement abgelehnt und ihm ihr Gästezimmer angeboten. So wohnte er zurzeit bei Hotte und Sigrid und führte mit Lars eine Fernbeziehung.

»Ganz schön bizarr, wenn du mich fragst«, sagte Maila Aalto.

»Was ist denn daran so seltsam? Sie haben mir ihre Unterstützung angeboten, als ich sie benötigte. Ist doch liebenswert selbstlos.«

»Das meine ich nicht.«

»Was denn dann?«

»Solltest du inzwischen nicht auf eigenen Beinen stehen?«

Welscher fühlte sich ertappt, und er lächelte verlegen. »Nun ja, zugegeben, da ist was dran.«

»Aber?«

»Sigrid hat ein gutes Herz. Sie wäscht, bügelt und kocht für mich.«

»Du nutzt sie aus?«

»Also so würde ich es nicht … es ist … äh … ja, zugegeben, vielleicht ein wenig. Es ist bequem. Ich sollte das wohl angehen und ändern.«

Gilles schleppte den vollen Eimer Wasser zum Trog und goss ihn aus. Die Schafe stürmten herbei und genossen das kühle Nass. Zufrieden schaute er ihnen dabei zu.

»Hast du heute Abend Zeit?«, fragte Maila. Sie stopfte sich das letzte Stück ihrer Minisalami in den Mund.

Welscher stutzte. Kurz dachte er, sie wolle ihn um ein Date bitten. Dabei war es kein Geheimnis, dass er homosexuell war, und spätestens seit seinen Auswanderungsplänen wusste jeder in der Dienststelle auch von der Beziehung mit Lars. Es gab Frauen, die machten sich dennoch Hoffnungen. Manch ein Hinterwäldler glaubte, einen Schwulen könne man schon »bekehren«, es müsse nur die richtige Frau daherkommen. Maila schätzte er jedoch keinesfalls so ein. »Wieso?«, fragte er trotzdem argwöhnisch.

»Hast du oder hast du nicht? Wir können auch an einem anderen Tag, solltest du …«

»Ich hätte schon Zeit. Aber neugierig darf ich wohl sein, oder?«

Sie stand von der Bank auf, zog den Reißverschluss hoch und nickte ihm zu. »Sagen wir neunzehn Uhr im Mühlenpark in Kommern. Passt das?«

»Ja.« Dorthin konnte Welscher von Hottes Haus sogar zu Fuß gehen. »Aber du lässt mich jetzt nicht hier stehen, ohne mir zu sagen …«

»Heute Abend. Ist was Privates, das will ich nicht hier besprechen.« Sie grinste frech. »Und ich spanne die Männer gern mal auf die Folter.« Mit einem Augenzwinkern drehte sie sich um und ging zurück ins Haus.

4

Solange er es logistisch und wettertechnisch halbwegs vertreten konnte, nutzte Fischbach jede Gelegenheit, um während des Dienstes mit der Harley durch die Eifel zu cruisen. Dabei hielt er sich streng an die Geschwindigkeitsbegrenzungen und reduzierte das Tempo sogar noch zusätzlich, sobald er durch eine Ortschaft fuhr. Die Anwohner litten, insbesondere an sonnigen Wochenenden, ohnehin schon genug unter dem Lärm von Motorrädern. Die einzige Ordnungswidrigkeit, die er bei jeder Fahrt bewusst beging, war das Aufsetzen des alten Stahlhelms, den er bei einer Entrümpelungsaktion in seinem Elternhaus gefunden hatte. Idiotisch, das wusste er selbst, denn ein Integralhelm würde seinen Kopf deutlich besser schützen. Doch gleichzeitig war es irgendwie … cool. Zumindest empfand er es so. Für ihn stand der Helm für einen Hauch von Easy-Rider-Feeling, Freiheit und Revoluzzertum.

Seine neue Harley, eine Spezialanfertigung von Sohn-Motorcycles aus Speyer, in Schwarz lackiert, hatte er inzwischen eingefahren. Der kräftige Milwaukee-Eight-Motor mit hundertfünfundsechzig Pferdestärken und zweihundertzweiundvierzig Newton Drehmoment blubberte gemütlich vor sich hin, als Fischbach das Ortsschild von Hillesheim passierte.

Er beabsichtigte, Rainer Levkus' Vater zunächst die traurige Botschaft zu überbringen. Anschließend wollte er im »Café Sherlock« eine Latte macchiato »Columbo« und ein »Mafiatoast« genießen.

Fischbach setzte den Blinker und lenkte die Harley nach rechts auf den fast verlassenen Parkplatz des Wohnheims. Um diese Uhrzeit schienen kaum Besucher da zu sein. Er stoppte nahe dem Eingang, schaltete die Zündung aus, lehnte das Motorrad auf den Ständer und meldete sich am Empfang an.

»Guten Tag. Ich möchte zu Herrn Levkus.«

Die junge Frau hinter dem Glas, die mit ihrem Handy beschäftigt war, sah auf. Fischbach schätzte sie auf Anfang zwanzig. Sie trug typische Kleidung für den Pflegeberuf, ein Namensschild an ihrer Brust wies sie als »Julia Riedel« aus.

»Bert Levkus? Sind Sie sicher?«, fragte sie.

Fischbach runzelte irritiert die Stirn. Was war das denn für eine seltsame Entgegnung? »Ja. Warum?«

Die Frau zuckte mit den Schultern. »Na gut, ich habe Sie gewarnt. Sind Sie ein Angehöriger?« Sie zog die Tastatur des Computers zu sich heran und tippte etwas ein.

Das wurde ja immer mysteriöser. War der Vater von Rainer Levkus gewalttätig? Oder ein Ekelpaket? Trotz des Anlasses für seinen Besuch spürte Fischbach eine wachsende Neugier, dem Mann zu begegnen. »Nein«, gab er zu.

Die Frau richtete sich auf, schob die Tastatur wieder weg und lächelte übertrieben verbindlich. »Wenn das so ist ... dann muss ich Sie bitten zu gehen.«

»Gehen? Warum denn? Ich muss Herrn Levkus dringend sprechen.«

»Sind Sie Gerichtsvollzieher oder so was?«

»Nein, ich bin von der ...«

»Verstehe. Versicherungsvertreter also. Tut mir leid. Bitte verlassen Sie unser Haus.«

»Wieso das denn?«, platzte Fischbach empört heraus, was er sofort bereute. Er hörte sich selbst in seinen Ohren an wie ein quengelndes Kind. Fahrig kramte er in seinen Taschen nach seiner Marke.

»Wieso? Ja haben Sie denn den Aushang nicht gelesen?« Sie deutete auf ein postergroßes Papier, das an der Eingangstür hing, und schüttelte tadelnd den Kopf. »Also ehrlich, wie groß müssen wir das noch schreiben, damit es endlich *jedem* auffällt? Wie kann man einfach daran vorbeilaufen?«

Fischbach gedachte nicht, noch mal hinauszulaufen, um den Aushang zu lesen. »Was steht denn auf dem Blatt?«

»Noro!«, sagte die junge Frau eindringlich.

»Noro? Wer ist das? Nora kenne ich. Die hatte damals mal was mit einem bekannten Sänger. Aber Noro?«

»Virus!«

Fischbach wurde es zu bunt. Endlich fand er seine Marke, zog sie aus der Tasche und klatschte sie mit flacher Hand gegen die Scheibe des Empfangs. »Geht es auch in ganzen Sätzen?«

Die Frau starrte auf die Marke. Doch anstatt eingeschüchtert zu sein, kicherte sie. »Hey, super! So ein Teil habe ich meinem Freund zum Geburtstag geschenkt. Der will nämlich Polizist werden. Habe Sie die auch auf eBay geschossen?« Sie sah ihn an und zog mit dem Zeigefinger ein Augenlid herunter. »Sie sollten aber besser nicht so tun, als wären Sie tatsächlich ein Bulle. Ist nämlich nicht erlaubt.«

Kurz verspürte Fischbach den Wunsch, der jungen Frau Handschellen anzulegen und sie für einen Tag einzubuchten. Andererseits … In letzter Zeit kam es häufiger vor, dass die Menschen die alte Kriminalmarke nicht anerkannten. So langsam musste er sich wohl davon verabschieden und den Dienstausweis benutzen – und das, obwohl sie so praktisch am Schlüsselring hing. Er fummelte die Karte umständlich aus der Innentasche der Lederjacke und hielt sie mit der anderen Hand so an die Glasscheibe, dass die Frau die Angaben darauf lesen konnte.

Die Empfangsmitarbeiterin warf einen Blick darauf, sah Fischbach an und lachte dann erneut.

»Was ist denn jetzt schon wieder so lustig?«, zischte er.

»Sie stehen da, als würden Sie sich ergeben wollen.« Mit Zeigefinger und Daumen formte sie eine Pistole. »Hände hoch!«

Fischbach konnte darüber nicht lachen. Er verstaute Marke und Dienstausweis wieder in den Taschen. »So, jetzt will ich aber wissen, was hier los ist.«

Die Frau widmete sich unbeeindruckt ihrem Computer und erklärte dabei: »Dass Sie tatsächlich Polizist sind, hätte ich nicht gedacht. Sie sehen so … hm … unsportlich aus. Mein Freund trainiert derzeit hart für die Eignungsprüfung.« Sie musterte Fischbach abschätzig. »Aber gut. Sobald man dabei ist, kann man sich wohl gehen lassen.«

»Höflichkeit ist eine Zier, doch weiter kommt man ohne ihr«, murmelte Fischbach, der sich beherrschen musste.

»Bitte?«

»Nichts. Was ist jetzt?«

»Bei uns grassiert das Norovirus. Daher haben wir Besuchsbeschränkungen. Nur Angehörige dürfen zurzeit hier rein.« Sie schaute auf. »Und selbstverständlich die Polizei, sofern sie sich korrekt ausweist.«

»Wie entgegenkommend«, brummte Fischbach.

»Oh!«

»Was nun?«

»Moment«, sagte sie, griff zum Hörer und wählte eine Nummer. »Frau Grießhagen? Hier ist jemand von der Polizei. Er möchte Herrn Levkus sprechen, und im Computer steht … Ah, okay, das wusste ich nicht. Also gut, ich werde es ausrichten.« Sie legte auf und wandte sich wieder an Fischbach. »Frau Grießhagen wird Sie gleich in Empfang nehmen.«

»Eigentlich wollte ich aber Herrn Levkus sprechen.«

Sie nickte und deutete zur Sitzgruppe im Empfangsbereich. »Frau Grießhagen ist die Leiterin hier. Nehmen Sie doch noch einen Moment Platz.«

Fischbach wollte alles andere, doch blieb ihm nichts übrig, als sich in Geduld zu üben. Es war wohl der einfachere Weg. Die junge Frau, die bereits wieder auf ihr Handydisplay starrte, würde ihm nichts mehr verraten. Widerwillig setzte er sich, gespannt darauf, was ihn gleich erwartete.

17. Februar 1996

Der erste Wochenendurlaub nach sechs Wochen Grundausbildung. Und nun das.

Rainer schloss die Augen und lehnte den Hinterkopf an die Kopfstütze des Mercedes. Ein älteres Modell, das seit Jahren kaum bewegt wurde. Seine Mutter fuhr nicht gern, und sein Vater … nun ja, er hatte keine Gelegenheit mehr gehabt.

Was hätte Rainer heute nicht alles unternehmen können! Mit ein paar Kumpels abhängen, ins Kino gehen oder ein wenig … kuscheln. Der Gedanke an Letzteres wärmte ihm das Herz und tröstete ihn zugleich. *Später.* Das war nur aufgeschoben, nicht aufgehoben.

Der Regen trommelte auf das Fahrzeugdach. Köln-Ossendorf erschien ihm trist, viele Hochhäuser, die Stadtautobahn, ein großes Gewerbegebiet. Das Wetter unterstrich diesen Eindruck. Oder lag es an den grauen Mauern des Gefängnisses, die vor ihm aufragten? An den Ecken reckten sich Aussichtstürme empor.

Rainer erschauerte bei der Vorstellung, sieben Jahre dort eingesperrt zu sein. Wertvolle Lebensjahre, die einem niemand zurückgab. In den letzten sieben Jahren war so vieles geschehen: Die Mauer war gefallen, der Kalte Krieg hatte geendet, der Golfkrieg begonnen, das vereinte Deutschland war Fußballweltmeister geworden – und aus den Kindern Erwachsene.

Das alles fernab von allem und gefiltert hinter Gittern zu erleben, nur weil man seinen Jähzorn nicht im Griff gehabt hatte – für ihn unvorstellbar. Seine Freiheit aufzugeben, nur damit man es dem anderen »gezeigt hatte«.

Er sah auf die Uhr. Mittag. Jetzt konnte es nicht mehr lange dauern. Nervös trommelte er mit den Fingern auf dem Lenkradkranz. Daheim in der Eifel bereiteten seine Mutter und seine Schwester gerade alles für den Empfang vor. Sie hatten Kuchen gebacken, den Hauseingang mit einem Herzlich-willkommen-

Schild und Girlanden geschmückt, Luftschlangen zierten Tisch und Decken.

Rainer hielt nicht viel davon. In seinen Augen verklärten sie zu Hause Vaters Ankunft. Denn der kehrte nicht von einer langen Reise zurück und erst recht nicht als strahlender Held. Hätte er Pharaonengräber entdeckt oder wäre etwa zum Mond geflogen, ja, dafür wäre es vertretbar gewesen, seine Heimkehr zu feiern. Aber so war es nun mal nicht. Hier und heute erhielt ein Verbrecher, ein Totschläger, seine Freiheit zurück. Das war die ganze traurige Wahrheit. Für seine paar Sekunden der Genugtuung hatte er seine Familie allein zurückgelassen.

In Rainer wallte wieder die Wut auf seinen Vater auf. Tränen schossen ihm in die Augen, die er mit dem Jackenärmel hastig fortwischte. Hätte er sich damals nicht zusammenreißen, Worte anstatt Fäuste fliegen lassen können? Es wäre ihnen vieles erspart geblieben. Die Sticheleien und Ausgrenzungen in der Schule. »Mörderbalg«, so hatten sie ihn und Carola genannt. Dabei war es noch nicht einmal ein Mord gewesen, sondern Totschlag. Doch niemand interessierte sich für den feinen Unterschied. Zum Spielen und bald darauf zu Feten wurden sie nie mehr eingeladen. Wer wusste schon, ob in den Levkus-Kindern nicht irgendwann die Gene des Vaters Oberhand gewannen und das zu weiteren Toten führte? Vollkommen absurd, diese Theorie. Doch erklär das mal denen, die davon überzeugt waren. Hätte er nicht seinen besten und einzigen Kumpel Frank Halbach gehabt, Rainer wäre an der gesellschaftlichen Ächtung und Isolation zerbrochen.

Trotz seiner Wut musste Rainer lachen. Er schniefte und kramte ein Papiertaschentuch hervor. Er hatte sich Frank gerade als Tarzan vorgestellt, der ihn aus einem Kochtopf vor Kannibalen rettete.

Die Tür am Haupteingang des Gefängnisses schwang auf. Ein Mann trat heraus, eine Tasche in der rechten Hand, Jeans, weißes T-Shirt und Lederjacke. James-Dean-Stil.

Rainers Herz schlug schneller. Er öffnete die Wagentür und stellte sich in den Regen.

Der Mann winkte, zeigte ein Lächeln.

Rainer hob nicht die Hand. Stoisch stand er da, ans Wagendach gelehnt. Er verspürte nicht das Bedürfnis, seinem Vater entgegenzugehen. Der Regen rann ihm kalt in den Nacken, milderte aber nicht die Wut, die in ihm loderte.

Der Mann kam näher. Seine Haare waren schütterer, als Rainer in Erinnerung hatte. Dafür der Körper muskulöser, durchtrainierter.

Vor der Motorhaube blieb er stehen und tätschelte den Mercedesstern. »Fährt mein altes Schätzchen also noch.«

»Warum auch nicht?«, stieß Rainer unwirsch aus. »Die Karre hatte ja keine Gelegenheit, Kilometer abzureißen.«

Sein Vater sah auf, übergangslos wirkte er verletzt und traurig. »Rainer, ich …«

»Lass es!«, forderte Rainer. Er wollte keine Entschuldigung hören, keine Beteuerungen, sich zu bessern, oder haltlose Versprechen.

Die Schultern seines Vaters sackten nach unten, er wirkte jetzt nicht mehr wie James Dean. »Du bist wütend. Ich verstehe das.« Er schlurfte um den Wagen herum, warf die Tasche auf die Rückbank und setzte sich auf den Beifahrersitz.

Rainer stieg ebenfalls ein. Die Feuchtigkeit ihrer vom Regen durchnässten Kleidung ließ die Scheiben von innen beschlagen. Er startete den Wagen, der Zündschlüssel zitterte zwischen seinen Fingern.

»Soll ich fahren?«, fragte sein Vater.

Abrupt ließ Rainer die Kupplung kommen, der Wagen bockte vorwärts. Er stellte die Lüftung auf höchste Stufe. »Nicht nötig«, entgegnete er knapp und ergänzte: »… Bert.« Nie mehr würde er ihn Papa oder Vater nennen. Nein! Bert! Die Distanz, die er damit schuf, tat gut, sie war Balsam für Rainers geschundene Seele.

Es ergötzte ihn zu sehen, wie sich sein Vater auf dem Sitz krümmte, als hätte er ihm ein Messer zwischen die Rippen gerammt.

5

Eine geschlagene Viertelstunde musste Fischbach warten. Dann, endlich, trat eine Frau in einem grauen Kostüm und weißer Bluse aus dem Aufzug und sah sich suchend um.

Fischbach schätzte sie auf sein Alter. Ihre ganze Erscheinung wirkte kultiviert. Auf der Nase thronte ein goldenes Brillengestell, die Gläser in der Größe zweier Untertassen, die grau melierten Haare trug sie schulterlang, die Fingernägel waren einwandfrei manikürt.

»Das ist der Mann von der Polizei, Frau Grießhagen«, rief die junge Frau vom Empfang und zeigte auf Fischbach. Ihr Handy war wie von Geisterhand verschwunden, auf einmal wirkte sie aufmerksam und geschäftig.

»Fischbach«, ergänzte er und stand auf, »Kripo Euskirchen.«

»Franziska Grießhagen.« Sie gab ihm die Hand. »Ich leite dieses Haus. Ich schlage vor, wir gehen in mein Büro.«

Fischbach folgte ihr in den Aufzug. Auf der dritten Etage betraten sie einen Raum mit stylisher Ausstattung. Hochwertiges Nussholz, harmonisch kombiniert mit schwarzem Metall. Die Stühle vermittelten einen stabilen, vertrauensvollen Eindruck. Auf dem Schreibtisch stand ein Rechner, die Rückseite des Monitors zierte leuchtend ein angebissener Apfel. Obwohl Fischbach eher auf rustikales Mobiliar stand, gefiel ihm, was er sah. »Sehr schick«, sagte er daher.

»Danke. Aber bitte glauben Sie nicht, ich veruntreue hier Pflegegelder für mein Wohlgefühl. Alles, was Sie hier sehen, ist mein Privateigentum. Setzen Sie sich doch.« Sie wies auf eine kleine Sitzgruppe vor dem Fenster und bot Getränke an.

Fischbach entschied sich für ein Mineralwasser. Das Leder, in das er sank, fühlte sich entgegen seiner Erwartung weich und warm an. »Darf ich fragen, warum Sie Ihr eigenes Geld hier hineinstecken?«

Franziska Grießhagen setzte sich ihm gegenüber und

schmunzelte. »Das beantworte ich gern. Wissen Sie, ich verbringe so viel Zeit in diesen vier Wänden, dass ich es schlicht und einfach gemütlich haben möchte.« Sie beugte sich ein wenig vor, als würde sie Fischbach ein Geheimnis anvertrauen wollen. »Bei mir zu Hause sieht es aber ganz anders aus. Sie wären erstaunt.« Wieder lächelte sie. »Kommen Sie mich doch mal besuchen.« Ihre warme Stimme hatte einen sanft brummenden Ton angenommen.

Wie eine schnurrende Katze, dachte Fischbach und räusperte sich. Diese Art Aufmerksamkeit war ihm unangenehm, und er spürte, wie ihm die Röte ins Gesicht stieg. »Ich komme wegen Bert Levkus«, lenkte er rasch ab. »Meinen Informationen zufolge wohnt er hier im Haus.«

Franziska Grießhagen lehnte sich zurück und schlug die Beine übereinander. »Das ist richtig. Sie sind von der Kriminalpolizei, habe ich das eben richtig mitbekommen? Ich hoffe doch, es ist nichts Bedauerliches geschehen?«

»Leider doch. Aber ehrlich gesagt hatte ich befürchtet, *Sie* würden mir etwas Beklagenswertes zu Bert Levkus offenbaren.«

Franziska Grießhagen hob erstaunt beide Augenbrauen. »Ich? Wie kommen Sie zu dieser Vermutung?«

»Ihre Empfangsdame …«

»Sie meinen Frau Riedel?«

»Genau die. Sie hat in ihrem Computer nach Rainer Levkus gesucht und stieß, als sie ihn gefunden hatte, ein ›Oh!‹ aus. Unmittelbar danach telefonierte sie mit Ihnen. Daraus zog ich den Schluss, dass Herrn Levkus etwas zugestoßen sein könnte.«

»Ach, so ist das.« Franziska Grießhagen winkte ab. »Frau Riedel ist mitunter überfordert, wenn ungewohnte Situationen eintreten. Keine Sorge, Bert Levkus weilt noch immer kerngesund und vor Kraft strotzend unter den Lebenden. Allerdings derzeit nicht bei uns.«

»Das verstehe ich jetzt nicht. Was war denn neu für Frau Riedel?«

»Der Vermerk im Computer, dass Bert Levkus derzeit abwesend ist, in Kombination mit dem Umstand, dass ein Polizist nach ihm verlangt.«

»Das ist alles? Sie hätte mir das doch einfach mitteilen können.«

Franziska Grießhagen zuckte mit den Schultern. »Die Frau Riedel halt«, sagte sie, als wäre damit alles erklärt.

Fischbach beließ es dabei. »Herr Levkus ist also nicht hier, sagen Sie?«

Franziska Grießhagen wiegte den Kopf. »Man könnte sagen, er ist auf der Flucht.«

»Interessant.« Fischbach sah unwillkürlich das Opfer vor sich. »Wovor flieht er denn?«

»Vor dem Virus. Als Noro hier ausbrach, hat Herr Levkus sofort das Weite gesucht und sich bei seiner Tochter einquartiert.«

»Das geht so einfach?«

»Warum nicht? Wir sind doch keine Haftanstalt.«

»Natürlich«, murmelte Fischbach ein wenig verlegen. Seine Frage war unüberlegt gewesen. Doch das Wort »Heim« erzeugte in ihm stets ein beklemmendes Gefühl. Er assoziierte damit Siechtum, Pflegebedürftigkeit und Einsamkeit. Dabei wusste er es besser. Seine eigene Mutter lebte in einem Heim, in dem es ihr ausgezeichnet ging und in dem sie ein und aus gehen konnte, wie es ihr in den Kram passte.

»Was möchten Sie denn von Herrn Levkus?«, fragte Frau Grießhagen.

Fischbach überlegte, ob er sich ihr anvertrauen sollte, und kam zu dem Ergebnis, dass nichts dagegensprach. Er berichtete ihr vom Mord an Rainer Levkus und dass er nun dem Vater die bedauerliche Nachricht überbringen müsse.

Aus Franziska Grießhagens Gesicht wich die Farbe. »Wie schrecklich«, hauchte sie. Sie presste die Lippen aufeinander und schaute betroffen zum Fenster hinaus.

Fischbach schwieg, um ihr die Gelegenheit zu geben, ihre Fassung wiederzuerlangen.

Nach einer Weile straffte sie sich und wandte sich Fischbach zu. »Wer macht so etwas? Und warum?«

»Das sind wohl die beiden wichtigsten Fragen bei einem Mordfall«, sagte Fischbach. »Wir sollen die Antworten finden. Und Sie können uns helfen.«

Entschlossen nickte sie. »Natürlich. Jederzeit.«

»Gut. Können Sie mir sagen, wie ich die Tochter von Bert Levkus erreichen kann?

»Carola Levkus? Selbstverständlich!« Sie erhob sich, ging zum Schreibtisch und erweckte ihren Computer aus dem Ruhezustand. »Eine ungewöhnliche Person, wenn ich mir die Bemerkung erlauben darf.«

»Was meinen Sie?«

»Sie ist so … anders. Esoterisch, dazu bewandert in der Pflanzenheilkunst.«

Fischbach erinnerte sich an Gilles' Worte. »Eine Kräuterhexe?«

»So würde *ich* es nie nennen«, entgegnete sie ein wenig pikiert.

»Aber zustimmen, wenn andere das Wort in den Mund nehmen?«

»Zumindest würde ich dann nicht widersprechen. Und die Kleidung, auch sehr ungewöhnlich.« Sie sah kurz auf. »Eine Mischung aus einem Medizinmann und einer Hippiefrau aus den Siebzigern.«

»Hört sich auffällig an.«

»Oh ja, das ist es, ohne Zweifel. Die berühmte bunte Kuh ist eine graue Maus dagegen. So, hier habe ich es.« Sie diktierte ihm die Kontaktdaten, und Fischbach erfasste sie in seinem Handy.

»Dinant. Belgien also«, stellte er fest.

»Ist Teil der Wallonie.«

»Ich weiß. Haben Sie auch eine Telefonnummer? Festnetz? Handy?«

Frau Grießhagen verzog spöttisch die Mundwinkel. »Letzteres strahlt. Wissen Sie das nicht?«

»Bitte?«

»Die Handystrahlung. Frau Levkus hat mir, als ich sie um ihre Mobilfunknummer bat, einen Vortrag darüber gehalten.

Wie gefährlich die wären, welchen gesundheitlichen Gefahren man sich mit einem Handy aussetze und so weiter und so fort.«

»Okay«, sagte Fischbach gedehnt. »Ein Festnetztelefon wäre dann aber schon in Ordnung, oder etwa nicht?«

»Hm, die Telefongesellschaften gehören den Großkapitalisten. Und die stecken alle unter einer Decke, wollen uns Mikrochips einpflanzen und entführen Kinder. Das darf man nicht unterstützen. Sagt Frau Levkus.«

»Verstehe.« Fischbach seufzte. »Dann bleibt mir wohl nichts anderes übrig, als die belgischen Kollegen zu bitten, bei ihr vorbeizufahren. Wissen Sie sonst noch etwas, was für uns von Bedeutung sein könnte?«

»Von Bedeutung für ... die schreckliche Tat?« Sie schluckte schwer. »Was könnte ich schon dazu beitragen?«

»Wissen Sie zum Beispiel, wie sich die Levkus' untereinander verstanden? Gab es Streitigkeiten? Ärger?«

Frau Grießhagen schüttelte den Kopf. »Davon weiß ich nichts. Ganz im Gegenteil. Als Bert Levkus bei uns einzog, hat er seinem Sohn den Hof überschrieben und die Tochter ausgezahlt. Das macht man wohl eher nicht, wenn man sich nicht versteht. Ist seine Tochter hier zu Besuch, dann sind die beiden ein Herz und eine Seele. Und wie gesagt, Herr Levkus wohnt zurzeit bei ihr. Das wäre kaum so, wenn die beiden sich nicht ausstehen könnten.«

»Wie sieht es mit den Geschwistern untereinander aus? Was haben Sie da für einen Eindruck?«

»Da kann ich mir kein Urteil erlauben. Ich habe die beiden nur selten zusammen hier gesehen und dabei kaum Gelegenheit gehabt, mit ihnen zu reden. Tut mir leid.«

Fischbach winkte ab und stand auf. »Muss es nicht.« Er reichte ihr seine Visitenkarte. »Vielen Dank für Ihre Unterstützung. Und bitte rufen Sie mich an, sollte Herr Levkus wieder verfügbar sein oder Ihnen noch etwas einfallen.«

»Das werde ich tun.« Frau Grießhagen sah aus dem Fenster. »Ist das Ihre Maschine?«

»Die Harley? Ja, die gehört mir.«

»Als Polizeibeamter verdient man offensichtlich gut.«

»Nun ja, was heißt schon gut? Aber es ist ein ausreichendes und vor allem krisensicheres Einkommen.«

»Sehr schön. Also diese Maschine … gefällig elegant und zugleich sportlich. Sie verstehen was von Formen.«

»Äh … danke.«

»Erst die anerkennende Bemerkung über meine Möbel, dann dieses wunderschöne Zweirad. Das gefällt mir, Sie haben Geschmack.«

Das hatte noch keine Frau zu ihm gesagt. Ganz im Gegenteil. Sigrid legte ihm oft die Kleidung für den nächsten Tag raus, weil sie der Ansicht war, dass er kein Auge dafür hatte. Verlegen kratzte er sich den Nacken. »Nun … dafür nochmals danke.«

Frau Grießhagen trat an seine Seite, hakte sich bei ihm ein und säuselte: »Ich darf doch, oder? Ich bringe Sie noch raus. Dann kann ich auch besser sehen, ob Ihre Maschine über einen Soziussitz verfügt.«

Sprach's und geleitete den vor Überraschung wehrlosen Fischbach aus dem Büro.

Als sie am Empfangstresen im Erdgeschoss vorbeikamen und Julia Riedel ihn wissend angrinste, ahnte Fischbach, was los war. In diesem Moment hätte er Haus und Hof darauf verwettet, dass die Heimleiterin alleinstehend und mit diesem Umstand alles andere als zufrieden war.

6

Im Konferenzraum der Euskirchener Polizeidienststelle stand die Luft. Jetzt am späten Nachmittag half auch ein Durchzug nicht mehr. Der Luftstrom fühlte sich an, als würde man von einem Föhn angeblasen.

Rund um den Tisch saßen schwitzend die Einsatzkräfte, die mit der Aufklärung des Mordes an Rainer Levkus betraut waren. Röchelte in der Dienstelle normalerweise die Kaffeemaschine im Dauerbetrieb, hatte heute niemand eine Tasse dabei. Alle bevorzugten bei dieser Hitze Kaltgetränke, Welscher nuckelte an seiner obligatorischen Fanta.

Neben ihnen saßen Thomas Gilles, jetzt im Dienst und in Uniform, sowie fünf andere Streifenhörnchen, Fischbachs Chef und Freund Dieter Bönickhausen nebst Stellvertreterin Andrea Lindenlaub und der übereifrige Kollege Hans-Dieter Päffgen am Tisch. In letzter Sekunde huschte auch noch Maila Aalto mit einem dünnen Stapel Papier in der Hand zur Tür herein und ließ sich ächzend auf einen freien Platz fallen. Sie sah abgekämpft aus, ihr T-Shirt klebte an ihrem Körper, die blonden Haare standen in alle Richtungen ab.

Nachdem Fischbach vorhin in Hillesheim endlich die Heimleiterin hatte abschütteln können, war er ins »Café Sherlock« gefahren, um dort die verspätete Mittagspause zu verbringen. Das Ambiente des Kriminalhauses, in dessen Erdgeschoss sich neben dem Café noch eine Buchhandlung befand, hatte ihn die Zeit vergessen lassen. Die berühmten Detektive der Weltliteratur waren dort allgegenwärtig. Fotografien, Gemälde, Ausstellungsstücke aus Kriminalfilmen, so vieles gab es zu entdecken. Anschließend war er zum Tatort zurückgekehrt, um sich mit Welscher auszutauschen und weiter nach relevanten Informationen zu suchen. Vor einer Dreiviertelstunde hatte dann Bönickhausen angerufen und sie gebeten, in die Dienststelle zu kommen, um an einer Lagebesprechung teilzunehmen. Und so saßen sie jetzt hier und warteten darauf, dass der Chef die Sitzung eröffnete.

Der ließ sich nun auch nicht lange bitten, nahm noch einen Schluck aus seinem Wasserglas, rückte seine Brille zurecht und sagte: »Schön, dass ihr es einrichten konntet. Angesichts der vorgerückten Stunde und der Affenhitze möchte ich mich kurzfassen.«

Thomas Gilles klopfte honorierend mit den Fingerknöcheln auf die Tischoberfläche.

»Ähm, danke«, sagte Bönickhausen, kurz abgelenkt. »Also, ihr wisst alle, warum wir hier sitzen.« Er wies auf Päffgen. »Hans-Dieter hat euch vorhin allen eine Zusammenfassung per E-Mail geschickt. Er wird auch weiterhin alle relevanten Informationen mit euch teilen, und umgekehrt könnt ihr sämtliche Infos an ihn weitergeben. Dafür hat die IT uns eine digitale Plattform zur Verfügung gestellt. In der Mail stand ja auch, wie ihr euch dort anmeldet.«

»Oha«, entfuhr es Fischbach. In letzter Zeit versuchte er zwar, sich den modernen Techniken anzunähern. So besaß er inzwischen sogar ein Smartphone der neuesten Generation. Doch richtig warm geworden war er damit bisher nicht.

Andrea Lindenlaub winkte ab. »Keine Sorge, Hotte«, sagte sie, »ist im Prinzip eine Kombination aus Dropbox, Slack und Zoom. Ähnlich einfach zu bedienen.«

Fischbach schluckte und brummte ein vermeintlich wissendes: »Ach so … das. Na dann … okay.« Er hatte zwar schon von Dropbox gehört. Mit den beiden anderen Namen konnte er allerdings nichts anfangen. Egal, solange Päffgen die Federführung im digitalen Nirwana übernahm, sollte es ihm recht sein.

Ein wenig reumütig dachte er an den letzten Mordfall, an dem sie gearbeitet hatten. Dort hatten Metapläne und Flipcharts noch ausgereicht. Handfest, haptisch, kreativ, ja, das war seine Welt. Doch was hätte es genützt, jetzt zum großen Wehklagen anzusetzen? Ob er sich dagegenstemmte oder nicht, die digitalen Arbeitsmittel würden sich trotzdem weiter ausbreiten.

»Wenn ich an dieser Stelle direkt etwas einwerfen darf«, sagte Maila Aalto.

Mit einer Handbewegung forderte Bönickhausen sie zum Sprechen auf.

Maila verteilte den Stapel Papier, den sie mitgebracht hatte. »Da ich von den lieben Kollegen erfahren habe, dass ihr hier ein Kaffeekränzchen veranstaltet, bin ich rasch vom Tatort zum Kopierer geeilt, um euch das an die Hand zu geben. Ihr könnt es dann auch direkt einscannen und in der Datenbank ablegen.«

Fischbach nahm ein Blatt entgegen. Zu sehen war die Kopie eines Briefes. Anhand der Kopfzeile war der Urheber leicht zu identifizieren: die Bundeswehr.

»Ich fasse den Inhalt kurz zusammen«, bot sich Maila Aalto an. »Vorwegschicken möchte ich, dass Rainer Levkus, das Mordopfer, lange Zeit bei der Bundeswehr im Einsatz war. Wir haben Besoldungsabrechnungen und Urkunden gefunden.« Sie hob die Kopie, die übrig geblieben war, hoch. »In diesem Schreiben warnt der Dienstherr ehemalige Soldaten vor Racheaktionen der Taliban. Wir haben es in einem Album gefunden. Es steckte zwischen zwei Seiten mit Fotos, auf denen Rainer Levkus schwer bewaffnet und in Uniform abgebildet ist.«

»Sehr gut«, sagte Bönickhausen. »Vielen Dank, ein erster Ansatz. Kommen wir jetzt zum Organisatorischen. Ich habe vorhin mit dem nordrhein-westfälischen Innenminister und mit dem Leiter des Polizeipräsidiums in Bonn telefoniert. Lange Rede, kurzer Sinn: Alle, ich eingeschlossen, sind der Ansicht, dass unser Pilotprojekt ›Dezentralisierungen der Mordkommissionen in Nordrhein-Westfalen‹ auch in diesem Fall fortbesteht. Soll heißen, wir arbeiten in eigener Zuständigkeit. Und weil dem so ist«, er wandte sich an Fischbach, »wird Hotte die Mordkommission leiten.«

Fischbach glaubte, sich verhört zu haben. Seit er vor einiger Zeit an einer Depression erkrankt war und sich deswegen sogar in Therapie begeben musste, hatte ihm der Chef keine Leitung einer Mordkommission mehr anvertraut. Daher kam die Nachricht für ihn vollkommen überraschend. Ungläubig blickte er Bönickhausen an.

Der lachte. »Mach nicht so ein Gesicht. Du bist wieder der Alte. Und weil das so ist, wüsste ich keinen Geeigneteren als dich für diese Aufgabe.«

»Ich schon. Jan zum Beispiel«, murmelte Maila Aalto.

Fischbachs Freude über Bönickhausens Vertrauen in ihn erhielt einen herben Dämpfer. Er warf Maila Aalto einen vernichtenden Blick zu. Was nahm sie sich hier heraus? Konnte sie nicht zur Abwechslung mal die vorlaute Klappe halten?

Auch Welscher verzog missfällig das Gesicht. »Deine Fürsprache in allen Ehren, Maila, aber zwischen Hotte und mir gibt es keinen Konkurrenzkampf.«

»Meinte ja nur.« Sie schob den Stuhl nach hinten und stand auf. »Egal, macht ihr mal, wie ihr meint. Ich muss los. Habe die Tatwaffe unten im Labor liegen und will mit der Untersuchung anfangen. Ich mach daher jetzt den Sittich und fliege davon.« Damit war sie auch schon zur Tür hinaus.

»Die wirbelt heftiger als ein Taifun«, sagte Andrea Lindenlaub. »Und ich weiß noch nicht, ob ich das gutheiße«, ergänzte sie ein wenig mürrisch.

Fischbach freute sich insgeheim, dass er offensichtlich nicht der Einzige war, bei dem die Kriminaltechnikerin aneckte.

»Weiter im Text«, forderte Bönickhausen. »Hotte, wie immer arbeitest du mit Jan zusammen. Ihr beide kümmert euch vorrangig um diesen Mord. Solltet ihr weitere Unterstützung benötigen, wird euch Hans-Dieter zur Seite stehen. Andrea wird sich um Presseanfragen kümmern und den Kontakt zur Staatsanwaltschaft übernehmen. Und natürlich steht euch auch meine Tür immer offen.« Er machte eine kurze Sprechpause, blickte eindringlich in die Runde und sagte dann: »Nun zu Ihnen, liebe Kolleginnen und Kollegen von der Streife.«

Thomas Gilles und die anderen drückten die Rücken durch.

»Zunächst freue ich mich, dass Sie vorübergehend bei uns aushelfen werden. Ihre Aufgabe wird es sein, die Nachbarschaft des Mordopfers aufzusuchen und auszufragen. Sie kennen das ja. Seien Sie freundlich, aber insistieren Sie bei Bedarf. Wie wir alle wissen, sind die Eifler beim ersten Kontakt ein wenig mundfaul. Holen Sie die Leute ab, dringen Sie zu ihnen durch, sodass am Ende aus ihnen Plaudertaschen werden.«

Der angesprochene Kollegenkreis lachte.

»Kriegen wir hin, Chef«, sagte Gilles in seiner lockeren Art, obwohl Bönickhausen gar nicht sein Vorgesetzter war. »Und machen Sie sich keine Sorgen: Ich kümmere mich darüber hinaus noch um die Rasen-m-ä-ä-ä-her.«

Bönickhausen zog irritiert die Stirn in Falten.

»Oh Mann, Thomas.« Fischbach fuhr sich genervt mit der Hand über die Augen. »Für diesen Flachwitz solltest du geteert und gefedert werden, auch wenn dein freiwilliger Einsatz eigentlich lobenswert ist.« Für den Chef löste er das Ganze auf: »Gilles meint die Schafe. Rainer Levkus besaß eine Schafherde.«

Bönickhausen entschied offenbar, das nicht weiter zu kommentieren, und erklärte die Versammlung mit den Worten »Auf geht's« für beendet. Im allgemeinen Aufbruch zog er Hotte jedoch näher zu sich und flüsterte ihm mit einem Blick auf Gilles ins Ohr: »Hotte, du besorgst den Teer, ich die Federn.«

7

Welscher hetzte die letzten Meter bis zum Biergarten im Mühlental. Er hasste es, zu spät zu kommen, doch hatte er unbedingt mit Lars telefonieren wollen. Dabei war dieses Gespräch nicht der Anlass für seine Verspätung, denn leider war es nur kurz und oberflächlich gewesen. Lars hatte heute noch einiges zu erledigen. Für den Abend war eine Vernissage vorzubereiten, und zum Friseur musste er, oder in diesem Fall Larissa, auch. Welscher hatte ihn nicht aufhalten wollen. Nach dem Telefonat hatte sich bei ihm ein mulmiges Gefühl eingestellt. Normalerweise nahm sich Lars für ihn alle Zeit der Welt. Heute dagegen hatte er ihn regelrecht abgewürgt. War der Grund dafür tatsächlich nur die Arbeit? Oder steckte mehr dahinter? Lebten sie sich etwa schon auseinander?

Anschließend hatte dann noch seine Mutter angerufen. Sie waren vom Hölzchen aufs Stöckchen gekommen, bis sie ihm eine Neuigkeit verraten hatte, die Welscher fast die Sprache verschlug: Sie hatte sich verliebt. Seine Mutter, die sich vor einigen Monaten noch aufopferungsvoll um ihren dementen Ehemann gekümmert hatte und daran fast zerbrochen war, hatte eine neue Beziehung. Mit einem Farmer aus Atlanta, der beruflich in New York zu tun hatte. Sie waren sich bei einem Museumsbesuch begegnet. Seine Mutter plagte jetzt ein schlechtes Gewissen, so kurz nach dem Tod von Welschers Vater neu liiert zu sein. Er hatte versucht, ihr das auszureden, und ihr alles Glück der Welt gewünscht. Niemandem half es, wenn seine Mutter aus falschen Schuldgefühlen auf Lebensfreude verzichtete.

Welscher blieb am Eingang stehen und suchte in der Menge nach Maila Aalto. Der Biergarten war gut besucht. Die Gäste waren in ausgelassener Stimmung, erzählten, tranken und lachten. Die Servicekräfte huschten emsig von Tisch zu Tisch, brachten Getränke, nahmen leere Teller und Gläser mit. Eine gemütliche Atmosphäre. Das Einzige, was störte, war der Verkehrslärm auf der B 477, die nur wenige Meter entfernt durch das Tal schnitt.

Er hoffte, dass Maila Aalto nicht erbost über seine Verspätung das Weite gesucht hatte. Mit einer Kurznachricht hätte er sie darüber informieren können, doch er hatte ihre Mobilfunknummer nicht gespeichert.

Er fürchtete bereits, vergebens gekommen zu sein, als er ihren Blondschopf in der hintersten Ecke entdeckte. Sie saß mit drei Männern am Tisch, die alle in Motorradkleidung steckten. Selbst aus der Ferne konnte Welscher erkennen, dass sie Spaß hatten. Sie lachten und hieben sich gegenseitig auf die Schultern.

Er schlängelte sich zu ihnen durch und murmelte eine Entschuldigung.

Einer der Männer sah hoch, in seinen Augen blitzte der Schalk. »Ist er das?«, fragte er Maila Aalto. Seine feuerrote Glatze bewies, dass er zu lange in der Sonne gesessen hatte.

»Genau!«, bestätigte sie. »Und jetzt ab mit euch. Wie schon erwähnt, muss ich etwas mit ihm unter vier Augen besprechen.«

Die Männer räumten bereitwillig die Plätze. Auf dem Weg zum Nachbartisch, der gerade frei wurde, hielt der Glatzköpfige inne und flüsterte Welscher zu: »Ich drück dir die Daumen, mein Freund. Die Braut ist patent.«

Entgeistert ließ sich Welscher gegenüber von Maila Aalto nieder. »Der Typ da hat mir gerade viel Glück gewünscht. Wofür, frage ich mich?«

Maila Aalto trank einen Schluck Bier und lachte. »Ich habe ihnen erzählt, du würdest heute sehr wahrscheinlich um meine Hand anhalten.«

»Du hast … was?« Welschers Unterkiefer fiel nach unten.

»Mach den Mund wieder zu. Ist doch nur eine Ausrede, um in Ruhe mit dir ein anderes Thema besprechen zu können.«

»Aha … ähm … okay, verstehe. Dass so etwas funktioniert …« Er blickte verstohlen über die Schulter zum Nachbartisch. Der Glatzkopf hielt den ausgestreckten Daumen hoch und grinste.

»Ich will dich aber natürlich nicht davon abhalten, solltest du wollen«, sagte Maila Aalto und formte einen Kussmund.

»Ich bin doch ...«

»... schwul. Logisch.« Sie reckte und streckte sich. »Ich habe aber eine knabenhafte Figur.«

Welscher kratzte sich hilflos die Stirn. »Maila, könnten wir das Thema ...«

Sie lachte unbefangen. »Ist ja schon gut. War doch bloß Spaß. Ich lasse dich von der Angel.«

»Danke.«

Die Bedienung kam an ihren Tisch. Da es keine Fanta gab, bestellte Welscher eine Limo. Die Speisekarte schlug er aus. Sigrid hatte vorhin reichlich aufgelegt: Pellkartoffeln mit Eifeler Eiersoße und als Nachtisch Püfferchen mit Vanilleeis. Einfach köstlich. Inzwischen verstand er, warum Fischbach erneut in die Breite ging.

Jetzt platzte Welscher fast vor Neugierde, er war erpicht darauf zu erfahren, was Maila Aalto im Schilde führte. »Also wenn ich dir keinen Antrag machen soll, um was geht es dann?«

Wieder nahm sie einen Schluck aus ihrem Krug, ehe sie antwortete. Ihm kam es beinahe so vor, als wollte sie sich Mut antrinken.

Das passte so gar nicht zu der Maila Aalto, die Welscher kannte.

»Ich habe endlich eine Wohnung gefunden«, sagte sie schließlich. »In Euskirchen, selbe Straße wie unser Dienstgebäude. War sofort frei, die Chance konnte ich mir nicht entgehen lassen. Seit gestern wohne ich dort.«

Welscher nickte anerkennend. »Gratuliere. Dann musst du ja nicht mehr jeden Tag aus Bonn zu uns rüberkommen. Freut mich für dich.« Er fragte sich, warum sie so einen Bohei darum machte. »Und bezahlbare Mietwohnungen sind knapp, in zentraler Lage sowieso ...«

»Ah, stopp!«, forderte sie. »Bezahlbar ist das Stichwort.«

»Stichwort für was?«

Welschers Getränk wurde serviert. Maila Aalto wartete mit

der Auflösung, bis die Bedienung wieder von dannen zog. »Es ist eine sehr schöne Wohnung, wie gesagt unweit der Dienststelle. Mit Dachterrasse, schönes Badezimmer, drei Zimmer und Gästeklo.«

»Hört sich nach einem Palast an.«

»Kostet auch so viel. Und da kommst du ins Spiel.«

»Ich?«

»Ich will mit dir eine Wohngemeinschaft gründen.«

Welscher verschluckte sich an der Limo und hustete prustend. »Was?«, krächzte er.

Jetzt kam Maila Aalto in Fahrt. »Jan, du willst doch Hottes Gastfreundschaft nicht überstrapazieren, oder? Überhaupt, was ist das denn auf Dauer für ein Zustand? Wie ein Kuckuckskind. Nein, warte, wie ein Parasit, eine Made im Speck.«

»Also so würde ich ...«, fuhr Welscher auf, doch Maila Aalto unterbrach ihn erneut.

»Egal, wie du das siehst, empfindest oder bewertest. Es ist, wie es ist, sieh den Tatsachen ins Auge. Das Angebot, das ich dir hier gerade mache, ist für uns beide eine prima Lösung. Denk darüber nach, bitte.« Sie winkte der Bedienung und bestellte sich noch ein Bier.

Welscher war wie vor den Kopf geschlagen. Schweigend nippte er an seiner Limo.

Maila Aalto beugte sich über den Tisch und raunte eindringlich: »Jan, ich könnte mit wem auch immer eine WG gründen. Ein Inserat und die Leute würden sich die Klinke in die Hand geben. Aber ich will jemanden, auf den ich mich blind verlassen kann. Einen, der zuverlässig ist. Jemand Sympathisches.«

Welscher blickte auf und direkt in ihre blauen Augen. »Jetzt hört es sich so an, als würdest *du mir* einen Antrag machen.«

Zögerlich nickte Maila Aalto, dann wurde ihr Ausdruck entschlossener. »So ist es auch.« Sie senkte die Stimme und sagte in dunklem Ton: »Ich mache dir ein Angebot, das du nicht ausschlagen kannst.«

Welscher schmunzelte. »Du solltest dir für die Imitation des Paten noch Watte in die Wangen stopfen.«

»Ich verspreche dir, mich nicht mehr daran zu versuchen, sobald wir zusammenwohnen.«

Welscher schloss die Augen und wandte das Gesicht in Richtung der tief stehenden Sonne. Eine eigene Wohnung war schon verlockend. Allerdings würde er damit erneut eine Verpflichtung hier in der Eifel eingehen. Wollte er das wirklich?

»Was denkst du?«, drängte Maila Aalto. »Sag schon.«

Welscher öffnete die Augen und sah sie wieder an. »Ich werde darüber nachdenken.«

Maila Aalto klatschte in die Hände. »Klasse. Das ist doch schon was.« Sie sprang von der Bank hoch und drückte ihm einen flüchtigen Kuss auf die Wange.

Bevor Welscher reagieren konnte, fiel eine schwere Hand auf seine Schulter. Er sah auf und erblickte den Glatzköpfigen, der jetzt nicht nur rot vom Sonnenbrand leuchtete, sondern auch über das ganze Gesicht strahlte. »Gratuliere«, rief er dröhnend. »Wir kommen natürlich alle zum Polterabend. Und wehe, du rückst die Adresse nicht raus«, drohte er gespielt.

Zu perplex für ein Dementi sah Welscher dem gut gelaunt mit seinen Kumpels davonziehenden Glatzkopf hinterher.

17. Februar 1996, abends

Musik dröhnte aus den Lautsprechern, und die Lichtorgel warf buntes Licht in den Partykeller.

Rainer nippte an seinem Bierglas. Zu Hause hatte er es nicht mehr ausgehalten. Wenn er sah, wie Bert seiner Schwester über das Haar streichelte und mit einem seligen Ausdruck im Gesicht »Was habe ich dich vermisst« murmelte, drehte es ihm vor Zorn den Magen um. Bert hatte kein Recht, sie anzufassen, nicht mehr! Ebenso wütend machte es ihn, dass Carola es zuließ. Und wie seine Mutter um ihn herumscharwenzelte! Bert hier, Bert dort. Er hatte sie gar nicht wiedererkannt. Wo war nur die selbstbewusste Frau abgeblieben, die sieben Jahre lang mit eiserner Hand das Familienschiff auch ohne Kapitän durch die unruhigen Fahrwasser gesteuert hatte? Bestimmt saßen sie jetzt zu dritt vor dem Fernseher und schauten sich »Wetten, dass..?« an oder was die Sender heute Abend sonst ins Haus lieferten. Da suchte Rainer lieber sein Heil in der Flucht. Besser sich einen ansaufen, als Bert länger zu ertragen. Und obwohl ihm der Groll anfänglich ein wenig den Spaß verdorben hatte, taute er langsam auf.

Im Keller der Halbachs tummelten sich gut und gern dreißig Gäste, von denen Rainer die meisten kannte. Es waren Schulkameraden und Freunde und Freundinnen aus den diversen Vereinen, in denen Frank Mitglied war. Zigarettenrauch sammelte sich unter der Decke und kratzte im Hals. Viele tanzten, obwohl kaum Platz dafür war. Hinter der Theke stand Frank im verschwitzten Hemd, grinste zufrieden und zapfte fleißig weiter ein Bier nach dem anderen. Als er Rainers Blick bemerkte, hielt er kurz inne, um ihm zuzuprosten. Rainer tat es ihm gleich und trank einen großen Schluck. Das Bier kühlte angenehm den Gaumen. Allmählich spürte er, wie ihm der Alkohol zu Kopf stieg. Er musste langsam machen, schließlich wollte er noch …

Er spürte ein Tippen auf der Schulter und wandte sich um.

Vor ihm stand eine junge Frau, die ihm irgendwie bekannt vorkam. »Wollen wir tanzen?«, fragte sie. Sie lächelte reizend, trug die Haare zu einem kecken Zopf gebunden, die Augen leuchteten blau, auf dem Hals entdeckte Rainer einen münzgroßen Leberfleck.

Erst jetzt bemerkte er, dass sich um ihn herum die Pärchen eng aneinanderkuschelten und im Takt von »Always Be My Baby« von Mariah Carey schwoften.

Erst wollte er ablehnen. So, wie die ihn ansah, erhoffte sie sich vielleicht mehr von ihm als nur einen Tanz. Er hatte zurzeit genug um die Ohren. Die Bundeswehr, die Situation zu Hause … Und das könnte, obwohl ihm die junge Frau gefiel, dann zu weiteren Problemen führen. Beziehungen verliefen nicht selten stressig. Obwohl … Moment … Rainer kam etwas in den Sinn. Im Bruchteil einer Sekunde entschied er sich anders.

»Dann eben nicht«, sagte die junge Frau enttäuscht und wollte sich durch den Pulk der Gäste zur Theke zwängen. Rasch fasste Rainer ihre Hand und stoppte sie.

»Nicht so hastig.« Er schob sein leeres Kölschglas in die Hosentasche und zog sie in seine Arme.

Sie schmiegte sich an ihn und drückte ihre Wange an seine Schulter. So eng umschlungen tanzten sie, bis das Stück verklang. Frank hatte entschieden, dass es mit dem Kuscheln fürs Erste genug war. Er legte »Be My Lover« von LaBouche auf und rief über die Menge hinweg: »Freibier!«

»Ich bin mal kurz für kleine Mädchen«, sagte Rainers Tanzpartnerin und drückte ihm einen flüchtigen Kuss auf die Lippen. »Nicht wegrennen, bin gleich wieder da.«

Rainer zog sein Glas aus der Tasche und tippte darauf. »Ich lass so lange die Luft aus dem Glas.« Er deutete zu Frank. »Du hast es ja gehört: Es gibt Freibier.«

Sie nickte. »Besorg mir auch eins, ja?« Dann verschwand sie zwischen den Tanzenden.

Rainer stellte sich wieder an die Theke und reichte Frank das Glas. Der spülte es im Waschbecken durch und hielt es unter den Zapfhahn.

»Und noch eins für die Kleine.«

»Hat sich ganz gut gemacht, oder?«

Rainer verstand nicht, was er meinte. »Wer?«

»Na, Natalie.«

»Natalie? Deine Schwester? Wie kommste denn jetzt auf die? Die habe ich ewig nicht ...« Er verstummte, als ihm klar wurde, mit wem er da getanzt hatte. Er hieb sich mit der Hand gegen die Stirn. Der Leberfleck. Daran hätte er sie erkennen müssen. Allerdings war es lange her, dass er Natalie das letzte Mal gesehen hatte, die Erinnerungen daran waren verblasst. Die Halbachs hatten sich vor Jahren getrennt. Während Frank weiterhin bei seinem Vater in der Eifel lebte, war Natalie mit ihrer Mutter nach Berlin gezogen. Ein halbes Leben war das her, wenn man ihr Alter berücksichtigte. Damals waren sie noch Kinder gewesen.

Frank drückte ihm das volle Glas in die Hand. »Natalie studiert jetzt in Köln und wohnt daher eine Weile bei uns.« Er grinste und zwinkerte ihm verschwörerisch zu. »Du scheinst ihr zu gefallen.«

»Meinst du?«

Bevor sein Freund antworten konnte, tauchte Natalie wieder auf. »Komm, lass uns noch was abzappeln«, rief sie und zog Rainer mit sich, dem gerade noch Zeit blieb, das Glas auf der Theke abzusetzen.

Es wurde ein langer gemeinsamer Abend.

Als Rainer erwachte, spürte er den warmen Körper an seiner Seite. Ihr Atem ging langsam und regelmäßig. Der Morgen dämmerte, das Licht der aufgehenden Sonne erhellte das Zimmer, riss Gegenstände aus dem nächtlichen Dunkel, schärfte die Umrisse.

Rainer genoss noch ein paar Minuten lang die Zweisamkeit, streichelte ihr über das Haar. Am liebsten hätte er sie fest an sich gezogen, er wollte sie jedoch nicht aufwecken. Als draußen in der Ferne das morgendliche Angelusläuten der Kirchenglocken einsetzte, schlüpfte er unter der Bettdecke hervor und zog sich die Jogginghose über.

Wenige Augenblicke später huschte er aus dem Zimmer und machte sich auf den Weg in sein eigenes Bett. Nur gut, dass der Weg nicht zu weit war. Denn seine Eltern würden jeden Moment erwachen und aufstehen, um ihren Aufgaben auf dem Hof nachzugehen. Ihnen wollte er auf keinen Fall begegnen.

8

Fischbach setzte sich aufrecht auf den Schreibtischstuhl und überflog ein weiteres Mal das, was sie bisher über Rainer Levkus, den »einsamen Wolf«, herausgefunden hatten.

Den Vormittag hatten Welscher und er damit verbracht, auf dem Einsiedlerhof Levkus' private Unterlagen zu sichten, um sich ein Bild von dem Mann zu machen, der auf so bestialische Art ermordet worden war. Was in diesem Fall eine Herausforderung darstellte, da Rainer Levkus keinerlei Ordnung und erkennbare Strukturen bei seiner Ablage pflegte. Absolut chaotisch. Sogar im leer stehenden Hühnerstall fanden sich zahlreiche Briefe und Postwurfsendungen. Hilfreich war jedoch eine Bewerbung als Wachdienstmitarbeiter eines Securityunternehmens mit beiliegendem Lebenslauf gewesen. Der Geschäftsinhaber hatte sich gegen eine Einstellung von Rainer Levkus entschieden und die Bewerbungsunterlagen zurückgeschickt. Welscher hatte den von Mäusen angenagten Vorgang zwischen einer Sammlung von Schmuddelheften unter dem Bett gefunden. In Kombination mit den anderen Unterlagen verfügten sie so inzwischen zumindest über Eckdaten von Rainer Levkus' Leben.

Geboren am 8. November 1977 in Aachen, hatte er die Realschule mit der mittleren Reife abgeschlossen, ab Anfang 1996 leistete er Wehrdienst. Währenddessen musste der Wunsch aufgekommen sein, Berufssoldat zu werden, denn er verpflichtete sich für mehrere Jahre, und es folgte eine Karriere bis zum Oberfeldwebel. 2010 wechselte Rainer Levkus dann zur Task Force 47 der Bundeswehr. Deren Einsatzschwerpunkt war die Aufklärung und Terrorismusbekämpfung im Rahmen der ISAF-Mission in Afghanistan. 2011 ging er in den Auslandseinsatz. Nach der Rückkehr in die Heimat verließ Rainer Levkus die Bundeswehr und verdingte sich von nun an als Hilfsarbeiter in diversen Unternehmen. Aus dieser Zeit stammte auch die Bewerbung bei der Sicherheitsfirma. 2020 verstarb Rainer Levkus'

Mutter Elenore, wie sie einer Kopie der Sterbeurkunde entnehmen konnten. Im selben Jahr hatte Rainer Levkus' Vater Bert den Hof auf seinen Sohn überschrieben. Dokumentiert war das in einem Grundbuchauszug, den Maila Aalto unter dem abgewetzten Läufer im Flur gefunden hatte. Seither schien Rainer Levkus sich nicht mehr um eine Beschäftigung gekümmert zu haben. Er musste von dem Wenigen gelebt haben, was die Landwirtschaft abwarf. Zumindest hatten sie nichts finden können, was darauf hindeutete, dass Levkus weitere Einnahmequellen oder gar Vermögen besaß. Zu ihrer Überraschung war dem Personenstandsregister darüber hinaus zu entnehmen, dass Rainer Levkus zeit seines Erwachsenenlebens auf dem Hof gemeldet gewesen war. Sah man von Kasernen und Feldunterkünften ab, hatte er anscheinend nie woanders gewohnt.

Fischbach druckte den von ihm auf Basis dieser Daten erstellten Lebenslauf aus, zog ihn aus dem Auswurf des Geräts und legte ihn auf den Tisch. Jetzt galt es, um dieses Gerüst herum weitere Informationen zu sammeln. »Fleisch an die Rippen bringen«, wie er es nannte.

»Das auch noch«, grummelte Welscher unvermittelt. »Verdammt!«

»Was denn?«

Welscher wies zum Monitor. »Mail vom Chef. Er möchte wissen, wie lange ich den Dienstwagen noch für private Zwecke verwenden werde.«

»Und worüber regst du dich auf? Er fragt doch bloß freundlich.«

»Mensch, Hotte, sei nicht so naiv. Was im ersten Moment höflich klingt, ist doch letztendlich der diskrete Hinweis darauf, dass das ein Ende haben muss. Jetzt muss ich mich also auch noch damit rumschlagen und einen Wagen finden.«

Fischbach gab sich einen Ruck. »Ich … äh … könnte dich ja … also, auf dem Sozius ist ja Platz.«

Welscher lachte und winkte ab. »Komm, lass gut sein. Ich weiß doch, wie ungern du jemanden mitnimmst.«

»Stimmt schon.« Durch seinen selbst verschuldeten Autounfall, bei dem er seine Tochter und seine erste Frau verloren hatte, war in Fischbach eine psychische Blockade entstanden. Danach hatte er es jahrelang nicht fertiggebracht, in ein geschlossenes Fahrzeug zu steigen. Zudem hatte er nie wieder Verantwortung im Straßenverkehr für Beifahrer übernehmen wollen. Erst seit einiger Zeit gelang es ihm, seinem Trauma Kompromisse abzuringen, wenn auch nur mit äußerster Selbstüberwindung. Trotzdem warf er sich jetzt in die Brust. »Ich schaffe das schon.« Der Kollege steckte in einer Zwangslage, also musste er helfen. Ehrensache! »Habe ich schon bewiesen.«

»Ja, hast du. Dafür zolle ich dir Respekt, auch für das Angebot. Falls nötig, werde ich darauf zurückkommen«, sagte Welscher. »Kümmern wir uns zunächst lieber um die wichtigen Dinge. Was steht in Sachen Rainer Levkus an?« Er wühlte in seinen Unterlagen und zog ein Blatt Papier heraus. »Der Kollege Päffgen hat mir hier den Namen eines ehemaligen Bundeswehrvorgesetzten von Rainer Levkus gesteckt. Ich habe vorhin mit dem Mann telefoniert. Er wäre bereit, sich mit uns zu treffen und über alte Zeiten zu plaudern, wie er es nannte. Wäre ein Ausflug nach Bonn.« Welscher nannte die Adresse.

Das Telefon auf Fischbachs Schreibtisch klingelte. Er hob ab und meldete sich.

»Giulia Bonment von der belgischen Polizei«, sagte eine Frauenstimme in einem angenehmen Singsang. »Spreche ich mit dem Kommissar, der am Mordfall Levkus arbeitet?«

»Ja, da sind Sie bei mir genau richtig.« Gestern hatte er kurz vor dem Feierabend noch die Staatsanwältin Doris Schmitz-Ellinger informiert und sie gebeten, über die offiziellen Kanäle bei der zuständigen Polizeidienststelle in Belgien Amtshilfe anzufordern. Offenbar war sie dem sofort nachgekommen. Lieber wäre Fischbach ja selbst nach Dinant gefahren, um mit der Schwester des Mordopfers nebst Vater zu sprechen. Aber eine so weite Dienstreise wäre Bönickhausen sicherlich nicht recht gewesen. »Moment, ich stelle das Telefon auf laut, damit mein Kollege mithören kann.« Fischbach drückte den entsprechenden Knopf und fragte: »Was haben Sie für uns?«

»Leider nicht viel«, sagte Giulia Bonment. »Wir waren inzwischen mehrmals bei Frau Levkus, haben dort jedoch niemanden angetroffen.«

»Was sagen die Nachbarn? Die haben Sie doch gefragt, oder?«

»Sicher. Sie teilten uns mit, dass Frau Levkus mitunter wochenlang verschwindet. Sie soll so ein … wie heißt das noch mal auf Deutsch? Das Zelt von Indianern?«

»Tipi«, half Fischbach aus und korrigierte im Kopf das Wort »Indianer« in »Ureinwohner Amerikas«.

»Genau, danke. So eins besitzt sie wohl. Ist damit oft unterwegs. Bei dem schönen Wetter kann man darin bestimmt eine angenehme Zeit verbringen.«

»Sieht man von den Mücken ab«, brummte Fischbach und kratzte sich unwillkürlich am Arm. »Und Frau Levkus' Vater, Bert Levkus?«

»Nichts, keine Spur von ihm.«

»Ist es wahrscheinlich, dass der mit der Tochter im Zelt campiert?«

»Danach haben wir die Nachbarn nicht gefragt. Aber ja, warum nicht? Könnte doch ein Vater-Kind-Ausflug sein.«

Fischbach rieb sich das Kinn und dachte nach. Er kannte niemanden, der tagelang in einem Tipi hauste, noch dazu in hohem Alter. Aber das hieß nichts. Jeder Jeck war anders, und bekanntermaßen fiel der Apfel nicht weit vom Stamm.

»Wir haben eine Nachricht für Frau Levkus hinterlassen«, ergänzte Giulia Bonment. »Sobald sie zurückkehrt, soll sie sich umgehend bei uns melden. Und wir werden natürlich weiterhin ab und zu bei ihr vorbeifahren. Mehr kann ich im Moment leider nicht tun.«

Fischbach bedankte und verabschiedete sich. Er nahm den Bleistift zur Hand und notierte auf seiner hellen Schreibtischoberfläche den Namen der belgischen Kollegin nebst Telefonnummer, die er mit einem Tastendruck auf dem Gerät abrief. »Dass die beiden nicht zu finden sind, triggert mich irgendwie«, sagte er dann.

»Lass mich raten. Du vermutest eine Beziehungstat und glaubst, Carola und Bert Levkus sind auf der Flucht?«

»Das ist ein Gedanke, ja.«

»Fragt sich, welches Motiv die beiden für einen Mord hätten.«

»Spontan fällt mir dazu nichts ein. Aber man weiß ja nie, was wir noch so alles entdecken.«

Welscher grinste. »Wir sollten ein Phrasenschwein aufstellen, findest du nicht?«

»Untersteh dich. Ich habe schon zwei lebendige Schweine zu Hause. Auf ein drittes, sei es auch nur eins aus Keramik, das mir das Geld aus der Tasche zieht, kann ich verzichten.«

»Spielverderber. Und was ist dein zweiter Gedanke?«

Fischbach sah Welscher eindringlich an. »Stell dir vor, irgendjemand hasst nicht nur Rainer Levkus, sondern die ganze Familie. Warum auch immer, da sind wir wieder beim Motiv, aber egal. Einfach mal annehmen, ja?«

Langsam nickte Welscher. »Du fürchtest, sie sind alle in Gefahr?«

»Oder schlimmer noch.«

»Bereits ermordet?«

Fischbach hob die Schultern. »Gott bewahre, aber wer weiß.«

Welscher griff zum Hörer. »Ich informiere Päffgen. Der soll eine offizielle Fahndung in die Wege leiten.«

Fischbach stand auf. »So machen wir das. Und wir beide statten dem damaligen Vorgesetzten von Levkus in Bonn einen Besuch ab. Bin gespannt, was er uns berichten wird.«

9

Am Kreuz Bliesheim verließ Welscher die A 1 und folgte der A 553. Wenig später fuhr er am Phantasialand in Brühl vorbei. Der Freizeitpark war gut besucht, die Parkplätze, die er von hier aus sehen konnte, wiesen keine Lücken auf. Er erhaschte einen Blick auf einen voll besetzen Zug der Achterbahn »Black Mamba«, der sich halsbrecherisch in die Tiefe stürzte.

Welscher lächelte ergriffen. Immer wenn sich eine Möglichkeit bot, nahm er den Weg am Park vorbei und genoss dabei die Kindheitserinnerung, die sich einstellte. Sein zehnter Geburtstag, eine Überraschung seiner Eltern, das schönste Geschenk, das sie ihm je gemacht hatten. Es war lange vor der Krankheit seines Vaters gewesen, vor Welschers Coming-out, vor den Streitigkeiten, vor dem Auseinanderleben, den Zwistigkeiten und den seelischen Verletzungen, den vielen hässlichen Worten. Es war für ihn damals der beste Tag seines bisherigen Lebens gewesen. Unbeschwert waren sie von einer Attraktion zur nächsten geeilt, durchnässt aus der Wasserbahn gestiegen, hatten im schiefen Haus das Wunder bergauf rollender Kugeln bestaunt, waren Ali Baba – oder war es Sindbad gewesen? – in das Maul eines Drachen gefolgt. Auf der alten Achterbahn, die viel später abgebrannt und durch den weithin sichtbaren, hoch aufragenden Turm des Mystery Castle ersetzt worden war, war ihm übel geworden. Doch das hatte angesichts der vielen kleinen und großen Wunder, die der Park zu bieten hatte, nicht lange angehalten. Am Abend war er dann auf der Heimfahrt mit einem angebissenen kandierten Apfel in der Hand auf dem Rücksitz eingeschlafen. Die schönste Erinnerung an diesen Tag war jedoch der Gedanke daran, wie seine Eltern ihm Hand in Hand durch den Park gefolgt waren. Niemals wieder hatte Welscher die beiden so glücklich und verliebt erlebt.

Welscher nahm die Abfahrt Brühl-Ost und folgte dem Zubringer zur A 555.

Er hoffte sehr, dass seine Mutter jetzt, nachdem sie die Vergangenheit hinter sich gelassen hatte, noch viele solche wunderschönen Tage erleben durfte. So wie es aussah, war sie auf dem besten Weg. Und sollte der neue Mann auf die Idee kommen, sie unglücklich zu machen, würde Welscher spätestens dann den Sprung über den Atlantik wagen und ihn zur Rechenschaft ziehen.

Er gluckste amüsiert. In seiner Vorstellung stand er mit Colt in der Hand und Cowboyhut auf dem Kopf wie Gary Cooper um zwölf Uhr mittags auf der Straße und wartete auf den Widerling. Der Marshallstern glänzend poliert, die Stiefel staubig, die Sonne hoch am Himmel.

Seine Gedanken wanderten weiter zu Maila Aalto. Wieder einmal. Die halbe Nacht hatte sie ihn mit ihrem Angebot um den Schlaf gebracht. Er war heute Morgen sogar als Erster aufgestanden und hatte das Frühstück vorbereitet. Sigrid hatte ziemlich überrascht aus der Wäsche geschaut und ihn gefragt, ob ihm etwas fehlte. Beschämt hatte er weiter den Tisch gedeckt und dabei gemurmelt: »Konnte nicht schlafen. Die Hitze.« Das hatte ihm noch einmal verdeutlicht, wie richtig Maila Aalto lag. Er war ein Schmarotzer im Hause der Fischbachs, der von allem nahm und nichts gab. Sogar das Frühstück ließ er sich jeden Morgen von Sigrid servieren.

Eigentlich war es nicht seine Art, anderen ohne Not zur Last zu fallen, legte er doch bisher stets großen Wert darauf, selbstständig und eigenverantwortlich zu sein. Sollte er also zusagen? Nahm er den Vorschlag von Maila Aalto an, mit ihr eine Wohngemeinschaft zu bilden, konnte er rasch wieder auf eigenen Füßen stehen. Das war auf der einen Seite verlockend, andererseits würde er damit Wurzeln schlagen und sich so erneut an die Eifel binden. Zumindest für eine Weile. Denn ging er auf das Angebot ein, stand er bei Maila für einige Zeit in der Pflicht. Eine gewisse Kontinuität und Verlässlichkeit durfte sie von ihm wohl erwarten.

Wenn er ehrlich zu sich selbst war, musste er die unerwartete Chance auf eine eigene Wohnung aber gar nicht vorschieben.

War es nicht sowieso seine Absicht hierzubleiben? Nicht nur für einige Wochen, um länger Abschied zu nehmen, sondern für … immer? Das war der Gedanke, der ihn in Wahrheit wach gehalten hatte. Vielleicht wollte er überhaupt kein neues Leben in einem weit entfernten Land beginnen. Möglicherweise war er mit dem, was er hier hatte, durchaus zufrieden.

Ach du Scheiße!

War ihm die Eifel etwa ans Herz gewachsen?

»Nicht möglich!«, rief Welscher, spürte jedoch tief in seinem Inneren einen Widerwillen gegen diese Worte.

Eine Wohngemeinschaft in der Eifel. Was würde Lars dazu sagen? Würde er weiterhin Verständnis und Geduld aufbringen? Wäre er sehr verärgert? Oder derart enttäuscht und verletzt, dass er die Beziehung beendete?

Am liebsten wäre es Welscher, wenn alles noch eine Weile so weiterlaufen würde wie bisher: in den Tag hineinleben, dem Dienst nachgehen, grundlegende Entscheidungen aufschieben. Es fühlte sich gut an, ein wenig so wie damals an seinem zehnten Geburtstag. Kindlich unbelastet von den Sorgen dieser Welt.

Welscher schob den Gedanken beiseite und atmete tief durch. Er war nun mal kein kleiner Junge mehr, es musste sich etwas ändern.

Er blinkte und setzte auf Höhe des Gewerbegebietes Bornheim zum Überholen an. Er achtete kaum auf den Lastwagen der Spedition »Emons« mit der roten Abdeckplane auf der rechten Spur. Zu sehr war er in Gedanken. Im Grunde hatte er sich schon entschieden.

Welscher trat das Gaspedal durch.

Es wurde Zeit, Nägel mit Köpfen zu machen und alte Zöpfe abzuschneiden.

10

Die Terrasse des Bungalows bot einen umwerfenden Blick auf den träge dahinfließenden Rhein und auf die Uferregion. Fischbach beobachtete einen Frachter, der sich stromaufwärts kämpfte. Die Kolben der Dieselmaschine hämmerten dumpf im gleichmäßig rhythmischen Takt. Ein Schwarm Möwen umkreiste aufgeregt das Schiff, wohl auf der Jagd nach nahrhaftem Abfall aus der Kombüse. In der Aue saßen vier Angler mit Bierdosen in der Hand auf Campingstühlen, auf dem Radweg tummelten sich Ausflügler. Jugendliche warfen sich Frisbees zu, aus dem mitgebrachten Grill stieg eine Rauchfahne empor.

»Einen Schuss Zitrone?«, rief Daniel Resche aus der Küche.

Fischbach wandte sich um und ging ins Haus. Der ehemalige Vorgesetzte von Rainer Levkus stand hinter dem Tresen und hielt in der einen Hand ein Messer, in der anderen eine Zitrone. Er trug eng anliegende Sportkleidung, eine modische Brille, die Haare waren raspelkurz. Um die Hüfte zeichnete sich ein winziger Rettungsring unter dem T-Shirt ab, doch ansonsten schien Resche durchtrainiert zu sein.

»Bitte keine Umstände«, antwortete Fischbach.

Daniel Resche lachte. »Das ist jetzt wirklich kein Problem.« Er säbelte die Zitrone in zwei Hälften, quetschte den Saft in Gläser und füllte sie mit Mineralwasser auf. Dann kam er zu Fischbach und drückte ihm eines davon in die Hand. »Wohl bekomm's!«

»Danke.«

Die Haustürglocke läutete. Der Hund, ein riesiger dunkelhaariger Mastino Napoletano, der bisher ruhig in einer Ecke im Wohnzimmer auf einer Decke gelegen hatte, schlug an und raste los. Das Bellen hallte in dem spartanisch ausgestatteten Raum von den Wänden wider.

»Das wird mein Kollege Welscher sein, von dem ich Ihnen erzählt habe«, sagte Fischbach und trank einen Schluck. Am liebsten hätte er sich die Ohren zugehalten. Unglaublich, welchen Lärm ein solches Tier verursachte.

Daniel Resche eilte zur Tür, packte den Hund fest am Halsband und zog ihn an seine Seite. »Aus!«, befahl er. Der Mastino Napoletano folgte aufs Wort, setzte sich und hechelte gelassen, jetzt mit einer gelangweilten Miene. Jegliche Aggression, die er eben noch ausgestrahlt hatte, war wie ausgeknipst.

Resche öffnete. Wie erwartet stand Welscher vor der Tür. Sie stellten sich vor, danach bot Daniel Resche ihm ebenfalls ein Wasser an.

Welscher nickte. »Gern. Bei der Hitze sehr willkommen.«

Als sie alle versorgt waren, bat Daniel Resche sie auf die Terrasse. Der Hausherr betätigte einen Schalter neben der Tür, woraufhin eine riesige Markise ausfuhr, die sie vor der grellen Sonne schützte. Winzige Düsen an der Wand versprühten für einige Sekunden einen feinen, angenehm kühlenden Wassernebel.

»Interessant«, sagte Fischbach. »So etwas habe ich noch nie gesehen.«

Sie setzten sich um den Tisch, dessen Granitplatte so massiv aussah, als könnte man darunter einen Bombenangriff überleben.

Resche präsentierte Fischbach die Fernbedienung. »Das haben wir während eines Segelturns rund um Istrien zum ersten Mal gesehen. In einem Restaurant in Roviny, um genau zu sein. Es schaltet sich automatisch ein, sobald die Markise ausfährt. Hier kann ich das Zeitintervall einstellen.« Er drückte einen Knopf. »Ich schalte es vorübergehend aus, damit Sie sich nicht erschrecken.«

Der Hund trabte heran, schob seinen massigen Körper zwischen den Stuhlbeinen hindurch und legte sich zu ihren Füßen auf den Boden. Ein leicht muffiger Geruch entstieg seinem Fell, was Fischbach die Nase rümpfen ließ. Fitnessgeräte, die ein Vermögen gekostet haben mussten, standen um sie herum, das Wasser im Jacuzzi schimmerte einladend.

Fischbach schürzte die Lippen und nickte anerkennend.

»Beeindruckend. Bei der Bundeswehr scheint man gut zu verdienen.«

Resche lachte. »Nun ja, es kommt auf den Rang an.«

»Und der wäre in Ihrem Fall welcher?«, fragte Fischbach rein aus Interesse.

»Oberleutnant. Ich gebe aber zu, mein Verdienst allein würde hierfür nicht ausreichen. Meine Frau sitzt im Vorstand der Post. Sie ist diejenige, die eigentlich für unseren Wohlstand verantwortlich ist.« Er deutete zu dem hohen gläsernen Gebäude, das in einiger Entfernung über den Dächern Bonns emporragte. Ein gelbes Posthorn zierte die obere Etage. »Und nein, um Ihre Frage vorwegzunehmen, sie ist nicht über eine gesetzliche Quote an ihren Posten gekommen. Sie ist gut in ihrem Job, sehr gut sogar. Das hat alle beeindruckt.«

Welscher schien die Bemerkung aufzustoßen. »Wieso denken Sie, wir würden annehmen …«

»Ach, vergessen Sie es.« Resche winkte ab und lachte. »Entschuldigen Sie bitte. Es ist wohl schon so eine Art Reflex. Sie glauben gar nicht, was man von den meisten Menschen alles zu hören bekommt, wenn eine Frau erfolgreich ist. Besetzungscouch, Beine breit und hochgeschlafen, um nur ein Beispiel zu nennen. Ekelhaft. Glauben Sie mir, große Teile der Gesellschaft sind noch lange nicht so modern in ihrem Denken, wie sie vordergründig gern vorgeben. Aber ich steigere mich da wieder rein, verzeihen Sie mir.«

Der Hund hob den Kopf und stieß ein »Wuff!« aus, als würde er die Worte seines Herrchens bestätigen wollen.

»Vielleicht wechseln wir einfach das Thema«, schlug Fischbach vor. »Wenn es recht ist.«

Daniel Resche hob zustimmend die Hand. »Selbstverständlich. Sie haben die Fahrt schließlich nicht auf sich genommen, um mit mir über Betonköpfe und Ewiggestrige zu reden. Also nur zu. Umso eher kann ich wieder auf die Rudermaschine steigen.« Er deutete mit dem Kinn auf ein Gerät in der hintersten Ecke der Terrasse, in dem ein durchsichtiger Wassertank verbaut war. Fischbach konnte sich vage vorstellen, wie man darauf ins Schwitzen geriet. Ein unangenehmer Gedanke bei dem Wetter und noch dazu in der Mittagshitze. Er räusperte sich. »Sie wissen ja, warum wir hier sind.«

Daniel Resche setzte eine betrübte Miene auf. »Klar. Ihr Kollege hat es mir am Telefon gesagt. Schrecklich! Das hat Rainer nicht verdient. Guter Mann, der Rainer, ein wahrer Kamerad.«

»Sie kannten ihn also gut?«, wollte Welscher wissen.

»Gut? Nein, das trifft es nicht. Wir waren wie Brüder. Wir haben damals, '96 war es, zusammen Grundwehrdienst geschoben. Sind uns dort zum ersten Mal begegnet. Und als wir uns entschieden, Berufssoldaten zu werden, haben wir lange zusammen in einer Einheit gedient. Klar, es gab auch Zeiten, in denen wir unterschiedlich stationiert waren, aber das Schicksal führte uns immer wieder zusammen. Zum Schluss dienten wir beide in der Task Force 47 der Bundeswehr.«

Fischbach sah im Geiste das Post-it vor sich, auf dem er sich vorhin den Namen dieser Einsatztruppe notiert hatte. Es klebte am Bildschirm, weil er die Einheit hatte googeln wollen. Das würde sich jetzt erübrigen, da Daniel Resche aus erster Hand Licht ins Dunkel bringen konnte.

Welscher holte sein Smartphone aus der Tasche, drückte darauf herum und legte es auf den Tisch. »Sie haben sicherlich nichts dagegen, wenn ich unser Gespräch aufnehme?«

Resche schüttelte den Kopf.

»Gut«, sagte Welscher. »Leider haben wir bisher noch nicht allzu viel über Ihren Kameraden erfahren können. Wir wollen wissen, was Rainer Levkus für ein Mensch war. Was trieb ihn an, was für Vorlieben hatte er? Gab es Hobbys? Mit wem traf er sich und so weiter und so fort. Sie können unsere Lücken sicher zumindest teilweise schließen. Möglicherweise finden wir so auch den Grund, warum Rainer Levkus sterben musste. Was uns am Ende wiederum zum Täter führen könnte.«

»Verstehe. Womit soll ich beginnen?«

Welscher nahm sein Smartphone wieder in die Hand, wischte über das Display und zeigte Resche ein Foto. »Fangen wir hiermit an. Es ist ein Schreiben Ihres Dienstherrn, das wir bei Levkus gefunden haben. Darin wird vor Anschlägen der Taliban gewarnt.«

Resche nickte mit ernster Miene. »Ja, das Schreiben kenne ich. Das hat jeder bekommen, der bei der Task Force 47 war.«

Fischbach schaltete sich ein. »Was genau muss ich unter dieser Task Force verstehen? Welche Aufgaben hat sie, und warum sind deren Soldaten im Fokus der Taliban? Und ganz wichtig: Wie ernst muss man die im Schreiben genannte Bedrohung tatsächlich nehmen?«

»Um Ihre letzte Frage zuerst aufzugreifen: Bisher sind mir keine Fälle bekannt, bei denen die Taliban tatsächlich auf diese Weise Rache geübt hätte. Aber da nun Rainer … Sie sind hier, um über ihn … also nach seinem Tod …« Resche wurde blass. Mit zittriger Hand führte er das Wasserglas zum Mund und trank gierig. »Oh mein Gott«, stieß er aus und knallte das Glas zurück auf die Granitplatte. »Es tut mir leid. Mir ist gerade bewusst geworden, dass ich in Gefahr schweben könnte.« Er sah von einem zum anderen. »Ehrlich? Die Taliban?«

Welscher hob die Hände. »Immer mit der Ruhe. Es ist lediglich eine Spur, der wir nachgehen.«

»Gibt es denn ein Bekennerschreiben?«, wollte Resche aufgebracht wissen.

»Bisher nicht«, antwortete Welscher.

Das schien Resche ein wenig zu beruhigen. Er atmete hörbar durch. »Gut … ja, ich denke, das ist wirklich ausgezeichnet. Weil … die würden es uns doch mitteilen wollen, wenn sie dahinterstecken würden. Oder nicht?«

»Im Allgemeinen ist das wohl so«, entgegnete Welscher vorsichtig. »Aber wer kann schon hinter deren Stirn schauen?« Er machte eine kurze Pause. »Warum steht die Task Force 47 auf der schwarzen Liste der Taliban?«

»Bevor ich …«, setzte Resche an, stand dann aber abrupt auf. »Bin gleich zurück.« Er eilte ins Haus.

Fischbach und Welscher wechselten einen erstaunten Blick, der Hund unter dem Tisch knurrte kurz.

Mit einem Whiskyglas in der Hand kam Resche zurück auf die Terrasse und setzte sich wieder zu ihnen. Er nahm einen großen Schluck, ließ sich gegen die Rückenlehne seines Stuhls fallen und stieß einen zufriedenen Seufzer aus. »Ah! Das musste jetzt einfach sein«, erklärte er. »Wollen sie auch ... ach nein, entschuldigen Sie bitte. Sie sind ja im Dienst. Ich sollte so früh eigentlich auch nicht ... aber Scheiß drauf!« Er nahm noch einen großen Schluck, dann besann er sich wieder auf das Thema. »Also zur Task Force 47. Wir waren in Afghanistan stationiert, mit dem Auftrag, Informationen über geplante Anschläge auf die Kameraden oder die afghanische Staatsmacht zu sammeln. Grundlage für unsere Operation waren die Mandate der Vereinten Nationen und des Bundestages. Alles von ganz oben abgesegnet. Allerdings ... anders, als man manchmal hört, hatten wir keine Sonderbefugnisse.« Resche kicherte fast kindisch. »Wir waren nicht wie James Bond, wenn Sie verstehen.«

Fischbach verstand nicht und sah zu Welscher.

Der erklärte: »Bond hat die Lizenz zum Töten.«

»Ach so, das ist gemeint«, sagte Fischbach. »Stimmt, davon habe ich schon mal gehört.«

»In erster Linie sollten wir gemeinsam mit den afghanischen Partnern verdächtige Personen festsetzen«, führte Resche weiter aus. »Und wenn ich ›festsetzen‹ sage, dann meine ich es auch so. Keinesfalls ging es dabei um ein gezieltes Töten. Einsätze wie den, bei dem eine amerikanische Spezialeinheit Bin Laden aufgespürt und zur Strecke gebracht hat, gab es bei uns nicht.«

»Wieso betonen Sie das?«, fragte Welscher.

»Weil es trotz aller Vorsicht Opfer gab. Nicht jede Person ließ sich wehrlos festnehmen. Es gab Kämpfe, es gab Verletzte und leider auch Tote.«

Fischbach wunderte sich über die Bestimmtheit in Resches Stimme. Es schien ihm besonders wichtig zu sein, die Umstände klarzustellen. »Und die Kämpfe führten dann zu der Forderung nach Blutrache?«

Resche brummte eine Zustimmung. »So ist es. Ich finde es

sogar verständlich. Kommt auf gewisse Weise in jedem Krieg vor. Wie du mir, so ich dir, Auge um Auge, Zahn um Zahn – Sie kennen das. Und dass wir vermeintlich böse Buben waren, wurde durch unser mitunter unorthodoxes Auftreten möglicherweise noch unterstrichen.«

»Eine besondere Uniform?«, fragte Fischbach.

»Nein.« Resche holte sein Handy aus der Tasche und entsperrte es. »Ein Foto sagt mehr als tausend Worte. Moment … ah, hier!« Er zeigte ihnen das Display. Zu sehen waren braun gebrannte Männer mit Bärten und gegelten Haaren. Sie grinsten in die Kamera. Die Uniformen trugen sie an den Ärmeln lässig hochgekrempelt.

»Verstehe. Selbst die Truppe rund um Fidel Castro und Che Guevara sah gepflegter aus«, stellte Welscher fest.

Resche steckte das Gerät wieder ein. »Und weil wir so verwegen aussahen, förderte das eben auch die Latrinenparolen, die mitunter ins Kraut schossen, selbst unter den eigenen Kameraden aus anderen Einheiten.«

»Haben Sie sich denn nicht dagegen gewehrt?«, fragte Fischbach. »Ist doch nicht gerade hilfreich, wenn man eh schon auf einer schwarzen Liste steht.«

»Ach was! Wir haben das genossen.« Resche lachte und kippte einen weiteren Schluck Whisky hinunter. »Zeigen Sie mir den Mann, der nicht darauf steht, von anderen als Haudegen bewundert zu werden.«

Fischbach warf Welscher einen Blick zu. Also einen kannte er da schon … Aber er verstand, worauf Resche abzielte.

»War schon irgendwie großartig damals«, fuhr Resche fort. »Ich habe es geliebt, trotz aller Gefahren. Unser Verband besaß einen eigenen Befehlsstand im Feldlager Kundus. Es gab dort in der Nähe einen Hubschrauberlandeplatz und Abhöranlagen. Auf den Uniformen trugen wir Schilder mit Phantasienamen, um unsere Identitäten zu schützen.«

»Also war Ihnen von Anfang an bewusst, dass Sie zu einer Zielscheibe der Taliban werden könnten?«

»Das schon«, rief Resche. »Aber doch nicht hier in der Heimat! In der Dreckswüste, klar, aber zu Hause fühle ich mich sicher.« Er senkte den Blick. »Zumindest bis heute.«

»Fassen wir zusammen«, sagte Welscher. »Es besteht demnach durchaus die Möglichkeit, dass die Taliban beim Mord an Rainer Levkus die Finger im Spiel hatten. Jetzt interessiert mich noch, was Ihr Kamerad für ein Mensch war.«

Resche ließ die Eiswürfel kreisen. Sie klickerten gegen das Glas. »Mit Rainer konnte man Pferde stehlen. Absolut zuverlässig und integer. Er hat sich nie etwas zuschulden kommen lassen, lebte für seinen Job und für nichts anderes.«

»Das verstehe ich jetzt nicht«, sagte Fischbach. »Nach dem, was wir wissen, hat Levkus 2013 den Dienst quittiert. Wenn er so an seinem Beruf hing, warum hat er dann aufgehört?«

Resche ließ sich Zeit mit der Antwort, zuckte dann mit den Schultern. »Das habe ich auch nie verstanden.«

»Hat er es Ihnen nicht erläutert? Da Sie miteinander befreundet waren, wird er doch etwas dazu gesagt haben«, insistierte Fischbach.

»Leider nein«, sagte Resche viel zu rasch, aber mit Bedauern in der Stimme. »Ich vermute, Rainer wollte einen Schnitt in seinem Leben machen. Alles Bisherige hinter sich lassen und neu anfangen. Ich habe versucht, den Kontakt zu halten. Aber außer ein paar Telefonaten hier und dort mit dem Austausch von Nichtigkeiten ergab sich nicht mehr viel.«

»Ihre Freundschaft ist zerbrochen?«, fragte Welscher. »Sie sagten doch eingangs, Sie wären wie Brüder.«

Resche umfasste das Glas so fest, dass die Fingerknöchel weiß wurden. »Auch die gehen mitunter getrennte Wege.« Er presste die Lippen aufeinander.

Fischbach spürte, dass Resche irgendetwas zurückhielt. Zugleich ahnte er, dass ein Drängen den Oberleutnant hier und heute nicht mehr zum Reden bringen würde. So, wie er mit finsterer Miene, verschränkten Armen und durchgestrecktem Rücken vor ihnen saß, hätte selbst ein Folterexperte Mühe, an das Geheimnis zu kommen. »Nun gut. Trotzdem kannten Sie ihn ja gut. Hatte Levkus noch andere Freunde? Oder Freundinnen? Beziehungen? Wie war sein Verhältnis zu seinen Eltern? Können Sie uns darüber etwas berichten?«

»Durchaus.« Resche stellte sein Glas ab und legte die Unterarme auf die Lehnen des Stuhls. »Anfangs hat er oft von einem Kumpel erzählt, wenn er vom Wochenende zurück in die Kaserne kam. Der hieß …« Resche sah kurz zu Boden. »Frank? War es Frank gewesen? Ich meine schon. Aber wie weiter …« Er sah Fischbach und Welscher bedauernd an. »Sorry, mit mehr kann ich leider nicht dienen.«

»Macht nichts«, sagte Fischbach. »Erzählen Sie einfach alles, was Sie noch wissen.«

»Gut, ja … hm … Später wurde das weniger. Vermutlich lag es daran, dass sich der Freundeskreis änderte und die Kameraden in der Bundeswehr die neuen Bezugspersonen wurden. Sie fragten nach Frauen. Also, längere Beziehungen hatte Rainer nicht, ansonsten wüsste ich davon. Er schien mit sich allein glücklich zu sein, denn er hat sich nie darüber beschwert, niemanden abzubekommen. Und wurde er deswegen hin und wieder zum Ziel von Hohn und Spott, alles natürlich auf kameradschaftlicher Ebene, dann saß er das einfach mit einem Lächeln aus.« Resche hob den Zeigefinger. »Homosexuell war Rainer aber nicht, sollten Sie das jetzt denken.«

Welscher hob eine Augenbraue. »Woher wollen Sie das wissen?«

»Ganz einfach: Ich habe ihn gefragt. Er hat es verneint. Und auf Rainers Wort konnte ich mich immer verlassen. Aber davon abgesehen, wäre es für mich sowieso ohne Belang gewesen.«

»Das ehrt Sie«, sagte Welscher. »Nur denke ich, Sie sind damit eine Ausnahme in der Bundeswehr. Als Homosexueller zu dienen ist bestimmt kein leichter Gang.«

»Da würde ich gern widersprechen, doch leider haben Sie nicht unrecht. Es hat sich zwar über die Jahrzehnte gebessert, aber in der Truppe gibt es immer noch Kameraden, die das gar nicht gern sehen.«

Welscher lächelte süffisant. »Betonköpfe und Ewiggestrige?«

Resche verzog keine Miene. »Leider gibt es noch zu viele davon.«

»Da stimme ich zu«, sagte Welscher. »Und Levkus wird das alles gewusst haben. Vielleicht hat er sich deswegen niemandem, absolut niemandem, anvertraut.«

»*Mir* hätte er es gesagt. Ist das denn wichtig für Ihre Ermittlungen?«

Welscher hob die Schultern. »Wer weiß, alles könnte wichtig sein. Kommen wir zu einer anderen Sache. Gemäß Einwohnermeldeamt hat Rainer Levkus immer zu Hause gewohnt. Stimmt das? Verstand er sich derart gut mit seinen Eltern, dass er nie den Wunsch verspürte auszuziehen?«

»Rainer war Soldat durch und durch. Die Kaserne war sein Zuhause. Der Hof seiner Eltern war lediglich seine Meldeadresse.«

»Nach dem Ausscheiden aus dem Dienst wohnte er aber tatsächlich dort?«, fragte Fischbach.

»Ja, soweit ich informiert bin.«

Der Hund hob den riesigen Schädel und legte ihn auf Resches Oberschenkel. Versonnen kraulte Resche ihm den Kopf. »Wissen Sie, Rainer war oft in sich gekehrt und nachdenklich. Er zog sich zurück, las viel, mied meist die Kameradschaftsabende … ja, ich denke, ich übertreibe nicht, wenn ich sage, dass er gern mit sich allein war. Sein Spitzname war ›Truppenwolf‹, das passte bestens zu Rainer.«

»Das ist interessant«, äußerte Fischbach. »Levkus' Nachbarn nannten ihn ›einsamer Wolf‹.«

Resche lachte. »Ah, sehen Sie, es ist und war offensichtlich sein Charakter. Vom Truppenwolf zum Eifelwolf. Brennt Ihnen sonst noch etwas unter den Fingernägeln?«

Fragend sah Welscher zu Fischbach. Der schüttelte den Kopf.

Welscher nahm sein Handy und stoppte die Aufnahme. »Okay, dann soll es das für heute gewesen sein. Wir dürfen uns, wenn nötig, wieder bei Ihnen melden?«

»Selbstverständlich.«

Sie verabschiedeten sich.

Als sie an der Straße standen und Fischbach seinen Helm aufzog, fragte Welscher: »Denkst du, was ich denke?«

Fischbach schloss den Riemen unter dem Kinn und sah zum Haus. Resche stand am bodentiefen Fenster und beobachtete sie. Man sah ihm an, dass er angestrengt nachdachte. Der Hund saß an seiner Seite. »Du denkst, dass unser Besuch nicht der letzte bei Herrn Oberleutnant gewesen ist?«

»So ist es. Manches Mal … nun … da hat er so verschlossen gewirkt wie ein Tresor. Irgendetwas hat er uns verheimlicht.«

»Sehe ich auch so.«

Welscher grinste. »Dann sollten wir mal den Schweißbrenner auspacken und schauen, was sich in dem Panzerschrank verbirgt.«

Daniel Resche sah den beiden Kommissaren nach, bis sie davongefahren und aus seinem Blickfeld verschwunden waren. Erst dann rührte er sich wieder. Er nahm die Hundeleine, hakte sie ans Halsband seines Hundes und verließ das Haus. Auf der Uferpromenade achtete er darauf, die Leine so kurz zu halten, dass niemand von dem riesigen Mastino Napoletano gestört oder behindert wurde. Als sie die Stelle am Ufer erreichten, wo sein vierbeiniger Freund es genoss, sein Geschäft zu verrichten, ließ er ihn frei. Während der Hund sich erleichterte und dann herumschnüffelte, setzte sich Resche auf einen Findling im Schatten einer Platane. Am anderen Ufer erstreckten sich die Hügel des Siebengebirges am Horizont, weiß hob sich das Hotelgebäude auf dem Petersberg ab.

Was für ein Tag! Die Polizei in seinem Haus. Fragen, Antworten, Mutmaßungen, Annahmen … vermutlich ein normales Kunterbunt im Alltag von Kriminalbeamten. Gesprächsfetzen schwirrten in seinem Kopf herum wie Nachtfalter um eine Lampe. Bemerkungen, über die er grübelte, und Antworten auf Fragen, die die beiden Kommissare *nicht* gestellt hatten.

Er lachte traurig. Wie Brüder, so hatte er das Verhältnis zwischen Rainer und sich beschrieben. Direkt gelogen war das nicht, aber gleichwohl nur die halbe Wahrheit. Rainer und er waren lange gemeinsam durch dick und dünn gegangen, bis … ja genau, bis zu jenem Tag, den Resche am liebsten aus seinem Gedächtnis gestrichen hätte.

Er zwang sich, nicht daran zu denken und nur positive Erinnerungen zuzulassen. Wie so oft kam er dabei unweigerlich auf das Ereignis zurück, das Rainer und ihn zusammengeschweißt, das ihre Freundschaft begründet hatte. Diesen Tag würde er niemals vergessen. Es war der 27. März 1996, sein Geburtstag, gewesen. *Der* Wendepunkt in seinem Leben. Gleichzeitig der Tag, an dem er zum ersten Mal einem Menschen ein Messer an die Kehle gehalten hatte.

Schwärze umgab ihn, und am liebsten hätte er vor Angst geschrien. Mit hochgezogenen Schultern versuchte er, sich zur Tür des engen Metallkastens umzudrehen, deren schmale Schlitze zumindest etwas Licht einließen.

Voller Zuversicht hatte Daniel den Grundwehrdienst angetreten und auf einen Neuanfang gehofft. Auf eine Abkehr von der Vergangenheit, von der Zeit auf dem Gymnasium, der Oberstufe – oder wie er es nannte: dem Hades auf Erden. Der reinste Psychoterror! »Mobbing« war für ihn nicht nur ein theoretischer Begriff, sondern grausame Wirklichkeit.

Die Mitschüler hatten ihm keine ruhige Minute gelassen, sie demütigten und quälten ihn, wo, wann und wie es die Gelegenheiten ergaben. Warum ausgerechnet er zum Opfer auserkoren worden war? Diese Frage hatte er sich Hunderte Male gestellt, doch nie eine Antwort gefunden. Er liebte Bücher und Geschichten, las gern und schrieb Gedichte. Ja gut, das war ein wenig exotisch für einen jungen Mann. Aber auch nicht komplett außergewöhnlich. Zumindest sollte es nicht der Grund dafür sein, Tag für Tag aufs Neue getriezt zu werden. Jeder Schultag glich für ihn einem Spießrutenlauf und bestand aus einem Sammelsurium an psychischen und physischen Schmerzen.

Sich jemandem anzuvertrauen, um Hilfe zu bitten, war ihm

zwar in den Sinn gekommen. Doch es gab niemanden, den er damit belasten wollte. Seine Eltern hatten mit ihrer Konditorei schon genug Probleme am Hals. Morgens um drei Uhr raus, Brötchen backen und Torten vorbereiten, die zuweilen nervtötenden Kunden freundlich bedienen, abends müde nach Hause schleichen, Buchhaltung im Halbschlaf, erschöpft gegen zehn Uhr ins Bett fallen. Nein, das wollte er ihnen nicht auch noch aufbürden.

Einen Lehrer ins Vertrauen zu ziehen, kam ebenfalls nicht in Frage. Das wäre ihm wie ein Anschwärzen vorgekommen, wogegen sich alles in ihm sträubte. Immer schon. Wenn er eins hasste, dann war es das Petzen. Zumal er fürchtete, anschließend noch mehr Hass und Niedertracht auf sich zu ziehen. Niemand mochte Verräter.

Und Freunde, die ihm hätten helfen können? Die gab es nicht. Wer wollte sich schon mit einem Opfer abgeben? Er wurde von allen geschnitten. Ihm kam es vor, als hätte er Lepra, Pocken und die Pest gleichzeitig.

Derart ausgegrenzt war ihm als geschützter Rückzugsort nur sein Zimmer geblieben. Dort hatte er sich mit seinen Büchern eingebunkert. So leidvoll es sich anhörte, lag darin auch etwas Positives. Es verschaffte ihm Zeit zum Lernen, ohne Ablenkungen zu erliegen. So gerüstet bestand er trotz der widrigen Umstände das Abitur mit Bestnoten.

Gott, wie froh war er gewesen, endlich das Zeugnis in den Händen zu halten und dem ganzen Schrecken den Rücken kehren zu können. Der Abifeier war er ferngeblieben, niemals wieder würde er versuchen, mit einem Mitschüler Kontakt aufzunehmen.

Bis zum Beginn des Wehrdienstes hatte er in einem Supermarkt gejobbt, in Gedanken schon beim danach angestrebten Studium der Germanistik. Dass er zuvor ein weiteres Mal durch die Hölle gehen sollte, ahnte er zu dem Zeitpunkt nicht.

Bereits am ersten Tag der Grundausbildung begann es wieder. Er hatte Rainer aus der Patsche geholfen, und schneller als gewollt steckte er schon wieder Hals über Kopf in der Scheiße.

Er hatte dem Stier das rote Tuch gezeigt, und Gregor ging seither mit Hohn, Spott, Beleidigungen und Herabsetzungen auf ihn los. Unterstützt wurde er dabei von dem speichelleckenden Arschloch Volker.

Und wie immer bei einer derartigen Konstellation war da die schweigende Menge und schaute zu. Auf ihrer Stube wurde diese verkörpert von Rainer, Atze und Andreas. Die drei ließen ihn zwar in Ruhe, und an ihren Gesichtern konnte er ablesen, dass ihnen nicht gefiel, was Gregor und Volker mit ihm anstellten. Doch sie hatten nicht genug Mumm in den Knochen, um dem Ganzen Einhalt zu gebieten.

Nichts ließ Gregor aus. Er schwärzte ihn bei Vorgesetzten an, verteilte Kopfnüsse, verhöhnte ihn aufgrund seiner mangelhaften Fitness und Treffsicherheit auf dem Schießstand, drangsalierte ihn, wo er nur konnte.

Über Wochen hinweg staute sich in Daniel eine Wut an, die er nur noch mit Mühe unter Kontrolle halten konnte. Er glich immer mehr einem Pulverfass mit glimmender Lunte. Jedes Mal, wenn Gregor ihn triezte, blies er Sauerstoff darauf. Und so kam es, wie es kommen musste: An seinem Geburtstag explodierte er.

Letztendlicher Auslöser war die »Musikbox«, kombiniert mit dem Umstand, dass man sich an seinem Ehrentag alles Mögliche wünschte, nur keine weitere Demütigung. Gregor und sein Lakai dagegen fanden, dass ein Ständchen für einen solch feierlichen Anlass genau das Richtige war. Nur dass nicht sie das Liedgut vortragen wollten, sondern es von ihm forderten. Ehe er sich's versah, hatten die beiden ihn in den Spind geschoben, die Tür zugesperrt und ihn lachend aufgefordert, das Westerwaldlied zu singen. Dabei warfen sie Geldstücke durch die Lüftungsschlitze.

Daniel wurde von klaustrophobischer Panik erfasst. In seinen Ohren pulsierte rauschend das Blut, übergangslos schwitzte er am ganzen Körper. Kleiderbügel drückten schmerzend in seinen Nacken, Schweiß lief ihm in die Augen, fast hyperventilierte er. Kaum fähig, sich in der Enge des winzigen Blechverlieses zu rühren, stemmte er sich mit aller Kraft gegen die Tür. Ohne Erfolg, sie war fest verschlossen. Es kam ihm vor, als steckte er in einem stählernen Sarg.

Er hörte ihr boshaftes Lachen, weitere Münzen polterten durch die Lüftungsschlitze. Gregor stand vor dem Spind und schlug donnernd mit einer Faust gegen das Blech. »Scheint kaputt zu sein«, rief er. »Kommt keine Musik raus.«

Daniel tastete blind, suchte einen Ausgang, den es nicht gab. In der Tasche seiner Jacke spürte er einen Gegenstand.

Sein Taschenmesser!

Damit konnte er vielleicht die Tür aufhebeln. Er zwängte sich in die hinterste Ecke des Spinds, es reichte, um beide Hände vor den Körper zu bekommen. Jetzt konnte er die Schneide ausklappen. Fast wäre ihm dabei das Messer aus den schwitzigen Fingern geglitten.

»Westerwaldlied!«, forderte Volker und lachte gackernd.

»Oder von mir aus auch ›Fuchs, du hast die Gans gestohlen‹«, rief Gregor.

»Schluss jetzt!«

Daniel hörte es kaum, er konnte den letzten Satz ohnehin nicht einsortieren. Schließlich hatte er noch gar nicht angefangen zu singen. Womit sollte er also aufhören? Mit dem Messer eine Möglichkeit vor Augen, der Enge zu entfliehen, schlug seine Panik in blanken Hass um.

Jetzt kannte er nur noch ein Ziel.

Es musste ein Ende haben!

Er stieß die Klinge in den Türspalt, hebelte wild und hoffte, dass sie nicht abbrach … da flog auf einmal die Tür auf.

Erleichtert schnappte er nach Luft, wand sich aus der misslichen Lage, in der er steckte, und hätte sich am liebsten sofort auf Gregor gestürzt. Doch zu seiner Überraschung standen Rainer, Atze und Andreas mit dem Rücken zu ihm wie eine Phalanx zwischen ihm und den beiden Missetätern.

Volker machte drohend einen Schritt auf Rainer zu. Der stieß ihn zurück und knurrte: »Seid ihr taub? Ich sagte: Schluss jetzt!«

Gregor grinste höhnisch. »Wer bestimmt das? Du etwa? Du kleiner Ficker?«

»Nein«, sagte Atze und ballte die Fäuste. »Wir bestimmen das! Leg dich mit einem von uns an, und du bekommst es mit allen zu tun.«

Volker lachte, doch er klang nicht mehr so selbstbewusst wie noch vor einigen Sekunden. »Die proben den Aufstand, Greg.«

»Von mir aus. Wollen mal sehen, was die so draufhaben!«, brummte Gregor und ging zum Angriff über. Mühelos durchbrach er die Phalanx, stieß Rainer, Atze und Andreas zur Seite. Sie stolperten auseinander; Rainer krachte gegen die Sitzgruppe und verschob Tisch und Stühle.

»Weicheier!«, rief Gregor triumphierend und drehte Daniel dabei den Rücken zu.

Ein Fehler!

In Daniel glühten sämtliche Synapsen lichterloh auf, sein Blick verengte sich zu einem Tunnel, er fühlte sich, als könnte er Berge versetzen. Er schoss vor, nahm Gregor in den Klammergriff, riss mit dem Unterarm dessen Kopf nach oben und setzte das Taschenmesser unter dem rechten Auge an. »Ich stech zu«, zischte er in das Ohr seines Widersachers.

Alle im Raum verstummten abrupt.

Gregor versuchte einen Ausfallschritt, doch Daniel ließ nicht locker. Die Messerklinge ritzte Gregors Wange, Blut floss.

»Scheiße, Mann«, würgte Gregor heraus.

Daniel kicherte wie irr. Das also war Macht! Es fühlte sich so gut an. »Gleich wird es dir noch viel beschissener gehen.«

»Daniel. Lass ihn los. Bitte«, bat Rainer.

Daniel blinzelte den Schweiß aus seinen Augen. »Warum sollte ich?«

»Er ist es nicht wert.«

»Da gehe ich d'accord. Nicht wert, am Leben zu bleiben.«

Rainer hob beschwichtigend die Hände. »Das meinte ich nicht. Gregor ist ein Arschloch, ja. Aber wenn du ihm etwas antust, ist nicht nur sein Leben verwirkt. Denk doch einen Moment darüber nach.«

Atze trat näher. »So etwas wie das hier wird nicht mehr vorkommen, Daniel. Das versprechen wir dir. Wir sind auf deiner Seite.«

Er wollte spöttisch auflachen. Wer war schon jemals für ihn eingestanden? Doch die besorgten Blicke von Rainer, Atze und Andreas ließen ihn innehalten. Meinten sie es ernst?

»Hör auf die drei Schwuchteln«, presste Gregor hervor. »Sind deine Freunde, glaub mir.«

»Schnauze«, zischte Daniel und verstärkte den Druck der Messerschneide.

Rainer streckte langsam seine Hand aus. »Daniel, gib mir das Messer. Bitte.«

Vehement schüttelte Daniel den Kopf. Er kontrollierte hier die Situation. Das wollte er nicht aus der Hand geben. Zum ersten Mal war nicht er das Opfer, sondern der … Täter?

Verdammt, so phantastisch, wie sich es angefühlt hatte, endlich einmal den Spieß umzudrehen, so heftig durchfuhr ihn jetzt der Schock. Hatte er tatsächlich vorgehabt, Gregor zu verletzen?

»Das Messer, Daniel«, wiederholte Rainer. »Gib es mir!«

Verstört über das, was sich hier abspielte, lockerte er seinen Griff. Gregor nutzte sein Zögern sofort aus, hieb ihm den Ellbogen in den Bauch und riss sich los.

Stöhnend klappte er zusammen und verlor das Messer. Mit einer raschen Bewegung kickte Volker es weg. Es rutschte über das Linoleum und verschwand unter einem Bettgestell.

Unsanft wurde er am Kragen in die Höhe gerissen. Gregor hielt ihn mit wutverzerrter Miene fest. »So, du kleiner Scheißer, jetzt werde ich dir eine Abreibung verpassen.«

Daniel schloss willenlos die Augen, jeder Aussicht beraubt, jemals aus dieser Hölle zu entfliehen. Es würde immer so weitergehen. Er hätte zustechen sollen, solange er die Gelegenheit dazu hatte.

Es klatschte. In Erwartung des Schmerzes spannte Daniel alle Muskeln an. Vielleicht konnte er so zumindest Knochenbrüche verhindern. Doch seltsamerweise spürte er … nichts.

Stattdessen löste sich Gregors Griff. Daniel torkelte zurück und stieß gegen das Blech des Spindes.

»Spinnst du?«, rief Gregor mit sich überschlagender Stimme.

»Wenn du ihm einen Kratzer zufügst, kannst du etwas erleben.«

Rainer?

Entgeistert riss Daniel die Augen auf.

Tatsächlich!

Rainer stand in Boxerposition vor Gregor, der sich mit schmerzverzerrter Miene eine Hand auf die Seite presste. Atze und Andreas hielten derweil Volker fest. Gregor schnaufte, dann holte er zu einem Schwinger aus. Rainer duckte sich gekonnt darunter hinweg und verpasste dem Muskelprotz einen weiteren Leberhaken.

»Ab sofort herrscht hier Friede auf der Stube! Ansonsten werde ich Daniel das Messer wieder in die Hand drücken. Ist das klar?« Rainer wartete die Antwort nicht ab und trat Gregor in den Unterleib. Stöhnend ging der Hüne in die Knie und hielt sich sein Gemächt.

In dem Moment flog die Tür auf, und der Unteroffizier vom Dienst erschien im Rahmen. Sie nahmen Haltung an und salutierten, wobei Gregor sich nur mit Mühe auf die Beine stemmen konnte.

»Achtung! Melde Stube derzeit belegt mit sechs Mann«, rief Atze vorschriftsmäßig. »Keine besonderen Vorkommnisse.«

Der Unteroffizier blickte von einem zum anderen. »Soso! Na, dann möchte ich mal sehen, wie es hier zugeht, sollte es einmal besondere Vorkommnisse geben.« Er verbiss sich ein Grinsen. »Weitermachen!«, befahl er, schloss die Tür, und seine Schritte verhallten auf dem Flur.

Daniel Resche schüttelte lächelnd den Kopf. Was war das nur für eine Aktion gewesen? Einfach klasse. Und obwohl er damals eine Retourkutsche erwartet hatte, ließen Gregor und Volker nach dem Ereignis überraschend von ihm ab. Sie schienen das Interesse an ihm verloren zu haben, ahnten vermutlich, dass die drei Kameraden ihre Ankündigung, ihn zu beschützen, durchaus ernst meinten. Das war es dann gewesen mit dem Mobbing. Wenn Peiniger etwas nicht mochten, war es Widerstand. Am Ende waren es schlicht Feiglinge!

In den folgenden Wochen hatte sich zwischen ihm, Rainer, Atze und Andreas eine Freundschaft entwickelt, die den Grundwehrdienst und bezogen auf Rainer sogar Jahrzehnte überdauerte. Bis …

»Nein!«, schalt sich Resche lautstark selbst. Er hatte sich doch vorgenommen, heute nur erfreuliche Erinnerungen wachzurufen.

Also los!

Rainer.

Kumpel. Ja, sie waren damals Kameraden geworden.

Zum ersten Mal seit seiner Kindheit hatte Resche Freunde gefunden. Das hatte ihn überwältigt, gerührt und, ja, beeinflusst. Als Rainer einige Monate später überraschend der Idee verfiel, Berufssoldat zu werden, hatte Resche es ihm nachgetan. Er ließ das geplante Studium sausen und stellte ebenfalls ein Gesuch. Schon kurz darauf wurden ihre Anträge positiv beschieden, ihren Karrieren bei der Bundeswehr stand somit nichts mehr im Wege. Rainer hatte sich als Ausbilder mit der mittleren Laufbahn begnügt, war so bis zum Oberfeldwebel aufgestiegen. Resche hatte die Offizierslaufbahn gewählt. Die vorübergehend getrennten Wege wurden in Afghanistan wiedervereint.

Verfluchtes Afghanistan!

Wäre er doch niemals dorthin gegangen. Dann wäre es nie zu dem fatalen Ereignis gekommen, zu dem Einsatz, der …

Das Horn eines Frachters riss Resche aus seinen Gedanken. Wie ein flacher Stein über die Wellen springend, kreuzte ein Motorboot das Kielwasser des Schiffes. Vermutlich fühlte sich der Kapitän von diesem übermütigen Tanz bedrängt.

Resche suchte den Hund. Der stand mit den Beinen im seichten Wasser und gönnte sich eine Abkühlung. Er kam herangeschlendert und hockte sich hechelnd auf die Hinterläufe.

Im Fell glitzerten Wassertropfen. Aus treuen Augen blickte er Resche an.

»Na, genug herumgetobt?« Er wuschelte ihm liebevoll durch das Fell. »Du bist ein wahrer Kamerad, ein echter Freund.« Wieder sah er nachdenklich in die Ferne. »Jetzt bist du wohl außerdem der treueste Kamerad, der als Einziger noch zu mir steht«, murmelte er, hakte die Leine ein, und sie machten sich auf den Rückweg.

11

Kaum hatte Fischbach den Rechner hochgefahren, sah er die mit hoher Priorität gekennzeichnete Mail von Thomas Gilles. Er klickte sie an und las.

Welscher kam ins Büro und öffnete das Fenster. Augenblicklich nahm der Verkehrslärm zu. Trotz des noch frühen Nachmittages herrschte auf der Kölner Straße ordentlich Betrieb. »Gibt's was Neues?«

»Kann man so sagen«, antwortete Fischbach. »Thomas hat eine Zeugin aufgetan, die ich anrufen soll.« Er nahm den Hörer ab und wählte.

Welscher stellte sich hinter ihn. »Eine Zeugin für was?«, wollte er wissen.

Fischbach deutete auf die Mail. »Lies selbst.« Dann horchte er und wartete darauf, dass jemand abnahm. Gleichzeitig stellte er das Telefon auf laut. Es dauerte nicht lang, bis sich eine Frauenstimme meldete.

»Margarete Tischendorf am Apparat. Mit wem spreche ich?«

Fischbach schmunzelte. Eine so klassisch vorgetragene Begrüßung der alten Schule hatte er am Telefon schon lange nicht mehr gehört. Was auch daran lag, dass er sich ewig nicht bei seiner Mutter gemeldet hatte, die sogar vor der Annahme eines Telefongesprächs ihre Kleidung zurechtrückte und die Frisur in Form drückte. Augenblicklich erwachte in ihm ein schlechtes Gewissen. Er liebte seine Mutter, daran lag es nicht, dass er so wenig Zeit mit ihr verbrachte. Doch in ihrer Gegenwart fühlte er sich stets wie das kleine Kind von damals, das streng zu Ordnung, Fleiß und Sauberkeit erzogen worden war. Es waren unangenehme Erinnerungen. Rasch verdrängte er den Gedanken daran. »Hauptkommissar Fischbach hier«, meldete er sich stattdessen, »Kriminalpolizei Euskirchen. Einer meiner Kollegen war heute bei Ihnen. Er teilte mir mit, dass Sie wichtige Informationen für uns haben. Ich wollte …«

»Wer spricht?«

Irritiert sah Fischbach zu Welscher und wiederholte seinen Namen.

»Was?«

»Fischbach! Polizei!«, rief er in den Apparat.

»Es tut mir leid, ich bin schwerhörig. Am Telefon ist es schlimmer.«

»Verstehe«, brummte Fischbach. Gleichzeitig fragte er sich, warum sie dann überhaupt Gespräche annahm.

»Was haben Sie gesagt?«

Fischbach schloss resigniert die Augen. Warum musste es oft so kompliziert sein? »Darf ich vorbeikommen? Sind Sie zu Hause?«

»Bitte?«

»Vorbeikommen?«, rief Fischbach in die Sprechmuschel. »Ich. Jetzt. Bei Ihnen?«

»Na, geht doch«, frohlockte Margarete Tischendorf. »Warum denn nicht gleich so, junger Mann? Ja, Sie dürfen mich gern besuchen. Ich freue mich auf Sie und setze schon mal Tee auf. Bis gleich.« Die letzten Worte trällerte sie förmlich.

Es klackte in der Leitung, Fischbach ließ den Hörer sinken. »Einfach aufgelegt.«

Welscher klopfte ihm auf die Schulter. »Es war ja auch alles gesagt. Lass dich nicht aufhalten. Ist dir doch eh lieber so, als zu telefonieren.«

»Ja, gut … stimmt schon. Und was steht bei dir an?«, fragte Fischbach und nahm seinen Helm und die Lederjacke.

Welscher schlenderte um seinen Schreibtisch herum und setzte sich. »Ich werde mal sehen, was ich alles über Daniel Resche herausfinde. Wir waren uns ja einig, dass der uns irgendetwas verheimlicht hat.«

Fischbach nickte, dann machte er sich auf den Weg.

Er verließ die Autobahn an der Ausfahrt Nettersheim und wählte die Strecke über Marmagen. Fischbach genoss den Fahrtwind und den Geruch nach Sommer, den Hauch von Getreide und Heu. Das einzig Unangenehme waren die lästigen Insekten, die manches Mal wie winzige Geschosse auf seinem Gesicht zerschellten.

Am Besucherbergwerk »Grube Wohlfart« musste er auf Schrittgeschwindigkeit abbremsen und vorsichtig um Oldtimer herumkurven, die sich auf der Straße stauten. Es waren wunderschöne Fahrzeuge. Fischbach erkannte einen alten Käfer mit Brezelfenster, ein Goggomobil, einige Austins, einen Lotus Super Seven und sogar einen Mercedes-Benz Typ 230 aus den Vorkriegsjahren in Pechschwarz. Anscheinend hatte ein Club eine Ausfahrt organisiert, die die Teilnehmer zum Bergwerk führte. Die blechernen Schätzchen erinnerten ihn an einen Fall, in dem sie vor einiger Zeit ermitteln mussten. Bei einer Oldtimer-Rallye hatte es mehrere Tote gegeben, und am Ende hatte Fischbach sich todesmutig vor jemanden werfen müssen, damit es nicht noch ein weiteres Opfer zu beklagen gäbe. Es hatte ihn fast das Leben gekostet.

In Rescheid angekommen, stellte er die Harley auf dem kleinen Parkplatz vor der St.-Barbara-Kirche ab. Einige Schritte entfernt, gegenüber dem Soldatendenkmal der Gefallenen im Zweiten Weltkrieg, wurde er bereits erwartet.

Eine ältere Dame stand im Türrahmen einer Haustür. »Hallihallo«, rief sie ihm fröhlich über die Straße hinweg zu. »Sie sind doch der Polizist, oder?«

Fischbach öffnete das Gartentor. »Ja. Wir haben vorhin miteinander telefoniert. Wie haben Sie mich erkannt?«

»Hier ist nicht viel los, und Sie sind mir fremd … Ich habe wohl gut geraten.«

»Manche Dinge sind einfacher, als man erwartet«, stellte Fischbach fest und wühlte in seiner Hosentasche. Er zögerte, als er das runde Metall der Kripomarke spürte. Sollte er …? Nein. Er entschied sich um und zog den Dienstausweis aus der Innentasche der Lederjacke.

Margarete Tischendorf warf nur einen kurzen Blick darauf, dann winkte sie ihn herein. »Geradeaus durch in die Küche, Herr Fischbach«, sagte sie trällernd. »Die Mauern sind dick wie auf einer Burg. Haben mein Mann, Gott hab ihn selig, und ich damals selbst hochgezogen. Die Steine speichern die Kühle. Ist sehr angenehm, Sie werden sehen.«

Sie ging voraus durch den Flur. Fischbach versuchte, Margarete Tischendorfs Alter zu schätzen. Die kurz geschnittenen Haare waren grau, das Gesicht faltig, die Haut von Altersflecken übersät. Doch die Augen leuchteten lebhaft, und ihr Gang war schwungvoll und energiegeladen. Daher war es nicht einfach. Er entschied sich für Mitte siebzig.

In der Küche angekommen, wies sie ihm einen Platz am Tisch zu. Während sie die Teekanne von der Anrichte holte, zog er die Jacke aus, setzte sich und sah sich um. Was er sah, gefiel ihm. Steinfliesenboden, urige Holzmöbel. Neben dem modernen Gasherd stand einer aus Emaille, die Wände zierten alte Kuchenformen und Regale mit Keramiktellern und Tontöpfen darin. Fischbach fühlte sich hier auf Anhieb wohl. Er mochte solch einen Landhausstil mit Gebrauchsspuren. Bei ihm konnten Möbelstücke ruhig Schrammen und Kratzer aufweisen. Diese Macken waren Zeitzeugen des Lebens der Menschen, die sie nutzten. Durch die beiden Fenster konnte er in den Garten blicken, der jetzt im Schatten des Giebels lag. Auf der Wiese blühten wilde Sommerblumen.

Margarete Tischendorf schenkte ein. »Sie haben Glück«, sagte sie, ohne auch nur einen Tropfen neben die Tasse zu setzen, »ich habe von gestern noch Stücke meines weltberühmten Milchreisfladens übrig.« Sie verteilte den Kuchen. »Ich treffe mich hin und wieder mit den anderen alten Eifelhexen aus dem Dorf zum Kaffeeklatsch.« Sie kicherte. »Wir nennen uns selbst so, irgendwie lustig, finden Sie nicht auch?« Sie setzte sich ihm gegenüber. »Probieren Sie, probieren Sie doch«, drängte sie.

Fischbach ließ sich nicht zweimal bitten. Bei Kuchen sagte er nie Nein. Nach dem ersten Bissen entfuhr ihm ein: »Lecker! Köstlich!« Sofort schaufelte er sich noch ein Stück in den Mund.

Margarete Tischendorf strahlte über das ganze Gesicht. »Ein Rezept meiner Mutter, Gott hab sie selig.«

»Ein Hoch auf Ihre Mutter«, murmelte Fischbach und schlürfte am Tee.

»Bitte?«

Das hatte Fischbach ganz vergessen. »Tut mir leid«, sagte er vernehmlicher. »Ich habe Ihre Mutter für das Rezept gelobt.«

Sie lächelte und tätschelte seinen Unterarm. »Danke. Sie sind ein Schatz!« Sie zog ihre Hand zurück. »Wissen Sie, so, bei normaler Lautstärke, geht es noch ganz gut. Allerdings am Telefon …« Sie winkte ab. »Aber was erzähl ich Ihnen? Sie haben es ja selbst erlebt. Ich hatte einen ungewöhnlichen Beruf. Also ich meine: für eine Frau.« Sie zeigte auf ihr Ohr. »Wie auch immer, das habe ich jetzt davon.«

»Als was haben Sie denn gearbeitet?«

»Ich war Anlagenfahrerin.«

Fischbach sah auf. »Was ist denn das?«

Sie lachte. »Man bedient Maschinen. Bei mir waren es riesige Trockner für Farbpigmente. Viele nebeneinander, alle mit Gebläse, die Lärm erzeugen, mit Trommeln, die rotieren … dazu die Hitze der Heizungen. Wir trugen zwar Gehörschutz, doch unter diesen Micky-Maus-Ohren schwitzte jeder schrecklich. So hatten wir die Dinger mehr um den Hals liegen als über die Ohren gestülpt.« Sie zuckte mit den Schultern. »Als ich zum ersten Mal bemerkte, dass ich nicht mehr gut höre, war es eigentlich auch schon zu spät. Jetzt muss ich für meine Unvernunft büßen.«

Fischbach verstand. »Schöner Mist.«

Sie lachte glockenhell. »Damit bringen Sie es auf den Punkt. Aber genug von mir. Sollen wir jetzt mal zum Grund Ihres Besuchs kommen?«, fragte sie und drückte Kuchenkrümel in die Zinken der Gabel.

Fischbach war das recht. So wohl er sich hier auch fühlte, er durfte nicht den ganzen restlichen Tag vertrödeln. Immerhin galt es, einen Mord aufzuklären. »Sie haben meinem Kollegen erzählt, dass Sie vorgestern auf dem Hof von Rainer Levkus waren. Das ist doch richtig, oder?«

Margarete Tischendorf nickte. »Ja.« Ihr Gesicht verfinsterte sich. »Da lebte er noch, der Rainer, Gott hab ihn selig.«

»Welchen Eindruck hatten Sie von ihm? War er ängstlich? Oder aufgeregt? Hat er sich seltsam …«

Sie hob die Hand und gebot Fischbach Einhalt. »Ich habe nicht mit ihm geredet.«

»Warum nicht?«

»Ich wollte nicht stören.«

»Wobei?«

»Bei dem Streit. Das habe ich Ihrem Kollegen aber alles schon erzählt.«

Fischbach legte die Gabel auf den leeren Teller und lehnte sich zurück. »Erzählen Sie es mir bitte auch. Manchmal hilft so eine Wiederholung den Erinnerungen auf die Sprünge, und dann fällt Ihnen vielleicht noch etwas ein, was für uns wichtig sein könnte.«

»Ah, so ist das. Na, dann ist gut. Also … ich wollte mir bei Rainer Eier für den Kuchen holen. Und da habe ich die lauten Stimmen gehört.«

»Wer hat mit wem gestritten?«

Gequält verzog sie das Gesicht. »Ist schwer zu sagen … für mich zumindest. Also, den Rainer, den habe ich rausgehört. Sein Singsang, das ist so ein dezentes Öcher Platt.«

»Verstehe ich das richtig? Sie haben die Streitenden nicht gesehen?«

»So ist es. Ich bin mit dem Fahrrad auf den Hof, ich war aber nicht im Haus. Die Fenster standen wegen der Hitze alle offen, und so konnte selbst ich den Streit hören. Da wollte ich nicht zwischengeraten, habe daher die Eier Eier sein lassen und bin davongestrampelt.«

»Um wie viel Uhr war das?«

»So gegen fünf am Nachmittag.«

Fischbach dachte an die Einschätzung der Rechtsmedizinerin zum Todeszeitpunkt. Mindestens sechzehn Stunden tot, jedoch nicht länger als drei Tage, hatte sie ihnen mit auf den Weg gegeben. Von mehreren Tagen konnte keine Rede mehr sein, wenn die Zeugin Rainer Levkus am Vortag um siebzehn Uhr noch lebend angetroffen hatte. Das verkürzte den Zeitraum, in dem der Mord geschehen sein musste, enorm. »Und mit wem hat sich Herr Levkus gestritten?«

»Wie gesagt, das weiß ich leider nicht. Die Stimme kannte ich nicht.«

»Mann oder Frau?«

Sie sah zur Decke, überlegte einen Moment. »Tja … eine hohe Männerstimme … oder eine tiefe Frauenstimme, irgendwie so.«

Wenig hilfreich, dachte Fischbach, aber er konnte Margarete Tischendorf deswegen keinen Vorwurf machen. »Worüber wurde denn gestritten?«

Sie zuckte mit den Schultern. »Das weiß ich leider nicht. Bitte entschuldigen Sie … Stimmen zu erkennen und zuzuordnen ist schon schwierig für mich. Aber Wörter verstehen … auf diese Entfernung … tut mir leid.«

Fischbach hob die Hände und lächelte freundlich. »Muss es nicht. Sie haben uns schon sehr geholfen, wofür wir Ihnen sehr dankbar sind. Ist Ihnen denn sonst etwas aufgefallen? Stand zum Beispiel ein Auto auf dem Hof?«

Margarete Tischendorfs Miene hellte sich auf. »Ja! Gut, dass Sie das ansprechen. Da stand tatsächlich eins. Und von Rainer kann es nicht gewesen sein, denn der erledigt alles mit dem Trecker. Wenn er mal weiter wegwollte, nahm er den Zug oder hat Lukas gefragt. Rainer selbst hat keinen Wagen.«

»Wer ist Lukas?«

»Der Sohn meines Nachbarn. Ein Taugenichts, wenn Sie mich fragen. Lebt in den Tag hinein, von Beruf Sohn, Sie verstehen? Wenn Rainer irgendwo hinwollte, hat er Lukas Geld zugesteckt, und er hat ihn dann gefahren.«

»War es der Wagen von diesem Lukas?«

»Nein, nein. Der nimmt für die Ausfahrten immer den Audi seines Vaters. Meistens fuhr er Rainer dann zu seiner Schwester nach Belgien. Mit der versteht … verstand er sich gut.« Sie lächelte traurig. »Für sie bürstete sich der ›einsame Wolf‹ auch mal das Fell, wissen Sie, da blitzte dann der schnieke Rainer durch. Ach Gott, wenn ich daran denke, dass das jetzt alles …« Sie schluckte schwer. Dann holte sie tief Luft und sagte: »Aber sie wollten was zu dem Wagen wissen. Der gestern auf dem Hof war nicht der von Lukas' Vater, das weiß ich genau.« Ihr Gesicht verfinsterte sich wieder. »Fragen Sie mich jetzt aber bitte nicht nach der Marke. Da kenne ich mich nicht aus. Ein kompakter war es, so in Richtung Golf. Doch ob es wirklich ein VW war, kann ich nicht mit Bestimmtheit sagen.«

»Die sehen sich ja auch alle immer ähnlicher. Es war wohl niemand hier aus Rescheid? Was meinen Sie?«

Sie schüttelte den Kopf. »Nein, denke nicht. Auf Anhieb wüsste ich jetzt nicht, wer hier im Ort solch einen Wagen fahren sollte.«

»Das Kennzeichen haben Sie sich nicht zufällig gemerkt?«

Sie schüttelte heftig den Kopf. »Wer achtet denn auf so etwas? Ich habe ihn ohnehin nur von der Seite gesehen. Der Wagen war grau. Oder silbern? Anthrazit? Na ja, so diese Richtung halt. Auf keinen Fall rot, gelb oder grün, Sie verstehen. Vielleicht hilft Ihnen das weiter.«

»Auf jeden Fall«, sagte Fischbach. »Ein anthrazit-silbergrauer Kompaktwagen also. Davon gibt es zwar viele. Aber es grenzt auch eine riesige Menge an Fahrzeugen aus. Sonst noch etwas?«

Margarete Tischendorf überlegte einen Moment, schloss dabei die Augen. Dann seufzte sie. »Nein. Mehr war da nicht. Ich bin einfach davongeradelt, ohne mich weiter umzuschauen.«

»Gut«, sagte Fischbach. »Ich möchte jetzt noch auf eine andere Sache zu sprechen kommen.«

»Nur zu.« Sie pikste ein winziges Stück Kuchen auf und sah Fischbach erwartungsvoll an.

»Sie kennen die Familie Levkus sicherlich schon lange. Würden Sie mir ein wenig mehr über sie erzählen?«

»Was möchte Sie denn genau wissen?«

Fischbach hob auffordernd beide Hände. »Legen Sie los. Bei Bedarf frage ich nach.«

Sie holte tief Luft und stand auf. »Könnte etwas länger dauern. Und wenn das so ist, wäre eine selbst gemachte Zitronenlimo genau das Richtige, oder? Zufällig habe ich eine im Kühlschrank. Hoffe, das ist Ihnen recht.«

Eine Stunde später saß Fischbach auf der Harley und verließ Rescheid. Einige Dinge, die Margarete Tischendorf ihm von den Levkus' erzählt hatte, waren ihnen bereits bekannt. Die Überschreibung des Hofes von dem Vater auf den Sohn zum Beispiel. Oder Rainers Tätigkeit als Berufssoldat. Andere hingegen waren neu. So wusste Fischbach jetzt, dass der Vater Bert in jungen Jahren gern die Fäuste hatte fliegen lassen, weswegen er sogar eine lange Haftstrafe verbüßen musste. Nachdem er diese abgesessen hatte, schien er geläutert. Niemals wieder kam er mit dem Gesetz in Konflikt. Rainer Levkus' bereits verstorbene Mutter Eleonore hatte in der Zeit des Gefängnisaufenthalts die Kinder allein erzogen und den Hof bewirtschaftet. Nebenbei arbeitete sie als Kassiererin in einem Supermarkt, um über die Runden zu kommen.

Margarete Tischendorf hatte auch zu berichten gewusst, dass Rainer Levkus seinem Vater Bert die lange Abwesenheit zeit seines Lebens übel nahm. Zwischen ihnen gab es nach der Entlassung aus dem Gefängnis Spannungen, obwohl der Vater sich redlich bemühte, wieder ein gutes Verhältnis zum Sohn aufzubauen. Doch Margarete Tischendorf hatte nicht den Eindruck gehabt, dass die Versuche irgendwann gefruchtet hätten. Sie nahm sogar an, die Überschreibung des Hofes wäre ein letzter verzweifelter Versuch des Vaters gewesen, die Liebe seines Sohns zu erkaufen.

Weder Rainer Levkus noch seine Schwester Carola hatten Kinder. Onkel und Tanten gab es ebenfalls nicht, da sowohl Bert als auch Eleonore als Einzelkinder aufgewachsen waren. Und die Großeltern waren allesamt schon vor einiger Zeit verstorben. Die Familienverhältnisse der Levkus' waren also überschaubar.

Interessant war Margarete Tischendorfs Aussage, Rainer könne womöglich von einem schrecklichen Ereignis aus seiner Jugendzeit traumatisiert gewesen sein. Vor Jahrzehnten war seine damalige Freundin spurlos verschwunden. Und bis heute war sie auch nicht mehr aufgetaucht, weder tot noch lebendig.

Fischbach hatte sich den Namen dieser Frau notiert. Sein

Bauchgefühl sagte ihm, dass es nicht schaden konnte, sich die alte Ermittlungsakte anzuschauen.

Auf die Frage, ob die Familie im Allgemeinen oder Rainer Levkus im Besonderen Ärger mit irgendjemandem gehabt habe, hatte Margarete Tischendorf gründlich überlegt und dann nachdrücklich den Kopf geschüttelt.

Fischbach überholte einen gemütlich vor sich hin tuckernden Traktor und bog anschließend in die Straße ein, die zu Rainer Levkus' Hof führte. Wenn er schon einmal hier war, konnte er auch direkt vor Ort nachhören, ob es neue aufschlussreiche Informationen gab. Falls nicht, wäre er mit dem Verlauf des Nachmittags trotzdem zufrieden. Gestern noch wussten sie kaum mehr als den Namen des Opfers. Und heute lag schon fast eine ausführliche Biografie über Rainer Levkus vor ihnen.

Das liebte Fischbach an seinem Job. Die Fälle waren wie Puzzles. Erst Teile im Karton, die keinen Zusammenhang zu haben schienen. Dann aber, mit Geduld, Fleiß und auch Glück, setzte sich daraus ein Bild zusammen. Und gepuzzelt hatte er schon als Kind gern.

In Fischbachs Hosentasche vibrierte das Smartphone. Er hielt am Straßenrand, um es herauszuholen. Die Nummer kannte er nicht. Trotzdem nahm er das Gespräch an. Es war schließlich das Diensthandy. »Ja?«

»Grießhagen. Sie erinnern sich an mich?«

Fischbach brauchte einen kurzen Moment, dann hatte er die gut gekleidete Leiterin der Hillesheimer Seniorenresidenz vor Augen. Er hoffte, sie hatte einen triftigen Grund für ihren Anruf und wollte nicht wieder flirten. »Selbstverständlich. Um was geht es?«

»Sie hatten mich gebeten, Sie anzurufen, sollte etwas vorfallen.«

Fischbach drückte das Handy fester ans Ohr. Der Traktor, den er gerade eben überholt hatte, tuckerte vorbei. »Ja? Und?«

»Also …« Sie räusperte sich. »Er ist wieder da.«

»Bitte? Wer? Wen meinen Sie?«

»Herrn Levkus. Bert Levkus.« Sie lachte. »Vermissen Sie etwa noch weitere Personen?«

»Oh … nein, natürlich nicht. Also … die Polizei schon, aber nicht ich persönlich …« Fischbach merkte selbst, wie er stammelte, und hielt inne. Er war so überrascht von der Nachricht, dass ihm mehrere Dinge gleichzeitig in den Sinn gekommen waren. So musste er veranlassen, die Fahndung nach Bert Levkus einzustellen. Er lebte, war also kein Opfer eines rachsüchtigen Mörders geworden, der die Familie, warum auch immer, töten wollte. Und streng genommen suchte er doch noch nach mindestens einer weiteren Person, nämlich der Schwester von Rainer Levkus. Aber er wollte das nicht verkomplizieren. »Wo befindet sich Herr Levkus jetzt?«

»In seinem Zimmer.«

»Ich mache mich auf den Weg«, sagte Fischbach. »In einer halben Stunde bin ich bei Ihnen.«

»Gut.«

Fischbach wollte schon auflegen, als Franziska Grießhagen reumütig ergänzte: »Er weiß es leider schon.«

Diesmal schaltete Fischbach sofort. Sie konnte damit nur den Tod seines Sohnes meinen. Allerdings fragte er sich, wie er davon erfahren hatte. Soweit er wusste, hatte die Presse noch nicht darüber berichtet.

»Es tut mir leid«, sagte Franziska Grießhagen. »Es ist mir herausgerutscht, als er sich vorhin zurückgemeldet hat.«

Fischbach sah zum Himmel empor, schloss die Augen und schüttelte den Kopf. »Passiert ist passiert«, sagte er, anstatt ihr einen Vorwurf zu machen. »Tun Sie mir jetzt einfach den Gefallen und halten Sie ihn auf, sollte er das Haus verlassen wollen.«

Er steckte das Telefon zurück in die Tasche, wendete und gab Gas.

20. April 1996

Er hasste Angeln.

Außerdem war es kalt und ungemütlich. Dunst lag über dem Wasser, die aufgehende Sonne schaffte es kaum, Licht durch den wolkenverhangenen Himmel zu schicken, geschweige denn Wärme.

Rainer fröstelte und zog den Parka enger um sich. Er lehnte sich im Campingstuhl zurück und öffnete eine weitere Bierdose. Das alles konnte er nur mit ordentlich Promille im Blut ertragen. Am liebsten hätte er die Sachen zusammengepackt und wäre nach Hause gefahren. Er nippte an der Dose und sah zu seinem Vater hinüber, der mit der Reuse hantierte. Erst eine Forelle hatte Rainer vorhin aus dem Teich gezogen. Eine magere Ausbeute für drei Stunden. Und dafür waren sie so früh aufgebrochen und hatten sich die halbe Nacht um die Ohren geschlagen. Dabei hätte Rainer Schlaf gut gebrauchen können. Davon bekam er in der Kaserne viel zu wenig.

»Vielleicht lassen wir den kleinen Kerl auch wieder frei«, sagte sein Vater. »Mit einer Forelle kommen wir nicht weit, davon bekommen wir die Familie nicht satt.«

»Von mir aus«, brummte Rainer. Er mochte Fisch ohnehin nicht so gern. Eine ordentliche Bratwurst mit Pommes Schranke war ihm bedeutend lieber.

Sein Vater ließ sich auf den Stuhl neben Rainer fallen. Der Stoff knarzte. »Hast du noch eine Dose für mich?«

Kommentarlos reichte Rainer ihm eine. Seine Mutter würde sie am Nachmittag an der Straße einsammeln. Also mussten sie für die Heimfahrt nicht nüchtern bleiben.

Rainers Vater zog die Lasche ab, es zischte, Blech klimperte gegen Blech. Er wirkte jetzt nachdenklich und ernst. Die aufgesetzte Fröhlichkeit, die er bisher an den Tag gelegt hatte, war verflogen. »Jung, was ich dir sagen will …«

Rainer verdrehte die Augen. Er wollte kein Vater-Sohn-Gespräch aufgezwungen bekommen. Lieber wäre er dem weiterhin aus dem Weg gegangen. Dass er in den Angelausflug überhaupt eingewilligt hatte, war ausschließlich dem Wunsch seiner Schwester geschuldet. Ihr konnte er einfach nichts abschlagen, dafür liebte er sie viel zu sehr. Sie erhoffte sich zwischen ihnen eine ausgeglichenere Beziehung, damit der Haussegen geradegerückt wurde. Die Spannungen belasteten sie. Carola hatte schon immer Wert auf Harmonie in ihrem Umfeld gelegt.

Rainers Vater schien das Unbehagen seines Sohnes zu spüren, denn statt einer Entschuldigung oder einem seiner üblichen Versprechen auf Wiedergutmachung folgte: »Äh … die Natalie. Nettes Mädchen. Seid ihr jetzt zusammen?«

Überrascht hob Rainer eine Augenbraue. Damit, dass sein Vater dieses Thema ansprach, hatte er nun wirklich nicht gerechnet. Aber das war ihm lieber als das erwartete nervtötende Gespräch. Genau genommen passte es ihm sogar ausgezeichnet in den Kram. »Denke schon.«

Sein Vater nickte bedächtig. »Sehr schön. Freut mich. Und wie nimmt Frank das auf?«

»Was meinst du?«

»Ihr großer Bruder? Dein bester Freund? Das gibt doch genug Stoff für Zoff.« Er lachte. »Cool. Reimt sich sogar. Du und Frank, seit dem Kindergarten seid ihr wie siamesische Zwillinge. Jede freie Minute hängt ihr zusammen rum.« Er schürzte die Lippen. »Jetzt verbringst du viel Zeit mit Natalie. Er könnte sich zurückgesetzt fühlen, eifersüchtig sein.«

»Frank ist nicht so.«

»Er könnte auch den großen Bruder mimen, der die schützende Hand über die kleine Schwester hält. Solche Dinge meine ich.«

»Quatsch. Alles gut, kannst du mir glauben.« Das war nicht nur so dahingesagt. Rainer hatte wirklich nicht den Eindruck, als nähme sein bester Kumpel ihm irgendetwas übel.

Die Schnur einer Angel zuckte mehrmals. Gebannt sah sein Vater aufs Wasser, bereit, die Rute zu packen, um den Fang an Land zu ziehen. Doch das Beben der Schnur beruhigte sich wieder. Zurück blieben konzentrische Kreise auf der Wasseroberfläche, die größer wurden und schließlich ausliefen. Falscher Alarm.

Rainer beschloss, das Thema noch nicht fallen zu lassen. Konnte nicht schaden, wie er fand. »Weißt du, Bert, die Natalie ist …«, er setzte einen verträumten Blick auf und grinste versonnen, »… süß.«

»Das freut mich, Junge. Wirklich. Und jetzt habe ich glatt ein schlechtes Gewissen.«

»Warum das denn?«

Er wies mit einer ausholenden Handbewegung über den See. »Na, deswegen. Das Angeln. Vermutlich wärst du heute viel lieber mit Natalie zusammen.«

»Nun … Stimmt schon. Aber der Tag ist noch lang«, gab sich Rainer jovial. »Heute Abend treffe ich mich ja mit ihr.«

»Das ist schön«, murmelte sein Vater zufrieden. Er schien sich wirklich über Rainers Glück zu freuen, hob die Bierdose und hielt sie ihm zum Anstoßen hin.

Rainer tat ihm den Gefallen.

»Auf Natalie«, sagte sein Vater.

»Auf Natalie.«

Sie tranken. Rainer unterdrückte ein Grinsen. Perfekt. Dann hatte sich der Angelausflug ja doch noch gelohnt.

Lief alles wie geschmiert.

12

Diesmal musste Fischbach sich nicht erst anmelden. Franziska Grießhagen erwartete ihn im Foyer der Seniorenresidenz.

»Es tut mir leid, dass mir das mit seinem Sohn bei Herrn Levkus herausgerutscht ist«, sagte sie nach kurzer Begrüßung.

Fischbach winkte ab. »Einer musste es ihm ja sagen. Sie kennen ihn besser als ich und haben bestimmt die passenderen Worte gewählt.«

»Das ist sehr freundlich, dass Sie das sagen.« Ein erleichtertes Lächeln huschte über ihr Gesicht. »Ich bringe Sie zu ihm.«

Wenig später stand Fischbach im Apartment von Bert Levkus, der teilnahmslos in einem Sessel saß und aus dem Fenster starrte. Bisher hatte er Fischbach weder angesehen noch ein Wort mit ihm gesprochen.

Franziska Grießhagen zog leise die Tür hinter sich ins Schloss und ließ ihn mit Bert Levkus allein.

Fischbach stellte sich neben dessen Sessel und schaute ebenfalls aus dem Fenster. Die Sonne stand auf der anderen Seite des Hauses. So lag der kleine Balkon im Schatten. Rechts, an der Kölner Straße gelegen, konnte Fischbach das Hotel »Zum Amtsrichter« sehen.

Vor einigen Jahren hatten zwei Kolleginnen die Weihnachtsfeier der Dienststelle organisiert und es als gute Idee empfunden, im »›Amtsrichter‹ einzusitzen«. Fischbach hatte die Einladung nur oberflächlich gelesen und spontan zugesagt, ohne über die ungewöhnliche Wortwahl nachzudenken. Umso überraschter war er gewesen, als sie dann am Tag der Feier schwarz-weiß gestreifte Sträflingskleidung anziehen sollten und zu allem Überfluss sogar genötigt wurden, zur Erheiterung der Einheimischen aneinandergekettet durch die Stadt zu laufen. Das Essen wurde in einem Blechnapf serviert, und in einer Zelle mit Gitterstäben musste Fischbach auf Zahlung einer Kaution warten, nachdem er bei einem Spiel angeblich gezinkte Würfel benutzt hatte. Heute, mit Abstand betrachtet, konnte Fischbach darüber lächeln. Damals allerdings war ihm das alles hochpeinlich gewesen.

»Herr Levkus«, brach er das Schweigen. »Bevor ich Ihnen einige Fragen stelle, möchte ich Ihnen mein Beileid zu Ihrem Verlust aussprechen.«

Der alte Mann reagierte nicht, er starrte wie versteinert weiter zum Fenster hinaus.

Fischbach wusste aus Erfahrung, dass Menschen unterschiedlich mit Trauer umgingen. Die einen brachen weinend zusammen, andere schrien wütend und beklagten dabei die wahrgenommene Ungerechtigkeit. Bert Levkus gehörte anscheinend zu denen, die stumm ihr Leid in sich hineinfraßen.

Fischbach zog sich einen Stuhl heran und setzte sich neben ihn. »Von Frau Grießhagen wissen Sie ja bereits, unter welchen Umständen Ihr Sohn gestorben ist.«

Diesmal reagierte Bert Levkus mit einem kaum wahrnehmbaren Nicken.

Fischbach wertete das als gutes Zeichen. Er legte die Hände auf seine Oberschenkel. Das würde ihm helfen, geduldig zu bleiben. Denn Langmut musste er hier ganz offensichtlich an den Tag legen, wollte er Bert Levkus irgendwelche Informationen entlocken. »Wann haben Sie Ihren Sohn zum letzten Mal gesehen?«

»Am Sonntag vor zwei Wochen«, sagte Bert Levkus mit kratziger Stimme. »Er hat mich hier besucht.«

Gott sei Dank, dachte Fischbach erleichtert. Der Mann schien endlich bereit zu sein, mit ihm zu sprechen. »Hat sich Ihr Sohn von irgendjemandem bedroht gefühlt, Herr Levkus?«

Der alte Mann warf Fischbach aus den Augenwinkeln einen traurigen Blick zu und schüttelte den Kopf. Mit zittriger Hand griff er nach einem Glas, das auf dem Abstelltisch neben seinem Sessel stand.

»Auch nicht von den Taliban? Es gab eine offizielle Warnung der Bundeswehr. Hat er mit Ihnen darüber gesprochen?«

Bert Levkus führte das Glas an die Lippen, schien dann erst

zu bemerken, dass es leer war. Er stellte es zurück. »Vor denen hatte er keine Angst. Rainer hat es als leere Drohung abgetan.« Er zog ein Taschentuch aus der Hosentasche und schnäuzte sich.

»Hat Ihr Sohn es sich damit vielleicht zu leicht gemacht? Nach allem, was man so hört, wäre ich an seiner Stelle alarmiert gewesen.«

»Sehe ich auch so. Aber Rainer … er hatte davor keine Angst. Was soll ich noch dazu sagen?«

»Okay, dann lassen wir das so stehen. Kommen wir zu der Zeugin, die am Nachmittag seines Todes auf dem Hof einen Streit gehört hat.«

Bert Levkus sah Fischbach zum ersten Mal an. »Streit?«

»So ist es. Wissen Sie, mit wem Ihr Sohn über Kreuz lag? Und was der Grund dafür war?«

»Sie werden das doch alles von dieser Zeugin erfahren haben, oder nicht?« Erwartungsvoll, fast lauernd, sah er Fischbach an. Seine Körpersprache verriet jetzt Anspannung und Aufmerksamkeit. »Es würde mich selbst sehr interessieren.«

Fischbach war für einen kurzen Moment froh, den Namen des Streitpartners noch nicht zu kennen. Er traute Bert Levkus zu, die Sache selbst in die Hand zu nehmen. Kräftig genug, um jemanden zu verletzen, war er. Der Mann im Sessel hatte trotz seines Alters die Statur eines Holzfällers. »Leider hat die Zeugin die beiden nicht sehen und auch nichts verstehen können.«

Bert Levkus atmete einmal tief durch, seine Schultern fielen herab. »Wenn das so ist … Nein, ich kenne leider niemanden, mit dem mein Sohn Ärger hatte.« Sein Blick wanderte wieder zum Fenster hinaus.

»Könnte Ihre Tochter vielleicht mehr darüber wissen?«

»Woher denn? Carola wohnt in Dinant, Rainer auf dem Hof.«

»Trotzdem würde ich gern mit ihr darüber reden. Wissen Sie, wie ich sie erreichen kann?«

»Zurzeit gar nicht. Ich habe sie vorgestern nach Amsterdam gefahren. Von dort ist sie nach Kanada geflogen, um an einem Selbstfindungstrip teilzunehmen. Vierzehn Tage mit einer Schamanin, abgeschieden in der Natur. Das hatte sie sich schon lange gewünscht.« Er senkte den Kopf und verschränkte die Hände im Schoß. »Ein Geschenk von mir. Und daher … Ich bin schuld«, sein breiter Brustkorb hob sich wie ein riesiger Blasebalg, »dass sie es erst spät erfahren wird.«

»So kann Ihre Tochter die Reise zumindest noch unbeeindruckt von den Ereignissen erleben«, tröstete Fischbach. Fast hätte er »genießen« gesagt. Doch das erschien ihm unter diesen Umständen unangemessen.

Bert Levkus erhob sich schwerfällig und schlurfte zu einer Kommode. Er zog die oberste Schublade auf und entnahm ihr ein Kuvert. Das reichte er Fischbach. »Darin finden Sie die Abflugdaten meiner Tochter. Vielleicht hilft es Ihnen.«

Fischbach öffnete den Umschlag, zog zwei Bogen heraus und faltete sie auseinander. Auf einem waren die Informationen zum Flug aufgeführt. Der andere war eine Hotelrechnung aus Amsterdam, ausgestellt auf den Namen Bert Levkus. Zwei Übernachtungen, von vorgestern bis heute. Deshalb hatten die Kollegen in Dinant niemanden angetroffen.

Bert Levkus setzte sich wieder und deutete auf die beiden Ausdrucke. »Sie können sie mitnehmen.«

Fischbach schob die Blätter in das Kuvert zurück und steckte es in die Jackentasche. Er sah kaum eine Chance, Carola Levkus vor Ihrer Rückkehr zu kontaktieren, aber so kannte er wenigstens das Datum ihrer Rückkehr nach Belgien. Er überlegte, ob er den alten Mann auf Rainer Levkus' vor Jahrzehnten verschwundene Freundin ansprechen sollte, entschied sich aber dagegen. Er wollte erst mehr darüber in Erfahrung bringen, um die Sache dann gezielter angehen zu können. Stattdessen fragte er: »Kennen Sie jemanden, der einen grauen Kompaktwagen fährt?«

Bert Levkus' Kopf ruckte hoch. »Kompaktwagen? Grau? Was ist damit?«

Fischbach fühlte sich an eine angriffslustige Kobra erinnert. Er musste höllisch aufpassen, was er sagte. Einen Rachefeldzug wollte er nicht lostreten. »Die Zeugin hat so einen Wagen auf dem Hof gesehen.«

»Wann genau?«

»Das tut nichts zur Sache.«

Unwillig verzog Bert Levkus das Gesicht. »Ich muss doch bitten«, setzte er an, aber Fischbach ging dazwischen und verlangte: »Antworten Sie einfach auf meine Frage.«

Der alte Mann schloss den Mund und atmete schwer durch. »Also gut ... von mir aus. Rainer besitzt kein Auto. Ist also nicht von ihm.« Er schaute lauernd zu Fischbach. »Sie vermuten, der Mörder fährt einen grauen Kompaktwagen?«

»Das wissen wir nicht. Es könnte auch jemand gewesen sein, der Ihren Sohn einfach nur besucht hat.« Ihm fiel ein, warum Margarete Tischendorf zum Hof geradelt war, und ergänzte: »Oder der bei ihm Eier gekauft hat. Dass Ihr Sohn keinen Wagen besitzt, wissen wir. Die Frage war aber: Kennen Sie jemanden, der solch ein Fahrzeug fährt? Kann auch silbern oder anthrazit sein.«

Bert Levkus kratzte sich nachdenklich die Wange. »Ein grauer Wagen ... hm ... nein, tut mir leid. Da fällt mir niemand ein.«

»Nun gut«, sagte Fischbach enttäuscht. Es wäre erfreulich gewesen, hätte sich hier ein neuer Ansatzpunkt ergeben. »Das soll es für das Erste gewesen sein.« Er stand auf. Aus seinem Portemonnaie kramte er eine Visitenkarte hervor und legte sie auf die Kommode. »Ich bin jederzeit für Sie erreichbar, Herr Levkus. Zögern Sie bitte nicht, mich anzurufen, sollte Ihnen noch etwas einfallen.« Sein Blick fiel auf das leere Glas auf dem Beistelltisch. Er deutete darauf und fragte: »Darf ich es mitnehmen? Dann können wir Ihre Fingerabdrücke beim Abgleich mit den Spuren auf dem Hof von vorneherein ausschließen.«

Bert Levkus nickte und sah dann wieder aus dem Fenster in die Ferne.

Fischbach nahm einen der Plastikbeutel, die er für die Sicherung von Beweismitteln immer mit sich führte, und verstaute das Glas. Es beulte seine Tasche zwar aus, aber es funktionierte.

Er verließ das Apartment und wünschte Bert Levkus, dass er über den schmerzlichen Verlust des Sohns irgendwann hinwegkommen würde.

Doch er wusste aus eigener Erfahrung, dass das mit größter Wahrscheinlichkeit nie passieren würde.

13

Teilmöbliert!

Das gefiel Welscher am besten an der Wohnung. Die Küche komplett eingerichtet, sogar eine Waschmaschine gab es, Wohnzimmermöbel, Kleiderschränke ebenfalls. Nur um ein Bett müsste er sich kümmern. Geschirr, Besteck und Gläser gab es auch. Einwandfrei! Wie hatte Maila Aalto eine so wichtige Information nur unterschlagen können? Das machte die Entscheidung für ihn um einiges leichter. Er könnte bei den Fischbachs ausziehen, ohne sein Erspartes für Möbel ausgeben zu müssen. Sollte er sich irgendwann doch entschließen, nach Amerika auszuwandern, stand dem nur wenig im Wege. Damit konnte er auch bei Lars antreten. Er würde unter diesen Umständen eventuell etwas murren, aber sicherlich nicht den Aufstand proben.

»Du grinst wie ein *gingerbread horse*«, sagte Maila Aalto, die mit den Händen in den Hosentaschen neben ihm stand. »Ist das ein gutes Zeichen oder ein spontan auftretender Tick von dir?«

Belustigt hob Welscher eine Augenbraue. »*Gingerbread horse*?«

»In meinem Kopf schwirren die Sprachen mitunter durcheinander. Finnisch, Englisch, Deutsch … das reinste Kauderwelsch, wenn ich müde bin.« Sie gähnte demonstrativ.

Welscher ließ sich auf das Sofa plumpsen. »Anstrengender Tag?«

Maila Aalto warf sich in die andere Ecke und legte die Füße auf den Couchtisch. »Kannst du dir ja denken. Soweit ich mich erinnern kann, hatte ich nur ein einziges Mal einen ähnlich fordernden Tatort zu untersuchen. War noch während meines Studiums, ein Trödler, der in seinem vollgestellten Haus ermordet worden war. Einer von denen, der mehr hortet als verkauft.« Sie stöhnte. »Kannst dir sicher vorstellen, was das für ein Aufwand war.«

»Morgen ist Samstag. Dann hast du Gelegenheit, dich ein wenig auszuruhen.«

Sie zeigte ihm den Vogel. »Ich muss Überstunden schieben, sonst kommen wir nie da durch. Sag bloß, ihr schaukelt euch am Wochenende die Eier?«

Welscher zuckte unbestimmt mit den Schultern. »Wir müssen sehen, was reinkommt. Ich werde auf jeden Fall die Mails checken. Heute Nachmittag habe ich mit der Staatsanwältin zusammengesessen. Wir haben alle möglichen Leute angeschrieben. Bundeswehr, Interpol, Bundesverteidigungsministerium und so weiter und so fort. Zum einen hoffen wir, weitere Informationen über Rainer Levkus zu erhalten. Zum anderen möchten wir wissen, ob an der Taliban-Sache etwas dran sein könnte. Da heißt es warten. Am Wochenende wird da ja kaum jemand arbeiten, wo sollen die Informationen also herkommen? Aber die Hoffnung stirbt bekanntermaßen zuletzt.« Er grinste Maila Aalto an. »Unter Umständen bleibt uns also Zeit, euch ein wenig auf die Finger zu schauen. Wie würde dir das gefallen?«

»Untersteht euch! Wie kriegen das gut ohne euch hin. Jetzt aber genug herumgeredet: Was sagst du?«

Welscher lehnte sich zurück und verschränkte die Hände hinter dem Kopf. »Also wenn ich ehrlich bin …« Er hielt inne, freute sich diebisch über Maila Aaltos erwartungsvollen Gesichtsausdruck.

»Ja?«, drängte sie.

Welscher verzog abschätzend den Mund, wiegte den Kopf.

»Boah!« Sie schnappte sich ein Kissen und schlug ihn damit. »Du bist so ein Arsch. Hör auf, mich auf die Folter zu spannen. Ich sehe dir doch an, dass dir die Bude gefällt.« Wieder schlug sie zu.

Welscher lachte und duckte sich. »Aufhören! Ja … ja, ist gut jetzt! Wir machen das mit der WG!«

»Super!« Maila Aalto sprang auf und hüpfte durch den Raum, als setzte sie zu einem Dreisprung an.

Ihr Weg führte sie um den Tisch herum zur Sofaseite, auf der Welscher saß und ihr lachend zusah. Was für ein verrücktes

Huhn die Kollegin doch war. Er hoffte, sie würde ihn mit ihrer guten Laune oft anstecken. Das konnte ihm nach den zurückliegenden Monaten des Grübelns und Zweifelns nur guttun.

Ehe er sich's versah, war Maila Aalto auf seinen Schoß gesprungen, nahm seinen Kopf zwischen die Hände und drückte ihm einen Kuss auf die Lippen. Dann löste sie sich wieder und jubilierte: »Danke!« Sie hüpfte so schnell davon, wie sie hergesprungen war, und ging in die Küche. »Ich habe vorhin vorsorglich Sekt kalt gestellt. Alkoholfrei, versteht sich.«

Vollkommen überrumpelt sah Welscher ihr nach. Auf seinen Lippen spürte er immer noch ihren Kuss. Er wusste, dass es das Produkt eines spontanen Gefühlsausbruchs gewesen war. Maila Aalto hatte ihre pure Freude an ihm ausgelassen, nicht mehr und nicht weniger. Was ihn allerdings irritierte: Dieser flüchtige intime Moment hatte ihm gefallen.

14

Fischbach genoss die Ruhe im Büro. Zwar gab es bei der Polizei nie einen Moment, in dem man völlig allein war. Aber am Wochenende lief auch bei ihnen alles nur mit angezogener Handbremse, insbesondere mit weniger Personal. Ging es in der Woche zu wie in einem Bienenstock, so fühlte es sich jetzt an, als wäre die Dienststelle in Watte gepackt. Nur gelegentlich hörte man weit entfernte Schritte, dann und wann fiel eine Tür ins Schloss, und hier oben in den Verwaltungsräumen schrillte nur selten ein Telefon. Darüber hinaus spielten auch die Sommerferien eine Rolle. Viele der Kolleginnen und Kollegen mit schulpflichtigen Kindern verbrachten gerade ihren Jahresurlaub fernab der Eifel. In einigen Wochen musste er sich dann wieder Fotos der Rückkehrenden ansehen, von Orten, zu denen es ihn niemals hinziehen würde, und Urlaubsanekdoten lauschen, die ihn nicht interessierten. Er würde halbherzig zuhören und mit Floskeln wie »Schön«, »Wunderbar« oder »Herrlich« Aufmerksamkeit heucheln. Jedes Jahr das gleiche langweilige Prozedere, das er aus Höflichkeit jedoch immer wieder aufs Neue klaglos über sich ergehen ließ.

Fischbach selbst verbrachte seine Urlaube zu Hause. Nicht aus finanziellen Gründen. Als Beamter in seiner Laufbahn könnte er sich das Reisen erlauben. Nein, es verhielt sich schlicht so, dass ihm die Eifel ohnehin der liebste Ort war. Er war froh, dass Sigrid ähnlich tickte wie er. Einmal im Jahr ging sie für eine Woche mit den Kommerner Landfrauen auf Wandertour, das genügte ihr. Mal in die Alpen, mal ins Erzgebirge, und auch nach Pellworm hatte es die Frauen schon verschlagen.

Als Fischbach während der Reisevorbereitungen von dieser Insel hörte, hatte er heimlich im Internet nachsehen müssen, wo sie denn zu verorten war. Amrum, Sylt, Föhr … diese Inseln waren ihm kartografisch ein Begriff. Dass sich Pellworm in deren direkter Nachbarschaft aus dem Schlick der Nordsee erhob, war ihm dagegen vollkommen unbekannt gewesen.

Sigrid kehrte jedes Mal begeistert zurück und schwärmte von den Ausflügen. Doch sosehr ihr das Reisen offensichtlich gefiel, hatte sie niemals von ihm verlangt, gemeinsam mit ihr in die Ferne zu schweifen. Und das rechnete er seiner Frau hoch an, dafür liebte er sie umso mehr.

Fischbach holte sein altes Kofferradio aus der untersten Schublade des Schreibtisches. Er bewunderte das klassische Design, weswegen er sich vor Jahren dazu entschlossen hatte, dieses Gerät einem in Pension gehenden Kollegen abzukaufen. Das Gehäuse in einem Braun, das in den siebziger Jahren modern gewesen war, auf der Frontseite mit dem großen Lautsprecher der verschnörkelte Schriftzug »Royal«. Die oben liegenden Knöpfe und die Senderanzeige erinnerten ihn an ein Funkgerät. Er stöpselte den Stecker ein und suchte einen Sender mit Schlagermusik. Nach einigem Hin und Her fand er einen. Beatrice Egli sang ihren Hit »Mein Herz«. Er regelte die Lautstärke vorsorglich so weit herunter, dass es gerade laut genug war, um noch etwas hören zu können. Er verspürte keine Lust darauf, wegen seiner heimlichen Schlagerleidenschaft zum Gespött der Kollegen zu werden. Welscher wusste zwar davon, aber der hatte bisher dichtgehalten.

Apropos Welscher. Der Kollege hatte vorhin einen hoffnungsvollen Blick in seinen Mailaccount geworfen. Zwei Nachrichten lagen tatsächlich im Postfach. Eine stammte von der kanadischen Polizei, die mitteilte, Carola Levkus bisher nicht ausfindig gemacht zu haben. In der zweiten Mail bestätigte die Fluggesellschaft, dass sie in der Maschine gesessen hatte.

Da ansonsten nichts Verwertbares eingetrudelt war, hatte Welscher sich direkt wieder auf den Weg gemacht. »Werde mal am Tatort nach dem Rechten schauen«, waren seine Worte gewesen, als er aufgebrochen war. Warum er dabei so wunderlich schräg gegrinst hatte, als würde ihm der Schalk im Nacken sitzen, konnte Fischbach sich nicht erklären. Aber die gute Laune begrüßte er, es war in den letzten Wochen nicht immer leicht gewesen, den Kollegen von seinen trüben Gedanken abzulenken.

Er klappte den Ordner auf, der vor ihm auf dem Tisch lag. Den hatte er sich gestern im Archiv besorgt. »Aktenjupp«, der eigentlich Johannes Peters hieß, hatte sie ihm kommentarlos herausgesucht und war dann in den Feierabend entschwunden. »Muss los. Auftritt. Ein Polterabend«, hatte er dabei in seiner üblichen einsilbigen Art gebrummt. Fischbach hatte ihm viel Erfolg gewünscht. Er wusste von »Aktenjupps« Nebenjob als Sänger bei einer recht erfolgreichen Karnevalsband.

Das Bild einer jungen Frau klemmte, von einer Büroklammer gehalten, auf dem ersten Blatt, dessen Ränder mit den Jahren vergilbt waren. Er strich mit dem Daumen über das Foto. Eine Urlaubsaufnahme, die junge Frau sonnengebräunt, die Haare zu einem Zopf gebunden, Lachfältchen im Gesicht. Im Hintergrund war ein See, dahinter Berge zu erkennen. Links neben dem Bild der Name in großen Buchstaben: Natalie Halbach. Fischbach überflog die ersten Zeilen. Geboren am 16. August 1976 in Euskirchen. Spurlos verschwunden seit dem 24. August 1996. Kurz nach ihrem zwanzigsten Geburtstag, stellte er fest. Wenn stimmte, was die Zeugin Margarete Tischendorf ausgesagt hatte, sah er hier auf dem Bild in das Gesicht der ehemaligen Freundin von Rainer Levkus. Dann würde er garantiert in der Akte auf dessen Namen stoßen. Eine sich kribbelige anfühlende Unrast erfasste ihn. Das Jagdfieber, das einen guten Kommissar ausmachte, wie er wusste.

»Wer war eigentlich damals der leitende Beamte in der Sache?«, murmelte Fischbach und suchte nach dem entsprechenden Eintrag. »Ach, sieh an«, entfuhr es ihm. Er tippte mit dem Zeigefinger auf den Namen. Es war Bönickhausen, sein jetziger Chef, gewesen. Praktisch. Den konnte er bei Bedarf ohne Mühen erreichen und ausfragen.

Fischbach holte sich einen Kaffee, warf den Standventilator neben seinem Stuhl an und begann, sich einzulesen.

15

»Du kommst gerade recht«, sagte Maila Aalto bei Welschers Ankunft.

»Na, das hört sich doch schon ganz anders an«, sagte er und zog sich ungefragt einen weißen Overall über. »Gestern wolltest du mich hier nicht sehen.«

»Bin stimmungsmäßig ziemlich sprunghaft«, erklärte sie. »Aber das wirst du schon noch mitbekommen.«

Nachdem er auch über die Sneaker Plastiküberzieher gezogen hatte, führte ihn Maila Aalto ins Bad. Für die Verhältnisse eines so alten Hofes war der Raum riesig. Offenbar war das Bad vor einiger Zeit erweitert worden, um nicht nur der eigentlichen Funktion nachzukommen, sondern auch als Umkleideraum zu dienen. An den Wandhaken baumelten Latzhosen, darunter standen Gummistiefel. Der Raum verfügte über zwei Waschbecken und eine geräumige Dusche. Neben dem Klo gab es auch noch ein Pissoir. Praktisch, wie Welscher fand, gerade bei Latzhose. Im Gegensatz zu den anderen Räumen sah das Bad aufgeräumt aus. Saubere Handtücher lagen auf einem Regal neben den Waschbecken, ein Korb stand bereit, um schmutzige Wäsche aufzunehmen. Sah man von einer Leuchte auf einem Dreibein ab, die zur Ausstattung der Spurensicherung gehörte, wirkte alles so, wie man es auf einem Hof erwartete.

»Wir arbeiten uns von Raum zu Raum durch das gesamte Haus«, erläuterte Maila Aalto. »Heute Morgen sind wir hier angekommen. Nachdem wir Fingerabdrücke gesichert hatten, habe ich eine Kollegin angewiesen, Luminol einzusetzen.«

Welscher nickte. »Klar.« Nicht nur Polizisten wussten, dass Luminol verwendet wurde, um Blutspuren zu finden, sondern vermutlich jeder, der gern Fernsehkrimis schaute. Durch eine chemische Reaktion leuchtete es beim Kontakt mit Blut und bei entsprechender Beleuchtung blau. Selbst winzige Mengen, die mit bloßem Auge nicht zu erkennen wären, konnten so sichtbar gemacht werden. »Da du mich eben so freundlich empfangen hast, nehme ich an, ihr habt etwas gefunden.«

»Da kannst du Gift drauf nehmen«, sagte Maila Aalto. Sie ließ die Rollläden herunter und schaltete den Scheinwerfer ein.

»Wow!«, entfuhr es Welscher. Nicht nur in der Dusche leuchtete es intensiv blau, sondern auch im Waschbecken. Auf dem Boden prangten zahlreiche Flecken. Teilweise war das Blut verwischt, was darauf hindeutete, dass jemand versucht hatte, es aufzuwischen, um Spuren zu beseitigen.

»Jetzt freu dich nicht zu früh«, sagte Maila Aalto. »Immerhin sind wir hier auf einem Bauernhof. Es wird geschlachtet, auch kleinere Verletzungen gehören zur Tagesordnung. Es ist daher auf den ersten Blick nicht ungewöhnlich sein, gerade hier im Bad Blutspuren zu finden.« Sie zog die Rollläden wieder hoch, und Welscher blinzelte aufgrund des hellen Tageslichtes.

»Stimmt schon. Aber in dieser Menge? Sollte es das Blut des Opfers sein, hat der Täter sich hier mit großer Wahrscheinlichkeit gesäubert.« Welscher hieb sich in die Hand. »Und dann stoßen wir mit Glück auch auf DNA-Spuren von ihm.«

»So ist es«, bestätigte Maila Aalto. »Dem gehen wir nach. Zufrieden?«

»Für den Anfang.« Welscher grinste.

Sie seufzte theatralisch. »Mehr nicht? Dann muss ich wohl noch einen drauflegen. Komm mit.«

Welscher folgte ihr nach draußen.

»Kannst die Fußkondome abnehmen«, sagte Maila Aalto. Sie streifte ihre gekonnt beim Gehen ab und ließ sie einfach liegen. »Die sammeln wir auf dem Rückweg wieder ein.«

Welscher versuchte, es ihr nachzutun. Doch er stolperte und wäre dabei fast in den Misthaufen gefallen. Er zischte einen Fluch, hüpfte sekundenlang auf einem Bein, um die Dinger loszuwerden, und eilte dann der Kriminaltechnikerin hinterher, die bereits einen deutlichen Vorsprung hatte.

»Übrigens gibt es Neuigkeiten bezüglich des Projektils«, berichtete Maila Aalto, während sie über den Hof gingen. »Den

Bericht muss ich noch schreiben, spätestens morgen früh habt ihr ihn.«

»Was wird drinstehen?«

»7,62 Millimeter, vermutlich aus einer Handfeuerwaffe, also Pistole oder Revolver. Da wir keine Hülse gefunden haben, tippe ich auf Letzteres. Kann aber ebenso gut sein, dass der Täter sie mitgenommen hat, vorausgesetzt, es wurde überhaupt im Zuge der Tat geschossen. Frisch genug ist das Einschussloch jedenfalls, wie die Holzsplitter im Gebälk zeigen. Der Schusskanal ist fast senkrecht, dazu passen auch die Rußspuren, die wir am Putz entdeckt haben.«

Welscher knurrte unwillig. »7,62 Millimeter, na toll. Die meistbenutzte Patrone der Welt. Muss es immer schwierig sein? Hätte es nicht etwas Ungewöhnliches sein können?«

»Zu ›ungewöhnlich‹ fällt mir etwas ein.« Maila Aalto deutete nach links in Richtung der Obstbaumwiese. Dort drüben haben wir Konservendosen gefunden. So, wie es ausschaut, haben sie als Zielscheibe gedient. Irgendjemand hat darauf geballert. Ich habe einen Kollegen abgestellt, der nach Projektilen suchen soll.«

»Der Arme. Das gleicht sicher der sprichwörtlichen Suche nach der Nadel im Heuhaufen.«

In einer kleinen Senke, etwa fünfzig Meter vom Haus entfernt, blieben sie stehen. Vor ihnen auf dem Boden war das Gras kreisförmig verbrannt. Ein Kriminaltechniker wühlte mit einer Pinzette in der Asche herum. Er grüßte knapp.

»Eine Feuerstelle?«, fragte Welscher.

Maila Aalto kicherte. »Ich bin immer wieder verblüfft über die Kombinationsgabe der Ermittlungsbeamten.«

Der Kollege mit der Pinzette gluckste amüsiert.

»Ha, ha, ha«, sagte Welscher gespielt beleidigt. Nur gut, dass Fischbach nicht hier war. Der wäre garantiert wieder auf die Stichelei angesprungen. »Wurde hier Müll verbrannt?« Er wusste, dass das zwar offiziell verboten war, nur hielt das manch einen Eifler nicht davon ab, seinen Unrat so zu entsorgen.

»Müll nicht«, antwortete Maila Aalto. »Allerdings gebe ich

zu, dass ich das auch zuerst dachte. Deswegen haben wir der Feuerstelle anfangs keine große Beachtung geschenkt. Da wir aber im Haus gut vorankommen, habe ich vorhin den Kollegen dafür abgestellt.« Sie klopfte dem Mann auf die Schulter.

»Gut. Und gefunden habt ihr nun was?«, drängte Welscher.

»Überreste von Kleidung.« Sie bückte sich und nahm eins der durchsichtigen Plastiktütchen, die der Kollege bereits mit der Pinzette befüllt hatte. Sie hielt sie Welscher vors Gesicht.

Er sah genauer hin. Tatsächlich. Kaum zu erkennen, doch trotzdem vorhanden: ein winziger Stoffzipfel. Er dachte eine Weile nach, dann kombinierte er: »Also gut, das Blut im Bad, die Feuerstelle hier, daraus ergibt sich für mich folgender Tathergang …«

16

»Der Täter nimmt also das Beil mit in die Wohnküche von Rainer Levkus und schlägt zu. Der Täter wird danach über und über mit Blut besudelt gewesen sein.« Welscher nahm einen Schluck von seiner Fanta. »Nach der schrecklichen Tat kommt er wieder zu Sinnen. Er blickt an sich herab, und was er sieht, muss er beseitigen, bevor er verschwindet. Das Beil haut er zurück in den Holzklotz, vermutlich, um sich später darum zu kümmern.«

Fischbach gebot ihm mit erhobener Hand Einhalt. »Moment. Ist er gestört worden? Konnte er sich deswegen nicht mehr um die Tatwaffe kümmern? Da klebt eindeutig Blut des Opfers dran. Und was ist mit dem Schuss? In die Decke, du erinnerst dich.«

Sie saßen im Garten der Fischbachs. Vor ihnen qualmte der Kohlegrill. Sigrid stand in der Küche und bereitete einen Eifler Nudelsalat zu. Den sollte es nachher zu den »Kirmeswürstchen« geben. Die leckeren groben Grillwürste hatte Fischbach in der Mittagspause in einer Metzgerei in Kall besorgt. Sigrid trällerte ein Lied, das durch das geöffnete Fenster leise bis zu ihnen herüberschallte. Die beiden Hausschweine schlenderten grunzend herum und wühlten Boden auf.

»Ich gehe eher davon aus, dass er die Tatwaffe in seiner Hektik und Aufregung einfach vergessen hat. Aber okay, vielleicht ist er auch gestört worden. Dann hoffe ich, dass die Person, die dafür verantwortlich war, bald bei uns auftaucht. Jede Information ist hilfreich. Und was den Schuss angeht: Es könnte sein, dass der mit dem Mord nicht im Zusammenhang steht. Denk da mal drüber nach.«

»Das Einschussloch soll schon vorher da gewesen sein?«

»Warum nicht? Fest steht: Es passt nicht recht ins Bild. Ein Warnschuss, damit Rainer Levkus brav auf der Bank hocken bleibt und sich ohne Gegenwehr von dem Beil in zwei Hälften spalten lässt? Nie im Leben. Der war doch im Nahkampf ausgebildet, der hätte sich verteidigt. Außerdem stellt sich nach wie vor die Frage: Wer nutzt ein Beil als Tatwaffe, wenn er eine Waffe in der Hand hält?«

»Wahrscheinlich niemand. Wenn du meine Meinung hören möchtest: Ich bin mittlerweile der festen Ansicht, die Waffe gehörte Levkus, und er wollte sich damit verteidigen. Dass er eine besaß, davon zeugen die Konservendosen, auf die geballert wurde.«

»Ja, das habe ich auch schon vermutet. Zumal Levkus als ›einsamer Wolf‹ bekannt war und daher nicht anzunehmen ist, dass sich irgendwelche bewaffneten Kumpels zu lustigen Ballerstunden bei ihm eingefunden haben. Aber der Schusskanal verläuft fast senkrecht in die Decke. Wenn der Täter Levkus' Arm zur Abwehr nach oben gedrückt hätte, wäre es demnach doch zu einem Kampf gekommen. Dafür gibt es aber keine Anzeichen, wie du weißt. Daher ist es wahrscheinlicher, dass sich bei der Reinigung der Waffe irgendwann einmal ein Schuss gelöst hat.«

»Das soll einem erfahrenen Veteranen passiert sein? Niemals. Und bei dieser Tätigkeit sitzt man doch wohl eher am Tisch, weit entfernt von dem Einschussloch, von dem wir hier reden. Das befindet sich in der Nähe des Küchenschranks, wenn ich mich recht erinnere. Der Winkel des Schusskanals wäre ein ganz anderer.« Fischbach zuckte mit den Schultern. »Wie auch immer, es bleibt vorerst ein Rätsel. Übrigens hat Andrea mich informiert, dass auf die Meldung hin einige Journalisten bei ihr angerufen haben. Am Montag, vielleicht auch schon morgen, kann man es bestimmt in diversen Zeitungen lesen. Dann sehen wir ja, ob sich noch wer meldet.«

»Hoffen wir es.« Welscher nahm das quadratische Stück Pappe in der Größe eines Kuchenblechs, das unten am Grill lehnte, und fächelte der Glut Luft zu. Einige Stellen leuchteten orange auf. »Der Täter haut das Beil also wieder in den Holzblock und betritt, eingesaut, wie er ist, das Bad. Dort wäscht er sich die Hände, Arme und das Gesicht am Waschbecken. Dann steigt er unter die Dusche. Nachdem das erledigt ist, säubert er alles mit Handtüchern. Reinigungsmittel standen dort übrigens in einem Schränkchen unter dem Becken. An den Flaschen hat Maila ebenfalls Blutreste gefunden. Danach musste er sich nur noch um die besudelte Kleidung kümmern. Er greift sich also einen Brandbeschleuniger, sucht sich eine kaum einsehbare Stelle und verbrennt alles.«

Fischbach nickte. »Und da das illegale Müllverbrennen in unserer Region nicht allzu ungewöhnlich ist, schlägt niemand Alarm. So weit, so gut. Aber ist er nackt von dannen gezogen?«

Welscher schüttelte den Kopf. »Ich denke, die Lösung liegt auf der Hand.« Er legte die Pappe weg, nahm einen bereitliegenden Apfel und warf ihn den Schweinen zu. Die jüngere Sau, Lady Grunz, stolzierte heran und biss schmatzend zu. »Im Bad hängt Arbeitskleidung. Ich vermute, er hat sich daran bedient. Ein Hemd, eine Latzhose, mehr braucht es ja nicht, um in der Eifeler Modewelt camouflageartig unterzutauchen.«

»Auch wenn du da ein wenig übertreibst, muss ich zugeben, dass man in einer ländlichen Gegend mit solcher Kleidung tatsächlich nicht auffällt. Leider, das hätte die Sache vielleicht etwas einfacher gemacht. Zumindest haben wir jetzt eine Vorstellung, wie alles abgelaufen sein könnte. Was das betrifft, kommen wir gut voran, würde ich mal behaupten. Ich hatte mich ja unterdessen mit dem alten Fall beschäftigt, wie du weißt. Auch sehr interessant.«

Welscher setzte sich wieder. »Klär mich auf.«

Fischbach fasste die Eckdaten des Falls zusammen, dann sagte er: »Rainer Levkus ist damals verhört worden.«

»Er war also tatsächlich mit dieser Natalie Halbach zusammen?«

»Ja. Klar, dass er damit auch zum Kreis der Verdächtigen gehörte. Allerdings wollte er an dem Wochenende, als seine Freundin verschwand, nicht mal in der Nähe der Eifel gewesen sein.« Fischbach zeigte mit dem Zeigefinger auf Welscher. »Und jetzt rate du mal, wer sein Alibi damals bestätigt hat.«

Welscher schürzte die Lippen. »Als Erstes kommen mir die Familienangehörigen in den Sinn. Bert Levkus etwa? Allerdings wäre seine Aussage naturgemäß mit Vorsicht zu genießen, ich würde mich damit nicht zufriedengeben. Wie sagt man doch so schön: Blut ist dicker als Wasser.«

»Da Bönickhausen derjenige war, der die Sache damals zwischen den Fingern hatte, darfst du getrost davon ausgehen, dass die Aussage eines Familienangehörigen allein ihn nicht hätte ruhen lassen.«

»Trommelwirbel?«

»Wie … was? Häh?« Manchmal brachte Welscher ihn aus dem Konzept.

Welscher lachte. »Na, soll ich einen Trommelwirbel vorspielen, damit du mir endlich sagst, wer Rainer Levkus' Alibi war?«

»Ach so.« Fischbach verdrehte die Augen. »Ihr jungen Leute … also wirklich. Nein, musst du nicht. Es war Daniel Resche.«

»*Der* Daniel Resche? Unser Hauptmann?«

»Oberleutnant, soweit ich mich erinnere. Hauptmann ist noch mal eine andere Hausnummer. Aber ja, den meine ich. Daniel Resche hat ausgesagt, dass Rainer Levkus das ganze Wochenende bei ihm zu Hause war. Sie sind dann am Montagmorgen gemeinsam zur Kaserne gefahren. Die Ankunft dort wurde vom Wachhabenden protokolliert. Er hat sie gemeinsam kommen sehen. Kurz darauf erhielten sie einen Anschiss vom Stabsunteroffizier, weil sie wohl beide noch ziemlich durch den Wind waren.« Fischbach führte ein imaginäres Glas zum Mund und tat, als würde er trinken. »Die hatten eigene Fahnen zum Morgenappell mitgebracht. So steht es in der Akte.«

»Und wenn Resche gelogen hat?«

»Warum sollte er?«

»Um seinen Freund aus der Schusslinie zu nehmen?«

»Ich weiß nicht. Das wäre schon ein ziemlicher Freundschaftsdienst. Und ein dummer zugleich.«

»Aber so etwas kommt vor.«

»Zugegeben, daran gedacht habe ich auch schon. Interessanterweise gibt es dafür in der Akte sogar ein Indiz.«

Welscher nahm einen weiteren Apfel und warf ihn Schnüffel, dem anderen Schwein, vor die Nase. Bevor Lady Grunz heranstolziert war, hatte Schnüffel das Obst sicherheitshalber schon verdrückt. »Da bin ich jetzt echt gespannt. Lass hören.«

»Der Bruder der Verschwundenen, Frank Halbach, behauptete steif und fest, dass seine Schwester am besagten Wochenende eine Verabredung mit Rainer Levkus gehabt hätte.«

»Frank Halbach? Hatte Resche nicht einen Frank erwähnt?«

»Genau!« Fischbach fühlte sich energiegeladen, ein Zustand, den er in dieser Form lange nicht mehr erlebt hatte. Nach den langen, quälenden Monaten seiner Depression war es ihm schon seit einer Weile wieder besser gegangen, doch jetzt schien um ihn herum alles so viel heller, klarer und schöner zu sein. Sogar sein Job füllte ihn wieder aus, machte ihm Spaß, trieb ihn an. »Rainer Levkus war damals mit Frank Halbach befreundet, sie waren ein Jahrgang. Aber pass auf, jetzt kommt es: Es gibt in der Akte zahlreiche Vermerke aus den Jahren nach Natalies Verschwinden. Ihr Bruder hat immer wieder vorgesprochen und darauf gedrängt, dass der Fall neu aufgerollt wird. Das letzte Mal vor einem Jahr.«

»Ich ahne, worauf das hinausläuft«, sagte Welscher. »Du folgerst daraus, dass Frank Halbach die Sache nun einfach selbst in die Hand genommen hat?«

»Könnte doch sein.«

Welscher sah in die Glut, nickte dann. »Warum nicht? Dem sollten wir nachgehen.«

Fischbach beugte sich vor. »Das werden wir, sogar ganz sicher. Ich habe nämlich noch etwas herausgefunden. In der Akte steht Frank Halbachs Adresse. Ich habe sie überprüft, er ist immer noch dort gemeldet. Und da habe ich mir gedacht: Schau mal nach, ob er ein Auto besitzt, und mach eine Halterabfrage.«

Welscher richtete sich auf. »Nee, echt jetzt? Sag nicht, er fährt einen Kompaktwagen.«

Fischbach grinste. »Doch. Einen Golf GTI. Also ich meine, wir sollten uns die Farbe am besten mal persönlich anschauen.«

»Wann?«

»Habe vorhin mit ihm telefoniert. Morgen um eins treffen wir uns mit ihm auf dem Flohmarkt in Prüm. Er hat dort einen Stand.« Das war zwar ungewöhnlich, er hätte Frank Halbach praktischerweise für Montag in die Dienststelle einladen können. Doch Fischbach freute sich auf die Ausfahrt, an der auch Sigrid teilnehmen wollte. Eigens dafür hatte er vorhin den Beiwagen seiner BMW ausgeräumt, in dem sich Kleidersäcke angehäuft hatten, die zum Container gebracht werden mussten. So konnte er seine Frau mal wieder ausführen. Die Abwechslung würde sie garantiert genießen.

Welscher verzog bedauernd das Gesicht. »Oje.«

»Was ist?«

Sigrid kam aus dem Haus und setzte sich zu ihnen. »Alles fertig«, sagte sie. »Wir können jederzeit loslegen. Ich habe für uns auch noch einen Nachtisch vorbereitet. Eifeler Berge.«

»Hört sich interessant an«, sagte Welscher. »Was ist das genau?«

»Ein Dessert mit Sahne, Baiser und Himbeeren. Dachte mir, bei der Hitze könnte uns das erfrischen.«

Fischbach musterte die Kohlen. »Klitzekleinen Moment noch, dann sind sie durchgeglüht.« Er wandte sich an Welscher. »Was hatte denn dein ›Oje‹ gerade zu bedeuten? Hast du etwa für morgen einen Flug nach Amerika gebucht?« Er lachte. Als Welscher nicht einfiel, stockte er. »Hast du?«

»Ach was.« Welscher winkte ab. »Das mit Amerika … äh … muss noch warten. Ich muss erst hier … also … ach egal, lassen wir das Thema. Ich bin da immer noch unschlüssig. Es gibt aber etwas anderes, das ich mit euch besprechen muss.«

Sigrid sah ihn erwartungsvoll an. »Dann mal raus damit.«

»Also … nun … es verhält sich so, dass …«

»Boah, Jan, jetzt sag schon«, forderte Fischbach. Er wunderte sich über den Kollegen, weil Welscher normalerweise nicht der Typ war, der sprachlich so herumeierte. Er musste wirklich etwas Wichtiges zu berichten oder eher sogar zu beichten haben.

»Gut, ja, wenn du meinst … also … ich möchte euch nicht mehr länger zur Last fallen.«

»Tust du nicht«, versicherte ihm Sigrid.

»Auf keinen Fall«, bekräftigte Fischbach.

Welscher fasste Sigrids Hände und zog sie näher. »Ihr seid echte Freunde, bessere kann man sich nicht wünschen. Danke dafür, und danke, dass ihr mich eine Weile aufgenommen habt.« Er ließ ihre Hände wieder los.

Sigrid lächelte und wischte sich gerührt eine Träne aus dem Auge. »Das ist doch selbstverständlich.«

»Oh nein, Sigrid, ist es nicht«, wehrte Welscher ab. »Du hast ein großes Herz.« Er wies mit dem Kinn auf Fischbach. »Ansonsten könnte man *den* da ja kaum so lange ertragen.«

Sie lachten.

»Was hast du denn nun vor?«, fragte Fischbach. Er nahm den Rost und spannte ihn in den Grill.

»Ich miete eine Wohnung«, berichtete Welscher. »Und … äh … nun ja, eher einen Teil davon. Da fällt mir ein: Leiht ihr mir bitte für eine Weile das Gästebett?«

»Das Klappdings, auf dem du zurzeit pennst? Klar«, sagte Fischbach.

Sigrid bestätigte das mit einem energischen Nicken. »Ja, nimm es mit. Du kannst es so lange haben, wie es nötig ist. Wo ziehst du denn hin? Brauchst du sonst noch was? Sollen wir dir helfen?«

»Die Würstchen könnten jetzt drauf«, sagte Fischbach.

»Ich hole sie«, bot sich Welscher an und spurtete los.

Sigrid sah ihm verwundert hinterher. »Was hat er denn?«

»Keine Ahnung.«

Welscher tauchte wieder auf, in den Händen den Teller mit den Würstchen. Er stellte sich zu Fischbach, der am Grill hantierte und eins der Kirmeswürstchen mit der Zange griff.

»Übrigens werde ich mit Maila Aalto zusammenziehen«, sagte Welscher eine Spur zu schnell und gar nicht beiläufig, was seine Aufregung offenbarte.

Überrascht ließ Fischbach das Würstchen fallen. »Mit der?« Er riss die Augen auf. »Jetzt sag nicht … ihr seid doch nicht etwa …«

»Nein, nein«, wiegelte Welscher ab. »Ich steh auf Männer, Hotte, weißt du doch.« Er lachte gackernd. »Wir gründen bloß eine Wohngemeinschaft. Ist praktisch, spart Geld, und wir können zu Fuß zur Arbeit, denn die Wohnung ist in Euskirchen. Groß kaufen brauch ich auch nichts, da teilmöbliert …« Er brach ab, sah von einem zum anderen. »Hat nur Vorteile«, murmelte er.

Fischbach warf die heruntergefallene Wurst den Schweinen zu. »Du musst ja wissen, was du machst«, grummelte er. Er wäre nicht einmal auf die Idee gekommen, mit der frechen Kollegin eine Nacht in getrennten Zimmern und verschiedenen Gebäudeflügeln in einem Hotel zu verbringen – geschweige denn, mit ihr zusammenzuwohnen.

Sigrid stand auf. »Nur Vorteile, ja, davon bin ich überzeugt«, sagte sie mit einem süffisanten Lächeln. »Ich hole dann mal den Nudelsalat.«

27. Juli 1996

Das mit Natalie lief ausgezeichnet.

Rainer saß neben ihr auf der hintersten Bank der großen Schiffschaukel und hielt ihre Hand. Der Sicherheitsbügel drückte gegen seine Oberschenkel, sobald sie den Scheitelpunkt erreichten und für den Bruchteil einer Sekunde schwerelos zu sein schienen. Natalie jauchzte freudig. Ihre Haare wehten im Fahrtwind, ihre Augen strahlten vor Vergnügen.

Nur gut, dass Daniel ihm seinen Wagen geliehen hatte. Auf Daniel konnte er sich echt verlassen, ein wahrer Kumpel. Ein Glück, dass er ihm bei der Bundeswehr begegnet war. Der Wagen war zwar betagt, ein klappriger Corsa, Baujahr gefühlt kurz nach dem Gewinn der Fußballweltmeisterschaft – 1974, nicht 1990. Doch das machte nichts. Lieber fuhr er damit durch die Gegend, als bei Bert um den Benz zu betteln.

Es war seine Idee gewesen, den heutigen Samstag zu nutzen, um die Annakirmes in Düren zu besuchen. Zum einem liebte er Backfisch, wovon er direkt bei der Ankunft zwei Portionen am ersten Stand geordert hatte. Zum anderen trafen sich hier Hinz und Kunz, sollte heißen: Freunde, Verwandtschaft und Bekannte. Rainer wurde nicht müde, Natalie bei denen, die es noch nicht mitbekommen hatten, als seine Freundin vorzustellen. Von hier würde es in die Welt hinausgetragen werden, denn auf den Tratsch war Verlass. Spätestens morgen Abend wusste die halbe Eifel, dass Natalie und er ein Paar waren.

Genial, wie Rainer fand. Er hasste es, dass die Leute in seinem Bekanntenkreis immer meinten, ihn auf sein bisheriges Singledasein ansprechen zu müssen, und so würde sich jeder Kommentar dazu erübrigen.

Die Schiffschaukel kam zum Stillstand, und sie stiegen aus.

»Wahnsinn!«, rief Natalie. »Jetzt die Raupe!« Übermütig zog sie ihn hinter sich her.

»Moment, halt, stopp!«

Sie blieb stehen, sah ihn enttäuscht an und zog eine Schnute. »Du hast es versprochen.«

Rainer lachte. »Du siehst aus wie ein Kleinkind, das seinen Willen nicht bekommt.«

»Raupe!«, sagte sie. »Will Raupe. Jetzt.« Sie zog wieder an Rainers Hand, aber er hielt dagegen. »Warte. Lass uns erst in die Geisterbahn gehen.«

»Pff, ist doch langweilig.«

»Stimmt schon.« Er rieb sich mit der flachen Hand über den Bauch. »Der Fisch schwimmt ein wenig auf. Ich muss kurz pausieren, sonst erlangt er die Freiheit zurück.«

»Du musst kotzen?«

»Noch nicht. Aber wenn wir jetzt sofort in die Raupe steigen, kann ich für nichts garantieren.« Rainer empfand keine Skrupel dabei, Natalie anzulügen. Seinem Magen ging es ausgezeichnet. Selbst wenn er die ganze Backfischbude leer gefuttert und man ihn anschließend in eine Zentrifuge gesteckt hätte, ihm hätte das nichts ausgemacht. Er besaß einen sprichwörtlichen Pferdemagen, auch wenn er als jemand, der auf dem Land aufgewachsen war, wusste, wie blödsinnig die Redensart war. Die Verdauung der Pferde war eher empfindlich. Sie konnten sich nicht übergeben und bekamen daher bei dem falschen Futter lebensgefährliche Koliken.

»Sollen wir besser gehen?«, fragte Natalie. Sie wirkte besorgt.

Rainer winkte ab. »Das wird schon wieder. Nach der Geisterbahn ist vor der Raupe. Versprochen!« Er wollte unbedingt zur Geisterbahn, da er wusste, dass Holger Lefze sich dort ein paar Mark an der Kasse hinzuverdiente. Holger war bei der Freiwilligen Feuerwehr, und Rainer wollte sichergehen, dass er von Natalie erfuhr. Selbst wenn Holger es vielleicht schon wusste, konnte es nicht schaden, ihn noch einmal daran zu erinnern.

»Na gut«, lenkte Natalie ein. »Meinst du, du schaffst dann später auch noch die wilde Maus?«

Rainer hob fragend eine Augenbraue. Mit einem imaginären Stift schrieb er etwas auf die Innenseite seiner Hand. »Wilde Maus«, murmelte er und nickte. »Notiert.«

Sie lachte wieder, umarmte ihn und drückte ihm einen Kuss auf die Lippen. Ihr herbes Parfüm kroch ihm in die Nase, und er gab einen gequälten Laut von sich. Warum nur musste sie immer und überall diesen schweren, maskulinen Duft auflegen? Den mochte er gar nicht.

Erschrocken wich sie zurück. »Oh Gott, so heftig?«

Rainer wischte sich mit dem Handrücken über den Mund. »Geht schon, wird bereits besser.«

Sie sah ihn skeptisch an. »Du musst für mich nicht den Helden spielen.«

»Nein, wirklich, geht. Lass uns zur Geisterbahn gehen.« Jetzt war er es, der sie an der Hand hinter sich herzog.

Nur nicht schlappmachen, dachte Rainer. Der Tag ist noch lang und die Gelegenheit günstig, sich mit Natalie zu präsentieren.

Der Mond schien durch das Glas und malte einen hellen, rechteckigen Fleck auf die Holzdielen. In weiter Ferne rief ein Uhu, der Regen trommelte ein leises Stakkato auf die Blätter des Kirschbaums vor dem Fenster.

Gemütlich, wie Rainer fand. Er sah zur Zimmerdecke und genoss die Wärme des Körpers an seiner Seite.

Es war ein langer und anstrengender Tag gewesen. Natalie und er hatten viel Spaß gehabt. Mehr noch. Sie war in einer derart ausgelassenen Stimmung gewesen, dass sie es … sie wollte … sie hatte ihn gedrängt … Rainer atmete tief durch. Selbst auf rein gedanklicher Ebene fiel es ihm schwer, es beim Namen zu nennen. Absurd, aber so war es nun mal. Er kniff die Augen zusammen und zwang sich, diesen einen Satz vom Anfang bis zum Ende zu denken: Natalie hatte ihn gedrängt, es mit ihr zu … treiben. Er riss die Augen auf und kicherte kaum hörbar.

Treiben!

Was für ein Wort, so animalisch. Sie wollte Sex! Das war schon besser. Gregor, der hirnlose Schwarzenegger bei der Bundeswehr, nannte es immer vögeln. Das war Rainer zu primitiv. Gut, egal, wie man es betitelte, Natalie hatte es diesmal eindeutig drauf angelegt. Sie war sogar wütend geworden, als er ihre Avancen abwehrte. Doch er war stur geblieben. Am Ende hatte er sie mit ein paar faulen Ausreden besänftigen können, wobei ihm das vorgespielte Unwohlsein auf der Kirmes argumentativ gute Dienste geleistet hatte. Nur fürchtete er, dass Natalie ihn bei nächster Gelegenheit erneut bedrängen würde. Er wusste nicht, wie lange er sie noch hinhalten konnte, bevor sie die Nase voll hatte und mit ihm Schluss machte. Und das wäre schon schade. Das mit Natalie war … super. Praktisch. Günstig.

Andererseits beschlichen ihn in letzter Zeit zunehmend Zweifel an seinem Vorgehen. War das nicht alles vollkommen überzogen? War er paranoid? Vielleicht war die Beziehung doch nicht so hilfreich, wie er sich das vorgestellt hatte. Natalie war in Ordnung, er wollte sie nicht verletzen. Nur steuerte er sehenden Auges auf genau so eine Situation zu. Mit voller Fahrt gegen den Eisberg.

Er seufzte leise. Verdammter Mist! Warum nur war die Welt so, wie sie war? Regeln, Auflagen, Vorgaben … ein soziales Korsett, in das man sich hineinzwängen musste, wollte man nicht Gefahr laufen, geächtet zu werden. Was für eine Scheiße!

Die Lider wurden ihm schwer. Er drehte sich auf die Seite, achtete dabei darauf, seiner Liebsten die Decke nicht wegzuziehen. Sie roch angenehm, blumig, frisch. Bis zum Morgengrauen war es noch eine Weile hin. Dann würde er sich wieder davonschleichen und sie allein zurücklassen. Frustriert atmete er durch, während die Müdigkeit Besitz von ihm ergriff.

Wenn er Natalie nur wirklich lieben würde, dann wäre für ihn einiges einfacher.

17

Gut gelaunt schob sich Fischbach durch die Menschenmenge. Der Flohmarkt in Prüm platzte aus allen Nähten. Kein Wunder. Zum einen war solch ein Ereignis in der vom Hochwasser geschädigten und von Events nicht eben verwöhnten Eifel ein Publikumsmagnet. Zum anderen war die Temperatur heute deutlich erträglicher als in den vergangenen Tagen. Dazu blies ein stetiger Westwind, der angenehm die Kleidung lüftete. Zum Abend hin war zwar Regen angekündigt, doch das kümmerte jetzt noch niemanden.

Fischbach hatte mit Sigrid vereinbart, sich nach dem Gespräch mit Frank Halbach in der Eisdiele am Marktplatz wiederzutreffen. Hoffentlich gelang es ihnen, einen Platz zu ergattern. Ein köstlicher Amarenabecher wäre ganz nach seinem Geschmack. Zunächst jedoch musste er das Gespräch hinter sich bringen.

»Erst die Arbeit, dann das Vergnügen«, murmelte Fischbach vor sich hin und wich einem Kinderwagen aus, der von der Mutter angriffslustig durch die Menge geschoben wurde.

Halbachs Verkaufstisch stand gegenüber dem Hauptportal der Sankt-Salvator-Basilika. Wie immer, wenn Fischbach in Prüm war, beeindruckte ihn die wunderschöne Barockkirche aus Buntsandstein. Seit fast dreihundert Jahren erhob sich das Gebäude mit den zwei Türmen bereits hier am Platz und hatte vieles kommen und gehen sehen. Bei der Ardennenoffensive im Zweiten Weltkrieg stark beschädigt, war sie nach dem Krieg renoviert und 1950 wieder freigegeben worden. Papst Pius XII hatte der Klosterkirche im selben Jahr den Ehrentitel »Basilica minor« verliehen, »kleine Basilika«.

Fischbach stellte sich neben dem Hauptportal in den Schatten und betrachtete prüfend die Stände. Zwei Frauen, die Kinderkleidung anboten, daneben ein Mann, der bestenfalls Mitte zwanzig war. Er schien sich auf Handyhüllen und elektronischen Krimskrams spezialisiert zu haben. Als Nächstes ein Glatzkopf, der vom Alter her passen könnte. Fischbach schlenderte auf ihn zu. »Herr Halbach?«, fragte er.

Der Mann sah auf die Armbanduhr. »Ach, ist es schon so spät?« Er winkte Fischbach hinter den Tisch. »Wir haben gestern telefoniert, nicht wahr? Sie sind der Kommissar.« Er sah nach rechts. »Ey, Tony?«

Der junge Mann am Stand neben Halbach schlenderte heran. »Was is'n?«

»Kannst du bitte ein paar Minuten bei mir aufpassen? Muss was regeln.«

»Was springt dabei für mich raus?«

»Ein paar aufs Fressbrett, du gieriges Monster.« Halbach lachte, bückte sich, holte eine ungeöffnete Packung Zigaretten aus einer Tasche unter dem Tisch und warf sie dem Kollegen zu. »Aber nicht alle auf einmal«, mahnte er.

Tony grinste. »Geht klar, Papa.«

Halbach wandte sich wieder Fischbach zu. »So, jetzt kann es losgehen. Schlage vor, wir suchen uns eine Sitzgelegenheit in der Basilika. Da ist es ruhiger.«

Sie betraten das Kirchenschiff durch den Haupteingang und setzten sich in eine leere Bankreihe. In luftiger Höhe über ihnen schwebte die Orgel, die riesigen Pfeifen schimmerten silbrig. Ansonsten war das Innere der Basilika eher schlicht gehalten. Weiße Wände, die an den Kanten mit roten Längsstreifen abgesetzt waren, einige Gemälde und vorne, wie zu erwarten, ein Altar. Allerdings gab es eine Sehenswürdigkeit, die Fischbach faszinierte: das mehrreihige, mit aufwendigen Schnitzereien versehene Chorgestühl links und rechts vor dem Altar. Daran mussten die Künstler jahrelang gearbeitet haben.

Frank Halbach senkte den Kopf und faltete die Hände. Kaum vernehmlich betete er kurz, dann richtete er sich wieder auf. »Sie haben Fragen zu Natalie?«, flüsterte er.

»Nun ja, wenn ich ehrlich bin, ist das nur die halbe Wahrheit«, gab Fischbach ebenso leise zurück. »Eigentlich …«

»Sie müssen mir nichts weiter erklären. Ich bin nicht naiv.

Wenn man den Tag auf einem Flohmarkt abhängt, hört man jede Menge Tratsch. Rainers Name wurde zwar nicht genannt, aber wer die Gegend kennt, weiß, welcher Hof gemeint war. Sie erwähnten am Telefon die Ermittlungen bezüglich Natalies Verschwinden. Aber es geht eigentlich um Rainer, oder?«

»Ja und nein. Ich untersuche in erster Linie den Mordfall Rainer Levkus, das ist schon richtig. Dabei bin ich allerdings auf das Verschwinden Ihrer Schwester aufmerksam geworden. Und nachdem ich die Akte jetzt schon mal auf dem Tisch habe, laufe ich diesbezüglich nicht mit Scheuklappen herum. Sollte mir etwas unterkommen, was bei der Aufklärung dieser Sache hilfreich wäre, schaue ich mir das natürlich an. Das verspreche ich Ihnen.«

»Das freut mich zu hören«, flüsterte Halbach mit Bitternis in der Stimme. »Ich wüsste schon gern, wo er sie verscharrt hat.«

»Wie meinen Sie das?«

»Natalies Mörder ist endlich tot, was für mich, das gebe ich zu, eine Genugtuung ist. Leider aber bleibt Natalie damit vermutlich für immer … verschwunden.«

»Sie glauben also immer noch, dass Rainer Levkus damals Ihre Schwester ermordet hat?« Nach den ganzen Aktenvermerken, die Halbach über die Jahre zu Protokoll gegeben hatte, hatte Fischbach nichts anderes erwartet. Doch er wollte es von ihm bestätigt haben.

Frank Halbach tat ihm den Gefallen. »Allerdings.« Sein Flüstern hatte sich in ein zorniges Zischen verwandelt.

»Eine gewagte These. Wie gesagt, ich kenne die Fallakte. Ich weiß, dass Natalie Ihnen vor ihrem Verschwinden gesagt hat, sie sei mit Rainer verabredet. Aber ich weiß auch, dass Sie wissen, dass Rainer am fraglichen Wochenende gar nicht in der Eifel war. Er hatte also ein Alibi.«

»Alles Lüge«, stieß Halbach aus. »Sein Kumpel, dieser Resche, hat …« Er brach ab, sah sich unstet herum, als würde er etwas suchen. Dann schüttelte er den Kopf und wiederholte leise: »Alles Lüge.«

Eine seltsame Reaktion, wie Fischbach fand. Er musterte Halbach aus dem Augenwinkel. Wusste der Mann mehr, als er zugeben wollte? Aber was verschwieg er, wenn es denn so wäre? Und warum? »Wie können Sie sich da sicher sein? Es könnte doch auch Natalie gewesen sein, die gelogen hat.«

»Absurd. Natalie war ein grundehrlicher Mensch. Niemals hätte sie mich angelogen.« Er hatte die Stimme erhoben, andere Besucher wandten sich ihnen irritiert zu.

Fischbach schwieg eine Weile, um Halbach Gelegenheit zu geben, sich ein wenig zu beruhigen, dann fragte er: »Ist Ihnen eigentlich nicht in den Sinn gekommen, dass Sie wegen dieser Anschuldigungen ein Motiv haben, was den Mord an Rainer Levkus angeht, und dass sich die Polizei deswegen bei Ihnen meldet?«

»Na klar.«

»Und? Was sagen Sie dazu?«

»Ganz einfach: Wenn dem so wäre, warum sollte ich dann so lange damit gewartet haben?«

»Weil Sie der Polizei nach all den Jahren nicht mehr zugetraut haben, den Fall aufzuklären. Weil Sie deswegen enttäuscht waren. Weil Rainer Levkus jahrelang im Ausland stationiert war und sich daher für Sie lange Zeit keine Möglichkeit ergab. Weil Sie sich immer im Griff hatten, aber dieses eine Mal nicht. Weil er irgendetwas in Ihnen getriggert haben könnte, das Sie rotsehen ließ.« Fischbach fand, der Moment war gekommen, den Mann neben ihm auf der Bank zu überrumpeln. »Es gibt eine Zeugin. Am Tag, als Rainer Levkus ermordet wurde, waren Sie bei ihm auf dem Hof. Die Zeugin hat Ihren Streit mitbekommen. Und Ihren grauen Golf hat sie auch auf dem Hof gesehen.« Alles nur Vermutungen und Annahmen. Fischbach wusste ja noch nicht einmal, ob Halbachs Golf tatsächlich grau lackiert war. Aber einen Versuch war es allemal wert, und so erwartete er gespannt die Reaktion.

Halbach erbleichte. Jetzt sah er aus, als wäre er eben dem Geist eines gestorbenen Priors des Klosters begegnet. »Mein Golf ist nicht grau, sondern anthrazit.«

Bingo, dachte Fischbach und unterdrückte ein siegessicheres Grinsen. »Spitzfindigkeiten. Sie waren bei Rainer Levkus. Wir werden Spuren von Ihnen dort finden, das garantiere ich. Und dann kann es verdammt ungemütlich für Sie werden, erst recht, sollten Sie vorhaben, mir hier einen Bären aufzubinden. Ich schlage daher vor, wir sparen uns die Umstände, und Sie sagen mir freiheraus, worum es bei dem Streit ging. Zwar ahne ich es bereits, aber reden Sie mal.«

Fischbach lehnte sich zurück und verschränkte die Arme vor der Brust. Aus Erfahrung wusste er, dass Halbach jetzt innerlich mit sich rang. Er musste sich entscheiden, ob er zugab, Levkus besucht zu haben. Oder lieber auf Risiko spielte. Sollte seine Wahl auf Ersteres fallen, würde er sich außerdem überlegen, was er alles preisgeben sollte und womit er sich selbst belasten würde. Es gab also vieles zu bedenken, und Fischbach wartete daher geduldig.

Es dauerte einige Minuten, dann endlich räusperte sich Halbach und sagte: »Also, von mir aus, dann soll es so sein. Sie liegen mit fast allem richtig. Ja, ich war am Mittwoch bei Rainer. Ja, wir haben gestritten. Und ja, es ging um Natalie. Dass ich denke, er habe sie umgebracht, und dass er mir endlich die Wahrheit sagen solle. Es kam zum Streit, wurde laut und heftig.« Halbach presste die Fäuste gegeneinander. »Aber auch wenn ich das inzwischen fast bereue: Ich habe Rainer nicht umgebracht. All die Jahre wäre ich ihm am liebsten an die Gurgel gegangen. Doch ich bin einfach nicht zum Mörder geboren!« Beim letzten Satz hob er wieder die Stimme. Diesmal brachte es ihm ärgerliche und teils verstörte Blicke ein.

»Sollen wir besser rausgehen?«, fragte Fischbach.

Halbach schüttelte heftig den Kopf. »Bringen wir es hinter uns«, sagte er leiser.

»Wann sind Sie wieder gefahren?«, fragte Fischbach. »Erinnern Sie sich an die Uhrzeit?«

»Gegen halb fünf.«

Fischbach dachte an die Aussage von Margarete Tischendorf. Sie war gegen siebzehn Uhr auf dem Hof gewesen und hatte den Wagen noch gesehen. Eine halbe Stunde Differenz. »Kann es auch etwas später gewesen sein?«

Halbach runzelte die Stirn. »Glaub nicht. Aber ich war wütend, da peilt man nicht unbedingt mehr alles so korrekt. Vielleicht war es auch ein paar Minuten später.«

Sehr wahrscheinlich sogar, dachte Fischbach. »Und da lebte Rainer Levkus noch?«

Halbach schnaufte verächtlich. »Was soll das? Das sagte ich doch gerade.«

»Und danach sind Sie nicht noch einmal zurück? Später am Abend vielleicht?«

»Nein. Ich habe ferngesehen.«

»Kann das jemand bezeugen?«

»Meine Frau.«

»Werden wir bei Bedarf überprüfen. Was lief im Programm?«

Halbach sah grübelnd zur Decke. »Hm, weiß ich ehrlich gesagt nicht mehr. Ich habe gezappt, habe alle Sender gleichzeitig geschaut, aber eigentlich keinen. Konnte mich nicht konzentrieren, dazu war ich viel zu aufgewühlt.« Er blickte Fischbach von der Seite an. »Klingt nicht besonders aufsehenerrgend, oder?«

Fischbach zuckte mit den Schultern. »Es ist, wie es ist. Wenn das der Wahrheit entspricht, haben Sie nichts zu befürchten.«

»Sie glauben mir also?«

Fischbach stand auf. »Auch wenn wir hier in einer Kirche sind, glaube ich erst einmal gar nichts, was Sie mir sagen. Ich höre es mir an, sammle Informationen, ordne es ein und arbeite weiter damit. Je nachdem, was ich noch herausfinde, wird sich zeigen, ob Sie die Wahrheit sagen oder mich anlügen.«

Halbach nickte langsam. »Mehr kann ich wohl im Moment nicht erwarten.«

»So ist es.«

Halbach faltete wieder die Hände und schloss die Augen. »Dann bete ich, dass Sie die Wahrheit herausfinden.«

»Machen Sie das«, sagte Fischbach. »Denn daran bin ich sehr interessiert, da nehme ich jede Hilfe an, die ich bekommen kann. Ich werde Ihnen gleich jemanden vorbeischicken. Bitte verlassen Sie Ihren Stand bis dahin nicht. Wir benötigen Ihre Fingerabdrücke und eine DNA-Probe. Und keine Sorge, wir werden das diskret über die Bühne bringen.«

»Ich dachte, wenn ich rede, dann …«, fuhr Halbach auf, doch Fischbach unterbrach ihn.

»Es muss sein. Sie hören von mir.« Er trat in den Gang und verließ zufrieden die Kirche.

Wieder ein Puzzleteilchen, das sich eingefügt hatte.

Nach diesem aufschlussreichen Gespräch konnte er den Eisbecher nun so richtig genießen.

18

Die Tomatensoße köchelte. Welscher nahm den Topf und stellte ihn neben die Schüssel mit den Spaghetti auf den Küchentisch. »Fertig«, rief er und setzte sich.

Maila Aalto kam vom Balkon und ließ sich auf den freien Stuhl ihm gegenüber fallen. »Riecht köstlich.« Sie schaufelte sich eine Ladung Spaghetti auf den Teller und goss Soße darüber. »Ich habe einen Bärenhunger.«

»Köstlich?«, wiederholte Welscher belustigt. »Übertreibst du nicht ein wenig? Ist doch nur eine Fertigpackung. Du solltest mal erleben, was Sigrid jeden Tag auf den Tisch zaubert. Oder Lars, wenn er sich mal von seiner Staffelei losreißt und sich stattdessen in der Küche austobt. Ach Moment, da fällt mir ein ...« Er sprang auf und schnitt die Tüte mit den Käseraspeln auf, die noch auf der Anrichte lag. »Hätte fast das Topping vergessen.« Er streute den Käse über seine Nudeln und reichte das Tütchen an Maila weiter.

Sie schüttete den Rest auf ihren Teller. »Wird ja immer besser.«

»Du bist nicht besonders anspruchsvoll, oder?« Welscher begann, mit der Gabel die Spaghetti aufzudrehen.

»Wenn ich Hunger habe, kann ich sogar eine Tube Silikon verdrücken und es lecker finden.«

Er lachte. »Hör auf! Ist ja ekelhaft.«

»Sag bloß? Schon mal Silikon probiert?«

»Das nicht, nein.«

Sie zeigte mit der Gabel auf ihn. »Woher willst du es dann wissen, hä? Aber lassen wir das Herumalbern. Bin froh, dass du heute das Kochen übernommen hast. War ein anstrengender Tag.«

Welscher stutzte. »Du hast doch jetzt eine Stunde auf dem Balkon gechillt und keinen Handschlag getan.«

»Weil ich so fertig war. Und dazu dein Einzug. Sehr anstrengend.«

Welscher lachte. »Ein Gästebett, ein Koffer und eine Kiste mit Kleinkram? Mehr war doch nicht hochzutragen.«

»Puh, das hat aber gereicht. Diese Veränderung in meinem Leben, damit muss ich erst einmal klarkommen.« Sie wischte sich theatralisch mit dem Handrücken über die Stirn. »Wie auch immer. Es macht auf jeden Fall Laune, nicht mehr allein in der großen Wohnung zu sein. Was sagt dein Lover eigentlich dazu? Du hast doch vorhin mit ihm telefoniert, wenn ich es richtig gehört habe, oder?«

Welscher zog ertappt Luft durch die Zähne. »Na ja. Also ...«, druckste er herum. »Ehrlich gesagt habe ich es noch nicht angesprochen.«

»Warum nicht?«

»Er könnte verärgert reagieren.« Welscher befürchtete sogar noch Schlimmeres: dass Lars auf die Idee kommen könnte, ihre Beziehung zu beenden. Was wollte er auch mit einem Liebhaber, der Tausende Kilometer entfernt in der Eifel hockte und keine Anstalten machte, an diesem Zustand etwas zu ändern? Aus seiner Sicht könnte es so aussehen, als liebte er ihn nicht mehr.

Maila Aalto schaufelte sich eine Ladung Nudeln in den Mund und kaute nachdenklich. »Mag sein. Allerdings zögerst du das Unvermeidliche so nur hinaus. Irgendwann musst du es ihm ja doch sagen. Je länger du wartest, desto schlimmer machst du es. Zumindest wird er es so sehen.«

Dagegen konnte Welscher nichts einwenden. »Manchmal wünsche ich mir, ich würde Alkohol trinken.«

»Warum? Zum Mut antrinken?«

Welscher nickte. Er wickelte ein paar Spaghetti auf und aß. Es schmeckte fad und uninteressant.

»Ich habe einen Wodka im Kühlschrank«, bot Maila Aalto an.

Welscher schob seinen Teller, auf dem noch die halbe Portion lag, lustlos von sich weg. Er verspürte keinen Appetit mehr. »Ich werde es auch ohne Alkohol schaffen. Zumindest meiner Mutter habe ich es schon gebeichtet.«

»Lass mich raten: Du hast ihr das Versprechen abgenommen, es nicht weiterzutratschen.«

Welscher konnte sich ein Schmunzeln nicht verkneifen. »Ich scheine ein offenes Buch für dich zu sein.«

»Das war ja jetzt nicht schwer. Wie geht es ihr eigentlich? Hat sie ihren Schritt noch nicht bereut?«

»Glaube nicht. Im Moment redet sie eigentlich nur über ihren neuen Verehrer. Sie scheint richtig verliebt zu sein.«

Maila Aalto legte sich die Hand auf die Brust. »Wie romantisch.«

Welscher wusste nicht, ob er dem uneingeschränkt zustimmen sollte. Auf der einen Seite gönnte er seiner Mutter alles Glück dieser Welt. Andererseits konnte Liebe blind machen. Wer wusste denn, ob sie nicht auf einen Heiratsschwindler hereinfiel? Auch wenn er sehr wahrscheinlich übertrieb, nagte tief in ihm die Sorge um das Wohlergehen seiner Mutter. »Themenwechsel«, sagte er, um nicht weiter darüber nachdenken zu müssen. »Heute noch was am Tatort gefunden, das uns weiterhilft?«

Maila Aalto kratzte die letzten Soßenreste vom Teller. »Dass mir das aber nicht zur Gewohnheit wird.«

»Was meinst du?«

»Das Dienstliche hier in der Wohnung. Hier ist Zone Feierabend, klaro?«

Verlegen fing Welscher an, die Spülmaschine einzuräumen. Bei den Fischbachs hatten Hotte und er, wenn nötig, stundenlang und jederzeit über die Fälle gesprochen. Ebenso hatte er mit Lars alle Informationen geteilt. Welscher hatte glatt verdrängt, dass es Menschen gab, die nach dem Verlassen des Arbeitsplatzes abschalten wollten. »Sobald wir uns besser kennen, werden wir schon andere Themen finden, keine Sorge«, sagte er.

»Das hoffe ich. Aber es gibt ohnehin nichts zu berichten. Den Außenbereich haben wir nahezu komplett abgegrast. Leider aber Fehlanzeige bezüglich weiterer Projektile. Die angekokelten Stoffreste bestehen aus Baumwolle, also nichts Besonderes.

Wird uns kaum weiterhelfen. Morgen nehme ich mir mit einer Kollegin die Scheune vor. Die steht mit Gerümpel voll.«

»Die Scheune? Überrascht mich jetzt. Was hoffst du denn, dort zu finden?«

Sie zuckte unbekümmert mit den Schultern. »Ich will mir nichts nachsagen lassen. Es schadet nie, genau hinzuschauen. Übersiehst du aber irgendetwas, hagelt es Vorwürfe. Insbesondere wenn du als Frau die Zielscheibe abgibst.«

»Da ist wohl was dran«, sagte Welscher.

»Das ›wohl‹ kannst du getrost streichen.« Maila Aalto lehnte sich zurück. »Und was steht bei euch morgen an?«

»Das weiß ich gar nicht so genau, wenn ich ehrlich bin. Hotte hatte heute ein Gespräch mit jemandem, der Rainer Levkus gut kannte und vielleicht sogar tatverdächtig sein könnte. Darüber werden wir uns wohl zunächst austauschen und ein wenig brainstormen. Ansonsten hängt unser weiteres Vorgehen momentan von dem ab, was uns so an Informationen zuflattert.« Er steckte das benutzte Besteck in den dafür vorgesehen Behälter der Spülmaschine.

»Ihr habt es schon echt gemütlich, während wir uns abrackern.« Sie nahm den Topf mit der restlichen Soße. »Ich helf dir mal.«

Welscher schmunzelte und entwand ihr den Topf. »Ich mach das schon. Ich kann mich schließlich morgen im Büro ausruhen, wie du eben treffend geschlussfolgert hast. Setz dich ruhig wieder auf den Balkon und erhole dich von deiner Plackerei.«

Maila Aalto tippte ihm auf die Brust. »Na also, jetzt hast du verstanden, wie das Kaninchen hoppelt.« Lachend schob sie sich an ihm vorbei, blieb im Türrahmen stehen. »Und bring mir bitte noch einen doppelten Wodka, Schatz. Muss die Verdauung ankurbeln.«

Welscher schnappte sich das Küchenhandtuch und schlug damit in ihre Richtung. »Verrücktes Huhn!«

Mit einer eleganten Hüftbewegung wich sie aus. »Da musst du schon früher aufstehen, du Schlaftablette.« Albern streckte sie ihm die Zunge heraus und verließ die Küche.

Welscher fasste sich lachend an die Stirn. Worauf hatte er sich hier nur eingelassen?

Für die Antwort horchte er in sich hinein. Und dort drinnen war ihm ganz warm ums Herz.

19

Über Nacht hatte es geregnet und die von vielen ersehnte Abkühlung gebracht. Das Ganze war allerdings nur von kurzer Dauer gewesen. Inzwischen strahlte die Sonne wieder vom blauen Himmel, über den Schäfchenwolken hinwegzogen. Doch der Wetterdienst hatte für den Nachmittag weitere lokale Gewitter mit Starkregen und Hagel angekündigt.

Fischbach hoffte, es würde nicht erneut so ausgehen wie im Juli 2021. Damals waren große Teile der Eifel durch Hochwasser zerstört worden. Das Ahrtal hatte nach dem Unwetter ausgesehen, als wäre ein Tsunami durch die Ortschaften gerollt. In Bad Münstereifel hatte die Erft gewütet, Häuser beschädigt und Brücken mitgerissen. Die Steinbachtalsperre wäre fast gebrochen, in Erftstadt hatte der Damm eines Rückhaltebeckens nicht standhalten können. Selbst Euskirchen war nicht verschont geblieben, obwohl das Stadtgebiet sich eher eben ausbreitete. Unzählige weitere Orte waren vom Wasser überflutet worden. Fischbach grauste es noch immer, wenn er an die Verwüstungen dachte. Selbst jetzt, viele Monate später, waren noch nicht sämtliche Schäden beseitigt. Und das alles für sich genommen war bereits beklagenswert. Bedauerlicherweise aber waren auch zahlreiche Anwohner der betroffenen Gebiete den Wassermassen zum Opfer gefallen. Ein unermessliches, unvorstellbares Leid.

Andrea Lindenlaub kam schnellen Schrittes in den Konferenzraum, in dem Fischbach, Welscher, der Kollege Päffgen und Maila Aalto schon warteten. Letzte hatte ein Notebook nebst Beamer aufgebaut, und Fischbach rätselte, was sie damit vorhatte.

»Der Chef lässt sich entschuldigen«, sagte Andrea Lindenlaub. »Aussage vor Gericht, ihr kennt das ja.« Sie ließ sich auf einen freien Stuhl fallen, schaltete ihr Tablet ein und kam ohne viel Federlesen zur Sache. »Wie ist der Stand der Dinge?«

Das schätzte Fischbach an ihr. Derart konzentriert und präzise auf den Punkt, das beherrschten nicht viele. Viel zu oft bauschten Kollegen Kleinigkeiten wortreich auf, nur um sich wichtigzumachen. Und die, die vom Hölzchen aufs Stöckchen kamen oder die ganze Zeit um den heißen Brei redeten, waren auch nicht besser. Alles Zeitdiebe.

»Dann fang ich mal an, wenn es recht ist. Ich habe gestern mit Frank Halbach gesprochen«, legte Fischbach los und informierte die Kollegen über das Gespräch. Er beendete seinen Bericht mit der Information, dass auch seine Fingerabdrücke und die DNA inzwischen vorlägen.

»Läuft also, sehr gut«, sagte Andrea Lindenlaub und nickte anerkennend. »Den behalten wir sicher im Auge.«

»Sogar ganz sicher«, murmelte Welscher und blinzelte Fischbach dabei verschwörerisch zu.

Der hatte keine Ahnung, was das zu bedeuten hatte.

Hans-Dieter Päffgen räusperte sich. »Jan und ich haben uns vorhin noch mal die Akte vorgenommen. Wir haben aufgeräumt, ergänzt, die Berichte geprüft und so weiter und so fort. Dabei haben wir selbstverständlich auch nach Querverbindungen gesucht, die bisher vielleicht übersehen wurden.«

»Und?«, wollte Andrea Lindenlaub wissen. »Was gefunden?«

»Leider nicht«, antworte Päffgen. »Aber wir bleiben am Ball.«

Wären fünf Euro für das Phrasenschwein, dachte Fischbach. Vielleicht wäre es doch eine gute Idee, eins aufzustellen.

»Jedenfalls ist die Akte jetzt auf dem neuesten Stand«, verkündete Päffgen sichtlich stolz. Seine Augen glänzten freudig.

Jeder in der Dienststelle wusste, dass Päffgen der geborene Schreibtischtäter und mit dieser Rolle überaus glücklich war. Der Locher war seine bevorzugte Dienstwaffe, Außendienste mied er wie der Teufel das Weihwasser.

Welscher hob den Zeigefinger. »Wenn ich da direkt einhaken darf. Eine Neuigkeit gibt es doch, ganz frisch, davon weiß Hans-Dieter noch nichts.« Er wischte über sein Smartphone. »Als ich nach der Aktendurchsicht in mein Büro zurückkam, fand ich eine Mail vom Verteidigungsministerium in meinem Postfach.

Ich muss sagen, die haben sich richtig für uns ins Zeug gelegt. Die haben mit Europol gesprochen, mit dem Bundeskriminalamt, mit anderen Ministerien, mit der NATO. In Zusammenarbeit mit der Staatsanwaltschaft hatten wir das zwar selbst schon angeleiert, doch offensichtlich hat das Ministerium den besseren Draht. Denn wir haben im Gegensatz zu denen noch keine Antworten erhalten. Wie auch immer, sich darüber aufzuregen, bringt ja nichts. Hauptsache, wir erhalten die Informationen, nicht wahr? Fakt ist: Es gibt derzeit keinerlei Hinweise darauf, dass die Taliban ihre Drohungen in die Tat umsetzen. Somit schließt das Verteidigungsministerium Personen, die den Taliban nahestehen, zum derzeitigen Zeitpunkt als mögliche Täter mit größter Wahrscheinlichkeit aus.«

»Gut«, sagte Andrea Lindenlaub. »Dann können wir die Ermittlungen in diese Richtung zunächst zurückstellen.«

»Leite mir die Mail bitte weiter«, bat Päffgen.

»Klar, mach ich. Aber das war noch nicht alles, Leute«, ergänzte Welscher hastig.

Maila Aalto lehnte sich zurück und stellte die Füße auf den benachbarten freien Stuhl. »Ui, ein Spannungsbogen. Ist ja besser als im Film. Fehlt bloß noch Popcorn.«

Fischbach sah sie missmutig an. »Sonst noch Wünsche?«, grummelte er. Er fragte sich schon die ganze Zeit, warum sie überhaupt an der Besprechung teilnahm. Feuersänger, ihr Vorgänger im Amt, hätte für so einen Routinetermin niemals freiwillig einen Tatort verlassen. Wie hielt Welscher es mit dieser vorlauten Person nur aus?

»Gespannt darfst du auch sein, Maila«, sagte Welscher. »Pass auf, ich habe kurzerhand die Verfasserin der besagten Mail angerufen. Sie ist ein ziemlich hohes Tier im Ministerium. Ich wollte mich persönlich bedanken, denn manchmal erfährt man so ja noch Dinge, die nicht schriftlich festgehalten wurden. Und was soll ich sagen …«

»… so war es wohl«, ging Fischbach dazwischen. Er hoffte, dass Welscher sich nicht zu einem der verhassten Zeitdiebe entwickelte. »Mann, jetzt spann uns nicht länger auf die Folter.«

»Was bist du so ungeduldig?«, stichelte Welscher. »Lass mir doch diesen kleinen Moment der Aufmerksamkeit aller hier.«

Fischbach sah genervt zur Decke und zog es vor zu schweigen.

»Nun gut«, lenkte Welscher ein. »Dann ziehe ich das Kaninchen eben rasch aus dem Hut. Es heißt Daniel Resche, und er wird uns heute Nachmittag hier besuchen.«

Fischbach staunte. Hatte Welscher ihm deswegen eben zugeblinzelt? Vermutlich ja. »Levkus' Kamerad? Der Oberleutnant, bei dem wir letzte Woche waren?«

»Genau der«, bestätigte Welscher. »Kamerad ist schon richtig, aber vergiss nicht, er war zugleich auch Levkus' Vorgesetzter. Also, ich habe ihn einbestellt.«

»Du zäumst das Pferd heute aber ganz schön von hinten auf«, sagte Maila Aalto.

»Da muss ich ihr recht geben«, stimmte Andrea Lindenlaub zu. »Jetzt verrat uns endlich, warum dieser Resche hier aufschlägt.«

Welscher hob entschuldigend beide Hände. »Okay, okay, schon gut. Ich bin einfach noch aufgeputscht von der Nachricht. Laut der Dame vom Verteidigungsministerium hat Rainer Levkus Daniel Resche in Kundus nach einem gemeinsamen Einsatz angegriffen.«

Fischbach ruckte überrascht hoch. Also doch nicht eitel Sonnenschein bei den beiden. »Was heißt angegriffen? Mit der Waffe?«

»Das jetzt nicht. Aber handgreiflich ist er geworden. Eine wüste Schlägerei, wie mir berichtet wurde.«

Andrea Lindenlaub schüttelte den Kopf. »Kaum zu glauben. Du sagtest, dieser Resche sei Levkus' Vorgesetzter gewesen. Ist das nicht strafbar, einen höherrangigen Soldaten anzugreifen? Wie kam es überhaupt dazu?«

Welscher schnalzte bedauernd mit der Zunge. »Die Fragen habe ich natürlich gestellt. Allerdings wusste meine Gesprächspartnerin darüber kaum was zu berichten.«

»Oder sie hat Muffensausen bekommen«, orakelte Päffgen, »weil sie dir schon mehr verraten hatte, als sie durfte.«

»Auch möglich. Immerhin habe ich noch erfahren, dass es eine interne Untersuchung zu dem Vorfall gab. Am Ende hat Rainer Levkus um seine Entlassung gebeten, die dann ehrenhaft erfolgte. Somit erging wohl keine Disziplinarstrafe.«

»Die haben das unter den Teppich gekehrt«, warf Maila Aalto ein. »Das war garantiert ein Agreement. Nach dem Motto: Du gehst freiwillig, dafür vergessen wir die ganze Sache. So in der Art.«

»Ja, möglicherweise war das so«, sagte Welscher. »Auf jeden Fall fühlen wir Resche deswegen nachher auf den Zahn. Wer weiß, vielleicht gärte der Streit unterschwellig weiter, und ihm ist irgendwann der Kragen geplatzt. Sehen wir mal, ob wir etwas in Erfahrung bringen können.«

»Okay, so machen wir das«, sagte Andrea Lindenlaub. »Fertig?«

Welscher nickte.

Maila Aalto nahm die Füße vom Stuhl und klappte ihr Notebook auf. »Dann habe ich noch etwas für euch.« Sie schaltete den Beamer an. Während das Gerät summend hochfuhr, erläuterte sie: »Es gibt erste Ergebnisse bezüglich der gefundenen Fingerabdrücke. Dank Hottes Weitsicht, das Glas mit den Abdrücken von Bert Levkus aus dem Heim zu stehlen«, ihre Mundwinkel zuckten amüsiert, doch Fischbach überging ihre Bemerkung, fest entschlossen, sich nicht mehr auf diese billige Art von ihr provozieren zu lassen, »konnten wir viele davon dem Senior zuordnen. Die Häufigkeit ist nicht verwunderlich, er hat dort ja jahrzehntelang gelebt. Ebenso Rainer Levkus. Von ihm haben wir natürlich auch überall Abdrücke gefunden. Zwei weitere waren ebenfalls übermäßig häufig vertreten, ich gehe davon aus, dass sie von den beiden weiblichen Mitgliedern der Familie stammen. Über die Räumlichkeiten waren in geringerer Häufigkeit noch andere Abdrücke verteilt, die vermutlich zu den Freunden, Verwandten oder einfach Besuchern der Familie gehören und wer weiß wie alt sind. Jetzt aber mal zu den interessanteren Informationen. Hotte sagte ja schon, dass uns inzwischen die Abdrücke von Frank Halbach vorliegen.

Ich habe die direkt zum Abgleich durch den Computer gejagt. Ergebnis: keine Übereinstimmung.«

»Er war da«, brummte Fischbach. »Hat er ja zugegeben.«

Maila Aalto wiegte den Kopf. »Er wird nichts angerührt haben.«

»Oder er hat alles abgewischt«, sagte Welscher.

»Von eurem Oberleutnant haben wir noch keine Abdrücke«, entgegnete Maila Aalto. »Bitte kümmert euch darum, wenn er nachher hier ist. Jetzt zur Tatwaffe.« Sie beugte sich vor und stellte am Fokussierring des Beamers das Bild scharf, auf dem neben dem Namen des Opfers bisher nur die Bezeichnung der Fallakte zu sehen war. »Es steht inzwischen zweifelsfrei fest, dass das Beil, das am Tatort im Hackklotz steckte, die Tatwaffe ist. Ich habe Knochensplitter von Levkus an der Klinge gefunden. Die Blutgruppe stimmt überein, DNA auch.«

»Das überrascht jetzt nicht wirklich«, sagte Päffgen wenig beeindruckt.

»Mag sein«, gab Maila Aalto zu, »aber nun haben wir Gewissheit. Leider hat der Täter daran gedacht, den Stiel des Beils abzuwischen. Da wir kein Tuch mit Blutspuren gefunden haben, gehen wir davon aus, dass er es zusammen mit seiner Kleidung und den Handtüchern aus dem Bad verbrannt hat. Möglicherweise hat er auch einfach seine Oberbekleidung genutzt, um klar Schiff zu machen. Auf jeden Fall war er trotz der grausamen Tat geistesgegenwärtig genug, seine Spuren zu beseitigen.«

»Wäre sonst auch zu einfach für uns, nicht wahr?«, sagte Welscher verdrossen.

Maila Aalto grinste. »Jetzt wirf die Flinte nicht zu früh ins Getreide. Denn trotz der Säuberung des Stiels haben wir was gefunden. Der Täter war wohl nicht gründlich genug.«

»Sag bloß?«, brummte Fischbach ehrlich überrascht. Er lehnte sich neugierig vor, als Maila Aalto nun mit ihrer Gerätschaft das nächste Bild an die weiße Stirnwand des Raums warf.

»Hier der auf der Tatwaffe gefundene Daumenabdruck. Und das«, sie drückte eine Taste auf dem Notebook, und ein weiterer Abdruck erschien rechts neben dem bereits gezeigten, »ist ein

Fingerabdruck aus unserer Datenbank.« Als Nächstes startete Maila eine Animation, die beide Abdrücke übereinanderschob. Es war eindeutig, dass sie übereinstimmten.

»Wir wissen also, wessen Abdruck das ist?«, folgerte Fischbach.

»Ja, wissen wir, Häuptling brummiger Bär.« Sie wechselte zur nächsten Seite der Präsentation, woraufhin ein Name an der Wand erschien.

Welscher stieß einen erstaunten Pfiff aus.

Päffgen schüttelte ungläubig den Kopf.

Andrea Lindenlaub hieb mit der flachen Hand auf den Tisch. »Das ist doch jetzt nicht wahr, oder?«, rief sie verärgert.

Fischbach sprang auf. »Das übernehme ich!« Ohne einen möglichen Einspruch gegen sein Vorhaben abzuwarten, stürmte er aus dem Konferenzraum.

20

Die erste Person, der Fischbach begegnete, war eine junge Frau hoch zu Ross, die er gut kannte. Sie ritt auf ihn zu und stoppte kurz vor dem Vorderrad des Motorrads.

Dem Schimmel schien das stählerne Gefährt nicht ganz geheuer zu sein, denn er trippelte nervös auf der Stelle.

Fischbach schaltete rasch die Zündung aus, der Harley-Motor verstummte. Augenblicklich beruhigte sich das Pferd. Alles, was noch auf seine erhöhte Aufmerksamkeit hindeutete, waren die steil aufgerichteten Ohren, die sich wie kleine Radarantennen hin- und herbewegten.

»Welch angenehme Überraschung«, sagte Fischbach und lächelte zu der Frau hinauf. Trotz der widrigen Umstände angesichts des Gesprächs, das er vor der Brust hatte, freute er sich.

»Hotte! Dachte ich es mir doch, als ich die Maschine hörte. Schön, dich zu sehen.« Lea Kruses Augen leuchteten freudig auf. »Wie geht's?«

»Alles gut so weit. Was macht deine Ausbildung?«

»Läuft. Allerdings ist es nicht so interessant wie damals bei euch. Überwiegend häusliche Streitigkeiten, Schlägereien und desorientierte Alkoholkranke.« Sie zuckte mit den Schultern. »Halt der normale Wahnsinn im Streifendienst. Aber nun sag mal, was treibt dich hierher auf den Gnadenhof?« Lea Kruse war Polizeianwärterin und hatte bei ihnen vor nicht allzu langer Zeit einen praktischen Abschnitt absolviert. Dabei konnte sie maßgeblich dazu beitragen, einen Mordfall aufzuklären. »Noch ein Tier, für das du dich einsetzt?«

»Nein, nein, diesmal nicht.« Er hatte damals dafür gesorgt, dass Lea den Schimmel, auf dem sie ritt, hier auf dem Hof von Thomas Gilles' Onkel unterstellen konnte. »Ich muss dringend mit Thomas sprechen.«

Lea Kruse deutete auf den Stall. »Er hat irgendwo eine kleine

Herde Schafe abgeholt und streut gerade ein. Soll ich ihn holen?«

Fischbach stieg von der Harley und lehnte sie auf den Ständer. »Nein danke, lass gut sein. Ich kenne mich hier ja aus, und ich will dich nicht aufhalten. Sieh zu, dass du Fidda ordentlich die Sporen gibst.«

Sie lachte, winkte ihm zum Abschied und ließ den Schimmel antraben.

Fischbach sah den beiden einen Moment nach, dann machte er sich auf den Weg zum Stall, am Misthaufen vorbei, auf dem ein Kolkrabe hockte. Der Vogel fixierte ihn aus nachtschwarzen Augen und ließ ihn nicht aus dem Blick. Fischbach spürte, wie sich die Haare auf seinen Unterarmen aufstellten. Eigentlich fürchtete er sich nicht sonderlich vor irgendeiner Tierart. Aber bei Krähen dachte er immer sofort an »Krabat« von Otto Preußler. Als kleines Kind hatte sein Großvater ihm aus dem Buch vorgelesen, in dem sich Menschen in Krähen verwandelten, und Fischbach hatte Alpträume davon bekommen. Diese Erinnerung hing ihm bis heute nach.

Er betrat den Stall und war froh, das Vieh nicht mehr sehen zu müssen.

Thomas Gilles stand inmitten der Schafsherde, deren Pferch gut die Hälfte der Grundfläche des Gebäudes einnahm, und hantierte mit einem Ballen Stroh. Mit einem Messer und geübtem Handgriff schnitt er den Faden durch, der den Ballen zusammenhielt, und verteilte die Halme auf dem Boden. Der dadurch aufgewirbelte Staub kitzelte Fischbach in der Nase, und er nieste einige Male.

Gilles sah auf und lachte. »Daran gewöhnt man sich.« Er verließ den Pferch und stellte sich neben Fischbach. Gemeinsam sahen sie den Schafen zu, die vorsichtig ihre neue Umgebung sondierten. Das einzige Tier aus der Herde, welches forsch auftrat, war das Lamm. Es wühlte mit dem Maul im frischen Stroh, sprang fröhlich in die Luft und rannte schließlich zum Muttertier, um sich etwas Milch zu gönnen.

»Daran gewöhnen? Muss ich ja nicht.« Fischbach kramte ein

Taschentuch aus seiner Jacke und schnäuzte hinein. »Sind das Rainer Levkus' Schafe?«

»Ja. So ist es praktischer. Ich kümmere mich hier um sie.«

»Und du hast sie einfach so eingesammelt und mitgenommen?«

Gilles zog amüsiert einen Mundwinkel nach oben. »Nein. Ich habe Levkus natürlich gefragt, ob ich sie mitnehmen soll.«

»Bitte? Wann denn? Bevor er ermordet wurde?«

»Mann, Hotte, das war ein Scherz. Rainer ist tot, wen sollte ich denn deiner Meinung nach um Erlaubnis gefragt haben?«

»Aber du kannst doch nicht einfach so ...«

»Komm, hör auf. Bei den Hühnern hast du auch nichts gesagt. Und du bist ja wohl kaum hier, um mit mir über die Schafe zu sprechen. Dass du mich angesimst und gefragt hast, wo ich stecke, wird einen Grund gehabt haben. Also, was liegt an?«

»Sag du es mir.«

Gilles warf die Arme zum Himmel. »Echt jetzt? Ich habe keine Ahnung.«

Fischbach versuchte, an der Mimik des Kollegen abzulesen, ob er log. Aber Gilles wirkte nur ungehalten über die Geheimniskrämerei. »Das Beil«, gab er daher das Stichwort.

»Das Beil«, wiederholte Gilles. »Aha. Davon gibt es viele.«

»Die Tatwaffe.«

»Mit der Rainer vermutlich ermordet wurde?«

»Genau. Das ›vermutlich‹ kannst du streichen, es steht definitiv fest.«

»Schön. Was ist damit?«

Fischbach wurde sauer. Er trat gegen einen Zinkeimer, der polternd umfiel und über den Boden kullerte. Die Schafe schreckten auf und drängten sich in die entfernteste Ecke, die Schweine im Pferch nebenan grunzten aufgebracht. »Hör auf, mich zu verarschen. Wir haben deine Fingerabdrücke darauf gefunden.«

Anders als erwartet schaute Gilles nicht schuldbewusst drein. Stattdessen fragte er: »Ja? Und?«

»Mensch, Thomas. Tust du nur so, oder bist du von allen

guten Geistern verlassen? *Du* hast das Opfer gefunden, *deine* Fingerabdrücke sind auf der Tatwaffe. Welchen Schluss könnte man daraus ziehen, hm? Was meinst du?«

»Moment mal. Dreht ihr jetzt durch oder was?« Gilles lachte höhnisch auf und tippte sich an die Stirn. »Ihr seid doch total bescheuert.«

»Wie du meinst. Aber die Indizien sprechen gegen dich.«

»Verdammt, jetzt hör aber mal auf mit dem Scheiß. Das Beil habe ich hin und wieder benutzt, um Holz zu hacken.«

»Komm, erzähl mir nichts. Warum solltest du für Levkus Holz hacken?«

»Um mich für seine Großzügigkeit zu bedanken. Er nahm kein Geld von uns an, das Holzhacken war aber okay für ihn. So einfach ist es manchmal, Hotte.«

»Und warum hast du uns das nicht gesagt?«

»Ich habe nicht daran gedacht. Ich war ja mit den Schafen beschäftigt.«

Fischbach schnaufte verächtlich. »Das ist wenig glaubwürdig.«

Gilles wischte sich mit dem Arm den Schweiß von der Stirn. »Trotzdem ist es die Wahrheit. Ja, gut, ich gebe zu, irgendwann ist es mir wieder eingefallen. Aber da habe ich gedacht, dass meine Abdrücke auf dem Hof ohnehin erwartet und somit automatisch aussortiert werden. Daher habe ich mir eine Erklärung gespart. Zumal ich am Wochenende zwei Einsätze hatte, die wenig erbaulich waren. Ein Motorradfahrer, geköpft von einer Leitplanke, und hinter Kall drei Discotote. Keiner von denen älter als zwanzig. Was glaubst du, wie man sich da fühlt, hä? Meinst du, nach so etwas denkt man: Och, mal rasch alles zusammenkehren, die Berichte tippen, und dann muss ich ja noch melden, dass meine Fingerabdrücke auf einer Tatwaffe sind?« Gilles hatte sich in Rage geredet. Es war offensichtlich, dass ihm die Sache an die Nieren ging.

»Trotzdem hättest du …«

»Stopp, jetzt mach mal einen Punkt, Hotte. Ich bin ein Kollege, kein Mörder. Geht das in deinen Schädel rein?« Gilles hieb mit der Faust so fest auf das oberste Brett des Pferchs, dass das Holz knackte.

Fischbach schluckte eine harsche Erwiderung hinunter und entschied sich, die Wogen etwas zu glätten. Es half niemandem, wenn sie hier die Tiere verängstigten. Zumal er nicht wirklich glaubte, dass Gilles Rainer Levkus ermordet hatte. Dennoch mussten sie der Sache nachgehen, wenn sie ihre Arbeit gewissenhaft erledigen wollten. Klar, in erster Linie ging es ihm darum, Gilles als möglichen Täter auszuschließen. Aber wer wusste, welche Überraschungen der Fall am Ende noch bereithielt? Sie mussten mit allem rechnen.

»Du bist ein guter Bulle, Thomas. Aber warum passieren gerade dir immer wieder solche Sachen? Von kleinen unangenehmen Dingen über mittelschwere Verfehlungen bis hin zu schwerwiegenden Katastrophen, regelmäßig taucht in irgendwelchen Zusammenhängen dein Name auf. Du nimmst jedes, aber auch wirklich jedes Fettnäpfchen mit, das herumsteht. Was ist mit dir los? Bei dir läuft doch was verkehrt.«

»So siehst du das also? Thomas Gilles, der Clown in Uniform?«

»Das ist etwas überspitzt formuliert, aber im Kern stimmt es, oder etwa nicht?«

Enttäuschung zeichnete sich auf Gilles' Gesicht ab. Er wirkte auf einmal so müde und abgespannt, als hätte man die Luft aus einem prall gefüllten Luftballon gelassen. »Ich gebe zu, in meinem Berufsleben ein, zwei Dinge falsch angegangen zu sein. Aber im Großen und Ganzen weiß ich nicht, wovon du redest.« Er zog einen Fahrzeugschlüssel aus der Hosentasche. »Jetzt lass uns starten.«

»Wohin?«

»Wir fahren zur Dienststelle, und du protokollierst meine Aussage. Hochoffiziell, so, wie es sich gehört.«

»Thomas, übertreib bitte nicht. Das muss wirklich nicht sein. Ich kenne ja jetzt den Sachverhalt und …«

»Ich will das aber so«, unterbrach ihn Gilles mit eisiger Stimme. »Der Herr Gilles kann auch Dienst nach Vorschrift.

Der *Kollege* Gilles weiß, was von ihm erwartet wird.« Er stapfte entschlossen los. Über die Schulter hinweg rief er: »Auf Handschellen können wir doch verzichten. Oder, Herr *Kollege*?«

Fischbach seufzte ergeben. Wie es aussah, blieb ihm nichts anderes übrig, als Gilles zu folgen. Keine zehn Pferde würden den jetzt noch von seinem Vorhaben abbringen, nach Euskirchen in die Dienststelle zu fahren. Setzte sich ein Eifeler vom Schlag Thomas Gilles erst einmal etwas in den Kopf, dann konnte man ihn nur schwer vom Gegenteil überzeugen.

Er trat aus dem Stall hinaus in die Sonne.

Der Kolkrabe saß immer noch an Ort und Stelle. Fischbach kam es so vor, als hätte das Mistvieh alles verstanden und grinste ihn mit dem Schnabel gehässig an.

21

Gerade noch pünktlich schob sich Fischbach auf den Stuhl im Büro im Erdgeschoss, das sie für die Verhöre nutzten. Welscher wartete bereits, Daniel Resche trommelte mit den Fingern auf der Tischoberfläche eine Melodie. Er trug ein Poloshirt und Leinenshorts, fast so, als würde er im Urlaub an der Bar sitzen und sich gleich einen Caipirinha bestellen. Er war die Ruhe selbst – obwohl ihm eigentlich klar sein musste, dass die Einladung zum Gespräch in der Polizeibehörde nur Unangenehmes bedeuten konnte, nachdem ihre letzte Unterhaltung erst ein paar Tage her war. Fischbach vermutete, dass man einen Berufssoldaten und Kriegsveteranen nicht so schnell aus der Fassung bringen konnte. Er goss sich vom bereitstehenden Wasser ein. In letzter Zeit trank er viel zu wenig, er dachte einfach nicht daran, sobald er im Dienst voll eingespannt war. So wie heute.

Nach dem Protokollieren von Gilles' Aussage waren sie gemeinsam zu Bönickhausen gegangen, der inzwischen vom Gericht zurückgekehrt war, und hatten ihn über das Geschehene informiert. Bönickhausen hatte Gilles daraufhin von den Ermittlungen ausgeschlossen. Das war angesichts der Umstände nicht anders zu erwarten gewesen, doch Gilles war trotzdem verschnupft von dannen gerauscht.

»Können wir anfangen?«, fragte Welscher.

Fischbach murmelte eine Zustimmung, trank noch einen Schluck und legte los. »Herr Resche, danke für Ihr Erscheinen. Wie Sie ja wissen, ermitteln wir im Mordfall Rainer Levkus.«

Resche stoppte das Trommeln der Melodie. »Klar weiß ich das.«

»Ein Mord geschieht nicht einfach so«, führte Fischbach aus. »Es gibt immer einen Grund.«

»Das Motiv«, sagte Resche.

»So ist es. Ohne Motiv kein Mord. Alles hängt zusammen.

Findet man ein Motiv, führt es einen manchmal direkt zum Mörder.«

»Verstehe«, sagte Resche unbekümmert.

Welscher übernahm. »Sehr gut, dann kommen wir zur Sache. Wir haben gehört, es gab Streit zwischen Ihnen und Rainer Levkus.«

Jetzt stutzte Resche. Erstaunt blickte er von einem zum anderen. »Streit? Rainer und ich? Wer behauptet denn so etwas? Wir haben uns ewig nicht gesehen, wie hätten wir uns da streiten sollen?«

»Ich habe mich vielleicht unpräzise ausgedrückt«, gab Welscher zu. »Ich meinte bei Ihrem gemeinsamen Einsatz in Afghanistan.«

»Ach so, das.« Resche winkte ab. »Vergeben und vergessen. Rainer und ich haben uns danach ausgesprochen und wieder vertragen. Ich weiß nicht, warum das hier von Belang sein sollte.«

»Uns interessiert, warum Sie sich gestritten haben.«

Resche rieb sich die Nasenwurzel, der Daumen wanderte anschließend zu den oberen Schneidezähnen, als wollte er prüfen, ob noch alles richtig saß. »Wie gesagt, es war eine Lappalie, nicht wichtig. Kaum der Rede wert.«

Fischbach lehnte sich etwas vor. »Trotzdem wäre es freundlich von Ihnen, uns die Geschichte zu erzählen.«

Resche schaltete auf stur. »Ich wüsste nicht, was Sie das angeht«, sagte er und verschränkte die Arme vor der Brust. Von seiner anfänglichen Gelassenheit war wenig übrig. »Mit Ihrem Fall hat das doch nichts zu tun.«

»Das zu beurteilen, überlassen Sie bitte uns.« Fischbach lehnte sich wieder zurück. »Wir könnten stattdessen auch die Staatsanwaltschaft einschalten, damit ein Antrag auf Akteneinsicht gestellt wird. Das würde natürlich länger dauern, das Ergebnis ist jedoch dasselbe. Wir kommen also sowieso dahinter. Warum aber der ganze Umstand, wenn wir Sie direkt danach fragen können?«

»Grundsätzlich bin ich ja auch eher für einen pragmatischen

Ansatz«, sagte Resche. »Doch mir leuchtet nicht ein, was das bringen soll. Die von Ihnen angesprochene Angelegenheit ist ewig her. Bin ich etwa verdächtig?«

»Bisher nicht mehr als andere«, antwortete Fischbach ausweichend.

Resche hob eine Augenbraue. »Nicht mehr als andere? Was soll denn das bedeuten? Da hat ja das Orakel von Delphi klarere Aussagen formuliert.«

»Sie fordern also Transparenz«, sagte Welscher. »Okay. Dann spielen wir doch mit offenen Karten, einverstanden?«

Resche zuckte mit den Schultern. »Mir wäre das recht.«

»Schön. Ich bin auch bereit, in Vorleistung zu gehen, damit Sie erkennen, dass es mir ernst damit ist.«

»Nur zu.«

Welscher legte eine Hand auf Fischbachs Schulter. »Wie Ihnen mein Kollege eben erklärt hat, sind wir stets auf der Suche nach möglichen Motiven.« Er zog den Arm zurück. »Damals in Afghanistan, an dem Tag, als es zwischen Ihnen und Rainer Levkus zum Streit kam, da waren Sie kurz vorher zusammen in einem Einsatz. So weit richtig?«

Resche nickte. »Klar waren wir vorher in irgendeinem Einsatz. Und ebenso danach. Es gibt immer ein Vorher und ein Nachher. Das weiß die Welt spätestens seit Sepp Herbergers Spruch mit dem Fußballspiel.«

»Schon klar. Aber in diesem Fall ist es so, dass sie *direkt* vor dem Streit zusammen unterwegs waren. Jetzt frage ich mich: Ist dabei irgendetwas vorgefallen, das Rainer Levkus gegen Sie aufgebracht hat?«

Resche kratzte sich die Wange, zögerte kurz, gab dann aber zu: »Könnte sein.«

»Was ist denn geschehen?«, fragte Fischbach.

»Es kam zu einem Feuergefecht, bei dem ich jemanden erschießen musste. Rainer warf mir später vor, ich hätte unangemessen gehandelt. Das Ganze eskalierte dann in dem besagten Streit.«

»Und? So im Rückblick betrachtet: Hatte Rainer Levkus

recht?«, wollte Welscher wissen. »Haben Sie falsch gehandelt?«

»Falsch?«, stieß Resche laut aus. Er schwitzte jetzt heftig, sein Blick ging in die Ferne. Er schien die Situation erneut zu durchleben. »Wie kann das realistisch beurteilt werden? Ich habe Rainer vielleicht das Leben gerettet, indem ich rechtzeitig abdrückte. Es war eine total undurchsichtige Situation. Da muss man sich in Bruchteilen einer Sekunde entscheiden.«

»Das kann ich mir vorstellen«, sagte Welscher. »Doch noch mal: Haben Sie sich falsch entschieden?«

Sekundenlang war Resche wie abwesend, dann blinzelte er und sah Welscher direkt an. »Nein. Die Kommission, die den Vorfall damals untersuchte, hat mich von jeglicher Schuld freigesprochen. Fordern Sie ruhig die Unterlagen an. Sie werden feststellen, dass ich Ihnen die Wahrheit sage. Und jetzt möchte ich wissen, warum diese olle Kamelle überhaupt von Belang ist. Was versuchen Sie zu konstruieren?« Der Moment der Schwäche, die er gerade eben noch an den Tag gelegt hatte, war vorüber. Trotzig reckte Resche das Kinn vor, jetzt wieder ganz der selbstbewusste Oberleutnant.

Fischbach goss ein Glas Wasser ein und schob es ihm zu. In dem fensterlosen Raum stand die Luft.

Resche nahm es schweigend an und trank es in einem Zug leer. Das Glas knallte er zurück auf den Tisch. »Also?«

»Wir nehmen an, dass damals bei der Untersuchung irgendetwas unter den Tisch gekehrt wurde.«

Resche wollte protestieren, doch Fischbach gebot ihm mit erhobener Hand Einhalt. »Was auch immer vorgefallen ist, am Ende ist es schon seltsam, dass jemand ehrenhaft entlassen wird, der einen Vorgesetzten angegriffen hat. Oder etwa nicht?«

»Was weiß denn ich, warum die Kommission so entschieden hat? Was sie hier konstruieren, ist absurd«, erwiderte Resche ärgerlich.

»Vielleicht«, stimmte Fischbach zu. »Aber nehmen wir mal an, Rainer Levkus hat damals vor der Kommission über bestimmte Details geschwiegen oder etwas Falsches zu Protokoll gegeben. Etwas, das ansonsten zu einem Disziplinarverfahren geführt hätte.«

Resche hob flehentlich die Arme zur Decke. »Ja, mein Gott. Selbst wenn es so gewesen wäre, was hat das alles mit dem Mord zu tun?«

»Das sage ich Ihnen jetzt.« Fischbach beugte sich etwas vor und fixierte Resche. »Heute, Jahre später, könnte Rainer Levkus sich entschlossen haben, die tatsächlichen Ereignisse publik zu machen. Eine Version der Geschichte zu erzählen, in der Sie nicht sehr gut wegkommen. Und er hat Sie mit diesem Vorhaben konfrontiert. Die Sache wäre wieder aufgerollt worden, möglicherweise mit einem anderen Urteil, einem, das Sie belastet, anstatt Sie zu entlasten. Die Öffentlichkeit hätte davon erfahren, und man braucht nicht viel Phantasie, um sich den dadurch ausgelösten Shitstorm vorzustellen. So etwas könnte das Aus für Ihre Karriere bei der Bundeswehr bedeuten. Und vergessen wir dabei auch nicht Ihre Frau. Wäre Sie für ein großes Unternehmen als Vorstandsvorsitzende noch tragbar, sollte Ihr Mann in Afghanistan den Rambo gemimt haben?«

»Und um das alles abzuwenden«, übernahm Welscher das Fazit, »haben Sie Rainer Levkus ermordet.«

Resche lachte verächtlich. »Was für ein Schwachsinn. Diesen Mist höre ich mir nicht länger an.« Er stand auf und wandte sich zur Tür, blieb mit der Klinke in der Hand stehen. »Oder nehmen Sie mich fest?«

Fischbach wechselte einen Blick mit Welscher, beide schüttelten den Kopf.

»Nur zu, wir halten Sie nicht auf«, sagte Welscher.

»Na dann«, brummte Resche und trat hinaus auf den Flur. Die Tür fiel krachend hinter ihm ins Schloss.

Fischbach lehnte sich zurück, verschränkte die Hände auf dem Bauch und drehte Däumchen. »Nun ja, einen Versuch war es wert. Deine Einschätzung dazu?«

»Schwer zu sagen. Sollte da was dran sein, hätte Resche ein starkes Motiv. Doch leider fällt mir im Moment nicht ein, wie wir diesbezüglich weiterkommen sollen.«

»Ja, wirklich blöd. Zu gern hätte ich von Rainer Levkus erfahren, was damals tatsächlich passiert ist.«

Sie sahen sich einen Moment lang nachdenklich an und standen schließlich auf.

Gemeinsam verließen sie den Raum.

12. November 2013

Rainer fühlte sich nicht wohl bei der Sache. Das alles hier ging ihm gegen den Strich, zu sehr war der Einsatz mit der heißen Nadel, basierend auf zweifelhaften Informationen, gestrickt.

Was sie wussten, hatten sie von einem Gefangenen, den sie gestern verhört hatten. Seiner Aussage zufolge versteckte sich hier, in dieser Hütte, ein Kämpfer der Taliban, der Selbstmordattentäter im Bau von Sprengkörpern schulte. Doch Rainer war es beim Verhör so vorgekommen, als habe der Gefangene die Geschichte frei erfunden. Am liebsten hätte er zunächst weitere Erkundigungen über diesen angeblichen Taliban eingeholt. Daniel hatte davon allerdings nichts hören wollen. »Wir verlieren dadurch nur wertvolle Zeit«, hatte er gemeint und Rainers Vorschlag kurzerhand vom Tisch gewischt. »Nein, wir schnappen uns den Burschen und ziehen ihn aus dem Verkehr. Dann kann er kein Unheil mehr anrichten. Danach können wir immer noch nachforschen.«

Und so waren sie um Mitternacht aufgebrochen, um den Mann festzunehmen.

»Rainer, wir beide gehen rein. Die anderen geben Feuerschutz«, hörte er Daniel über Kopfhörer sagen. »Team Rot deckt die Rückseite, Blau bleibt hier und sichert vorne. In jetzt genau sechzig Sekunden: Angriff!«

Sie bewegten sich fast lautlos. Ihre Einsatzfahrzeuge hatten sie außerhalb des Dorfes hinter einer Kuppe zurückgelassen, um sich nicht durch den Motorenlärm zu verraten. Sollte es brenzlig werden, konnten sie sie über Funk herbeirufen. Die schweren Maschinengewehre würden die Lehmhütte mühelos durchsieben.

Der Mond schien hell und tauchte alles in ein nachtblaues Licht.

Der Schweiß brannte Rainer in den Augen, der Stahlhelm umfasste eng und unangenehm seinen Kopf, und die schusssichere Weste schien heute Tonnen zu wiegen. Er fasste das Sturmgewehr fester und drückte sich an die Außenwand des Hauses, links neben der Eingangstür, einer schlichten Holzplatte, die an zwei Angeln hing. Ein energischer Tritt mit den Springerstiefeln sollte genügen, um sie aufzustoßen. Sprengstoff, um sich Zugang zu verschaffen, war somit nicht nötig.

Daniel stellte sich auf die andere Seite der Tür und nickte ihm zu.

Rainers Magen krampfte zusammen. Normalerweise gingen sie von mehreren Seiten gleichzeitig zum Angriff über. Maximale Verwirrung, erprobt und einstudiert. Was also sollte das? Es war Irrsinn, nur zu zweit durch den Vordereingang einzudringen. Am liebsten hätte er die Sache abgeblasen, doch Daniel gab hier die Befehle.

»Wir nutzen das Überraschungsmoment«, flüsterte Daniel ihm zu, als könnte er seine Gedanken lesen. Unter der Schutzbrille sah Rainer ihn spöttisch lächeln. »Wir packen sie direkt an den Eiern.«

Einer der anderen lachte gackernd über Helmfunk.

Schwachsinn, dachte Rainer und bedachte Daniel mit einem finsteren Blick. Sein Kumpel wollte nur die Lorbeeren mit so wenigen wie möglich teilen. Daniel hatte sich in Afghanistan verändert. Leider nicht zu seinem Vorteil. Früher stets umsichtig, hatte sich dieser Charakterzug ins Gegenteil verkehrt. Daniel ging inzwischen geradezu rücksichtslos vor und scheute kein Risiko, um ihre vermeintliche Aufgabe zu erfüllen: den Schutz der Kameraden.

Eigentlich sollte ihre Task Force lediglich Informationen über geplante Anschläge sammeln. Es lag nicht in ihrer Verantwortung, diese dann auch zu verhindern. Aber genau darin schien Daniel mehr und mehr ihren Auftrag zu sehen. »Bevor ich die Bürokratie entscheiden lasse, kümmere ich mich lieber selbst darum«, hatte er Rainer vor einigen Wochen anvertraut. »Die bringen unsere Jungs um, Rainer, unsere Freunde. Wegen den hinterhältigen Drecksäcken schicken wir gefüllte Zinksärge nach Hause. Ehefrauen werden zu Witwen, Kinder zu Waisen.

Dem müssen wir Einhalt gebieten! Ich schaue nicht mehr länger nur zu.«

Je mehr Einsatzkräfte der NATO durch Anschläge ums Leben kamen, desto größer wurde Daniels Ambition, das zu verhindern. Grundsätzlich eine ehrenvolle Einstellung. Doch was Daniel seither aufzog, glich eher einem Rachefeldzug als einer Sicherheitsvorkehrung. Er schlug Gefangene bei kleinen Verfehlungen, demütigte sie, behandelte sie wie Tiere. Es gab bereits anonyme Beschwerden aus den eigenen Reihen über dieses Verhalten. Da ihre Erfolgsquote bisher jedoch tadellos war, ließ man ihm weiterhin freie Hand.

»Zehn Sekunden«, hauchte Daniel ins Mikro. »Alle auf Position?«

Rainer hörte die Zustimmung der anderen.

Mit einem Fingerzeig deutete Daniel an, dass Rainer die Tür eintreten sollte, während er absicherte.

Stumm zählte Rainer die Sekunden runter. Bei null angekommen, zischte Daniel: »Los!«

Rainer holte aus und trat mit voller Wucht gegen die Tür, die sofort aufflog und schief an der oberen Angel hängen blieb.

Auch wenn es im Haus stockdunkel war, zeigten ihre Nachtsichtgeräte alle Details.

»Flur frei«, rief Daniel.

Rainer ging vor und sicherte in den Raum nach links. Eine einfache Küche, offene Feuerstelle, Tonkrüge, einige Blechtöpfe. »Frei!«, rief er.

Daniel drängte sich an ihm vorbei zum Ende des Flurs. Dort trat er eine weitere Tür ein und zielte mit seinem Gewehr in den Raum dahinter. »Kontakt! Zwei Personen«, rief er, dann: »Hands up!«

Rainer versicherte sich, keinen weiteren Raum übersehen zu haben, dann folgte er ihm.

»Licht einschalten«, befahl Daniel und klappte das Nachtsichtgerät nach oben.

Rainer tat es ihm gleich und betätigte dann die LED-Lampe, die seitlich an seinem Helm befestigt war. Der Lichtkegel erfasste zwei Menschen, die auf einer schmutzigen Matratze auf dem Boden lagen. Bestürzt sahen sie zu ihnen auf, die Frau weinte und jammerte in einem hohen Singsang.

»Schnauze«, brüllte Daniel. Er zog sie unsanft in die Höhe und stieß sie dann in eine Ecke. »Schnauze halten, habe ich gesagt.«

Rainer hätte sich am liebsten an den Kopf gefasst. Es war unwahrscheinlich, dass die Frau ihre Sprache verstand. Die fremden Wörter würden sie nur noch mehr verängstigen.

Der Mann auf der Matratze rappelte sich auf und wollte sich schützend vor seine Frau stellen, doch Daniel rammte ihm den Gewehrkolben in die Magengrube. Wie ein Taschenmesser klappte der Mann zusammen und fiel auf die Knie. Unter Schmerzen zeigte er auf etwas neben der Tür.

Rainer und Daniel wirbelten herum. Die Lichtkegel erfassten das Gesicht eines Jungen, sieben oder acht Jahre alt. Er kauerte in der Ecke des Raumes, unter einer Decke hantierte er mit irgendetwas.

»Vorsicht!«, rief Daniel. Er hob das Gewehr und schoss.

»Nein!« Rainers Aufschrei war in dem ohrenbetäubenden Lärm des Knalls kaum zu hören.

Für einen Moment schien die Zeit stillzustehen. Der Junge sah überrascht zu ihnen auf, die Decke färbte sich dunkel. Die Frau verstummte mit erstickter Stimme, der Mann erstarrte zur Salzsäule.

»Was ist los?«, wollte einer der Kameraden über Funk wissen.

Rainer antworte nicht. Er schob Daniel zur Seite und hockte sich vor den Jungen. Der versuchte etwas zu sagen, doch es kam nur ein Krächzen über seine Lippen, gefolgt von einem Schwall Blut. Dann wurden seine Augen glasig, und er sackte zusammen.

Die Frau hinter Rainer fing wieder an zu jammern, lauter und qualvoll diesmal. Ungeachtet der Gefahr stürmte sie auf Daniel zu und trommelte mit den Fäusten auf ihn ein. Der Mann versuchte, zu dem Jungen zu gelangen, doch Daniel, der die Frau wie eine lästige Fliege zur Seite wischte, unterband das mit einem Tritt. Stöhnend rollte sich der Mann auf dem Boden zusammen und hielt sich den Bauch.

»Jetzt hör endlich auf«, zischte Rainer wütend. Er packte den Saum der Decke und zog sie weg.

Darunter hielt der Kleine mit beiden Händen eine Plüschfigur umklammert.

Der Morgen kam, der Tag verging … Rainer konnte hinterher kaum mehr sagen, womit er die Zeit verbracht hatte. Leute waren gekommen, hatten ihn zum Einsatz befragt. Das wusste er noch. Mechanisch hatte er geantwortet. Dann waren sie wieder fort gewesen. Irgendwann hatte ihn die Müdigkeit übermannt, und er war kurz eingeschlafen.

Im Lager lief das Leben weiter, als wäre nichts geschehen. Hubschrauber starteten und landeten, Lastwagen wurden be- und entladen. Panzermotoren brüllten, Befehle gellten.

Gegen Abend fand sich Rainer in der Kantine wieder. Es war mehr der Routine geschuldet, reine Gewohnheit, die ihn hierhertrieb, keine bewusste Entscheidung. Der Küchenbulle füllte seinen Teller und wünschte ihm guten Appetit.

Schweigend schlich Rainer durch die kaum besetzten Tischreihen und suchte sich einen Platz weitab der anderen. Er wollte nicht reden. Nicht über das, was letzte Nacht passiert war, und nicht über Belangloses wie Fußball oder die neueste Streamingserie. Er zerdrückte die Salzkartoffeln in der Soße, hielt dann inne. Der überraschte Blick des Jungen nach dem Schuss verfolgte ihn. Als wüsste das Kind, dass es sterben musste, verstünde jedoch nicht, wie es von jetzt auf gleich so hatte kommen können.

Die Gabel in Rainers Hand zitterte. In ihm tobte ein Gefühlschaos. Wut und Trauer kämpften um Vorherrschaft, genau wie Zweifel und Selbsthass.

Verdammt! Es hätte nicht dazu kommen dürfen!

Er hätte Daniel aufhalten, den Einsatz sabotieren müssen. Dass er nichts unternommen hatte, machte ihn mitverantwortlich. Der Junge hatte das Leben noch vor sich gehabt. Durch seine Mitschuld war es viel zu früh beendet worden.

Ein Schatten fiel auf ihn, ein Stuhl wurde zurückgezogen, jemand setzte sich Rainer gegenüber und stellte einen Teller auf den Tisch.

Rainer blinzelte, er benötigte einige Sekunden, um die Umgebung wieder klar wahrzunehmen.

»Keinen Appetit?«, fragte Daniel und deutete mit der Messerspitze auf sein kaum angerührtes Essen. Dann stopfte er sich einen großen Bissen Fleisch in den Mund und begann zu kauen.

Rainer wurde es bei dem Anblick speiübel. »Lass mich in Ruhe«, zischte er. Nur unter allergrößter Anstrengung gelang es ihm, sich zu beherrschen.

Daniel schluckte und spülte mit einem Bier nach. Besorgt musterte er Levkus. »Mann, du siehst heute richtig beschissen aus, wenn ich das mal so sagen darf. Alles nur wegen gestern?«

»Nur?« Die Hand, in der Rainer die Gabel hielt, zitterte derart stark, dass die Zinken auf dem Porzellan des Tellers ein Klappern erzeugten. »Nur?«

Daniel legte sein Besteck ab und hob beide Hände, als wollte er sich ergeben. »Schon gut, ich habe verstanden. Du bist sauer auf mich. Kann ich verstehen, wirklich. Aber denk mal nach. Der kleine Scheißer hätte doch tatsächlich auf uns schießen oder eine Bombe zünden können. Du solltest mir dankbar …«

Rainer explodierte. Mit einem wütenden Schrei sprang er auf, packte Resche am Kragen und zog ihn zu sich. Geschirr und Essen donnerten zu Boden, der Tisch fiel um. »Das war kein ›Scheißer‹«, brüllte er. »Das war ein Kind, ein kleines Kind!«

Rainers erster Fausthieb brach Daniel die Nase, mit dem zweiten schlug er ihm einen Schneidezahn aus. Blut spritzte. Rasend vor Wut, den überraschten Blick des Jungen vor Augen, schlug er zu. »Du Mörder! Du verdammter Kindsmörder!«, schrie er dabei wie von Sinnen. Er sah nicht, was um sie herum geschah, spürte den Schmerz seiner malträtierten Finger nicht, hieb bloß immer weiter vom rohen Hass getrieben auf Daniel ein.

Erst als Hände nach ihm griffen und ihn gewaltsam zurückzogen, ihn so von seinem blutend daliegenden Kameraden trennten, kippte seine Wut und verwandelte sich in bodenlose Trauer.

Weinend brach er zusammen.

22

Bis ins Badezimmer drangen die von den beiden Schweinen verursachten Geräusche. Mit ihrem lauten und zufriedenen Grunzen übertönten sie fast die Kirchenglocken, die gerade den Morgen begrüßten. Fischbach warf einen Blick durch das geöffnete Fenster, um zu schauen, was die beiden derart in Verzückung versetzte. Auf der eingezäunten Wiese neben der Werkstatt entdeckte er zahllose Äpfel, die das vergangene Unwetter vom Baum geschüttelt hatte. Ein Festschmaus. Die beiden Tiere pflügten mit ihren Rüsseln durch das sich ihnen bietende Schlaraffenland.

»Perfekt. Dann kann ich mir das morgendliche Füttern heute sparen«, murmelte Fischbach und wandte sich wieder dem Spiegel zu. Was er sah, gefiel ihm … einigermaßen. Das Leben grub zwar immer tiefere Falten in sein Gesicht, doch in den Haaren fand sich wenig Grau. Und wo andere in seinem Alter eine Glatze polieren mussten, konnte er zum Kamm greifen und ihn durch kräftiges, volles Haar führen.

Er putzte sich die Zähne und kratzte mit der Hand über seine Bartstoppeln. Rasieren müsste er sich auch … obwohl … so eine Typveränderung … hm, eine Überlegung war es wert. Bestimmt würde ein Vollbart ihn weiser erscheinen lassen, respekteinflößender, intelligenter. Er gluckste amüsiert. Als würde es ihm darauf ankommen. Respekt hatte er sich, wenn nötig, bisher immer verschaffen können, und unterschätzt zu werden bot durchaus Vorteile. Gerade in seinem Beruf. Man denke da nur an den schrulligen Kommissar aus dem Fernsehen, diesen Columbo.

Was Fischbach aber wirklich an einem Bart reizte, war die Aussicht, verwegener auszusehen. Mehr vom Typ nonkonformistischer Biker, mehr wilder Rocker. Vielleicht sollte er sich dann auch gleich die Haare wachsen lassen und einen Zopf tragen.

Er drehte sich ins Profil, prüfte erneut sein Spiegelbild. Dazu ein Kopftuch mit Harley-Emblem? Oder nein: mit Totenköpfen verziert. Er spülte den Mund aus, stellte die elektrische Zahnbürste ins Ladegerät und griff zur Dose mit dem Rasierschaum. Er zögerte noch. Dann hatte er sich entschieden, trat den Mülleimer auf, der neben dem Waschbecken stand, und ließ die Dose hineinfallen.

Mit federnden Schritten ging er die Stufen ins Erdgeschoss hinunter, immer dem Kaffeeduft nach. Sigrid hatte seinen Lieblingsschlagersender im Radio eingestellt. Andreas Gabalier sang ein Lied für ihn. Musikalisch gefiel ihm der Alpenrocker. Nur wusste er nicht, wie er die Gerüchte hinsichtlich dessen wohl etwas zu weit rechts befindlicher Gesinnung einschätzen sollte. Entsprachen sie der Wahrheit? Bei der Klatschpresse wusste man nie so recht, was man glauben durfte. Da wurde viel Unwahres verbreitet, nur um an den Verkaufstheken ordentlich Kasse zu machen. Sollten sich die Gerüchte jedoch als wahr herausstellen, würde Fischbach dem Gabalier den Stecker ziehen. Derart gut konnte ihm keine Musik gefallen, dass er so etwas unterstützte.

Aber was machte er sich am frühen Morgen schon wieder für Gedanken? Hinfort damit und ran an den Speck. Sigrid hatte Rührei vorbereitet. In der Küche roch es verführerisch.

Fischbach gab seiner Frau einen Kuss und schob sich auf seinen Platz auf der Eckbank.

Sie stellte die Pfanne auf den Tisch und setzte sich ebenfalls.

»Riecht köstlich«, lobte Fischbach, fuhr sich mit der Zunge über die Lippen und schaufelte sich eine große Portion auf den Teller. Erst als er zum Brot griff, bemerkte er Sigrids fragenden Gesichtsausdruck. Er hielt inne. »Was ist los? Was schaust du mich so an? Wächst mir ein drittes Auge auf der Stirn?« Er lachte unsicher.

»Was wird das?«, fragte Sigrid ernst.

Langsam zog Fischbach seine Hand zurück. »Ähm … was meinst du?«

In dem Moment klingelte das Handy. Da es noch angesteckt

am Ladegerät im Flur lag, stand Sigrid auf und holte es. Das Gespräch nahm sie sofort an, damit der Anruf nicht ins Leere ging. Geübte Praxis. Fischbach saß oft in der Werkstatt und fummelte an den Motorrädern herum. Ein Telefon würde dabei nur stören. Gab es etwas Wichtiges zu klären, brachte Sigrid ihm das Gerät. Wenn nicht, wimmelte sie die Anrufer ab, und Fischbach konnte sich weiter ungestört seiner Leidenschaft hingeben.

Mit dem Smartphone am Ohr kam Sigrid zurück. »Ja, er ist da«, sagte sie. »Und nein, ich bin nicht seine Sekretärin!« Sie hielt Fischbach das Handy hin. »Da ist eine Frau für dich dran.«

»Wer? Etwa Andrea?«

»Die würde ich kennen, oder nicht? Und Andrea wüsste auch, dass ich nicht deine Sekretärin bin.«

Damit lag sie natürlich richtig, die Frage hätte er sich sparen können. Aber was sollte er machen? Ohne Kaffee und Frühstück im Bauch fehlte ihm der gewohnte Scharfsinn. Fischbach nahm das Gerät entgegen und meldete sich. Am anderen Ende der Leitung erklang die dunkle Stimme der Leiterin der Seniorenresidenz in Hillesheim. »Guten Morgen, Herr Kommissar.«

Unter Sigrids prüfendem Blick entgegnete er: »Frau Grießhagen. Was kann ich denn für Sie tun?«

»Fragen Sie nicht, was Sie für mich tun können. Sondern fragen Sie, was ich für Sie tun kann.«

»Häh? Ich meine … wie bitte?«

Sie lachte. »Ach, vergessen Sie das einfach. Ich bin manchmal etwas albern. Oder gefällt Ihnen das? Wissen Sie, ich bin nicht so spröde, wie ich vielleicht auf den ersten Blick erscheine. Wir könnten ja mal zusammen ausgehen. Damit Sie die Gelegenheit haben …«

»Mein Rührei wird kalt«, bremste Fischbach sie mit dem Erstbesten, was ihm in den Sinn kam. Er schloss die Augen. Hatte er das gerade wirklich so gesagt? Wie peinlich.

»Ich verstehe, Sie sind beschäftigt«, sagte Franziska Grießhagen nachsichtig. »Dann möchte ich auch nicht länger stören.

Ich wollte Ihnen nur mitteilen, dass Carola Levkus sich vorhin gemeldet hat.«

Fischbach horchte auf. Vergessen war der Kummer über seine mangelhafte Schlagfertigkeit. »Bitte? Wann? Wie kann ich sie erreichen?« Möglicherweise konnte Carola Levkus Informationen und Hinweise liefern, die zur Aufklärung des Mordes beitrugen.

»Oh, so viele Fragen auf einmal. Der Reihe nach: Sie war wohl während ihres Ausflugs in der Prärie … oder wie nennt man das weite Land in Kanada noch gleich … eher dunkle Wälder vermutlich … also, sie war wohl an einem Telefon vorbeigekommen und hat die Gelegenheit genutzt, um sich bei mir nach ihrem Vater zu erkundigen. Und … nun ja, da habe ich es leider wieder getan.«

»Was getan?«

»Nun, ich habe ihr gesagt, dass ihr Bruder … tot ist.« Franziska Grießhagen hörte sich jetzt an wie ein Mädchen, das der Mutter beichtete, die Milch verschüttet zu haben. »Entschuldigen Sie bitte.«

»Nein, nein, Sie haben das ganz richtig gemacht. Wenn sich die Gelegenheit schon mal unverhofft ergibt … Und weiter?«

»Carola Levkus hat erst geschwiegen. Der Schock, denke ich. Dann teilte sie mir mit, dass sie auf der Stelle ihre Unternehmung abricht und zurückkehrt. Gleich drauf hatte sie aufgelegt.«

»Aufgelegt? Einfach so?«

»Einfach so.«

»Sie hat nicht gesagt, wie wir sie erreichen können?«

»Nein. Aber sobald sie hier bei mir eintrifft, rufe ich Sie an. Garantiert haben Sie bis dahin auch Ihr Rührei gegessen.«

»Welches … ach so … das. Natürlich. Ich meine, rufen Sie an. Jederzeit.« Gedanklich war er bereits nicht mehr bei der Sache. Er versuchte zu überschlagen, wann sie frühestens mit Carola Levkus reden könnten. Unter normalen Umständen schätzte er für die Rückkehr vierundzwanzig Stunden als realistisch ein. Allerdings wusste er nicht, wo genau sie sich in Kanada befand.

Wie war dort die Verkehrsanbindung, wie groß die Entfernung zum Flughafen?

»Sehr gern«, sagte Franziska Grießhagen.

Fischbach unterbrach die Verbindung, legte das Smartphone ab und griff nach der Schüssel mit dem Frühstücksspeck, der kross gebraten fettig glänzte. Der Tag fing ausgezeichnet an, wie er fand. Zumindest, bis er in Sigrids Gesicht sah. Sie saß ihm mit inquisitorischer Miene gegenüber.

»Schatz, Frau Grießhagen kann ja nicht wissen, dass du nicht meine Sekretärin bist«, versuchte Fischbach, sie zu besänftigen.

»Du hättest das ja klarstellen können.«

»Werde ich noch«, beteuerte Fischbach. »Werde ich auf jeden Fall.«

»Wer war das überhaupt?«

»Sie leitet das Heim, in dem der Vater des Opfers …« Fischbach brach ab. »Schatz, du bist doch nicht etwa eifersüchtig?«

»Hätte ich denn einen Grund?«

Er fasste ihre Hand und drückte sie. »Niemals! Versprochen!«

Sigrid nickte langsam. »Gut. Ich dachte für einen Moment …«

»Was denn?«

Sie strich ihm zärtlich über die Wange. »Na, das hier. Hätte ja sein können, dass ihr das gefällt und du deshalb … aber das ist ja dann Quatsch. Du hast es sicher nur vergessen.«

»Vergessen? Was?«

»Die Rasur?«

»Ach … das.« Fischbach lächelte, froh darüber, an Schmitz Backes vorbei zu sein. »Das erledige ich nach dem Frühstück. Ich weiß doch, dass du unrasierte Männer nicht ausstehen kannst.« Genüsslich begann er zu essen.

Eine Typveränderung, was für ein Blödsinn. Sigrid mochte ihn so, wie er war. Was Besseres konnte ihm gar nicht passieren.

23

Welscher verkniff sich einen Fluch. Da hatte er endlich den Mut gefunden, mit Lars über seine Pläne zu sprechen. Und nun das.

Er drehte das Smartphone in den Händen, unschlüssig, ob er erneut versuchen sollte, ihn anzurufen, und sah auf die Uhr. In New York war es jetzt halb zwei, also mitten in der Nacht. Er war extra früh aufgestanden, um Lars noch zu einer halbwegs zivilisierten Zeit zu erreichen. Aber er landete stets auf der Mailbox. Natürlich hatte er um Rückruf gebeten. Doch sein Smartphone blieb stumm. Wo steckte er? Was beanspruchte seine Aufmerksamkeit derart, dass er keine Zeit fand, ihn zurückzurufen?

Er setzte Wasser auf, füllte Tee in den Filter und steckte zwei Scheiben Brot in den Toaster. Zwar verspürte er keinen Appetit, doch der würde sich einstellen, sobald das Gespräch erledigt war.

»Melde dich endlich, melde dich«, murmelte Welscher mantragleich vor sich hin. Er wollte es hinter sich bringen, Lars' Ärger über sich ergehen lassen, seine Enttäuschung stoisch ertragen. Alles besser, als weiterhin herumzudrucksen und Ausflüchte zu formulieren.

Welscher kaute an den Fingernägeln. Er überlegte, ob Lars ihm erzählt hatte, wo er heute steckte. Hatte er eine Vernissage erwähnt? Oder eine Party bei Freunden?

Gerade als er sich dazu durchgerungen hatte, einen neuen Versuch zu starten und die Rufnummernwiederholung zu drücken, vibrierte das Smartphone in seiner Hand. Welscher stieß einen erleichterten Seufzer aus und hob, ohne auf das Display zu sehen, das Gerät ans Ohr. »Endlich!«, sagte er. »Wo hast du gesteckt, Schatz? Ich habe mir schon Sorgen gemacht. Aber okay … Jetzt ist ja alles gut. Ich muss dringend mit dir …

»Jan, stopp!«

Er stutzte, dann sagte er: »Mama?«

»Ja, ich bin's, Junge.« Sie klang besorgt, was Welscher in Alarmbereitschaft versetzte.

»Mama, was ist passiert?« In Gedanken sah er sie mit einem tränendurchweichten Taschentuch im Sessel sitzen. Verlassen von ihrer neuen Liebe. Das Herz gebrochen, die Seele von der Zurückweisung verletzt. Doch zu seiner Überraschung sagte sie: »Lars ist überfallen worden.«

Welscher spürte, wie seine Knie weich wurden. Rasch zog er einen Stuhl unter dem Küchentisch hervor und ließ sich darauf fallen. »Was ist mit ihm? Ist er … verletzt?« Er schluckte heftig. An Schlimmeres wollte er gar nicht denken.

»Viel weiß ich leider noch nicht. Er ist ins Presbyterian Hospital gebracht worden.«

Welscher atmete erleichtert aus. Das hieß, Lars lebte, zumindest *das* war eine gute Nachricht. Er durfte sich also Hoffnung machen. Sein galoppierender Puls beruhigte sich etwas. »Bist du auf dem Weg dorthin?«

»Nein. Bob wird bei ihm bleiben und mich benachrichtigen, sobald es Neuigkeiten gibt. Ich löse ihn dann morgen früh ab. Lars wird gerade untersucht, er ist bei Bewusstsein, und es geht ihm wohl den Umständen entsprechend gut.«

Das zu hören, erleichterte Welscher. Er atmete durch. »Bob?«, fragte er dann. »Wer ist das?« Er suchte in seinem Gedächtnis nach dem Namen. Hatte Lars ihm von einem Bob erzählt? Er hatte viele neue Bekannte erwähnt, doch Welscher war sich fast sicher, dass ein Bob nicht darunter gewesen war.

»Na, Bob«, sagte seine Mutter, als wäre ihr Sohn begriffsstutzig. »Du weißt doch, wen ich meine. Sein Verleger.«

Das wurde ja immer besser. »Lars will ein Buch herausbringen?«

»Hat er dir davon nichts … aber Junge, das ist doch jetzt auch nicht wichtig. Wichtig ist nur, dass Lars wieder gesund wird.«

Welscher nickte, obwohl sie ihn nicht sehen konnte. »Ja, Mama, da hast du natürlich recht. Alles andere wird sich schon aufklären. Vielleicht sollte ich rüberkommen?« Er sagte es so selbstverständlich, als würden sie beide immer noch in der Eifel wohnen und es wäre nur ein Abstecher. Dabei würde es organisatorisch schwierig werden. Jemand müsste ihn bei der Mordermittlung vertreten. Aber das würde er schon hinbekommen.

»Das musst du wissen, Junge. Doch Bob sagt, zum jetzigen Zeitpunkt kann man nicht mehr machen als abwarten. Und das kannst du auch von zu Hause aus. Wenn du kommst, kostet das ja alles viel Geld.«

Schon wieder dieser ominöse Bob, dachte Welscher. Woher wusste dieser Kerl überhaupt, dass Lars überfallen worden war? Warum wurde er als Erster benachrichtigt und nicht etwa seine Mutter oder er, Lars' Lebensgefährte? Weshalb schlug sich dieser Bob die Nacht um die Ohren, um am Bett eines Klienten zu wachen? Und warum hatte Lars ihm nie von Bob erzählt und auch nicht davon, dass er ein Buch herausbringen wollte? Trotz seiner Sorge um Lars verspürte Welscher einen Funken Wut auf den Unbekannten. Obwohl Wut … nein, es war … Eifersucht! Konnte es denn wirklich sein … oder sah er Gespenster? Sollte er nicht eigentlich dankbar sein, dass da jemand war, der Lars in diesen schweren Stunden zur Seite stand? Er seufzte. »Ach, die Kosten, Mama, die sind doch überschaubar.«

»Trotzdem solltest du meiner Meinung nach nicht übereilt reagieren und deine Urlaubstage in Reserve halten. Stell dir vor, Lars braucht jemanden, der ihm hilft, sobald er aus dem Krankenhaus raus ist. Jemand, der ihn pflegt.« Sie schwieg einen Moment. »Ach je, ich rede so daher … also, ich meine jetzt nicht auf Dauer, sondern vorübergehend. Ich will nicht, dass du dir unnötig Sorgen machst, Junge.«

Wann hat sie eigentlich damit angefangen, mich immer »Junge« zu nennen, grübelte Welscher. Ist das ihrer Nervosität geschuldet? »Ich verstehe schon, was du meinst, Mama. Also gut, ich warte ab.«

»Ich ruf dich an, sobald ich was von Bob höre.«

»Ja bitte, mach das.«

Nach dem Telefonat blieb Welscher eine Weile unschlüssig am Tisch sitzen. Sollte er sich tatsächlich in Geduld üben und abwarten? War das eine gute Idee? Wäre Lars nicht enttäuscht, wenn er hörte, dass er nicht auf der Stelle alles hatte stehen und liegen lassen, um zu ihm zu eilen? Andererseits … es stimmte schon. Was konnte er im Moment groß für ihn tun, wobei eine Hilfe sein? Seine Mutter hatte recht: Seine Stunde könnte schlagen, sobald Lars aus dem Krankenhaus entlassen wurde. Die Zeit, da er gebraucht wurde, würde noch kommen. Ja, wahrhaftig, im Moment *musste* er sich gedulden und abwarten, so schwer ihm das auch fiel.

Ablenkung würde helfen. Beschäftigung. Welscher stand auf und verließ die Wohnung. Zur Dienststelle war es nur ein Katzensprung.

Auf dem Weg die Treppe runter vibrierte erneut sein Smartphone. Sorgenvoll riss er es aus der Hosentasche. Doch es war Fischbach, nicht seine Mutter mit einer noch schlechteren Nachricht.

»Wo steckst du?«, wollte Fischbach wissen.

»Lars ist überfallen worden«, sprudelte es aus Welscher heraus. Dass er nicht auf die Frage des Kollegen einging, bemerkte er in seiner Unruhe nicht.

Kurz blieb Fischbach stumm, dann sagte er: »Wie schlimm ist es?«

Welscher berichtete, was er wusste.

»Das ist nicht viel«, sagte Fischbach. »Willst du dir heute freinehmen? Soll ich dich entschuldigen? Ich bekomme das auch allein hin. Und Hans-Dieter hilft bestimmt gern aus, wenn mal Not am Mann ist.«

»Danke für das Angebot. Doch lieber lenke ich mich ab. Bin schon auf dem Sprung. Fünf Minuten, dann bin ich im Büro.«

»Okay, wenn das so ist … vergiss das mit dem Büro und geh zum Auto. Wir treffen uns auf Levkus' Hof.«

Welscher tastete nach dem Wagenschlüssel. »Warum?«

»Maila hat darum … äh … gebeten.«

»Gebeten? Schwer zu glauben.«

»Auf ihre Art halt. Der genaue Wortlaut hatte mit unseren Hintern zu tun, die wir schwingen sollen.«

Welscher fand den Schlüssel und drückte die Eingangstür

auf. Sofort empfing ihn der Verkehrslärm auf der Kölner Straße. »Passt schon eher zu ihr. Hat sie gesagt, um was es geht?«

»Sie hat einen Scheunenfund erwähnt, den wir uns anschauen sollen. Worum es sich dabei genau handelt, hat sie nicht gesagt. Darüber müssen wir auf jeden Fall reden, so geht das nicht.« Fischbach hörte sich jetzt verstimmt an. »Die kann uns doch nicht hierhin und dorthin zitieren, wie sie will, ohne Details zu verraten. Das ist das wirkliche Leben, echte Ermittlungsarbeit, und nicht eine billige Vorabendproduktion mit Cliffhanger für das Fernsehen.«

Welscher verstand seinen Ärger. Doch Maila Aalto würde sie niemals irgendwohin beordern, sollte sie nicht der Meinung sein, es läge ein wichtiger Grund vor. Daher verzieh er ihr die Marotte.

Er überholte eine alte Dame mit Gehwagen und wich dabei gerade noch rechtzeitig einem Hundehaufen auf dem Gehsteig aus. »Ich bin gleich beim Auto. Wie sieht es bei dir aus?«

»Sitze bereits im Sattel. Also dann los.«

Welscher steckte sein Smartphone weg, bog auf den Parkplatz vor dem Dienstgebäude ein und winkte Fischbach zu, der wie ein Ritter in lederner Rüstung auf der Harley thronte und soeben an ihm vorbei auf die Straße fuhr.

24

Fischbach schüttelte ungläubig den Kopf und sah zu Welscher. »Das sieht hier ja wie auf einer Landmaschinenauktion aus.«

Vor dem zweiflügeligen Scheunentor standen unzählige Gerätschaften: Pflüge, ein Wasserfass, eine Egge, ein Grubber, eine Fräse, mehrere Walzen, ein Heuwender, Düngerstreuer, ein einachsiger Traktor mit platten Reifen und ein in die Jahre gekommener Zweiachser mit Heuanhänger. Außerdem zahllose Holzkisten, Umzugskartons und alte Möbelstücke.

»Das war alles in der Scheune«, klärte Maila Aalto sie auf.

Welscher umrundete eine der Walzen. »Wirklich? Das hat alles da hineingepasst?«

Maila wischte sich mit dem Ärmel Schweiß von der Stirn. »Ja. Perfekt gestapelt. Derjenige, der das gemacht hat, ist bestimmt ein Endgegner in Tetris.«

»Bei Tetris gab es einen Endgegner?«, fragte Fischbach.

Maila Aalto stutzte. »Du hast Tetris gespielt?«

»Klar.« Fischbach freute sich diebisch, sie überrascht zu haben. Das hatte sie ihm garantiert nicht zugetraut. Es war während seiner Rückkehr aus dem Drogensumpf gewesen. Das beige Gerät, ein Gameboy mit winzigem Bildschirm, der nur Graustufen auflösen konnte, musste noch irgendwo im Haus herumliegen. Entsorgt hatte er es keinesfalls, und Sigrid warf solche Dinge nicht fort, ohne ihn vorher zu fragen. Vielleicht sollte er frische Batterien einlegen und wieder ein Spielchen wagen. Ihn juckte es mit einem Mal in den Fingern.

Maila Aalto schürzte die Lippen. »Respekt.« Sie hob den Daumen und summte die eingängige Titelmusik des Spiels.

»Ja, ja, passt schon«, murmelte Fischbach durchaus ein wenig stolz. »Nun verrat mir aber mal …«

»Bei Tetris gibt es keinen Endgegner. Es ist ein Endlosgame«, erklärte Maila bereitwillig.

»Habe ich mir schon gedacht. Das war nicht die Frage, die ich stellen wollte. Mich interessiert vielmehr, warum du hier alles auf den Kopf stellst. Ich meine … die Scheune? Wir haben die Tatwaffe, den ungefähren Tatzeitpunkt und einige potenziell Verdächtige. Der Tatort war eindeutig im Wohnhaus. Was in Dreiteufelsnamen erwartest du, bei dieser aufwendigen Aktion zu finden?«

»Es schadet nie, genau hinzuschauen«, sagten Welscher und Maila wie aus einem Mund.

Fischbach verharrte, sah von einem zum anderen. »Was ist denn mit euch los? Haben die euch Mikrochips eingepflanzt und identische Programme aufgespielt?«

Welscher zwinkerte belustigt. »Kann schon sein. Wir sind ja alle gegen Corona geimpft. Bill Gates lässt grüßen.«

Eine Kollegin von der Spurensicherung schritt über die Tenne auf sie zu. Sie zog ein schwarzes Kabel hinter sich her. An einer Steckdose stoppte sie und steckte es ein. Im Inneren der Scheune erstrahlte augenblicklich ein derart helles Licht, als wäre die Sonne aufgegangen.

»Ich dachte mir, einige Scheinwerfer können nicht schaden«, erläuterte Maila Aalto. »Kommt mit.« Sie führte Fischbach und Welscher durch das weit geöffnete Scheunentor und zeigte auf die östliche Ecke. »Dort.«

Im grellen Licht stand ein rostiges Fahrzeug. Der verblichene hellblaue Lack blätterte an einigen Stellen ab, eine Staubschicht überzog wie eine Patina das Blech. Zwischen der Beifahrerseite und dem Mauerwerk war nur ein handbreiter Spalt, die Fahrertür stand offen. Ein weiterer Kollege aus Maila Aaltos Team saß auf dem Beifahrersitz und pinselte im Inneren des Fahrzeuges Fingerabdrücke ab. Eine Abdeckplane lag hinter der Heckklappe auf dem Boden. Maila ließ sich von der Kollegin, die eben die Scheune hatte erstrahlen lassen, die Kamera geben, mit denen die Fotos am Tatort geschossen wurden. Sie zeigte den Kommissaren auf dem Display die Aufnahmen, die sie von dem Fahrzeug gemacht hatte.

»So haben wir den Corsa vorgefunden, nachdem wir alles drum herum raushatten.«

Auf dem Foto war der hintere Teil des Wagens noch abgedeckt, die Fahrertür stand aber bereits offen.

Maila Aalto ließ die Kamera sinken. »Man kann es jetzt nicht mehr erkennen, aber etwas war eigenartig. Seht euch das mal an.« Sie tauschte die Kamera gegen ein Tablet. »Wir haben die Standorte der Landmaschinen in den Grundriss übertragen.« Wieder hielt sie das Gerät so, dass die Kommissare Einblick hatten.

Zu sehen war ein Wirrwarr an schwarzen Linien, das Fischbach an ein Strickmuster erinnerte.

Mit dem Zeigefinger deutete Maila Aalto auf eine Stelle des Grundrisses. »Genau hier war ein Durchgang freigelassen worden. Er führte vom Scheunentor bis zum Wagen, war aber durch den Traktor zugestellt. Wusste man davon und rollte den Traktor nur ein kleines Stück vor, konnte man sich an der Wand entlang an allen anderen Gerätschaften vorbei bis zum Corsa durchzwängen.« Sie gab der Kollegin das Tablet zurück. »Ich glaube nicht, dass das nur ein Zufall war. Da wusste jemand ganz genau, was er tat. Meine Meinung.«

Fischbach trat näher an das Fahrzeug heran und musterte es. Ein Opel Corsa der ersten Generation, kantig wie ein Kastenbrot. Auffällig war die eingedrückte, teilweise zerborstene Frontscheibe und eine große Delle auf der Motorhaube. »Ein Unfallwagen?« Der Corsa erinnerte ihn an seinen Ford Capri, den Wagen, in dem seine erste Frau und seine Tochter durch einen von ihm unter Alkoholeinfluss verschuldeten Unfall ums Leben gekommen waren. Er hatte das Fahrzeugwrack jahrelang in seiner Werkstatt stehen gehabt, ebenfalls abgedeckt mit einer Plane. Steckte hinter diesem Scheunenfund hier eine ähnlich tragische Geschichte? Wenn ja, welche? Und hatte diese einen Bezug zu ihrem Mordfall? Oder war alles ganz anders? Banaler? Hatte Levkus senior – oder Rainer Levkus – den Opel Corsa irgendwann restaurieren und als Youngtimer ausfahren wollen, das Projekt aber mit der Zeit aus den Augen verloren?

»Sieht so aus«, stimmte Welscher zu. »Man muss kein Experte

sein, um die Beulen zu deuten. Damit ist mit großer Wahrscheinlichkeit jemand überfahren worden.«

»Definitiv sogar«, sagte Maila Aalto. Vor der Motorhaube kniete sie sich hin. »Schaut mal.«

Fischbach und Welscher stellten sich neben sie und bückten sich. Im Kühlergrill, an der Stoßstange und auf der Motorhaube waren dunkle verwischte Flecken zu erkennen.

»Ist das Öl?«, fragte Welscher.

Maila Aalto kam wieder in die Höhe. »Nein, Blut. Wir haben das vorhin mit Luminol überprüft. Jemand hat versucht, den Wagen sauber zu wischen, hat es dann aber wohl aufgegeben, denn besonders erfolgreich war er nicht, wie ihr seht.«

»Also gut«, sagte Welscher. »Die Schäden könnten durch eine Kollision mit einem Tier verursacht worden sein. So ein Wildschwein bringt ordentlich Masse auf die Waage. Oder ein Hirsch. Wenn dir so ein Kaventsmann auf die Haube springt, kannst du dir den Weg zu einem Beulendoktor sparen. Da muss dann schweres Gerät ran.«

»Ein Tier? Glaube ich nicht«, sagte Maila Aalto. »Wir untersuchen den Wagen schon seit heute Morgen. Auf Tierhaare sind wir bisher nicht gestoßen.«

»Na dann«, brummte Welscher, »gab es wohl irgendwann einen Unfall mit Personenschaden. Aber der Wagen steht schon länger an Ort und Stelle, wie soll uns das in unserem Fall helfen?«

Maila Aalto zuckte mit den Schultern. »Ich behaupte ja nicht, dass es einen Bezug zum Mord an Rainer Levkus gibt. Aber vielleicht zu einer anderen Sache. Dem sollten wir dann auch nachgehen, oder?«

Fischbach rieb sich das Kinn. »Eine andere Sache, hm?«, murmelte er nachdenklich.

»Ja«, sagte Maila Aalto. »Es könnte zum Beispiel jemand bei dem Unfall gestorben sein, und der Fahrer ist geflüchtet.«

»Geflüchtet, ja.« Fischbach nickte.

»Ist aber nicht so einfach, die Sache anzugehen«, wandte Welscher ein. »Wenn ein Wagen lange Zeit nicht angemeldet ist, werden die Daten des Halters nach einigen Jahren gelöscht. So meine ich es zumindest im Kopf zu haben.« Er deutete auf den Corsa. »Und der steht sich hier definitiv schon einige Jahre die Reifen in die Kotflügel.«

»Ist mir bekannt.« Maila Aalto setzte ein schalkhaftes Lächeln auf. »Dafür allein hätte ich euch nicht hergebeten.«

»Von wegen gebeten«, grummelte Fischbach, der nur mit einem Ohr zugehört hatte, weil er dabei war nachzudenken. »Deine Wortwahl ... ach ... ist im Moment piepe. Aber diese Geheimnistuerei ist Mist. Darüber müssen wir ...«

»Du hast also noch einen Pfeil im Köcher?«, fiel ihm Welscher ins Wort, der anscheinend keine Lust hatte, die Sache an Ort und Stelle auszudiskutieren.

Sie nickte, fummelte umständlich ein vergilbtes Stück zusammengefaltetes Papier aus den Tiefen ihres Overalls und reichte es Welscher.

Der runzelte die Stirn. »Was ist das?« Er faltete es auf und las. Erstaunt riss er die Augen auf. »Nee, ist nicht wahr.«

Neugierig ließ Fischbach sich das Blatt zeigen. Er staunte ebenfalls. »Na sieh mal einer an. Das ist eine Kopie des Fahrzeugscheins. Und der Halter ... wer hätte das gedacht?«

»Lag im Handschuhfach«, berichtete Maila Aalto. »Kenne einige, die das so machen. Eigentlich ja Blödsinn, ist schließlich kein Ersatz für den echten. Egal, muss jeder für sich entscheiden. Als ich den Namen las, dachte ich jedenfalls, ihr solltet schnellstmöglich davon erfahren.«

Fischbach kam diesmal nicht umhin, ihr zuzustimmen. »Richtig!« Er zögerte, dann klopfte er Maila auf die Schulter. »Äh ... sehr gute Arbeit.«

Sie grinste frech. »Wie gönnerhaft.«

Fischbach zog rasch den Arm zurück. »Wollte nur ein wenig ... es sollte nicht ...«

Maila Aalto lachte los. »Mensch, Hotte, alles gut. Du lässt dich aber auch immer so schnell verunsichern. Ich freue mich über deine Anerkennung. Wirklich.«

»Na, wenn das so ist«, murmelte Fischbach. »Und meine

Frage eben, warum du die Scheune ausräumst … vergiss das bitte. Dein Vorgehen war offensichtlich richtig.«

»Sind wir jetzt Buddys?«, fragte Maila Aalto.

»Äh …« Fischbach wusste nicht, was sie meinte.

»Freunde«, übersetzte Welscher.

Fischbach zupfte sich am Ohrläppchen. »Ich … äh … Kollegen halt. So, und nun lasst mich bitte eine Weile nachdenken.«

»Über uns beide?«, fragte Maila, deren Grinsen inzwischen von Ohr zu Ohr reichte. Sie hakte sich bei Welscher ein. »Ich bin leider schon vergeben.«

Fischbach winkte ab und verließ die Scheune, bevor sie ihn weiter necken konnte. Vielleicht war das grundsätzlich ein probates Mittel, um mit ihr klarzukommen. Einfach stehen lassen, sollte es ihm zu viel werden.

Gemäßigten Schrittes folgte er einem Pfad, der ihn auf eine Wiese führte. Er verschränkte die Hände auf dem Rücken und hob sein Gesicht gen Himmel. Die Morgensonne wärmte angenehm, und frische Luft füllte seine Lunge. Es roch würzig nach Gras, Sommerblumen und Kräutern.

Im Schatten einer Buche setzte er sich auf den Boden und lehnte sich an den Stamm. Er schaute über die vor ihm liegende Landschaft. In einiger Entfernung sah er Levkus' Hof, links einen Wald, rechts eine Wiese, durchschnitten von dem Weg, auf dem er eben spaziert war. Insekten summten um ihn herum.

Was für eine Idylle, dachte Fischbach. Scheinbar. Denn sie wurde von dem gewaltsamen Tod eines Menschen befleckt.

Er dachte an das Opfer, die Tatwaffe, den alten Corsa und den Namen des Fahrzeughalters auf der Kopie des Fahrzeugscheins.

Das brachte ihn zu der Frage, die ihn seit dem Verlassen der Scheune nicht mehr losließ: Warum hatte Daniel Resche, der Oberleutnant, bei der Familie Levkus seinen verunfallten Opel Corsa versteckt?

24. August 1996, 23:22 Uhr

Daniel öffnete den Deckel des Umzugskartons. Irgendwo musste die Salbe gegen seine Pickel sein. Seit einer Stunde suchte er erfolglos danach. Hätte er sie doch nur dorthin gesteckt, wo so ein Medikament hingehörte: in den Kulturbeutel. Dann wäre sie jetzt griffbereit gewesen. Stattdessen schien sie wie vom Erdboden verschluckt.

Er hob drei silberne Töpfe aus dem Karton. Die hatte ihm seine Mutter zum Auszug geschenkt, genau wie den Rest seines Geschirrs und Bestecks. »Erstausstattung« hatte sie es genannt und dabei gegen ihre Tränen angeblinzelt. Für sie war sein Wegzug ein trauriges Ereignis. Daniel vermutete, dass die meisten Eltern so empfanden. Einerseits stolz darauf, dass die Kinder es geschafft hatten, auf eigenen Beinen zu stehen. Andererseits der Schmerz des Verlustes, gepaart mit dem Wissen, selbst alt geworden zu sein.

Er balancierte die Töpfe in die Küche und stellte sie auf die Arbeitsplatte. Dann nahm er sich eine Flasche Bier aus dem Kühlschrank und öffnete sie mit den Zähnen. Für heute war Schluss. Scheiß auf die Salbe, sie half ohnehin kaum. Vermutlich bestand sie nur aus Paraffin und Spucke. Amüsiert lachte er bei dem Gedanken auf, schlenderte zum offenen Fenster und schaute über die Dächer von Münster. Von unten schallte der Verkehrslärm der viel befahrenen Straße herauf, am Nachthimmel zogen Flugzeuge mit blinkenden Positionslichtern dahin.

Seit vorgestern wohnte er nun hier in seiner ersten eigenen Bude. Das Apartment unter dem Dach des vierstöckigen Wohnblocks war zwar winzig, aber frisch renoviert und besaß sogar einen handtuchgroßen Balkon. Besser als nichts, wie Daniel fand. Und preiswert war es auch. So blieben ihm von seiner mageren Besoldung noch ein paar Mark übrig. Zugegeben, die Wohngegend war nicht die beste, aber sie bot alles, was man so benötigte. Es gab einen Supermarkt wenige Meter von der

Haustür entfernt, ein türkischer Gemüsehändler bot gleich daneben frische Ware feil, ein Kiosk versorgte die Anwohner auch außerhalb der normalen Geschäftszeiten mit dem Notwendigsten. Nur die Parkplatzsuche war stressig. Er musste sich unbedingt einen Anwohnerparkausweis besorgen. Aber selbst damit würde es schwierig werden, einen Platz für seinen Corsa zu finden. Er sah nach unten. Auch heute glich das Parken wieder Wildwest auf den Bürgersteigen. Sollte ein Brand ausbrechen, müssten die Einsatzkräfte vermutlich zuerst Räumpanzer vorschicken, die die Zufahrten vom Blech befreiten. Nur gut, dass er den Wagen dieses Wochenende an Rainer verliehen hatte.

Zufrieden trank Resche den ersten Schluck. Der herbe Biergeschmack kämpfte gegen den Knoblauch des Gyros an, das er sich vorhin in dem griechischen Schnellrestaurant unten an der Ecke besorgt hatte.

Morgen, am Sonntag, würde er sich endlich mal wieder so richtig ausschlafen. Kein Unteroffizier vom Dienst, der ihn mit einem lauten Befehl nachts aus den Federn scheuchte. Er hatte den ganzen Tag für sich allein, konnte nur das machen, was ihm gefiel. Es war niemand da, der etwas von ihm wollte oder verlangte. Bestens! Für den Nachmittag hatte er sich eine Erkundungstour durch die Stadt vorgenommen. Prinzipalmarkt mit Lambertikirche, dann zum Hafen und wenn noch Zeit blieb, ein Abstecher zum Erbdrostenhof.

Es schellte an der Wohnungstür.

Vor Schreck hätte Daniel fast die Bierflasche fallen lassen. Verwundert drehte er sich um und schaute durch die Küche zur Eingangstür. Wer störte so spät noch? Nachbarn, die sich vorstellen wollten, wohl kaum. Und Lärmbelästigung konnte ihm hier niemand vorwerfen. Seine Anlage stand unverkabelt neben dem Fernseher auf dem Boden.

Wieder schellte es.

Daniel schaute aus dem Fenster nach unten, versuchte zu erspähen, wer dort stand. Doch über dem Eingang hing ein Vordach, das den Blick versperrte. »Ach, was soll's?« murmelte er, stellte im Vorbeigehen die Flasche auf den Küchentisch und drückte den Öffner. Neugierig zog er die Wohnungstür auf.

Das Licht im Treppenhaus flackerte auf, Schritte waren zu hören. Er spähte über das Geländer nach unten. Jemand kam herauf, doch er oder sie ging so weit außen, dass Daniel die Person erst erkannte, als sie schon fast bei ihm auf der Etage angekommen war. »Rainer? Was machst du denn hier? Ich dachte …«

»Planänderung«, sagte Rainer lachend. »Ich darf doch?« Er zwängte sich an ihm vorbei in die Wohnung. »Hey, cool hier, Alter, echt!« Er stellte die mitgebrachte Tasche auf den Boden, zog seine Jacke aus und hängte sie an einen Haken im Flur. »Klein, aber fein, würde ich sagen.«

Daniel drückte die Wohnungstür zu. »Willste ein Bier?«

»Klar.«

Er holte eine weitere Flasche aus dem Kühlschrank und reichte sie seinem Kumpel. Argwöhnisch musterte er ihn. Rainer wirkte … überdreht. Als wäre er auf Speed. Oder versuchte er, durch seine überzogen gute Laune irgendetwas zu überspielen? Falls ja, funktionierte das nicht, seine Augen verrieten ihn. Darin sah Daniel … Besorgnis? Was auch immer, es passte nicht zu Rainers Auftreten. »Was ist los?«, fragte er daher.

Rainer prostete ihm zu. »Was soll denn sein?«

»Warum bist du hier? Du wolltest doch nach Hause.«

»Is ja mal eine nette Begrüßung. Freust du dich nicht über meinen Besuch?«

»Hast du mal auf die Uhr gesehen? Besuchszeit ist längst vorbei. Also verarsch mich nicht länger, sondern sag, was los ist. Ich sehe dir doch an, dass was nicht in Ordnung ist.«

Rainer verkniff das Gesicht. »Dir kann man aber auch nichts vorspielen.«

»Also?«

»Hm, na dann. Deine Karre, nun ja …«

»Was ist damit?«

Rainer holte die Tasche, öffnete den Reißverschluss und zog zwei Nummernschilder hervor.

»Das sind ja meine«, stellte Daniel fest.

»Genau. Dein Corsa ist mir leider verreckt. Totalschaden, sagt mein Vater. Er hat die Karre eingesammelt und kümmert sich um die Entsorgung. Es tut mir leid. Aber mach dir keinen Kopf, ich komme für alles auf. Ich kaufe dir einen neuen«, versicherte Rainer und hob die Hand zum Schwur. »Indianerehrenwort. Du meldest deine Karre einfach ab, um den Rest musst du dich nicht kümmern.«

Resche blickte argwöhnisch auf die Nummernschilder. Was sollte er davon halten? Gut, an dem Wagen hatte er nicht gehangen. Doch die Story, die ihm Rainer hier auftischte, war schon seltsam.

»Ach, da wäre noch etwas«, sagte sein Kumpel denn auch gedehnt.

Na bitte. Er hatte doch gewusst, dass da etwas nicht koscher war. »Raus damit.«

»Ich habe da vielleicht staatliches Eigentum … äh … beschädigt.«

»Was konkret?«

»Eine Leitplanke?«

»Ah, jetzt kommen wir der Sache näher.« Daniel konnte sich ein böses Grinsen nicht verkneifen. »Von wegen verreckt. Du hast den Wagen in eine Leitplanke gesetzt und bist anschließend abgehauen. Habe ich recht?«

Rainer nickte verdrossen. »Sorry.«

»Das ist Fahrerflucht«, konnte Daniel sich nicht verkneifen zu sagen.

»Ist wohl so. Und da ich keine Lust habe, den Führerschein abzugeben … also wäre es möglich, dass … falls jemand fragt … äh …«

»Die Polizei zum Beispiel?«

»Zum Beispiel die, genau. Könnte ja sein, dass jemand den Wagen gesehen hat. Und wenn es so wäre, dann … dann … wäre es nett von dir, wenn du sagst, dass wir das ganze Wochenende zusammen waren.«

Grübelnd drehte Resche die Bierflasche zwischen den Händen. Eine Leitplanke. Darüber würde der Staat finanziell schon hinwegkommen. Dafür hängte er seinen besten Kumpel nicht hin. »Also gut«, sagte er daher.

Rainers Gesicht hellte sich auf. »Wirklich? Ich meine … dufte von dir.« Er knuffte ihn in den Oberarm. »Du bist ein echter Kamerad. Auf dich ist Verlass.«

Ein wenig verlegen zog Daniel den Arm weg und rieb sich die geknuffte Stelle. Ein Kamerad? Hatte Rainer das gerade wirklich gesagt? Ja, doch, hatte er. Sie waren inzwischen Kameraden! Das ging über eine Bekanntschaft hinaus, es bedeutete seines Erachtens sogar viel mehr als eine Freundschaft. Ein Kamerad stand einem treu zur Seite, auf ihn war in jeder Lebenslage Verlass. Ein Hochgefühl durchströmte ihn. Mein Gott, davon hatte er während der Schulzeit, als Mobbingopfer, geträumt. Dafür hätte er jedem, der Rainer hinterfragte, sogar weitere Lügen aufgetischt, nur um ihn … um seinen Kameraden zu schützen. Trotzdem hob er mahnend den Zeigefinger. »Aber du besorgst mir eine neue Karre. Strafe muss sein!«

Rainer stieß seine Flasche gegen die von Daniel. »Das habe ich dir versprochen, und dazu stehe ich. Und jetzt hau das Zeug runter, ich hoffe, du hast genug Nachschub parat. Ich penn bis Montag hier, so können wir ein wenig Party machen. Gebongt?«

Daniel nickte und lächelte zufrieden. Wie hätte er seinem besten Kameraden das abschlagen können?

Das Einzige, was seine Freude ein wenig trübte, waren Rainers Augen. Trotz seiner Bereitschaft, ihm ein Alibi zu verschaffen, war die Traurigkeit nicht daraus verschwunden.

25

»Das ist die ganze Geschichte?«, fragte Fischbach.

Resche nickte. »Ja.«

Gespannt hatte Fischbach zugehört, was Daniel Resche über den Abend damals in Münster zu berichten hatte.

Nachdem er gegen Mittag von Levkus' Hof zurückgekehrt war, hatte Fischbach Resche um ein weiteres Treffen gebeten. Der hatte auch zugesagt, jedoch nur unter der Bedingung, dass Fischbach zu ihm nach Bonn kam. Nichts lieber als das, hatte sich Fischbach gedacht. Bei dem Wetter nahm er jeden Extrakilometer auf seiner Maschine gern mit. Bei seiner Ankunft hatte Resche ihn auf die Terrasse geführt, und dort saßen sie noch.

Welscher hatte es vorgezogen, im Büro zu bleiben. Zum einen wollte er versuchen, mehr über Lars' Zustand zu erfahren, zum anderen die Fallakte von Natalie Halbach durchgehen. Sie wussten zwar noch nicht, ob – und wenn ja, wie – das Verschwinden der jungen Frau mit dem Mord an Rainer Levkus zu tun hatte. Doch mit Blick auf Resches beschädigten Corsa konnten sie einen Zusammenhang nicht ausschließen. Zudem wollte Welscher einen Gesprächstermin mit Bert Levkus ausmachen. Der musste von dem Autowrack in seiner Scheune gewusst haben, schließlich gehörte der Hof damals ihm. Es lag auf der Hand, dass er beim Vertuschen des Unfalls mitgeholfen hatte. Und Resches Aussage unterstrich nun diese Annahme, sofern sie keine faustdicke Lüge war.

»Sie hatten also keine Ahnung, wo Ihr Wagen abgeblieben war?« Fischbach hob die Hände. »Mal ganz ehrlich, das hört sich für mich schon irgendwie seltsam an. Ich meine, man will doch wissen, was mit dem eigenen Wagen passiert ist.«

»Warum sollte mich das interessieren? Rainer hat mir versichert, dass sein Vater sich darum kümmert. Ich nahm an, Bert Levkus hätte die Karre auf einen Schrottplatz gebracht, und war froh, mich mit dem Kram nicht beschäftigen zu müssen.

Die Nummernschilder hatte ich ja. Wie versprochen hat Rainer mir den Schaden dann auch ersetzt. Es ist alles zu meiner Zufriedenheit geregelt worden.«

»Und das kam Ihnen nicht seltsam vor?«

»Zu dem Zeitpunkt nicht.«

Fischbach staunte stumm über ein solch naives Verhalten. Andererseits musste er Resche zugutehalten, dass dieser damals gerade mal um die zwanzig Jahre alt gewesen war. In diesem Lebensabschnitt sah man Dinge entkrampfter und hinterfragte nicht alles und jeden.

Resche legte die Hände auf den Tisch. »Hören Sie, ich habe Ihnen die Wahrheit erzählt. Von einem Unfall hatte ich keine Ahnung … also doch … schon. Aber eben so, wie Rainer es geschildert hat.«

»Die Leitplanke?«

»Genau die.«

»Nun gut. Aber spätestens, als meine Kollegen bei Ihnen auftauchten und von Ihnen wissen wollten, ob Rainer Levkus an besagtem Wochenende bei Ihnen gewesen war, müssen Sie stutzig geworden sein. Die werden Ihnen doch gesagt haben, warum sie danach fragen: wegen einer vermissten Person. Und diese Person war ausgerechnet die Freundin Ihres Kameraden. Wenn man da nur ein wenig Grips im Kopf hat, muss jedem klar werden, dass die Sache mit der Leitplanke zum Himmel stinkt. Selbst Ihnen in Ihrer jugendlichen Unbekümmertheit dürfte das aufgefallen sein. Trotzdem haben Sie Ihren Kumpel gedeckt. Warum, in drei Teufels Namen?«

Resche presste die Lippen aufeinander, sein Blick irrte unstetig umher, als würde er einen Ausweg suchen.

Erwischt, dachte Fischbach.

»Gedanken habe ich mir schon gemacht«, gab Resche schließlich zu.

»Mit welchem Ergebnis?«

Resche sah zu Boden. »Dass an besagtem Abend etwas passiert sein könnte. Also etwas anderes als das, was Rainer mir erzählt hat.«

»Haben Sie Rainer Levkus darauf angesprochen?«
Er schüttelte den Kopf.

»Das überrascht mich. Wäre ein klärendes Gespräch nicht angebracht gewesen?«

Daniel Resche wand sich jetzt förmlich unter Fischbachs Blick. Vom sonst so selbstbewussten Auftreten des Oberleutnants war nichts mehr übrig. »Unsere Kameradschaft … also, Rainer war mein bester Kumpel. Ich wollte das nicht aufs Spiel setzen. Ich denke, ich habe es einfach verdrängt und seine Lüge für mich persönlich zur Wahrheit erklärt.«

Fischbach konnte es kaum fassen. »Sie haben sich etwas vorgemacht?«

»So ist es wohl.« Resche straffte sich, reckte trotzig das Kinn. »Ja, ich weiß, es war nicht in Ordnung. Ich hätte früher darüber sprechen, die Karten auf den Tisch legen müssen. Das falsche Alibi war nicht in Ordnung. Habe ich dem Kerl dann ja auch endlich gesagt und mich entschuldigt. Shit happens, so ist es nun mal, ich habe Mist gebaut. Aus der Welt schaffen kann ich das leider nicht mehr …«

»Moment, von wem sprechen Sie? Mit wem haben Sie geredet?«

»Na, mit diesem Plagegeist. Dem Bruder.«

»Frank Halbach?«

»Ja. Der wurde ja nicht müde, mich zu bedrängen. Und als er mich neulich wieder anrief …«

»Wann war das?«

Resche überlegte einen Moment. »Letzte Woche Montag. Das weiß ich ganz genau, ich war gerade auf dem Weg zum Tennis. Ich spiele in einem Doppel mit Freunden, immer montags und nur montags. Irrtum ist also ausgeschlossen.«

Fischbach wusste augenblicklich um die Bedeutsamkeit dieser Information. Frank Halbach hatte kurz vor dem Mord an Rainer Levkus von dem falschen Alibi erfahren. Er musste sich in seiner Vermutung, dass Levkus hinter dem Verschwinden seiner Schwester Natalie steckte, bestätigt gefühlt haben. Der über alle die Jahre aufgestaute Zorn hatte sich dann möglicherweise Bahn gebrochen. »Und das erzählen Sie mir erst jetzt? Warum sind Sie nicht zur Polizei gegangen?«

Resche zuckte mit den Schultern. »Ich wusste nicht, ob das überhaupt noch irgendjemanden interessiert.«

»Aber Frank Halbach haben Sie es einfach so mitgeteilt?«

»Der hat mich genervt. Es ist mir auch mehr oder weniger rausgerutscht, einfach so, ohne groß darüber nachzudenken. Ich dachte, ich sag's ihm, dann ist endlich Ruhe. Und die Kameradschaft mit Rainer war ohnehin Geschichte. Sollte der sich mit dem Plagegeist rumärgern.«

Manchmal konnte Fischbach sich nur wundern. Es musste Resche doch klar sein, dass er mit seinem Geständnis gegenüber Frank Halbach Öl ins Feuer gegossen hatte. Rainer Levkus der Wut von Natalies Bruder auszusetzen, nur um selbst Ruhe vor ihm zu haben, war schon sehr egozentrisch. Andererseits traute er Resche sogar zu, berechnend vorgegangen zu sein. Vielleicht wollte er ja, dass Frank Halbach loszog und Rainer Levkus die Leviten las. Quasi als späte Rache für das, was in Afghanistan passiert war.

Fischbach stand auf. »Es wäre wichtig und richtiger gewesen, uns das sofort zu sagen.«

Resche winkte ab. »Machen Sie daraus keinen Elefanten. Sie glauben doch nicht wirklich, dass Frank Halbach der Täter ist?«

»Elefanten«, echote Fischbach verstimmt. »Ist Ihnen eigentlich nicht bewusst, dass Sie als solcher durch den Porzellanladen gelaufen sind?« Resches blasierte Art ging ihm mehr und mehr gegen den Strich. »Machen Sie sich lieber mal mit dem Gedanken vertraut, möglicherweise schuld am gewaltsamen Tod Ihres Kameraden zu sein – halt, stopp, ich muss mich korrigieren: *ehemaligen* Kameraden. Sie halten sich bitte zu unserer Verfügung. Sie können sicher sein, das alles wird ein Nachspiel haben.«

Fischbach ging, ohne Resche die Gelegenheit zu geben, darauf etwas zu erwidern.

Wirklich überrascht war Fischbach nicht, als er bei seiner Rückkehr ins Büro seinen Freund und Chef Dieter Bönickhausen auf dem Besucherstuhl sitzen sah. Da Dieter bei Natalie Halbachs Verschwinden federführend an den Ermittlungen beteiligt gewesen war, hatte der Fund des Corsas ihn auf den Plan rufen müssen.

»Wie war es bei Resche?«, fragte Welscher, der hinter seinem Schreibtisch saß und müde aussah.

Vermutlich die Sorge um Lars, die ihm ins Gesicht geschrieben steht, dachte Fischbach und nahm Platz. »Sehr aufschlussreich«, legte er los.

»Warte.« Welscher drückte auf dem Display seines Handys herum und reichte es Bönickhausen. »Leg das mal vor Hotte ab. Ich gebe die Tondatei nachher Päffgen, damit der das Protokoll schreiben kann. So schlagen wir zwei Fliegen mit einer Klappe.«

Bönickhausen nickte und legte das Smartphone vor Fischbach auf den Schreibtisch.

Obwohl Fischbach sich an die neuen Methoden, die eine moderne Technik mit sich brachte, nur schwer gewöhnen konnte, sah er doch die Vorteile, die sie bot. Und hier freute er sich über die Arbeitserleichterung. Statt bis zum späten Abend vor dem Rechner zu sitzen, um Resches Aussage zu Papier zu bringen, konnte er das Ganze jetzt einfach Päffgen in die Hand drücken. Der kannte ohnehin kein Zuhause und würde sich über die Aufgabe vermutlich sogar freuen.

»Also noch mal von vorne.« Fischbach erzählte von dem Besuch bei Daniel Resche. Am Ende angekommen, sagte er an Bönickhausen gewandt: »Seid ihr damals nicht auf den Gedanken gekommen, bei den Levkus' noch näher hinzuschauen?«

Bönickhausen nahm die Brille von der Nase, zog ein Tuch aus der Hosentasche und wienerte die Gläser. »Es gab keinen Anlass dafür. Klar kam uns Rainer Levkus' mögliche Beteiligung am Verschwinden des Mädchens in den Sinn. Aber nach Resches Aussage war der Verdacht gegen ihn eine Sackgasse. Den Rest der Familie haben wir nie verdächtigt, es gab einfach keine entsprechenden Hinweise. Stattdessen gingen wir die üblichen Verdächtigen durch. Ehemalige Sexualstraftäter, Kidnapping für das Rotlichtmilieu und so weiter. Zu der Zeit gab es sogar einen Entflohenen aus der Dürener Psychiatrie, an dessen Fersen wir uns auch geheftet haben. Gebracht hat das alles nichts, wie ihr wisst.« Bönickhausen setzte die Brille wieder auf. »Wenn ich daran denke, dass die Lösung möglicherweise nur wenige Kilometer von hier entfernt zu finden war, bekomme ich vor Wut Bauchschmerzen«, gestand er mit verdrießlicher Miene. »Ein schwerwiegender Fehler, den ich mir ankreiden muss.«

Fischbach versuchte, sich in Bönickhausens damalige Situation hineinzuversetzen. Er musste zugeben, dass es fürwahr schwierig geworden wäre, einen Richter von Rainer Levkus' Schuld zu überzeugen. Es gab außer der Aussage des Bruders, Natalie habe sich mit ihm treffen wollen, schlicht keine Indizien. Keine Leiche, keinen Unfallwagen, keine ungewöhnlichen Vorkommnisse, die auf ein Gewaltverbrechen hindeuteten. Dass sein Chef sich jetzt Vorwürfe machte, konnte er verstehen. Er wäre da nicht anders.

»Was mich nachdenklich macht«, sagte Welscher, »ist der Umstand, dass die ganze Familie Levkus – Mutter, Vater, Schwester – das Alibi geschlossen bestätigt und daher bewusst gelogen hat.«

»Das können wir so nicht mit Bestimmtheit sagen«, schränkte Bönickhausen ein. »Könnte ein Ding zwischen Vater und Sohn gewesen sein, dann wussten die beiden anderen unter Umständen nichts davon.«

»Hm, ich weiß nicht«, widersprach Welscher unschlüssig. »Den Wagen in der Scheune kann man doch nicht jahrelang übersehen, selbst wenn er von einer Plane verdeckt wird. Ist ja nicht wie der Umhang bei Harry Potter oder die Tarnkappe bei den Hobbits.«

»Wirf großzügig Heu drüber«, sagte Bönickhausen, »und es ist so was wie eine Tarnkappe. Ich bleibe dabei: Es könnte sein, dass nur Bert und Rainer Levkus von der Sache wussten.«

»Eins ist klar«, sagte Fischbach, »wir müssen Fragen stellen. Viele Fragen, unangenehme Fragen. Ich gehe ab sofort offiziell davon aus – ich denke, da spreche ich für uns alle –, dass das Verschwinden von Natalie Halbach mit dem Mord an Rainer Levkus zusammenhängt. Ist jemand anderer Meinung?«

Bönickhausen und Welscher schüttelten beide den Kopf.

»Gut«, sagte Fischbach. »Dann fangen wir am besten mit Bert Levkus an. Bin wirklich gespannt, was der für eine Erklärung für den Corsa aus dem Hut zaubert.«

Welscher bremste Fischbachs Euphorie: »Da musst du dich leider noch ein wenig gedulden.«

»Warum?«

»Bert Levkus scheint verschwunden zu sein.«

»Schon wieder?«

»Ist der etwa getürmt?«, fragte Bönickhausen.

Welscher wiegte den Kopf. »Schwer zu sagen. Ich habe mit der Heimleitung gesprochen, einer Frau … Moment, den Namen habe ich in der App notiert … Gib mal her, Hotte.« Mit einer Handbewegung forderte er sein Smartphone zurück. Fischbach reichte es Bönickhausen, der es an Welscher weitergab.

»Franziska Grießhagen heißt sie«, half Fischbach aus.

Welscher, der bereits wieder auf dem Display herumwischte, murmelte: »Hättest die Aufnahme ja auch gleich stoppen … ach, egal. Einer Kuh kann ich nicht das Eislaufen beibringen.«

»Ha, ha, ha«, brummte Fischbach ungehalten.

Welscher sah auf und grinste. »Mit dieser Franziska Grießhagen scheinst du dich gut verstanden zu haben. Sie hat nach dir gefragt, Hotte, ich soll dich schön grüßen, und Sie wollte wissen, wann du mal wieder vorbeischaust.«

Bönickhausen hob erstaunt beide Augenbrauen. »Habe ich da was verpasst?«

Fischbach spürte, wie ihm die Röte ins Gesicht stieg. Er ärgerte sich darüber, da es überhaupt keinen Grund dafür gab. Er war auf Franziska Grießhagens Avancen nicht eingegangen, und keine Sekunde hatte er den Anschein erweckt, mehr zu wollen. Doch sie schien auf diesem Auge blind zu sein und sorgte so dafür, dass er sich rechtfertigen musste. »Da läuft nichts«, entgegnete er. »Absolut nichts. Die ist nur … äh … liebestoll.«

»Was für ein Ausdruck.« Welschers Grinsen changierte von süffisant zu spitzbübisch. »Gib es zu: Früher hättest du den Begriff ›lüstern‹ benutzt.«

Bönickhausen lachte. »Quatsch. Hör mal, früher, da war er viel derber. Stimmt's, alter Rocker?«

Genervt sah Fischbach zur Decke. »Pass op, or du krest glich en Knallzijar verpass«, drohte er. »Können wir das Thema wechseln? Haben wir nicht einen Fall … nein, sogar zwei Fälle zu lösen?«

»Du hast recht«, sagte Welscher. »Vorschlag zur Güte: Ich komme heute Abend zum Essen zu euch. Dann besprechen wir unsere weiteren Schritte, und ich kann Sigrid direkt fragen, was sie von dieser Grießhagen hält.«

»Untersteh dich«, zischte Fischbach, konnte sich ein kleines Schmunzeln aber nicht verkneifen. »Was ist nun mit Bert Levkus?«

»Frau Grießhagen denkt, er ist nach Amsterdam, um seine Tochter abzuholen«, sagte Welscher.

»Denkt? Hat er sich denn nicht abgemeldet?«

»Wohl nicht.«

Fischbach erinnerte sich daran, dass Bert Levkus die Tochter auch zum Abflug chauffiert hatte. Franziska Grießhagens Vermutung war somit nicht aus der Luft gegriffen. »Dann warten wir ab und schreiben ihn noch nicht zur Fahndung aus. In der Zwischenzeit können wir ja Frank Halbach auf den Pelz rücken. Was meint ihr?«

Bönickhausen stimmte zu und ließ sie dann mit der Bitte allein, ihn auf dem neuesten Stand zu halten.

Welscher griff zum Telefon. »Ich versuche gleich mal, Halbach zu erreichen, und kündige uns an.«

Fischbach klopfte mit einem Fingerknöchel auf den Schreibtisch. »Sehr gut. Dann kann ich rasch mal dorthin, wo selbst der berühmte Kaiser Karl der Große allein hinging.« Er stand auf und verließ das Büro.

Gerade noch rechtzeitig ließ sich Fischbach auf der Kloschüssel nieder. Er wartete stets viel zu lange, bis er den Gang zur Toilette antrat. Eine schlechte Angewohnheit von ihm.

Er spülte zwischen, blieb dann aber noch sitzen. Einige Minuten Ruhe konnte er sich durchaus gönnen. Es gab Zeiten, da hatte er Stunden auf dem Donnerbalken verbracht.

Er gluckste amüsiert in die Stille des Waschraumes hinein. Okay, eventuell übertrieb er jetzt. Aber ab und an war schon einiges an Zeit mit heruntergezogener Hose vergangen. Der Gameboy und Tetris waren schuld daran gewesen. Süchtig war er nach den fallenden Klötzchen gewesen, hatte sie schneller gedreht, als ein Kreisel kreiseln konnte.

Fischbach nahm sich erneut vor, den Gameboy bei Gelegenheit zu suchen. Vielleicht besaß er noch das Geschick von damals und konnte mit ein wenig Übung seinen alten Rekord brechen.

Wo könnte er den Gameboy abgelegt haben? Auf dem Speicher? In der Werkstatt war er nicht, dort wäre er ihm garantiert schon untergekommen. Vielleicht in irgendeiner Wohnzimmerschublade, versteckt unter Arztrechnungen, die er noch der Beihilfestelle schicken musste? Er hatte keinen blassen Schimmer. Unter Umständen könnte es eine Weile dauern, bis er das Gerät fand.

Schade.

Ihm kam ein Gedanke. Er fingerte aus der Hosentasche sein Smartphone hervor. Das Display leuchtete auf, die Sensorik erkannte sein Gesicht und entsperrte das Gerät.

»Wo war das noch mal?«, murmelte er. Dann fand er das Zeichen, das er gesucht hatte. Er drückte darauf, und der App Store öffnete sich. »Suchen. Wo kann ich suchen? Die Lupe etwa?«

Er benutzte sie und freute sich über ein Eingabefeld. Die winzigen Buchstabentasten zu treffen, war nicht leicht für jemanden mit dicken Fingern. Endlich hatte er »Tetris« eingegeben. Unten rechts gab es einen Button »Suchen«. Er drückte ihn, und keine Sekunde später blinkte es bunt auf dem Display.

»Tatsächlich«, murmelte Fischbach erfreut. Den Finger über dem Button »Laden« neben dem Tetris-Symbol, zögerte er. »Was zum Teufel sind In-App-Käufe? Ich dachte, es kostet nichts. Ich will doch kein Geld ... ach Mist, dann lieber nicht.«

Fischbach schaltete das Smartphone zurück auf Stand-by und steckte es der Einfachheit halber in die Brusttasche seines Hemdes. Zahlen wollte er nicht für das Spielvergnügen. Nachher würde er noch in so eine Abofalle geraten wie früher bei den Klingeltönen. Wenn das im Kollegenkreis publik würde, wäre das Gespött groß. Nein, dann doch lieber warten, bis der gute alte Gameboy wiederauftauchte.

Fischbach säuberte sich, zog sich an und betätigte die Spülung. Gleichmäßig und ohne Komplikationen lief alles durch, nur ein kleiner hartnäckiger brauner Fleck blieb auf dem Porzellan zurück. Er beugte sich vor, um nach der Klobürste zu greifen. In dem Moment rutschte das Smartphone aus der Hemdtasche und fiel in die Toilette, direkt in die Krümmung des Abflusses hinein. Geistesgegenwärtig wollte Fischbach ein weiteres Versinken verhindern und griff ins stehende Abwasser. Doch in seiner Aufregung erwischte er das Handy nur am Rand. Es flutschte zwischen seinen Fingerkuppen hindurch weiter in Richtung Dunkelheit und entschwand seinem Blickfeld.

»Verfluchte Scheiße!«, schimpfte Fischbach und hätte sich am liebsten geohrfeigt. Aufgeben wollte er allerdings nicht. Weit konnte das Gerät schließlich nicht gekommen sein. Und wasserdicht war es auch, also garantiert nicht durch diese ungewollte Tauchaktion beschädigt.

Er kniete sich vor die Schüssel, überwand seinen Ekel und schob die Hand vorsichtig in den Abfluss. Er zwang sich, nicht daran zu denken, was durch diese Engstelle schon alles hindurchgespült worden war.

Zentimeter für Zentimeter arbeitete er sich vor, dabei den

Fleck vor Augen, den er eigentlich mit der Klobürste hatte beseitigen wollen. »Scheißfleck!«, brummte er.

Endlich spürte er an den Fingerkuppen eine längliche Kante. Das musste es sein!

Euphorie durchströmte ihn. Mit Daumen und Zeigefinger versuchte er, vorsichtig zuzugreifen. Er zog, er zupfte, leider aber rutschte er immer wieder ab. Nach einigen missglückten Versuchen gab er auf und erhob sich. »Dann eben anders«, sagte er. »Ich brauche einen Fachmann, der die Schüssel abschraubt.«

Fischbach verließ die Kabine, wusch sich rasch die Hände und eilte aus der Toilette und über den Flur. Knapp grüßte er Päffgen, der ihm entgegenkam, und stürmte dann in sein Büro.

Welscher schaute auf. »Was rennst du denn plötzlich so hektisch herum?«

Fischbach riss eine Schublade seines Schreibtisches nach der anderen auf. Irgendwo hatte er doch noch … da! Er holte das polizeiliche Absperrband hervor, das er unter Kugelschreibern, Blöcken, Tackermunition und Heftern lagerte. Damit würde er die Kabine sichern, um eine weitere Benutzung zu unterbinden. »Ich habe einen dringenden Einsatz«, antworte er, hielt dann schreckerstarrt mitten in der Bewegung inne. Ihm wurde gleichzeitig heiß und kalt. »Päffgen!«, stieß Fischbach aus.

Welscher deutete zur Tür. »Der ist gerade raus. Hat sich für die Datei bedankt, die ich ihm geschickt habe. Er übernimmt die Transkription. Wollte aber nicht auf dich warten, da er dringend wohin musste. Du müsstest ihm eigentlich begegnet sein.«

Jetzt schwitzte Fischbach heftig. »Scheiße!«, zischte er überaus treffend und rannte los, über den Flur und in den Toilettenraum hinein, wobei er ein lang gezogenes »Neeeeein!« artikulierte.

Vor der Kabine, in der er eben noch gesessen hatte, blieb er stehen und hämmerte gegen die verschlossene Tür. »Nicht abziehen …«

Doch da rauschte es schon.

Die Tür schwang auf. Mit einem verstörten Gesichtsausdruck blickte Päffgen Fischbach an, die Hose mit einer Hand am Bund festhaltend. »Was ist denn in dich gefahren?«, wollte er wissen. »Kann man jetzt noch nicht mal mehr in Ruhe einen abseilen? Was führst du dich hier auf wie ein Derwisch?«

Fischbach antwortete nicht. Er ließ Päffgen stehen und schlurfte mit hängendem Kopf in sein Büro zurück.

»Was ist?«, fragte Welscher.

Fischbach setzte sich, legte das Absperrband vor sich ab und zog die mittlere Schublade heraus. Eben, bei seiner überhasteten Suche, hatte er sein altes Gerät entdeckt. Ein Tastentelefon. Er holte es hervor, verkabelte es und steckte das Ladegerät in eine Steckdose. Dann erst wandte er sich an Welscher: »Ab sofort wieder meine alte Nummer.«

Der Kollege runzelte die Stirn. »Und dein neues, modernes Smartphone?«

Fischbach sah zum Fenster hinaus. »Hat's der Titanic nachgemacht.«

»Bitte *was*? Etwa einen Eisberg gerammt?«

»Das nicht. Andere Ursache, gleiche Wirkung.« Er seufzte tief. »Mein Smartphone … nun ja … es ist untergegangen.«

26

Nach der Aufregung genoss Fischbach die Fahrt auf der Harley. Der Wind um die Nase vertrieb endlich den miefigen Geruch, den er von der Aktion auf der Toilette noch immer zu riechen glaubte. Das sonore Brummen des Motors beruhigte ihn und sorgte dafür, dass er die Sache gelassener sah. Was war schon passiert? Ein Sachschaden schlimmstenfalls, den er ohne Probleme finanziell verschmerzen konnte. Und vielleicht gelang es ja dem Hausmeister, dem er vor der Abfahrt Bescheid gegeben hatte, mit Hilfe des hinzugezogenen Klempners das Smartphone noch zu retten.

Wobei Fischbach sich nicht vorstellen konnte, wie er das versumpfte Gerät dann reinigen sollte. Garantiert würden … Spuren … in den Ritzen zurückbleiben. Oder im Lautsprecher, den er ans Ohr drückte.

Aber alles zu seiner Zeit. Jetzt galt es, Frank Halbach auf den Zahn zu fühlen. Welscher hatte sie telefonisch angekündigt. Anstatt einfach seine Adresse zu nennen, hatte Halbach ihnen eine Wegbeschreibung gegeben, der sie folgen sollten. Am Flughafen Dahlemer-Binz vorbei, der L 110 folgen und dann nach links in die Schleidener Straße abbiegen. Wenn sie das kleine Waldgebiet durchquert hatten, sollten sie sich rechts halten und einige Meter einem Feldweg folgen. Dort stand wohl eine Hütte, in der sich Halbach gerade aufhielt.

Welscher würde erst später eintreffen. Nicht weil er mit dem Wagen langsamer war, sondern weil er endlich Lars erreicht hatte. Fischbach hatte diskret das Büro verlassen, um den beiden die Möglichkeit zu geben, ungestört zu reden.

Hinter dem von Halbach erwähnten Waldrand reduzierte Fischbach die Geschwindigkeit bis fast auf Schritttempo. Irgendwo hier musste die Hütte zu finden sein.

Ein Segelflugzeug stieg wie ein übergroßer Condor im Aufwind über ihm in die Höhe, in der Ferne erntete ein Bauer ein

Getreidefeld, eine goldene Staubwolke hinter dem Mähdrescher herziehend.

Fischbach stoppte am Straßenrand. Er schirmte die Augen ab und sah sich um. Dann entdeckte er ein Gebäude, in den Schatten einiger Bäume geduckt. Rechteckig, weiß, mit quadratischen Fenstern und einem Flachdach. Eine Bank vor der Tür, eine Feuerstelle daneben. Es glich den typischen Unterkünften in amerikanischen Trailerparks. Fischbach kuppelte ein, sicher, Halbachs Aufenthaltsort gefunden zu haben. Ein Stück weiter die Straße entlang fand er die Zufahrt, mehr ein Trampelpfad als ein Feldweg. Vorsichtig fuhr er darauf bis zur Hütte, vor der Halbachs Golf parkte, und stellte die Harley direkt daneben ab.

Fischbach hatte erwartet, sofort in Empfang genommen zu werden. Schließlich konnte man sich mit dem V2-Motor des Motorrads nicht lautlos anschleichen. Doch dem war nicht so. Er hängte den Helm über den Lenker und klopfte an der Eingangstür. Ohne Erfolg. Gerade wollte er einen weiteren Versuch starten, als er ein Geräusch vernahm. Er horchte. Etwas krachte, dann wieder, rhythmisch fast. Es kam von der rückwärtigen Seite. Fischbach ahnte, was da vor sich ging, umrundete die Hütte und sah seine Vermutung bestätigt.

Frank Halbach stand mit blankem Oberkörper vor einem Hauklotz und hackte Holz, der Schweiß lief ihm in Bächen herab. Gerade stellte er ein Stück Holz auf, schwang gekonnt die Axt über den Kopf, ließ die Klinge mit Schwung hinabsausen und teilte das Scheit mit einem wuchtigen Hieb. Über den Ohren trug er einen voluminösen Kopfhörer, was erklärte, warum er Fischbachs Ankunft nicht gehört hatte.

Die Szene, die sich hier vor ihm abspielte, rief in Fischbach unwillkürlich Assoziationen zum Mordfall an Rainer Levkus wach. Die Axt, das Zerteilen … doch er war Profi genug, um zu wissen, dass das überhaupt nichts zu bedeuten haben musste. Er ging näher, bis Halbach ihn bemerkte. Zum Gruß hob Fischbach eine Hand.

Halbach haute die Axt in den Hauklotz, holte sein Smartphone aus der Hosentasche, drückte aufs Display und nahm dann den Kopfhörer ab. »Tut mir leid«, sagte er, »sobald ich Musik auf den Ohren habe, höre ich nichts mehr.« Er präsentierte ihm den Kopfhörer. »Noisecancelling, echt cool, blendet fast alle Geräusche um einen herum aus.«

Kurz fragte sich Fischbach, ob die Technik dazu in der Stadt Neuss erfunden worden war, dann fiel bei ihm der Groschen. Mit seinem rudimentären Schulenglisch tat er sich schwer, Anglizismen direkt als solche zu erkennen.

Halbach bot ihm ein Glas Wasser an, das Fischbach gern annahm. Sie setzten sich vorne auf die Bank, wobei Fischbach etwas von Halbach abrückte. Der Schweißgeruch, den der Mann verströmte, biss in seiner Nase. »Sie wohnen sehr idyllisch hier.«

Frank Halbach schnaubte verächtlich. »Idyllisch, hm, ja, so kann man es auch nennen. Dabei bietet jeder Wohnwagen mehr Komfort. Ich kann froh sein, einen Brunnen zu haben. So habe ich wenigstens Wasser.«

»Was ist mit Strom und Heizung?«

»Die Solarzellen auf dem Dach versorgen einige Batterien. Damit kann ich mein Handy laden und ein paar LED-Lampen betreiben. Zum Heizen und zum Kochen … was glauben Sie, warum ich Holz hacke? Damit füttere ich den verfluchten Emailleofen. Bei der derzeitigen Hitze brutzle ich mein Essen allerdings lieber hier draußen.« Er wies auf die Feuerstelle. »Schon erbärmlich, das Ganze. Meine Frau hat mich rausgeworfen, wissen Sie. Seitdem hause ich hier. Ich hätte mich querstellen können, wollte aber vor den Kindern nicht streiten. Es hätte nämlich unter Garantie heftig gekracht. Stattdessen habe ich die Faust in der Tasche geballt und zähneknirschend die Koffer gepackt. Sollen es halt die Scheidungsanwälte regeln. Kampflos gebe ich mein Haus aber nicht auf, da kann die Alte Gift drauf nehmen. Ich bin nur froh, dass ich meinen Trödel schon vor längerer Zeit in einer gemieteten Garage untergebracht habe. So kann ich wenigstens weiterarbeiten.« Er setzte die Wasserflasche an und trank gierig. »Aber genug davon. Was führt Sie zu mir?«

Fischbach nippte an seinem Getränk und antwortete: »Warum haben Sie uns nichts von Ihrem Telefonat mit Daniel Resche erzählt?«

Halbach warf ihm einen lauernden Blick zu. »Was meinen Sie genau? Ich habe oft mit ihm telefoniert.«

»Tun Sie nicht so scheinheilig. Sie wissen, wovon ich spreche.«

Halbach schwieg einen Moment, er schien seine Antwort abzuwägen. Das kannte Fischbach ja schon, und so ließ er ihm die Zeit.

Endlich rang sich Halbach zu einer Antwort durch. »Okay, gut, ja, Daniel Resche hat mir letzte Woche das bestätigt, was ich immer schon vermutet habe.«

»Und warum haben Sie mir das bei unserem Gespräch in der Kirche verheimlicht?«

»Das habe ich doch gar nicht. Ich habe Ihnen gesagt, dass das Alibi auf einer Lüge basiert. Aber Sie wollten das nicht glauben und haben stattdessen vermutet, meine Schwester hätte gelogen.«

Das stimmte zwar, nur war es die halbe Wahrheit. »Weil Sie nicht ehrlich zu mir waren. Ich hätte Ihnen geglaubt, wenn Sie mir von dem Telefonat erzählt hätten. Jetzt wirft es in meinen Augen kein gutes Licht auf Sie. Sie sind dann mit diesem Wissen im Gepäck zu Rainer Levkus gefahren und haben ihn zur Rede gestellt, oder nicht?«

»So war es«, gab Halbach zu. »Wie das ablief, habe ich Ihnen ja bereits erzählt.«

»Das haben Sie. Doch die Dinge liegen nun ein bisschen anders. Ich würde es daher gern noch einmal von Ihnen hören.«

»Wozu soll das gut sein?«

»Vielleicht kommt noch etwas heraus, ein Detail, das Sie bisher ebenfalls nicht erwähnt haben.«

Halbach schlug eine Bremse tot, die versuchte, auf seiner verschwitzten Brust nach Blut zu bohren. »Ich bin zu ihm. Rainer und ich haben uns gestritten.« Der leiernde Singsang, mit dem er sprach, drückte seinen Widerwillen aus, alles wiederholen zu müssen. »Natalie war unser Thema, genau genommen ihr

Verschwinden. Ich habe Rainer auf den Kopf zugesagt, dass Daniel Resche zugegeben hat, damals gelogen zu haben. Ich sagte ihm, dass der Fall neu aufgerollt werden würde, weil sein Alibi geplatzt ist. In meiner Verzweiflung flehte ich ihn an, mir endlich die Wahrheit zu sagen, doch er weigerte sich. Ich wurde immer wütender. Der Streit schaukelte sich hoch, wie ich Ihnen schon sagte. Dann warf er mich raus.«

Fischbach hatte genau zugehört. Für ihn klang das alles zu einstudiert, zu glatt heruntergeleiert. Er konnte es nicht beweisen, aber er vermutete, dass Halbach sich die Geschichte zumindest teilweise zurechtgelegt hatte. »Und obwohl Sie dermaßen wütend waren, haben Sie das Feld einfach so geräumt?«

Halbach lachte unlustig. »Ich konnte Ihn deswegen ja schlecht ermorden.«

»Damit spaßt man nicht, Herr Halbach.«

»Sehe ich auch so.«

Fischbach bemerkte aus dem Augenwinkel ein Fahrzeug, das sehr langsam die Straße entlangfuhr, so als würde der Fahrer etwas suchen. Er stand auf und winkte. Wenn ihn seine Augen nicht trogen, war das Welscher. Der Fahrer hupte und bog auf den Trampelpfad ein.

Fischbach nahm wieder neben Halbach Platz. »Das ist mein Kollege.«

Halbach lachte leise gackernd. »Halten Sie mich für so gefährlich, dass Sie zu zweit anrücken müssen?«

»Wenn es so wäre«, antwortete Fischbach, »hätten wir ein SEK vorbeigeschickt.« Die Gründe, warum Polizisten tatsächlich meist zu zweit operierten, verschwieg er, da sie nichts zur Sache taten. Das reichte vom Eigenschutz bis hin zu dem banalen Fakt, dass vier Augen und Ohren mehr hörten und sahen, Fischbach hätte darüber einen Vortrag halten können.

Frank Halbach verschränkte die Arme vor der Brust. »Glauben Sie mir, ich bin der Letzte, der ein Interesse daran gehabt hat, Rainer umzubringen. Denn jetzt werde ich wohl nie erfahren, was mit meiner Schwester passiert ist, geschweige denn, wo sie verscharrt wurde. Und das macht mich fix und fertig.«

Fischbach bedauerte den Mann. Die quälende Ungewissheit musste ihn innerlich zerreißen. Vielleicht war sein Unvermögen, damit abzuschließen, am Ende sogar der Auslöser für seine Ehekrise gewesen. Welche Frau konnte es schon auf Dauer mit jemandem aushalten, dessen Leben von Geistern der Vergangenheit heimgesucht wurde?

Welscher parkte hinter dem Golf und stieg aus. Er kam aber nicht zu ihnen rüber, sondern winkte Fischbach zu sich.

»Bitte entschuldigen Sie mich einen Moment.« Fischbach stapfte hinüber. »Wie geht es Lars?«, wollte er im Flüsterton von Welscher wissen.

»Den Umständen entsprechend. Es waren wohl zwei Angreifer, die ihn niedergeschlagen haben.«

»Weiß man schon, wer das getan hat? Und warum? Ist Lars ausgeraubt worden?«

Welscher lächelte traurig. »Die haben nichts gestohlen, Hotte. Wenn man so ist wie Lars und das auch noch selbstbewusst als Larissa zur Schau trägt, ruft das bei manchen Menschen blanke Wut und Abscheu hervor. Die beiden haben ihn liegen lassen und sind abgehauen. Ich fürchte, wir werden nie erfahren, wer es war.«

Fischbach verstand. Auf der ganzen Welt gab es Idioten.

»Ich habe übrigens noch andere Neuigkeiten. Den Fall betreffend«, wechselte Welscher das Thema.

»Die da wären?«

»Maila konnte einige Fingerabdrücke aus dem Fahrzeugwrack zuordnen. Sie stammen unter anderem vom Lenkradkranz.«

»Vermute, es gibt dort welche sowohl von Daniel Resche wie auch von Rainer Levkus.«

Welscher nickte. »Die sind auch dabei, ja. Es gibt aber noch andere, ganz frische Abdrücke.«

Fischbach ahnte Ungemach. »Doch nicht etwa wieder von Thomas? Also wenn das so ist, dann reiße ich dem die Eier ab und stecke sie ihm in den Hintern.«

Welscher warf Fischbach einen irritierten Blick wegen des

ungewohnten Kommentars zu. »Keine Sorge. Gilles hat diesmal nichts damit zu tun.«

Fischbach atmete erleichtert aus. Er mochte den Kollegen ja schon irgendwie. Nur konnte der manchmal ganz schön nerven. »Dann ist ja gut. Also, von wem stammen die Abdrücke?«

Welscher blickte zur Bank und fragte: »Das ist Frank Halbach?«

»So ist es.«

Welscher bedachte Fischbach mit einem bedeutungsvollen Blick und lieferte ihm so die Antwort auf seine Frage.

Fischbachs Ärger glomm wieder auf. »Warum meinen eigentlich immer alle, uns irgendwas verheimlichen zu müssen? Also gut. Dann fragen wir ihn doch einfach mal, wie seine Fingerabdrücke an den Lenkradkranz des Autowracks von Daniel Resche gekommen sind.«

27

»Jetzt reden Sie doch endlich, Mann«, forderte Fischbach. Sie standen vor der Bank, auf der Halbach immer noch saß. »Erklären Sie uns bitte, wieso wir Ihre Fingerabdrücke am Lenkrad von Daniel Resches Wagen gefunden haben.«

Halbach presste die Lippen aufeinander und schwieg.

»Wie Sie wollen. Dann erzähle ich Ihnen jetzt mal, wie ich das sehe«, sagte Welscher. »Als Sie Rainer Levkus letzten Mittwoch mit Ihrem Wissen konfrontierten, hat er alles zugegeben. Er musste ja davon ausgehen, dass Sie wegen des geplatzten Alibis zur Polizei gehen werden und dass dann über kurz oder lang alles herauskommt. Die Annahme, dass er damals mit dem Corsa Ihre Schwester überfahren hat, liegt jetzt nahe. Vermutlich nach einem Streit. Vielleicht hat sie ihm den Laufpass gegeben, und er ist nicht damit klargekommen. Verletztes Ego, so etwas gibt es. Wie auch immer. Sein Vater Bert hat ihm anschließend geholfen, den Wagen zu verstecken, und den Rest der Familie auf Verschwiegenheit eingeschworen. Eine bescheuerte Idee, aber immerhin sind die beiden damit bis letzte Woche durchgekommen. Da es für Rainer Levkus nun keinen Ausweg mehr gab, hat er Ihnen das Wrack gezeigt. Wahrscheinlich fühlte er sich schuldig. Aber gleichgültig, warum er es getan hat, Fakt ist, dass Sie den Wagen gesehen haben. Sie sind eingestiegen, und überwältigt von Ihren Gefühlen, haben Sie das Lenkrad umfasst und die Stirn auf den Kranz gelegt. Wieder auf dem Weg zurück ins Haus, sahen Sie rot. Sie nahmen das Beil, gingen hinein und ermordeten Rainer Levkus. War es nicht so?«

Halbach sah auf, seine Unterlippe bebte. »Genau *das* ist der Grund, warum ich Ihnen das mit dem Wagen nicht erzählt habe. Damit Sie sich nichts *Falsches* zusammenreimen.«

»Dann sagen Sie uns, wie es wirklich war«, forderte Welscher.

Halbach schüttelte den Kopf. »Ich will einen Anwalt sprechen.«

»Das werden Sie, Herr Halbach«, sagte Fischbach, »ich nehme Sie nämlich vorübergehend fest. So kommen wir ja nicht weiter. Wir werden auf der Dienststelle weiterreden. Dort können Sie auch einen Rechtsbeistand kontaktieren.«

»Darf ich mir vorher noch etwas überziehen?«, fragte Halbach.

Welscher nickte. »Ich bitte darum.«

Halbach drückte sich von der Bank ab und verschwand im Inneren der Hütte.

»Hoffentlich legt er auch Deo auf«, murmelte Fischbach. »De ös su dreckich, de moss möt d'r Wuezelsbüech jeschruppt jen.«

»Dein Wort in Gottes Ohr. Immerhin bin ich es, der ihn gleich chauffieren muss. Du sitzt dann schön auf deiner Maschine und genießt die Sommerbrise«, sagte Welscher. »Warum läuft der hier eigentlich halb nackt und total verschwitzt durch die Gegend?«

»Hat Holz gehackt.«

»Im Ernst?«

»Jepp.«

»Wenn das so ist …« Welscher zog die Dienstwaffe aus dem Holster. »Lieber vorbereitet sein. Wo ist denn die Axt?«

»Hinter der Hütte.«

»Ich schau mal nach. Du bleibst hier und passt auf. Und lass dich nicht von ihm zerstückeln.«

Fischbach glaubte zwar nicht, dass Halbach sie angreifen würde. Aber Welscher hatte mit seiner Vorsicht schon recht. Es konnte nicht schaden.

In einem weiten Bogen, die Pistole mit beiden Händen vorgestreckt, ging Welscher um die Hütte herum.

Eine Minute verging, dann noch eine. So langsam wurde Fischbach nervös. Was machte Halbach denn so lange dadrin? Stumm fluchte er. Es war ein Riesenfehler gewesen, den Mann allein hineingehen zu lassen. Er könnte bewaffnet sein und sich den Weg entgegen Fischbachs erster Annahme freischießen wollen. Wer wusste schon, wie ein in die Enge Getriebener tickte.

Ihm fiel das Einschussloch in der Decke in Rainer Levkus' Haus ein. Halbach könnte die dazu passende Waffe in der Hütte versteckt haben. Vielleicht zielte er damit bereits auf Fischbachs Kopf.

Mist! Mist! Mist! Was für ein Anfängerfehler! Jetzt hätte Fischbach am liebsten seine eigene Dienstwaffe bei sich gehabt. Doch die lag in einem Safe in der Dienststelle. Nur selten holte er sie heraus, da ihm das Mitführen der klobigen Sig Sauer lästig war.

Er duckte sich hinter dem Golf. »Herr Halbach«, rief er. »Kommen Sie jetzt bitte raus.«

Nichts passierte.

Erneut rief er, spähte dabei um das Heck des Golfs herum zur Eingangstür. Endlich schwang sie auf. Doch nicht etwa Frank Halbach erschien im Türrahmen, sondern Welscher. Im ersten Augenblick fürchtete Fischbach, Halbach könnte den Kollegen als Geisel genommen haben. Allerdings sah er niemanden hinter ihm, noch wirkte Welscher angespannt.

»Kannst rauskommen, Hotte.«

»Was ist los? Ist Halbach bei dir?«

Welscher trat aus der Hütte und steckte seine Pistole zurück ins Holster. »Der ist getürmt. Auf der anderen Seite ist noch eine Tür. Die stand offen.«

Fischbach richtete sich auf. Mist, dachte er wieder, Anfängerfehler!

28

Maila Aalto gähnte herzhaft. »Boah, ich kann nicht mehr. Ich gehe jetzt ins Bett. Muss früh raus. Das Fahrzeugwrack wird abgeholt und ins Labor gebracht. Da will ich dabei sein, damit mir der Abschlepper keine Spuren verwischt. Dann sind wir auf dem Hof so gut wie durch.«

»Ich dachte, hier in der Wohnung sei polizeifreie Zone«, sagte Welscher, der auf dem Sofa saß und desinteressiert in die Glotze schaute. Es lief die Wiederholung eines Tatorts. Worum es ging, konnte er nicht sagen. Außer um den Patzer, den sie sich heute Nachmittag bei Frank Halbachs Hütte erlaubt hatten, drehten sich seine Gedanken um Lars. Warum nur meldete er sich nicht bei ihm? Waren womöglich Komplikationen aufgetreten?

»Stimmt, da hast du vollkommen recht«, sagte Maila Aalto. »Daran erkennst du, wie müde ich bin.« Sie quälte sich aus dem Sessel und grinste Welscher an, der unruhig auf dem Sofa saß. »Was ist, Schatz? Kommst du mit?«

»Geh nur vor, Kleines«, spielte Welscher das Theater mit. »Ich bin noch nicht müde. Vielleicht gönne ich mir noch ein … Bier? Und später dann, wenn du noch wach sein solltest …«

Maila Aalto legte den Handrücken auf die Stirn und warf sich in Pose. »Ich nehme besser noch eine Kopfschmerztablette. Heute ist meine Migräne wieder gaaaaanz schlimm.«

Welscher lachte. Mit ihr herumzualbern, entspannte ihn. »Wenn so eine durchschnittliche deutsche Ehe aussieht, na dann gute Nacht.«

»Gute Nacht wollte ich auch gerade sagen.« Sie winkte zum Abschied und verschwand in ihrem Zimmer.

Im Tatort aßen die Kommissare an einer Bratwurstbude zu Mittag. Im Hintergrund war der Kölner Dom zu sehen. Bei dem Anblick wurde Welschers Herz schwer.

Köln! Die Stadt, in die er nach der Schule geflohen war und in der er seine Karriere begründet hatte.

Die Stadt, die er liebte.

Welscher lächelte melancholisch.

Sicher, er hatte sich mit der Eifel, mit der hügeligen Landschaft, mit den teils knurrigen Einheimischen, dem meist regnerischen Wetter inzwischen arrangiert. Doch Köln würde er immer den Vorzug geben, obwohl er gebürtig hier aus der Gegend kam.

Im Tatort waren jetzt die Kranhäuser zu sehen, die spektakulär aussehenden Hochhäuser in Form übergroßer Inbusse im Kölner Rheinauhafen. Sie waren bei der Sanierung von denkmalgeschützten alten Hafenbauwerken entstanden. Das ganze Viertel rund um diesen ehemaligen Handelsumschlagsplatz zählte mittlerweile zu einer der besten Adressen in Köln. Dort zu wohnen, war für einen Polizeibeamten unerschwinglich. Lars hingegen hätte sich aus der Portokasse eine der Wohnungen leisten können. Vermutlich immer noch preiswerter als seine neuen vier Wände in New York, für die er einen horrenden Preis bezahlt hatte.

Eine Wohnung in einem Kranhaus!

Wieder lächelte Welscher, diesmal selig bei der Vorstellung, gemeinsam mit Lars am Kölner Rheinauhafen zu leben. Dahin wäre er ihm sogar übereifrig vorausgeeilt. Einen roten Teppich von der Eifel bis zum Dom hätte er für ihn ausgelegt, diesen obendrein mit Rosen bestreut und ein Einhorn besorgt, damit Larissa darauf in die Stadt reiten konnte.

Ein Traum wäre wahr geworden.

Das Vibrieren seines Handys ließ ihn zusammenschrecken und verdrängte seine Phantasievorstellungen. Das Display zeigte Lars' Namen.

»Endlich«, murmelte Welscher erleichtert und meldete sich umgehend. »Hi, Schatz! Wie geht es dir? Alles gut?«

»Wowowow, nicht so stürmisch«, hörte er einen fremden Mann mit ausgeprägtem amerikanischen Akzent in der Stimme sagen.

»Wer sind Sie?«, fragte Welscher.

»Ich bin Bob.«

Das »o« sprach er sehr lang gezogen. Es klang, als würde er ein Stimmtraining absolvieren.

»Hi, Bob«, begrüßte Welscher ihn einsilbig, ein wenig perplex, so unerwartet mit dem ominösen Unbekannten zu sprechen, der im Krankenhaus an Lars' Seite weilte. »Kann ich bitte mit Lars sprechen?« Er verkniff sich die Frage, warum Bob sein Handy nutzte.

»Er lässt dich schön grüßen.«

Welscher stutzte. Was war das denn für eine dämliche Floskel? Er hatte sich den ganzen Tag Sorgen um ihn gemacht, und jetzt ließ er ihn ... *schön grüßen*?

»Er ist noch erschöpft«, berichtete dieser Bob weiter. »Schläft die meiste Zeit. Der Arzt hat gesagt, dass alles ganz *perfect* gelaufen ist. Lars wird wieder ganz der Alte.«

Sosehr das Welscher erleichterte, so sehr ärgerte er sich über diesen ... *Bob*. Wie kam dieser Kerl dazu, einfach so Lars' Smartphone zu nutzen? Und wie konnte er es überhaupt entsperren? Hatte er den Code, und wenn ja, warum? Den verriet man doch nicht irgend so einem dahergelaufenen Verleger. Oder hatte dieser ... Bob mit langem »o« ... das Smartphone einfach vor Lars' Gesicht gehalten, während er schlief? Womöglich saß er im Moment sogar neben ihm und hielt seine Hand.

Erschrocken schluckte Welscher. Eifersüchtig hatte er nie sein wollen, da es eine Beziehung sehr belasten konnte. Doch jetzt war es passiert. Aus heiterem Himmel hatte sich bei ihm das Gefühl eingestellt, diesem Bob am liebsten an die Gurgel gehen zu wollen, einfach so, und er kam nicht dagegen an.

»Lars hat mich gebeten, dir Bescheid zu geben«, erklärte Bob, als hätte er Welschers Gedanken gehört.

»Danke«, sagte Welscher, darum ringend, nicht ärgerlich zu klingen. Rational betrachtet war seine Eifersucht unbegründet, er sollte Bob eher dankbar für die Nachricht sein. Nur spülte ihm seine aufgewühlte Phantasie andere Bilder in den Kopf. Bilder, die das Misstrauen anfachten. »Er soll sich bitte sofort bei mir melden, sobald er sich wieder fit genug dafür fühlt.«

»Werde ich ausrichten«, sagte Bob. »Versprochen.« Dann legte er auf.

Wütend warf Welscher das Smartphone auf das Polster. Wie ein flacher Stein über das Wasser hüpfte es davon, bis die Sofalehne es bremste. Er ballte die Fäuste und zischte: »Booob! Bob! Verfluchter Booh-Boob!«

Obwohl Welscher bewusst war, dass er sich wahrscheinlich unbegründet in etwas hineinsteigerte, konnte er im Augenblick einfach nicht anders. Die Wut dörrte seine Kehle aus. Er sprang auf, rannte in die Küche, öffnete den Kühlschrank. Sein Blick fiel auf Mailas Wodkaflasche.

Ich trinke keinen Alkohol!

Nie und nimmer! Niemals!

Oder doch? Soll ja angeblich helfen!

Nein!

Doch!

Nein!

Scheiß drauf!

Aus dem Küchenschrank nahm er ein Wasserglas und goss sich reichlich ein. Er führte das Glas an die Lippen, zögerte jedoch.

In dem Moment kam Maila Aalto herein.

Verblüfft schaute Welscher sie an und ließ das Glas sinken.

»Ist das Wodka?«, fragte sie, entwand ihm das Glas und roch daran. »Tatsächlich! Ich dachte, du trinkst keinen Alkohol.« Sie goss den Wodka kopfschüttelnd aus, spülte das Glas durch und füllte es mit Leitungswasser. »Für die Tablette«, erklärte sie. »Ich habe nämlich tatsächlich Kopfschmerzen.«

»Du, Maila … äh …«

»Ja?«

»Du bist nackt«, stellte Welscher fest, als er die Sprache wiederfand.

Sie sah an sich hinab. »Echt? Ist mir gar nicht aufgefallen.« Sie hob den Blick und schenkte ihm ein amüsiertes Zwinkern. »Bei der Hitze ist das für mich der schönste Schlafanzug. Gute Nacht.« Mit diesen Worten verließ sie die Küche wieder.

Welscher sah ihr verdattert nach. Nicht nur, weil sie ihn mit ihrem unerwarteten Auftauchen überrascht und aus dem Konzept gebracht hatte. Sondern auch, weil er zugeben musste, dass ihm ihr Pyjama gefallen hatte.

29

Bönickhausen fing Fischbach auf dem Flur ab. Er trug ein weißes Hemd, das trotz der am Morgen noch angenehmen Temperatur unter den Achseln bereits Schweißflecken aufwies.

»Hotte! Gut, dass ich dich hier erwische. Ich war gerade auf dem Weg zu dir.«

Fischbach sah schuldbewusst zu Boden. »Sicher wegen unseres Missgeschicks bei Frank Halbach. Musst nichts sagen, wir haben da echt Bockmist gebaut.« Wieder dröhnte in seinem Schädel das Wort »Anfängerfehler«. Dass der Chef gar nicht anders konnte, als enttäuscht zu sein, war klar. Bönickhausen hatte ihn mit der Leitung der Mordkommission betraut und ihm damit zugleich sein Vertrauen geschenkt, obwohl Fischbach eine Weile krankheitsbedingt nicht im Dienst gewesen war. Und jetzt das. »Tut mir leid«, schob er hinterher.

Bönickhausen winkte ab. »Passiert doch jedem mal. Wenn jemand Verständnis dafür haben muss, dann ja wohl ich. Denk nur an den Mist, den wir im Fall Natalie Halbach gebaut haben. Also Schwamm drüber, mach dir keinen Kopf. Die Fahndung läuft, weit wird er nicht kommen. Ich wollte eigentlich nur wissen, was ihr heute plant. Ich muss gleich nach Bonn ins Polizeipräsidium. Bis Freitag Schulung der Führungskräfte. Der eine oder andere wird sicher fragen, wie weit wir in der Sache Rainer Levkus sind.« Er strich sich eine widerspenstige Haarsträhne zurück. »Und glaub mir, nicht jeder, der fragt, ist uns wohlgesonnen. Ganz im Gegenteil, viele suchen nach dem Haar in der Suppe, aus dem sie uns dann einen Strick drehen können. Dass wir hier über Jahre hinweg in Mordangelegenheiten autark agieren dürfen, passt manchen nicht.«

Solche Machtkämpfe hasste Fischbach wie der Teufel das Weihwasser. Wenn die Alphamännchen ihre Streitigkeiten zumindest offen austragen würden, dann könnte man Freund und Feind leicht auseinanderhalten. Leider aber lief das meist hinterrücks. Gerade noch ins Gesicht gelächelt, steckte einem das Messer im Rücken, kaum dass man sich umgedreht hatte. Fischbach wollte unter allen Umständen, dass der Chef bestens gewappnet nach Bonn fuhr. Daher fasste er präzise zusammen, was sie bisher ermitteln konnten. Das meiste wusste Bönickhausen bereits, doch es in Erinnerung zu rufen, konnte nicht schaden. Abschließend gab er einen Ausblick auf ihre anstehenden Vorhaben. »Frank Halbachs Hütte haben wir gestern versiegelt und Schlösser angebracht. Der Golf wurde mit einer Parkkralle gesichert. Sollte er auf die Idee kommen, noch mal zurückzukehren, um damit zu flüchten, wird er sich wundern. Ich fahre gleich noch einmal hin und schaue mich ein wenig um. Jan trifft unterdessen Frank Halbachs Ehefrau. Vielleicht hat sie eine Idee, wo ihr Ehemann stecken könnte.«

»Gut, gut, macht das so. Sicherlich will Jan bei der Gelegenheit auch schauen, ob der gute Frank Halbach sich möglicherweise dort versteckt hält.«

»Richtig. Und dann hoffen wir, bald was von Bert und Carola Levkus zu hören. Ich muss sagen, was die beiden zu sagen haben, da bin ich richtig gespannt drauf.«

»Ich auch, ich auch. Gut, dann bin ich jetzt gebrieft.« Bönickhausen blickte gehetzt auf seine Armbanduhr. »Ach Gott. Um zehn geht das in Bonn los. Schaffe ich niemals.« Er sah auf. »Vielleicht sollte ich mit Blaulicht fahren?«

»Wenn du es eilig hast, gehe langsam«, orakelte Fischbach.

Bönickhausen schmunzelte. »Was ist das denn für ein Quatsch?«

»Ist der Lieblingsspruch meines Psychiaters. Wenn ich ehrlich bin, habe ich das auch nie so ganz durchschaut. Hat wohl etwas mit Konzentration auf das Wesentliche und Entschleunigung zu tun.«

Der Chef spitzte die Lippen. »Hm, Entschleunigung, ja, ja.« Er legte kameradschaftlich einen Arm um Fischbachs Schultern und schob ihn in Richtung Treppe. »Weißt du was, Hotte?«

»Ähm … nein?«

»Ich komme eh zu spät. Und die meisten, die dort in Bonn

sitzen, kann ich nicht leiden. Warum also sollte ich mich beeilen? Lass uns lieber ein bisschen entschleunigen. Was hältst du davon, wenn wir noch zusammen einen Kaffee trinken und ein wenig über Gott und die Welt plaudern?«

»Klar, gute Idee«, stimmte Fischbach zu. Er entwand sich Bönickhausens Umarmung. »Aber das muss nicht sein. Vor allem nicht, wenn du Feuchtbiotope unter den Achseln hast.« Er stupste ihm freundschaftlich den Ellbogen in die Rippen.

»Arschgesicht«, brummte Bönickhausen lachend.

Fischbach nickte. »Aber zumindest ein ehrliches.«

30

Fischbach setzte sich auf die Bank vor Frank Halbachs Hütte und ließ die Stille rundherum auf sich wirken. Heute erntete kein Bauer, auf der Straße war wenig los, und Holz hackte auch niemand. Nur einige Vögel sangen.

Ein herrliches Fleckchen, das sich Halbach für die Hütte ausgesucht hatte. Fischbach beschloss, sich zu erlauben, das alles kurz zu genießen. Er öffnete den obersten Knopf seiner Hose und ächzte zufrieden. Der Bund hatte ganz schön gedrückt. Kein Wunder bei der Menge, die er vorhin in sich hineingestopft hatte.

Nach der ausgiebigen Kaffeepause mit dem Chef war Päffgen bei Fischbach aufgetaucht und hatte darum gebeten, zusammen die Transkription der Aufnahme durchzusehen. Eine für Fischbachs Geschmack überflüssige Arbeit, doch Päffgen hatte darauf bestanden. Um des lieben Friedens willen hatte Fischbach zugestimmt. Anschließend war es Zeit für die Mittagspause gewesen. Fischbach war nach Hause gefahren, wohlwissend, dass Sigrid »Gräwes« für ihn warmhielt, ein Gericht, bestehend aus Sauerkraut, Kartoffelpüree und Würstchen. Aus einer Portion waren dann zwei geworden … und nun hätte er am liebsten hier auf der Bank vor Halbachs Hütte ein Verdauungsschläfchen eingelegt.

Ihm fielen wahrhaft bereits nach wenigen Minuten die Augen zu. Das eigene Schnarchen weckte ihn auf. Erschrocken zuckte er zusammen und fuhr sich mit der Hand über das Gesicht. »Verdammte Axt!«, murmelte er. Nur gut, dass niemand in der Nähe war und ihn beobachtete. Das wäre peinlich geworden.

Er schloss die Hose wieder korrekt, stand auf und machte einige Kniebeugen zum Wachwerden, hörte aber sofort damit auf, als die Hosennaht verdächtig knirschte.

»Also gut, dann versuche ich es mal mit Arbeiten. Soll ja hin und wieder sehr belebend sein«, sagte Fischbach zu sich selbst und kicherte.

Er schloss die Hütte auf, abgestandene Luft schlug ihm entgegen.

»Puh, was für ein Pumakäfig.« Er ließ die Eingangstür offen, trat ein und blickte sich um. Mit Welscher zusammen hatte er sich gestern bereits einen Überblick verschafft. Doch manchmal fielen einem Dinge, die wichtig sein könnten, erst auf den zweiten Blick auf. Und mit ebendieser Hoffnung im Gepäck war Fischbach hergekommen.

Anders als bei Rainer Levkus war hier alles an Ort und Stelle. Links vom Eingang war eine kleine Küchenzeile verbaut, dahinter schloss sich eine gemütliche Sitzecke an, mit dem Tisch in der Mitte und einer u-förmigen Sitzgruppe drum herum. Ein halb volles Glas Wasser stand auf dem Tisch, Kohlensäure stieg in der Flüssigkeit auf. Alles war picobello sauber. Wären die Möbel nicht in die Jahre gekommen, hätte man die Inneneinrichtung für einen Tinyhouseprospekt ablichten können.

Rechts führte ein enger Flur am Bad vorbei in ein Schlafzimmer. Eine Ecke des Bettes konnte Fischbach von seiner Position aus sehen. Es war zerwühlt, wirkte dadurch in der ansonsten herrschenden Ordnung wie ein Schandfleck.

Er zog sich die mitgebrachten Handschuhe über und fing mit dem Bücherregal an, das der Küchenzeile gegenüberstand. Ein Buch nach dem anderen öffnete er und schaute, ob zwischen den Seiten etwas versteckt war. Danach warf er einen Blick in das Bad. Chemieklo, eine Handbrause, ein winziges Waschbecken. In einem Kulturbeutel das, was man erwarten konnte: von Rasierschaum über Deo und Duschgel bis hin zur Zahnbürste. Im Schlafzimmer öffnete Fischbach die Schranktüren über dem Bett. Außer ordentlich gefalteter Kleidung fand er nichts von Bedeutung.

Er setzte sich auf die Matratze, der Lattenrost protestierte mit einem Quietschen gegen sein Gewicht. »Stell dich nicht so an. Da musst du jetzt durch«, brummte Fischbach und ließ den Raum auf sich wirken. Sonnenlicht fiel durch das Fenster, tauchte alles in einen warmen Gelbton. Auf dem Nachttisch stand ein alter Wecker. Das gleichmäßige Ticken des Uhrwerks hatte eine beruhigende Wirkung.

Eigentlich ganz gemütlich hier, fand Fischbach. Störend war nur ein dezenter Schweißgeruch. Vermutlich war das Bettzeug länger nicht mehr gewechselt worden.

Ob sich möglicherweise ein Tresor in den Wänden verbarg? Aber warum sollte jemand in einer schlichten Hütte so etwas vorhalten? Hier kam man nicht her, um Schmuck auszuführen. Ganz im Gegenteil, hier ließ man die Seele baumeln, setzte sich nur im Feinrippunterhemd und Badehose vor die Tür, warf den Grill an und öffnete einige Dosen Bier.

Allmählich musste Fischbach sich eingestehen, dass die Fahrt hierher vergeudete Zeit gewesen war.

Er stand auf und schlenderte zurück zum Wohnbereich. Wie erwartet konnte man die Polster der Sitzgruppe anheben. Darunter befanden sich Stauräume. Fischbach nahm eine Konservendose zur Hand. Erbsensuppe mit Wursteinlage. Außerdem gab es Salz, Kaffee, Zucker, Tomatensoße im Glas, Nudeln und vieles mehr. Es reichte nicht aus, um einen atomaren Winter zu überleben. Aber einige Tage kam man damit über die Runden, ohne darben zu müssen.

Nachdenklich sah Fischbach durch das Fenster auf die Feuerstelle. Die Asche musste unbedingt untersucht werden. Er holte sein Handy aus der Tasche und wählte Maila Aaltos Nummer. Nun zahlte es sich aus, dass er vorhin rasch sein Adressbuch auf Stand gebracht hatte.

»Ja?«, hörte er Maila Aalto mit einem skeptischen Unterton in der Stimme fragen.

»Hotte hier. Stör ich?« Nicht dass ihm das etwas ausmachen würde. Doch er wollte das zarte Band der kollegialen Annäherung, das sie letztens geknüpft hatten, nicht durch Unhöflichkeit durchtrennen.

»Hast du eine neue Nummer?«, fragte Maila Aalto. »Normalerweise erscheint bei mir ›Vanha Säkki‹ auf dem Display, sobald du anrufst.«

»Vanha Säkki? Ist das Finnisch?« Garantiert lag er damit richtig, schließlich hörte es sich so an, und Maila Aalto war gebürtig aus Finnland. »Lass mich raten: eine nordische Gottheit?« Fischbach fühlte sich geschmeichelt.

Maila Aalto lachte. »Finnisch ja, Gottheit nein. Übersetzt heißt es ›alter Sack‹.«

Das zum Thema Höflichkeit, dachte Fischbach resigniert. »Sehr nett«, brummte er.

»Nimm es nicht persönlich.«

»Wie soll ich es dann nehmen?«

»Hm, stimmt auch wieder.«

»Rein aus Interesse: Hast du Jan auch mit einer besonderen Bezeichnung abgelegt?«

»Jepp, ich nenne ihn ›Ilmarinen‹.«

»Das heißt dann … äh … ›junger Sack‹?«

Sie lachte. »Nee. Ilmarinen ist ein Held in der finnischen Sagenwelt.«

»Lässt tief blicken«, murmelte Fischbach.

»Was? Ich habe dich nicht verstanden, du hast genuschelt.«

»Nicht so wichtig. Genug davon. Ich brauche einen von euch hier bei Frank Halbachs Hütte.«

»Das weiß ich doch. Die Anforderung habt ihr mir schon geschickt.«

»Und warum ist noch niemand da?«

»Habe ich dir vorhin per SMS mitgeteilt … ach, warte mal. Kann ja dann gar nicht angekommen sein. Warum wechselst du einfach die Nummer und sagst mir nicht Bescheid?«

Fischbach würde lieber einen von diesen widerlich stinkenden Fischen essen, diesen »Surströmmings«, die Maila Aalto letztens zu ihrem Einstand in der Dienststelle serviert hatte, als ihr zu sagen, was mit seinem Smartphone passiert war. Zumal er die Ansicht vertrat, dass sie den Stinkefisch aus reiner Boshaftigkeit aufgetischt hatte. Denn dieser saure Hering der ekelhaften Art war eine schwedische Spezialität und hatte mit Finnland rein gar nichts zu tun. Von wegen »Köstlichkeiten aus dem Heimatland«, wie Maila Aalto es in der Einladung formuliert hatte. Wenn er nur daran dachte, wie Päffgen, grün im Gesicht, zum Mülleimer gegriffen hatte, um sich dorthinein zu erbrechen, während Maila Aalto das Schauspiel grinsend verfolgte … Er kam einmal mehr zu der Erkenntnis, dass sie ein hinterhältiges Weibsstück war, ein ganz teuflisch bösartiges. Nein, mit der Annäherung würde es wohl nichts werden. Ihr gegenüber war weiter Vorsicht angeraten. »Sag mir einfach, was du geschrieben hast«, entgegnete er daher knapp, um keine Angriffsfläche zu bieten.

»Dass wir auf dem Hof von Levkus fertig sind und ich der Mannschaft den restlichen Tag freigegeben habe.«

»Wie? Einfach so … frei? Mitten in der Woche? Während einer Mordermittlung?«

»Irgendwann müssen die Überstunden ja mal abgebaut werden. Wir haben immerhin das Wochenende durchgeackert.«

»Aber ich brauche euch hier.«

»Wie ich dir ebenfalls geschrieben habe: Morgen geht es in dieser Hütte rund. Wird uns bis dahin schon nicht abbrennen, oder? Und wie ich gehört habe, ist dir der Eigentümer eh durch die Lappen gegangen. Du kannst unsere Auszeit also gern nutzen, um den Kerl zu fassen.«

Fischbach atmete einige Male gegen seine Wut an. Lass dich nicht provozieren, ermahnte er sich stumm. Am liebsten hätte er ihr Druck gemacht, doch ihm waren die Hände gebunden. Die Spurensicherung gehörte nicht zu Bönickhausens Zuständigkeitsbereich. Zudem konnte man Maila Aalto schwerlich eine Verletzung ihrer Dienstobliegenheiten vorwerfen, wenn sie ihrem Team nach arbeitsintensiven Tagen einige Stunden Auszeit gönnte. Vor allem nicht, nachdem das Auffinden des Autowracks in Rainer Levkus' Scheune ausschließlich ihrer akribischen Herangehensweise zu verdanken war. »Also gut, dann eben morgen«, gab er klein bei. »Ihr dreht hier alles auf links in der Hütte. Und schaut euch die Feuerstelle an. Vielleicht ist dort auch Kleidung verbrannt worden. Wenn es so wäre, könnte sie von Levkus' Hof stammen.«

»Auf links drehen, zu Befehl. Wir bleiben in Kontakt. Es sei denn, du legst dir wieder eine neue Nummer zu und teilst mir das nicht mit«, sagte Maila Aalto und legte lachend auf.

Fischbach steckte zähneknirschend das Handy weg, schaltete das Radio ein und suchte einen Schlagersender. Ein wenig gute Musik würde ihm helfen runterzukommen. Endlich fand er ein passendes Programm. Kerstin Ott sang von grauen Katzen. Um seinem Ärger Herr zu werden, fiel Fischbach mit ein und trällerte laut mit. Nach Kerstin Ott folgte Vanessa Mai, die einem Sommerwind huldigte. Am Ende dieses Liedes fühlte sich Fischbach besser und war bereit aufzubrechen. Er verließ die Hütte, schloss hinter sich ab und summte die Melodie auch dann noch vor sich hin, als er bereits mit der Harley auf die Straße einbog.

Schlagermusik war einfach Balsam für seine Seele.

31

Auf der Fahrt nach Kirmutscheid, wo er die Frau von Frank Halbach treffen würde, versuchte Welscher erneut, Lars zu erreichen. Die Sorge trieb ihn um, und er musste daher endlich persönlich mit ihm sprechen. Doch jedes Mal sprang nur die Mobilbox an. Entweder schlief Lars noch … oder er wollte nicht mit ihm reden. Immerhin machte sich nicht wieder dieser Bob an seinem Handy zu schaffen.

Nachdem er endlose Male auf der Mobilbox gelandet war, versuchte er es kurz entschlossen bei seiner Mutter. Und die meldete sich sofort.

»Hi, mein Junge«, sagte sie froh gelaunt, schob aber sogleich einen sorgenvoll klingenden Satz hinterher. »Ist etwas passiert? Du bist früh dran.«

»Mama, bei uns ist es schon Nachmittag. Nein, alles gut hier. Und bei dir? Fühlst du dich noch wohl?« Ein wenig Small Talk für den Anfang konnte nicht schaden.

Sie zögerte.

»Mama? Was ist los?«, drängte Welscher.

»Also gut.« Sie klang aufgekratzt. »Ich wollte eigentlich einen passenderen Moment abwarten, es dir zu sagen. Aber man weiß ja nie, ob es so einen Zeitpunkt überhaupt gibt. Und ich bin so aufgeregt, dass ich es nicht mehr für mich behalten kann.«

Welscher runzelte die Stirn. Seine Mutter hörte sich an, als hätte sie stimulierende Drogen zu sich genommen.

Sie kicherte überdreht wie ein kleines Kind, das gekitzelt wurde. »Jack hat mir einen Heiratsantrag gemacht.«

Welscher hätte vor Überraschung fast das Lenkrad verrissen. »Jack? Dein neuer Freund? Ihr kennt euch doch erst ein paar Tage.«

Sie giggelte weiter. »Eher Wochen; und es kommt mir vor wie Jahre. Es ist einfach … Liebe. Und stell dir vor: Er will mich auf seine Ranch holen. Ich soll dort wohnen, Junge, auf einer Ranch. In Atlanta. Ist das nicht alles aufregend und total wunderbar?«

Welscher war da ganz anderer Ansicht, immerhin kannten die beiden sich kaum. Das ging alles viel zu schnell. Doch er wollte seiner Mutter nicht die euphorische Laune verderben. Grundsätzlich verstand er sie ja. Nach den Jahren der Sorge um seinen Vater musste es Balsam für ihre Seele sein, umschmeichelt zu werden. Trotzdem sollte das seines Erachtens nicht dazu führen, dass sie sich liebesblind in ein Abenteuer stürzte.

»Freust du dich auch … ein wenig?«, fragte sie unsicher.

Er konnte hören, wie sehr ihr daran lag, dass er das Ganze guthieß, und gab sich einen Ruck. »Klar, Mama, dir soll es gut gehen. Und wenn Jack dazu beiträgt, wer wäre ich, es dir auszureden? Lass dich trotzdem zu nichts drängen, okay? Du hast alle Zeit der Welt.« Er räusperte sich. »Lars wird dich vermissen, wenn du tatsächlich nach Atlanta ziehst. Ihr beide gebt ein gutes Team ab.«

»Ach, Lars, ja, ja, das stimmt schon«, pflichtete sie ihm viel zu schnell bei.

Welscher horchte auf. »Ist etwas passiert, Mama? Steht etwas zwischen euch? Habt ihr euch gestritten?«

»Nein, nein, wo denkst du hin, Junge? Ich meinte damit nur … er wird es verstehen.«

Welscher spürte, dass sie ihm irgendetwas verheimlichte. War Lars' Verletzung doch ernsterer Natur, als man ihm sagte? Klar, so *musste* es sein, es passte alles zusammen. Daher der Anruf von Bob, deswegen das Ausrichten der »schönen Grüße«. Lars konnte bestimmt nicht selbst sprechen, lag womöglich im Koma. »Wie geht es ihm?«, fragte er scharf. »Sag mir die Wahrheit, Mama!«

»Das weißt du doch, Junge. Alles gut, er wird wieder. Du, ich muss aber jetzt Schluss machen. Ich … äh … Jack kommt gleich, und wir frühstücken zusammen. Muss noch alles vorbereiten. Wir reden später weiter, okay?«

»Mama, da ist doch was im Busch. Du kannst mich …« Er

brach ab. Sie hatte bereits aufgelegt. »Na warte, Mama«, zischte er empört. »So leicht kommst du mir nicht davon.«

Er nahm sich vor, sie bei Gelegenheit abzupassen und nicht mehr von der Leine zu lassen, bis er erfuhr, was sie hinter dem Berg hielt. Jetzt stand aber erst einmal das Gespräch mit Angela Halbach an.

Welscher klingelte pünktlich an Angela Halbachs Haustür. Es dauerte nur Sekunden, bis ihm eine sportlich wirkende Mittvierzigerin öffnete, ihn von oben bis unten musterte und fragte: »Sind Sie der Polizist?«

Welscher zeigte ihr seinen Dienstausweis. »Der bin ich. Hauptkommissar Welscher, Dienststelle Euskirchen.«

»Na endlich«, sagte sie, ohne einen Blick auf den Ausweis zu werfen. »Wir müssen los, sonst kommen wir zu spät.« Sie schob Welscher vor sich her und zog hinter sich die Haustür ins Schloss.

»Moment mal«, bremste Welscher ihren Elan. »Was soll das werden?«

Sie ließ sich nicht beirren, schritt den Weg zur Straße entlang und rief ihm zu: »Ich muss die Kinder abholen. Wenn Sie mit mir reden wollen, kommen Sie mit oder warten hier.« Sie stoppte und schaute auf ihre Armbanduhr. »Eine halbe Stunde könnte es aber schon dauern.«

Welscher überlegte nicht lange. Hier vor dem Haus auf ihre Rückkehr zu warten, lag nicht in seinem Interesse. Daher folgte er ihr zu einem Familienvan. Sie stiegen ein, und schon ging die wilde Fahrt los. Straßenverkehrsregeln, insbesondere Tempolimits, schienen nur für die anderen Verkehrsteilnehmer gedacht zu sein, aber nicht für Angela Halbach. Sie legte sich gekonnt mit quietschenden Reifen in die Kurven, drehte den Motor aus und hupte bei jeder Gelegenheit. Fluchte dabei wie ein Bierkutscher.

»Wohin müssen wir denn?«, fragte Welscher, der sich an den Türgriff klammerte.

»Dreimühlenwasserfall. Die Kiddies haben Wandertag.«

»Am selben Tag?«

»Sind Zwillinge, gehen in dieselbe Klasse.«

Von den zwei Töchtern der Halbachs wusste Welscher zwar, jedoch war ihm nicht aufgefallen, dass sie am selben Tag Geburtstag hatten. Darüber ärgerte er sich. Normalerweise wäre ihm so ein Detail garantiert nicht entgangen. Seine private Situation schien ihn mehr zu belasten, als er angenommen hatte.

Angela Halbach gab wieder Vollgas, scherte aus und überholte einen Opel Meriva, in dem ein grauköpfiger Mann anscheinend vergessen hatte, wo das Gaspedal zu finden war. Auf gleicher Höhe mit ihm angekommen, hupte sie lang gezogen.

Der alte Mann zuckte am Lenkrad zusammen und schaute entsetzt zu ihnen herüber.

Angela Halbach zeigte ihm den Mittelfinger. »Eigentlich sollte ja mein Mann die Kinder abholen.« Sie verzog das Gesicht. »So die Planung, aber das Leben kam uns wohl dazwischen.« Sie warf Welscher einen forschenden Blick zu. »Was hat Frank angestellt?«

Welscher nahm ihr Angebot, über Frank Halbach zu sprechen, dankend an. Wer wusste schon, wie laut es in dem Wagen wurde, sobald die Kinder zugestiegen waren? Und darüber hinaus wollte er nicht, dass die Zwillinge hörten, wie er Fragen zu ihrem Vater stellte. Zumindest nicht, wenn er es vermeiden konnte. »Wissen Sie, wo Ihr Mann sein könnte?«

»In unserem ›Feriendomizil‹.« Sie nahm beide Hände vom Lenkrad und malte mit den Fingern imaginäre Gänsefüßchen in die Luft. »Warum fragen Sie das? Das hatte ich Ihnen doch schon am Telefon gesagt.«

Welscher war erleichtert, dass sie jetzt wieder zum Lenkrad griff. »Dort ist Ihr Mann nicht … mehr.« Er erzählte ihr, was passiert war. »Ist er eventuell noch mal bei Ihnen aufgetaucht? Oder hat er sich gemeldet und um Hilfe gebeten?«

»Nichts davon.«

»Dann haben Sie sicherlich nichts dagegen, wenn ich mich nachher einmal bei Ihnen im Haus umschaue?«

Sie zog eine Augenbraue nach oben. »Glauben Sie etwa,

Frank versteckt sich bei mir? Und ich würde mit ihm unter einer Decke stecken? Hallo? Ich habe ihn rausgeworfen, da lasse ich ihn doch nicht mir nichts, dir nichts wieder zurückkommen.«

»Er könnte sich entschuldigt und Sie ihm daraufhin verziehen haben.«

»Das wüsste ich aber. Na, von mir aus: Schauen Sie ruhig selbst nach, ich habe nichts zu verbergen, schon gar nicht meinen baldigen Ex-Ehemann.« Sie schürzte die Lippen. »Hm, mal davon abgesehen, sieht es Frank gar nicht ähnlich, einfach abzuhauen. Vor Problemen hat er nie Reißaus genommen, das kann ich ihm nicht nachsagen. Warum sollte er es also jetzt tun? Er ist zwar ein miserabler Ehemann, doch ich wüsste nicht, dass er Dreck am Stecken hätte.«

Welscher entschloss sich, ihr reinen Wein einzuschenken. »Ihr Mann könnte in einen Mordfall verwickelt sein.«

Angela Halbach riss die Augen auf. »Bitte? Wie soll das denn zustande gekommen sein? Sie *müssen* sich irren.« Sie lachte spöttisch. »Wenn überhaupt, wäre Frank bei einem Mord das Opfer. Nur vermute ich, dass Sie das nicht meinten, oder?«

Welscher forschte in ihren Gesichtszügen und versuchte zu ergründen, ob sie tatsächlich keine Ahnung hatte oder es nur vorspielte. Ein verräterisches Anzeichen konnte er jedoch nicht ausmachen. »Sagt Ihnen der Name Rainer Levkus etwas?«

»Allerdings!«, fauchte sie. »Auf den war Frank nicht gut zu sprechen.« Sie griff energisch nach dem Schalthebel und riss ihn förmlich in einen höheren Gang. Der Motor heulte auf, als sie aufs Gaspedal drückte, der Wagen machte einen Satz nach vorne. »Ich kann den Namen nicht mehr hören. Rainer hier, Rainer dort. Frank ist ganz besessen von diesem Kerl. Gönnte ihm nichts Gutes, so viel ist mal klar. Rainer Levkus war wohl mit Franks Schwester befreundet, und die ist in den Neunzigern von heute auf morgen auf Nimmerwiedersehen verschwunden. Frank hat immer angenommen, er hätte etwas damit zu tun. Nur hat die Polizei nichts ...«

»Danke«, warf Welscher ein, um wertvolle Zeit zu sparen.

Sie näherten sich bereits Nohn, und von dort war es nur noch ein Katzensprung bis zu den Wasserfällen. »Das ist uns alles bekannt. Wie meinten Sie das? Gönnte ihm nichts Gutes?«

Angela Halbach schüttelte verständnislos den Kopf, als hätte Welscher eine dumme Frage gestellt. »Wie soll ich das schon gemeint haben? Sie werden doch wissen, wie jemand drauf ist, der wütend auf einen anderen ist. Und das über Jahre. Da staut sich etwas an, kann ich Ihnen sagen.«

»Hat Ihr Mann Morddrohungen gegen Rainer Levkus ausgesprochen?«

»Na klar, was denken Sie denn?« Sie dachte kurz nach, ergänzte dann: »Wenn ich so darüber spreche, wird mir klar, dass das auch ein Grund für unsere Trennung ist. Wer will schon mit jemandem zusammen sein, der von Wut zerfressen ist? Das ist mehr als belastend, die Stimmungsschwankungen, die Gereiztheit. Schon scheiße, das kann ich Ihnen sagen.«

»Verzeihen Sie mir die Frage, doch um Ihren Mann besser einschätzen zu können, muss ich sie stellen. Hat er seine Wut an Ihnen ausgelassen oder an den Kindern? Ich meine damit insbesondere physische Gewalt.«

»Ob er mich oder die Zwillinge geschlagen hat, meinen Sie?«

»Ja.«

Wieder schüttelte Angela Halbach den Kopf, diesmal nachdrücklich. »Glauben Sie mir, ich weiß mich zu wehren. War aber nicht nötig, denn Frank hat uns gegenüber nie die Hand erhoben. Die Kinder vergöttern ihn, und er liebt sie. Den beiden könnte er niemals etwas antun. Ansonsten wäre es auch schon viel früher zur Trennung gekommen. Seine Wut konzentrierte sich ausschließlich auf diesen Rainer Levkus.« Sie warf Welscher einen verlegenen Blick zu. »Näher betrachtet denke ich jetzt …« Sie biss sich auf die Unterlippe.

»Ja?«, insistierte Welscher.

»Möglicherweise war meine Einschätzung, Frank könnte bei einem Mord nur das Opfer sein, falsch. Zumindest auf diesen Rainer Levkus war er wütend genug, um vielleicht etwas

Dummes zu tun.« Sie lachte unsicher. »Aber um den geht es ja hier bestimmt nicht ...«

»Doch, um den geht es. Rainer Levkus ist letzte Woche tot aufgefunden worden. Ermordet. Ihr Mann, und das wissen wir ganz sicher, war letzte Woche Mittwoch, am Tattag, bei ihm. Es kam zu einem Streit ... und vielleicht zu mehr als das.«

Jetzt presste Angela Halbach ihre Lippen aufeinander, reduzierte die Geschwindigkeit und stoppte am Straßenrand, kurz vor dem Nohner Ortsschild. Sie wandte sich Welscher zu, strich sich dabei mit zittriger Hand über die Haare. »Sie glauben, Frank könnte ...«

»Ja.«

Sie schluckte hart. »Oh mein Gott!«

»Letzte Woche Mittwoch, Frau Halbach. Erinnern Sie sich? Wie war Ihr Mann gelaunt? Wie hat er sich aufgeführt? Gab es Auffälligkeiten?«

»Mittwoch, hm?« Sie sah in die Ferne, überlegte. »Dass er bei diesem Rainer Levkus war, davon hat er mir nichts erzählt. Frank war allerdings am Abend ausgelassener Stimmung, daran erinnere ich mich noch gut. Er wollte mitten in der Woche mit mir einen Wein trinken. Dabei weiß er ganz genau, dass ich nur am Wochenende Alkohol trinke, wenn die Kinder nicht am nächsten Tag zur Schule müssen. Ich wollte wissen, was los sei, war sogar ärgerlich, weil er mich mit dem Scheißwein bedrängte.« Sie schloss die Augen, dachte nach. »Soweit mir das im Gedächtnis geblieben ist, hat Frank geantwortet: ›Es ist vorbei, Schatz.‹«

»Es ist vorbei? Sind Sie sicher?«

»Hm, ja ... doch, absolut.«

»Was genau meinte er damit?«

Sie zuckte mit den Schultern. »Das wollte ich auch wissen. Aber Frank hat geschwiegen, in die Glotze geschaut und die Flasche Wein allein getrunken. Ich habe ihn lange nicht mehr so entspannt erlebt wie an diesem Abend. Auch deswegen ist mir das Ganze so gut in Erinnerung geblieben.« Auf einmal begann Angela Halbach am ganzen Körper zu zittern. »Er hat den Kerl umgebracht, nicht wahr?«, hauchte sie. »Er war es, dieser Hass, irgendwann musste das doch passieren. Deswegen ist er auch vor Ihnen getürmt.« Tränen liefen ihr über die Wangen, Wimperntusche zog dunkle Streifen. »Oh Gott, wie bringe ich das nur den Kindern bei? Der Vater ein Mörder! Wie erklärt man das? Die beiden lieben doch ihren Papa!« Ihre letzten Worte gingen in ein Schluchzen über.

Welscher erlaubte sich, ihr beruhigend eine Hand auf den Unterarm zu legen. »Warten Sie damit noch. Bisher ist nichts bewiesen, dieser Schluss basiert vorerst nur auf Indizien und Vermutungen. Wer weiß, vielleicht ist morgen schon alles wieder ganz anders.« Er reichte Angela Halbach ein Taschentuch, das sie dankbar annahm.

»Und jetzt tauschen wir die Plätze«, sagte Welscher.

Sie sah auf. »Was?«

Er schenkte ihr ein aufmunterndes Lächeln. »Derart aufgewühlt lasse ich Sie nicht mehr fahren. Das wäre verantwortungslos.« Vor allem bei dem Fahrstil, ergänzte er stumm.

Angela Halbach öffnete den Mund, um zu protestieren, doch Welscher ließ ihr keine Chance. »Nichts da, keine Widerrede.« Er tippte auf die Borduhr im Armaturenbrett. »Zum Diskutieren haben wir keine Zeit, Ihre Kinder warten sicher schon.«

Sie wechselten die Plätze, und Welscher kuppelte ein.

32

Verschwitzt wachte Fischbach auf und starrte in die Dunkelheit. Eine Fliege summte um seine Ohren. Halbherzig schlug er danach, wohl wissend, sie so kaum zu erwischen. Doch er wollte kein Licht einschalten, um Sigrid nicht zu wecken, die selig neben ihm schlief. Bei einer Mücke wäre seine Entscheidung anders ausgefallen. Ein blutgieriges Insekt hätte er niemals wissentlich auf seine Frau losgelassen.

Sein Traum von eben hing ihm nach. Er war in einem Kellerloch eingesperrt gewesen, nur durch eine Falltür erreichbar. Hin und wieder schwang sie auf, und Kolleginnen und Kollegen erschienen, um ihn zu verhöhnen. Erst Bönickhausen, der den Anfängerfehler bei der Festnahme von Frank Halbach kritisierte. Dann Hans-Dieter Päffgen, der ihn beschimpfte, ein Protokoll nicht an der richtigen Stelle in der Akte abgeheftet zu haben. Auch Maila Aalto ließ sich die Gelegenheit nicht entgehen. Sie lachte über seinen Fauxpas mit dem Smartphone, bis ihr die Tränen in die Augen traten, nannte ihn dabei einen tattrigen alten Eifeltroll. Sogar Gilles erschien und warf ihm vor, ein unkollegiales Schwein zu sein.

Nur gut, dass er aufgewacht war, bevor auch noch Welscher auftauchte. Vorwürfe von ihm wären selbst in einem Traum zu viel gewesen.

Eine Weile versuchte Fischbach, wieder einzuschlafen. Nur fuhren seine Gedanken derart intensiv Karussell, dass er es aufgab. Er warf das Laken zur Seite, schlüpfte in seine Pantoffeln und schlich aus dem Schlafzimmer.

In der Küche angekommen, setzte er einen Topf mit Milch auf. Trotz der tropischen Nachthitze wollte er es mit einer Tasse warmem Kakao probieren. In der kalten Jahreszeit funktionierte das bei ihm immer ausgezeichnet.

Fischbach stellte das Fenster auf Kipp. Grillen zirpten, Insekten tanzten angestrahlt vom Küchenlicht vor dem Glas.

Zum Kakao wäre ein süßer Snack nicht verkehrt. Suchend öffnete Fischbach eine Schranktür nach der anderen. Wo versteckte Sigrid nur die Süßigkeiten? Beim Gedanken an einen Butterkeks oder eine Prinzenrolle lief ihm das Wasser im Mund zusammen. Immerhin stieß er bei seiner Suche auf das Kakaopulver, leider aber blieb das Gebäck verborgen. Er musste morgen unbedingt Sigrid fragen. Nur für den Fall der Fälle, falls er irgendwann wieder mal nachts nicht durchschlafen konnte.

Er löffelte Pulver in eine Tasse, kippte die Milch dazu, rührte um. Von jetzt auf gleich hielt er inne.

Der Traum!

Konnte es nicht sein … oder war das zu abgedreht? Aber nein, es gab solche Dinge, davon hatte er schon gelesen. Hatte sein Unterbewusstsein ihm etwas mitteilen wollen? Irgendwas ganz anderes als das, was er zunächst herauszulesen glaubte? Ging es gar nicht darum, dass er sich selbst vorwarf, Mist gebaut zu haben, und stellvertretend dafür die Kolleginnen und Kollegen Kritik an ihm übten?

Langsam stellte Fischbach die Tasse ab. Er spürte, dass seine Unruhe mit dem Durchsuchen von Halbachs Hütte zusammenhing. Da war etwas gewesen, dem er nicht genügend Aufmerksamkeit geschenkt hatte. Nur was? Im Geiste ging er alles durch, die Küchenzeile, das Bücherregal, das Schlafzimmer, den Wohnbereich … Da! Er sah es geradewegs vor sich. *Das* musste es sein, was ihn unterschwellig beschäftigt hatte. Aber wenn dem so war, dann folgte daraus …

Fischbach lachte leise. »Das wäre aber wirklich ein Ding«, murmelte er. »Hut ab.«

Der Gedanke amüsierte ihn nicht nur, er elektrisierte ihn. Ohnehin nicht müde, war er jetzt hellwach. Er musste dem sofort nachgehen, sonst würde er diese Nacht keinen Schlaf mehr finden.

Er schlich ins Schlafzimmer, nahm die Kleidung, die er für den kommenden Tag auf einem Stuhl bereitgelegt hatte, und ging wieder nach unten.

Er zog sich an und nahm das Telefon zur Hand. Einen Augenblick zögerte er, dann drückte er die Taste, über der sein Daumen geschwebt hatte. Es klingelte zweimal, dann ertönte Gilles' Stimme.

»Was willst *du* denn noch von mir? Und vor allem zu dieser späten Stunde?«

»Thomas, ich weiß, du bist … äh … wödich … auf mich. Vergiss das bitte für eine Weile. Du bist im Dienst, nicht wahr?«

»Woher weißt du das? Beobachtest du mich etwa? Damit ich nicht wieder *Blödsinn* mache?«

»Quatsch. Als ich gestern Feierabend gemacht habe, habe ich dich reinkommen sehen. Ist denn viel los? Oder hast du Zeit für mich?«

Gilles ließ sich mit der Antwort Zeit. Bestimmt rang er mit sich, ob er Fischbach entgegenkommen sollte. »Kommt drauf an. Worum geht es denn?«

Fischbach grinste. Gilles' Neugierde hatte gesiegt. »Du musst mich wohin fahren.«

»Fahr doch selbst. Bin nicht dein Chauffeur.«

»Geht nicht. Die Harley macht zu viel Lärm.«

»Stimmt. Sollten verboten werden, die Scheißdinger. Nimm das Fahrrad.«

Fischbach ließ sich nicht provozieren. »In unserem Fuhrpark gibt es doch jetzt dieses Elektroauto.«

»Du meinst den Duracell-Hasen?«

»Äh, bitte was?«

»Na, so nennen wir den ID-3. Den VW mit Elektromotor.«

»Ja, wenn das so ist, dann meine ich genau den. Ist der gerade geladen?«

Gilles lachte hämisch. »Die Batterie ist immer voll. Bei der Ladeinfrastruktur hier in der Eifel nutzt den kaum einer. Steht sich auf unserem Hof an der Ladestation die Reifen platt.«

»Hol mich bitte damit ab.«

»Jetzt?«

»Warum?«

»Das erzähle ich dir auf der Fahrt.«

Der elektrische Motor des VW summte leise vor sich hin. Fischbach klammerte sich ängstlich an den Türgriff, kämpfte tapfer gegen die in ihm aufsteigende Panik an. Gott, wie er diese Blechbüchsen hasste. Dabei gab sich Gilles, der in Uniform neben ihm saß und den Wagen lenkte, alle Mühe, vorsichtig zu fahren.

»Total bekloppt«, sagte Gilles als Reaktion auf Fischbachs Erklärung, warum sie mitten in der Nacht durch die dunkle Eifel tingelten. »Du könntest auch einfach morgen hinfahren, anstatt die Nacht durchzumachen.«

Dem konnte Fischbach nichts entgegensetzen. Ohne Weiteres hätten sie bis Tagesanbruch warten können. Doch wenn er sich einmal etwas in den Kopf gesetzt hatte, ließ ihn das nicht mehr los. Und da er derart aufgebracht sowieso nicht in den Schlaf finden würde, konnte er der Sache auch gleich nachgehen.

»Oder hast du mir nicht die ganze Geschichte erzählt?«, fragte Gilles. »Gibt es doch eine Dringlichkeit? Ist der Quatsch, den wir hier veranstalten, vielleicht sogar gefährlich? Oder illegal? Hotte, ich schwör dir, wenn du mich in irgendeinen Dress hineinreitest, dann …«

Fischbach stoppte den Redeschwall. »Alles in Ordnung, Thomas. Das verspreche ich dir. Nichts wird passieren, was man dir anhängen könnte.«

»Dein Wort in Gottes Ohr«, brummelte Gilles.

Eine Weile fuhren sie schweigend. Fischbach spürte, dass Gilles ihm nicht vollkommen vertraute und darüber nachgrübelte, was zu tun war. Um ihn davon abzuhalten, womöglich zu dem Ergebnis zu kommen, dass es doch besser wäre umzudrehen, startete Fischbach ein Ablenkungsmanöver. »Wie weit kommt so ein Elektroauto denn eigentlich?«

Gilles tippte auf das zentrale Bedienfeld. Die Lüftung im Fahrzeug sprang an und schaufelte kühlere Luft herein. »Bis da, wo du hinwillst, wird es reichen. Und zurück auch.«

»Ich meine grundsätzlich.«

Im Licht der Armaturen sah Fischbach Gilles' spöttischen Blick. »Du denkst doch nicht etwa darüber nach, dir so eine Duracell-Büchse zu kaufen?«

»Hm, warum nicht? Ist sauber und leise.«

»Als ob darauf jemand Wert legt, der mit dem ballernden Motorsound einer Harley das Vieh auf den Weiden verrückt macht. Davon abgesehen ist so ein Elektroauto kaum ein würdiges Popo-Mobil für einen echten Rocker, wie du einer bist.« Gilles' Ton troff vor Sarkasmus.

»Da hast du natürlich recht«, entgegnete Fischbach, der einfach so tat, als hätte Gilles es ernst gemeint. Damit konnte man dem Kollegen seines Erachtens am besten den Wind aus den Segeln nehmen. »Weißt du, Jan braucht einen neuen Wagen. Deswegen frage ich.« Er wollte das Gespräch am Laufen halten, auch weil er spürte, dass die Ablenkung gegen seine Panikattacken half.

»Ach? Echt jetzt? Will der nicht bald rübermachen nach Amerika? Was will er dann noch mit einer neuen Karre?«

Insgeheim vermutete Fischbach, dass die Auswanderung bei Welscher vom Tisch war. Alle Zeichen, die er aussendete, wiesen darauf hin, angefangen bei der Wohngemeinschaft mit Maila Aalto bis hin zu Welschers Ausflüchten am Telefon, wenn Lars fragte, wann er denn endlich käme. Nicht, dass Fischbach lauschte. Aber bei so einer »Büroehe« schnappte man unwillkürlich hin und wieder etwas auf. Zwar taten ihm die beiden in Übersee, Lars und Welschers Mutter, leid. Doch er selbst wäre froh, wenn es denn so käme, wie er erwartete, und Welscher hierblieb. Er mochte den Kollegen, der Kerl war ihm richtig ans Herz gewachsen. Nur ungern würde er auf ihn verzichten. Bisher war das alles aber nur eine Vermutung, und Fischbach wollte Welschers Entscheidung nicht vorgreifen, daher antwortete er: »Ein paar Tage wird es schon noch dauern mit der Auswanderung. Bönickhausen verliert allerdings die Geduld und will Jan keinen Dienstwagen mehr für private Zwecke zur Verfügung stellen. Daher … hm … quasi übergangsweise vielleicht ein Elektroauto?«

»Euer Chef kann manchmal echt ein Spießer sein«, brummte Gilles. »Der bricht sich doch keinen Zacken aus der Krone, wenn Jan noch eine Weile mit dem Dienstwagen herumfährt.

Aber egal, muss er ja selbst wissen, wie er mit seinen Leuten umspringt. Ich würde Jan in seiner Situation jedenfalls nicht zu einem E-Auto raten. Viel zu teuer, selbst mit Förderung, gerade im Hinblick auf den Wertverlust, den er kassiert, wenn er das Ding wenige Monate später wieder verkaufen muss. Davon abgesehen: Zur Ladeinfrastruktur hier in der Gegend habe ich dir ja vorhin schon etwas gesagt. Übrigens sind wir gleich da.«

»Kannst du bitte das Licht ausschalten?«

»*Was* willst du? Wie soll ich denn ohne …«

»Lass den Wagen einfach langsam rollen. Die Straße erkennen wir ja wohl.«

Gilles grunzte widerwillig, schaltete die Scheinwerfer aber aus und reduzierte die Geschwindigkeit. »Was für ein Umstand«, moserte er.

Fischbach, der sich bei diesem Tempo viel besser fühlte, sagte: »Ich habe immer gedacht, du liebst so kleine Abenteuer.« Er deutete nach vorn. »Halt da bitte an.«

Gilles folgte der Anweisung. »Und jetzt?«

»Schaue ich nach.« Fischbach suchte nach dem Knopf für die automatische Innenraumbeleuchtung, fand sie und schaltete sie ab. Dann erst öffnete er die Beifahrertür.

»Ich komme mit«, verkündete Gilles.

Fischbach hielt beim Aussteigen inne. »Du wirst schön hier warten.«

»Werde ich nicht.«

»Wohl!«

»Nein!«

Fischbach rieb sich genervt die Stirn. Das war doch hier kein Kindergarten. »Thomas, du hast eine klare Anweisung, dich fernzuhalten. Außerdem hast du selbst gefordert, von mir nicht in irgendetwas hineingeritten zu werden.«

Gilles löste den Sicherheitsgurt. »Weiß ich, ist mir aber jetzt egal.« Er stieg aus und drückte die Tür leise wieder zu.

Fischbach gab es auf, ihn umstimmen zu wollen. Eine Horde Lemminge konnte man schließlich auch nicht mit vernünftigen Argumenten vor einem Abgrund retten.

Hintereinander schlichen sie den Trampelpfad entlang. Frank Halbachs weiße Hütte hob sich trotz der mondlosen Nacht vor dem dunklen Hintergrund des Waldrandes ab. Alles schien verlassen, kein Geräusch war zu vernehmen.

An der Hütte angekommen, hob Fischbach den Zeigefinger vor die Lippen. Dann legte er das Ohr an die Eingangstür und horchte. Erst hörte er nichts. Da vernahm er ein Knarzen, gefolgt von einem Rascheln. Einige Sekunden lang war es still, dann wiederholten sich die Geräusche. Und wenn man genau hinschaute, sah man auch einen schwachen Lichtschimmer in einem der Fenster.

Na also, dachte Fischbach triumphierend. Stumm bedeutete er Gilles, den Hintereingang zu übernehmen, und drückte ihm den Schlüssel für das dortige Schloss in die Hand. Gilles nickte und schlich um die Hütte herum. Eine Minute wartete Fischbach ab, damit dem Kollegen genug Zeit blieb, in Position zu gehen, dann klopfte er und rief: »Herr Halbach, ich weiß, dass Sie dadrin sind. Ich komme jetzt rein. Und machen Sie keinen Unsinn, die Hütte ist umstellt.« Eine kleine Übertreibung, nichtsdestoweniger zutreffend. Fischbach hoffte, Frank Halbach auf diese Weise von weiteren blödsinnigen Aktionen abzuhalten.

Es schien zu funktionieren, denn von innen hörte er Halbach rufen: »Ich bin unbewaffnet und werde keinen Widerstand leisten.«

Fischbach schloss die Tür auf und spähte hinein, jederzeit bereit, einem Angriff auszuweichen. Auf der gegenüberliegenden Seite schwang die Hintertür auf. Gilles erschien mit der Waffe im Anschlag.

Frank Halbach saß am Küchentisch. Vor ihm lag ein aufgeschlagenes Buch, beleuchtet von einer LED-Leselampe. Er hielt beide Arme hoch, die Hände so, dass sie zu sehen waren. »Ich hätte mich morgen sowieso gestellt.« Mit dem Kinn deutete er auf eine kleine Reisetasche neben sich auf der Bank. »Habe schon dafür gepackt.«

Gilles legte ihm Handschellen an.

Fischbach atmete erleichtert durch, die Anspannung fiel von ihm ab.

Als Gilles Halbach von der Bank hochzog und ihn vor sich her aus der Hütte schieben wollte, legte Fischbach ihm eine Hand auf den Unterarm. »Warte noch.« Er wandte sich an Halbach. »Bevor wir fahren, habe ich eine Bitte.«

»Die da wäre?«

»Verraten Sie mir, wo Sie sich versteckt hatten.«

Über Halbachs Gesicht huschte ein trauriges Lächeln. »Coole Aktion, nicht wahr? War wohl mein letzter Triumph in nächster Zeit.«

»Also?«

Halbach nickte in Richtung des Bettes. »Heben sie mal die Matratze und den Lattenrost an.«

Fischbach tat es. Darunter befand sich ein Stauraum, links standen vier Autobatterien in Reihe, rechts war genug Platz für eine liegende Person.

»Mir war klar, dass eine Flucht zwecklos wäre«, erläuterte Halbach. »Ich meine, ohne Auto, quer durch den Wald. Sie hätten mich schneller geschnappt, als ich Piep sagen könnte. So kam ich auf die Idee, mich einfach zu verstecken. Im Auge des Sturms, habe ich mir gedacht, bleibt alles schön ruhig. Wie sind Sie mir auf die Schliche gekommen?«

Fischbach dachte an seinen Traum, an das Verlies im Boden und die Falltür über ihm. Das alles wollte er nicht erklären. Letzten Endes war sowieso etwas anderes entscheidend gewesen. »Das Wasser im Glas«, erklärte er. »Als ich gestern hier war, stieg Kohlensäure darin auf. Es konnte also noch nicht lange dort gestanden haben.«

Halbach nickte. »Gut kombiniert.«

»Warum eigentlich der Sinneswandel? Warum wollten Sie sich jetzt plötzlich stellen?«, fragte Fischbach.

Frank Halbach zuckte mit den Schultern. »Mir ist rasch klar geworden, was das für eine bescheuerte Aktion von mir war. Ich meine, wo will ich schon hin? Und mich auf Dauer hier zu verstecken, hätte ohnehin nicht mehr lange funktioniert, nicht wahr? Ich habe Ihr Telefongespräch mitgehört. Morgen wird die Bude hier auf links gedreht, so haben Sie sich ausgedrückt.« Er sah mit bedauerndem Blick zum Tisch. »Ich hätte gerne noch das Buch ausgelesen.«

»Lesen dürfen Sie auch im Knast«, brummte Gilles und hob die Reisetasche an. »Jetzt aber hurtig.«

»Etwas muss ich noch loswerden«, sagte Halbach.

Fischbach nickte. »Okay. Was brennt Ihnen auf der Seele?«

Halbach grinste. »Ihr Musikgeschmack ist schrecklich. Noch ein weiteres Lied und ich hätte mich schon gestern gestellt, nur um dem Gedudel zu entgehen.«

Gilles sah Fischbach verständnislos an. »Was faselt der?«

Fischbach stieg die Röte ins Gesicht. Er räusperte sich und flüsterte dem Kollegen ins Ohr: »Hatte beim Durchsuchen der Hütte das Radio eingeschaltet. Mit Rockmusik kann er wohl nichts anfangen. Da kann man nichts machen. Ist eben Geschmackssache.«

»Hm, verstehe«, sagte Gilles.

»Das habe ich mitbekommen«, rief Halbach belustigt. »Es war keine …«

»Jetzt ist aber mal Schluss«, bestimmte Fischbach resolut. »Sie reden erst wieder, wenn Sie gefragt werden.« Er wies Gilles mit einer schroffen Handbewegung an, Halbach abzuführen.

24. August 1996, 18:11 Uhr

Rainer saß hinter dem Lenkrad des Opel Corsa, den er sich von seinem Kumpel Daniel geliehen hatte, und starrte verdrossen durch die Windschutzscheibe. Wäre er dieses Wochenende doch nur mit nach Münster gefahren, um Daniel beim Umzug in dessen erste eigene Wohnung zu helfen. Dann wäre ihm die unangenehme Situation, in der er sich gerade befand, erspart geblieben. Andererseits hieß es nicht umsonst: Lieber ein Ende mit Schrecken als ein Schrecken ohne Ende. Zwar wäre es ungerecht, Natalie oder die Beziehung mit ihr als »Schrecken« zu bezeichnen. Sie besaß einen durchaus liebenswerten Charakter. Doch was sollte er machen? Er fühlte sich nun mal nicht zu ihr hingezogen, zumindest nicht in der Weise, nach der sie verlangte. Sein Herz gehörte jemand anderem. Dagegen kam er nicht an.

Sein Vater werkelte am Dach des Stalls herum und warf ihnen hin und wieder einen neugierigen Blick zu. Nur gut, dass Rainer weit genug entfernt im Schatten eines Kirschbaums geparkt hatte. Dass der Alte mitbekam, was hier gesprochen wurde, wäre ihm gar nicht recht.

Die Sonne brannte auf das Land. Immerhin sorgte eine laue Sommerbrise, die durch die geöffneten Fenster strich, für ein klein wenig Abkühlung. Trotzdem klebte ihm das T-Shirt am Oberkörper, was aber nicht nur der Sommerhitze geschuldet war. Er fühlte sich nicht wohl in seiner Haut, denn neben ihm auf dem Beifahrersitz saß Natalie und weinte sich die Augen aus.

Es war Schluss.

Er konnte sie nicht weiter anlügen, nicht mehr so tun, als würde er sie lieben. Es war nur fair von ihm gewesen, es ihr zu sagen. Zumal sie ihn vorhin erneut bedrängt hatte. Sie hatte es gewollt, er nicht. Nicht mit ihr. Das spürte sie natürlich. So hatte ein Wort das andere ergeben, sie machte ihm Vorwürfe, von seiner Seite kamen Entschuldigungen und Verteidigungen. Diesmal hatte sich Natalie aber nicht beschwichtigen lassen, und so waren schließlich die Worte, die alles beendeten, über seine Lippen gekommen.

Sich auf Natalie einzulassen, war ein Fehler gewesen, das war ihm inzwischen klar geworden. Eine Beziehung zu beginnen, nur um von seiner wahren Liebe abzulenken, um alle anderen zu täuschen ... was für eine Posse. Er hatte sich da in etwas verrannt.

Er sah auf die Uhr. Um halb sieben war er verabredet. Es wurde Zeit. Bis zum Treffpunkt benötigte er gut und gern zehn Minuten. Er räusperte sich. »Soll ich dich noch nach Hause bringen?« Insgeheim hoffte er auf ihre Ablehnung. Denn müsste er sie fahren, würde er zu spät kommen.

Natalie hob den Kopf, ihre Augen blitzten zornig. Sie stieß die Beifahrertür auf. »Ich will keine Sekunde länger mit dir zusammen sein«, zischte sie, sprang aus dem Wagen und lief los.

Rainer schloss die Augen, lehnte den Kopf an die Stütze und schnaufte erleichtert durch. Es war vorbei, erledigt, eine Sorge weniger.

Er gönnte sich eine Minute, dann stieg auch er aus.

»Alles in Ordnung?«, rief sein Vater vom Dach des Stalls.

»Fick dich«, murmelte Rainer. Nur gut, dass sie bereits zu Abend gegessen hatten. Hätten sie sich jetzt an den Tisch gesetzt, hätte sein Vater ihn sicherlich bedrängt, mit der Sprache rauszurücken. Dass er wusste, was sich abgespielt hatte, bezweifelte Rainer keinen Augenblick.

Ohne weiter auf ihn zu achten, ging er los, der am Horizont aufragenden Baumreihe entgegen. Sein Ziel war die kleine Lichtung inmitten des Waldes, dort, wo sein Vater vor dem Gefängnisaufenthalt den Hochsitz errichtet hatte. Der Feldweg teilte eine Wiese, auf der Wildblumen wuchsen, Insekten summten, Grashüpfer zirpten. Im Wald wurde es merklich kühler, über ihm rauschte der Wind durch die Baumwipfel. Der Pfad führte ihn ungehindert durch das Unterholz. Rainers Vorfreude auf das Treffen verdrängte die schlechte Laune, die ihm nach dem

Krach mit Natalie anhing. Sein Schritt wurde zusehends federnder. Forsch sprang er über eine hochstehende Wurzel und erreichte schließlich sein Ziel. Der Hochstand ragte vor ihm auf, ein halb offener Raum mit Dach auf massiven Baumstämmen. Eine Leiter führte zu der offen stehenden Falltür hinauf.

Sein Herz machte einen entzückten Sprung. Endgültig vergessen war der Streit von eben, verdrängt auch der Gedanke an den Kommissbetrieb in der Kaserne. Selbst sein Vater, für den er nur noch Abscheu empfand, rückte in weite Ferne.

Hier und jetzt zählte nur der Augenblick.

Voller Vorfreude stieg er die Leiter hinauf.

Blind vor Liebe bemerkte er nicht, dass ihm jemand gefolgt war.

33

Fischbach erwachte vom Summen des Handys in seiner Hosentasche. Im ersten Moment wusste er nicht, wo er sich befand, fürchtete, erneut in seinem Alptraum gefangen zu sein und im Verlies zu stecken.

Dann fiel ihm alles wieder ein. Wie Gilles und er Frank Halbach in die Zelle im Untergeschoss der Polizeibehörde gesperrt und den dazugehörenden Bericht geschrieben hatten. Anschließend hatte Fischbach Sigrid per SMS benachrichtigt, wo er steckte, um sich dann auf der Liege im Erste-Hilfe-Raum auszustrecken und noch eine Mütze voll Schlaf zu nehmen. Da war es schon fast sechs Uhr gewesen.

Er zog das Gerät aus der Tasche und las die Kurznachricht seiner Frau, die aus »Bitte pass auf dich auf«, gefolgt von drei X, bestand. Er sendete ihr ein Kuss-Emoji, steckte das Handy wieder ein und rappelte sich hoch. Durch den Türspalt fiel ein wenig Licht herein, sodass er sich orientieren konnte. Er legte die Hosenträger über die Schultern und schlüpfte in die Schuhe. Dann machte er sich auf den Weg in die Teeküche. Ein starker Kaffee würde helfen, die Müdigkeit aus seinen Knochen zu vertreiben. Dort traf er auf Andrea Lindenlaub und Welscher.

Beide musterten ihn von oben bis unten.

»Wo kommst du denn her?«, fragte Welscher. »Du siehst aus, als hättest du in deinen Klamotten gepennt.«

»Damit liegst du richtig«, gab Fischbach zu, nahm sich eine Tasse aus dem Hängeschrank und gähnte herzhaft. »Hat sich nicht mehr gelohnt, nach Hause zu fahren.«

Andrea Lindenlaub lehnte sich an die Arbeitsplatte. »Wir haben gerade deinen Bericht gelesen. Zwar freue ich mich, dass du Frank Halbach dingfest machen konntest. Andererseits war das schon eine ziemlich unvernünftige Aktion. Was dabei alles hätte passieren können. Warum hast du keine Verstärkung mitgenommen?«

»Habe ich doch«, rechtfertigte sich Fischbach. Er fühlte sich zu Unrecht gemaßregelt.

Welscher goss heißes Wasser in sein Teeglas. »Stimmt schon. Aber warum hast du gerade Thomas darum gebeten? Du weißt, dass er sich aus den Ermittlungen raushalten soll.«

»Was ist das hier? Ein Tribunal?«, brummte Fischbach unwillig. »Thomas sollte mich nur fahren, mehr nicht. Und ich war vorher auch allein in Halbachs Hütte und habe mich dort umgesehen. Ohne Kindermädchen.«

Andrea Lindenlaub entwand ihm die Tasse und goss ein, dann hielt sie ihm den Kaffee hin. »Wir machen uns einfach Sorgen, wenn du nachts durch die Gegend streifst, Hotte. Nichts für ungut. Und jetzt genieß deinen Kaffee.«

Fischbach wusste nicht, ob er sich darüber ärgern oder freuen sollte. Er war durchaus in der Lage, auf sich aufzupassen. Hinzu kam, dass er seinem Instinkt als leitender Kommissar der Mordkommission auch nachts folgen durfte, ohne direkt alle in Aufruhr versetzen zu müssen. Aber es fühlte sich auch gut an, wenn Freunde sich um einen sorgten. Letzteres gab für ihn den Ausschlag, die Friedenspfeife zu rauchen. Er nahm die Tasse entgegen und sagte: »Gut, zugegeben, das war vielleicht ein wenig forsch von mir. Aber es ist ja alles gut gegangen. Daher schlage ich vor, dass wir nach vorne schauen. Einverstanden?« Er sah von Andrea zu Jan und wartete auf Zustimmung.

Andrea Lindenlaub öffnete den Kühlschrank und holte ein belegtes Brötchen heraus. »Einverstanden«, sagte sie. »Gemäß dem Motto: Nur das Ergebnis zählt.« Sie drückte ihm das Brötchen in die Hand. »Und ich trete dir sogar mein Frühstück ab.«

»Muss doch nicht sein«, wehrte sich Fischbach. »Ich kann mir gleich beim Bäcker …«

»Frank Halbach sitzt schon im Vernehmungszimmer«, teilte ihm Welscher mit.

»Wieso die Eile?«

Welscher begann zu lachen. »Musst du gerade sagen, du Nachteule. Dachte mir, es würde dir gefallen, schnellstmöglich dort weiterzumachen, wo du vor noch nicht allzu langer Zeit aufgehört hast.«

»Und ich habe um zehn eine Journalistin hier, die an dem Fall interessiert ist«, berichtete Andrea Lindenlaub. »Vielleicht erfahrt ihr ja in der Befragung etwas, das ich für das Gespräch nutzen kann.«

»Du denkst an ein Geständnis?«

Sie drückte sich mit der Hüfte von der Arbeitsplatte ab. »Das wäre schön, ich vermute aber, so rasch werden wir den Fall dann doch nicht lösen. Jedenfalls wünsche ich euch viel Erfolg. Informiert mich bitte, solltet ihr auf etwas stoßen«, sagte sie und verließ die Teeküche.

Welscher nahm den Teebeutel aus der Tasse und warf ihn in den Mülleimer. »Sollen wir anfangen?«, fragte er.

»Kleinen Moment noch«, presste Fischbach, der soeben beherzt in das Käsebrötchen gebissen hatte, kauend hervor. »Erst esse ich was. Übrigens: Hast du mit Lars sprechen können?«

»Ja. Er ist noch im Krankenhaus. Die Ärzte sagen, er wird wieder. Nur dauert das.«

»Ist doch wunderbar«, sagte Fischbach zwischen zwei Bissen.

»Schon. Ich hätte nur gern länger mit ihm telefoniert. Doch er hörte sich müde an.«

»Vermutlich eine Nebenwirkung der verabreichten Schmerzmittel.«

»Möglich.« Welscher schnaubte verdrießlich. »Vor Ort wäre alles viel einfacher. Dann könnte ich selbst mit den Ärzten reden.«

Fischbach stopfte sich den Rest des Brötchens in den Mund und spülte mit einem Schluck Kaffee nach. Dann klopfte er Welscher aufmunternd auf die Schulter. »Hauptsache, er wird wieder gesund. Alles andere wird sich schon finden, du wirst sehen. Ich wäre dann jetzt so weit. Bin gespannt, was Halbach uns zu sagen hat.«

Gemeinsam machten sie sich auf den Weg ins Vernehmungszimmer.

Zu Fischbachs Überraschung machte Halbach es ihnen leicht. Ohne Umschweife begann er zu erzählen, was am Mittwoch wirklich geschehen war.

»Nach dem Telefonat mit Daniel Resche war ich total aufgewühlt. Wusste zunächst nicht, wie ich reagieren sollte. Zur Polizei gehen oder die Sache doch lieber selbst in die Hand nehmen? Ich war hin- und hergerissen. Mensch, er hat zugegeben, seinem Kumpel ein falsches Alibi verschafft zu haben. Wahnsinn! Nach all den Jahren.« Er schnaubte durch die Nase und schüttelte den Kopf. »Kaum zu glauben, echt.«

»Damit ich es richtig verstehe: Zwei Tage lang taten Sie … nichts?«, fragte Welscher skeptisch. »Sie haben bereits am Montag davon erfahren, und erst am Mittwoch entschieden Sie, wie Sie darauf reagieren wollen?«

Halbach hob ergeben beide Hände. »Es war so, mehr kann ich dazu nicht sagen.«

Fischbach lehnte sich vor. »Na gut, dann glauben wir Ihnen das erst einmal. Was genau passierte letzte Woche Mittwoch bei Ihrem Besuch?«

Halbach trank einen Schluck Wasser, dann erzählte er.

Rainer saß in der Küche auf der Eckbank. Er sah auf und warf Halbach einen bösen Blick zu. »Du schon wieder«, knurrte er.

Siegessicher baute sich Halbach vor ihm auf. Diesmal konnte er den Drecksack an die Wand nageln. Vorbei waren die Jahre der Ungewissheit, der Zurückweisungen, des Verhöhnens. Jetzt saß er am längeren Hebel, und er würde ordentlich zulangen. Seit Daniel Resches Geständnis schrie alles in ihm nach Gerechtigkeit. »Ich hab vorgestern mit deinem Kumpel telefoniert.«

Rainer wandte sich ab, sah aus dem Fenster. Er wirkte seltsam müde und abgekämpft. »Mit Daniel? Schon wieder? Lass ihn doch einfach in Ruhe.«

Höhnisch lachte Halbach auf. »Das werde ich ab jetzt auch, denn es ist nicht mehr nötig, ihn weiterhin zu belästigen. Er hat gestanden, dir ein falsches Alibi gegeben zu haben. Und das wird er auch der Polizei erzählen, dafür werde ich sorgen, darauf kannst du Gift nehmen.« Er trat einen Schritt vor und wies mit dem Finger auf seinen einstigen Freund. »Du bist am besagten Samstag erst sehr spät bei ihm aufgetaucht. Und dass du ein Alibi überhaupt nötig hattest, beweist alles! Was hast du mit Natalie angestellt? Rede endlich!«

Jetzt war es raus, und Rainer stand mit dem Rücken an der Wand. Halbach freute sich diebisch auf den entgleisenden Gesichtsausdruck, der sich gleich zeigen musste, auf die schuldbewusste Miene des ertappten Sünders.

Doch nichts davon geschah.

Rainer nickte nur langsam und bedächtig. Tränen traten ihm in die Augen. »Es tut mir leid«, sagte er.

Halbach konnte es kaum fassen. War das etwa ein Geständnis gewesen? Er hatte heftigen Widerspruch erwartet. Für einen Augenblick wusste er nicht, was er sagen sollte.

Rainer wartete nicht auf eine Entgegnung. Er wischte sich die Tränen aus den Augen, wandte sich ihm mit entschlossenem Gesichtsausdruck zu und sagte, nein, er verlangte: »Gib mir ein paar Tage, um … etwas zu klären.«

»Was? Spinnst du? Damit du ungehindert deine Flucht vorbereiten kannst?«, brauste Halbach auf. »Niemals!« Wütend zog er sein Smartphone aus der Hosentasche. Jahrelang hatte er abwechselnd gedroht, gedrängt und gebettelt, ohne dass Rainer sich hatte erweichen lassen. Und nun, wo endlich die Wahrheit ans Licht kam, sollte er ihn auch noch gewähren lassen? Nur über seine Leiche! »Ich rufe die Polizei. Ich bin nicht bereit …«

»So warte doch!«, sagte Rainer. Er drückte sich von der Bank hoch. Fliegen schwirrten auf und flogen um ihn herum, ehe sie sich woanders niederließen. »Schau dich um.«

Halbach zögerte. Was sollte das jetzt? Rasch schaute er von links nach rechts. Auf dem Herd eine schmutzverkrustete Pfanne, in der Spüle Teller, an denen angetrocknete Essensreste klebten, Verpackungsmüll stapelte sich in einer Ecke neben leeren Flaschen, dazwischen kroch Getier. »Ein Schweinestall ist das hier«, brachte er es auf den Punkt.

Was führte Rainer im Schilde? Warum fokussierte er auf seine

Wohnzustände? Eine Welle der Panik schwappte über Halbach hinweg. Wollte er etwa andeuten, nichts mehr zu verlieren zu haben? Dass es ihm auf einen Toten mehr oder weniger nicht ankam? Unwillkürlich wich er einen Schritt zurück, bereit, sich eines Angriffs zu erwehren. Obwohl er im Falle eines Falles kaum eine Chance haben würde. Immerhin stand er einem erfahrenen Kriegsveteranen gegenüber.

Rainer breitete mit eindringlichem Blick die Arme aus. »Was du hier siehst, Frank, ist ein Spiegel.«

»Ein Spiegel?« Was sollte das? Die Panik, die Halbach eben noch verspürt hatte, flachte ab. Rainers Pose wirkte nicht aggressiv, so als plante er einen Angriff. Er sah vielmehr aus wie das sprichwörtliche Häufchen Elend.

Rainer lächelte traurig. »Es ist das Spiegelbild meiner Seele, Frank. Das meinte ich. Ich kann nicht mehr. Und ich habe erfahren … egal. Ich will, nein, ich muss reinen Tisch machen. Es ist gut, dass du gekommen bist.«

»Ach, sag bloß?«

»Es war das entscheidende Momentum. Jetzt weiß ich, was ich tun muss.«

Die Wut in Halbach gewann wieder Oberhand. »Hä? Was redest du so gestelzt?«

Rainer hob entschuldigend die Arme. »Es wird sich alles aufklären, Frank. Das verspreche ich dir. Die Würfel sind gefallen, ich werde die Sache ans Tageslicht bringen. Das schwöre ich hoch und heilig. Ich bitte dich nur noch um einige Tage.« In seiner Stimme lag ein flehentlicher Ton. »Ich muss nur noch … etwas klären.«

»Verdammt! Was denn klären? Du redest totalen Mist, hast du sie noch alle?«

»Ich verstehe dich.« Rainer nickte bedächtig. »Pass auf, wir machen einen Deal.«

»Einen … was?« Halbach glaubte, sich verhört zu haben. »Ich habe doch gar keinen Deal nötig. Davon abgesehen: Was könntest du mir schon anbieten, das mich davon abhalten würde, die Polizei zu benachrichtigen?«

»Ich will dich gar nicht abhalten. Ich will nur … etwas Zeit gewinnen.«

»Wozu, verfluchte Scheiße?«

»Frank. Du willst doch wissen, wo deine Schwester ist, oder? Ich kann es dir sagen. Aber du musst mir etwas Zeit zugestehen.«

In Halbach brodelte der Zorn wie heiße Lava. Dieses Schwein hatte Natalie auf dem Gewissen! Er wusste, was mit ihr geschehen und wo sie zu finden war. »Sag es!«, brüllte er und hob die Fäuste. Die Angst vor dem Berufssoldaten war in diesem Moment wie ausgeknipst. »Was ist mit Natalie? Wo hast du sie verscharrt?« Am liebsten hätte er ihm die Visage poliert. Nur mit Mühe konnte er sich zügeln.

»Du wirst es erfahren. Aber ich brauche Zeit, um …« Mitten im Satz brach er ab, besann sich und sagte: »Du hast ja recht. Ich an deiner Stelle würde mir auch nicht glauben. Ich habe eine bessere Idee. Komm mit, ich zeige dir was. Als Beweis, dass ich es ernst meine.« Er drängte sich an ihm vorbei zur Tür.

Halbach zögerte. Sollte er sich darauf einlassen? Wäre es nicht ratsamer, die Sache ab sofort der Polizei zu überlassen? Er traute dem Braten nicht. Vielleicht wollte Rainer ihn reinlegen und bei einer günstigen Gelegenheit hinterrücks niederstrecken.

»Ich bin keine Gefahr für dich«, sagte Rainer, der im Türrahmen stehen geblieben war, als hätte er ihn gehört. »Du kannst mir vertrauen.«

»Du kannst mir viel erzählen«, zischte Halbach.

Rainer schien kurz zu überlegen, ging dann zum Küchenschrank und öffnete eine Tür. Er griff hinein und nahm einen Revolver heraus. Halbachs Knie wurden weich, Schweißperlen traten ihm auf die Stirn. Scheiße! Jetzt war es so weit. Sein letztes Stündchen hatte geschlagen! Er wollte die Flucht ergreifen, doch seine Beinmuskeln waren wie gelähmt.

»Mensch, Rainer, mach keinen Mist. Wir können doch über alles reden.« Zumindest die Stimme funktionierte noch, auch wenn die Furcht in jedem Ton mitschwang.

Rainer sah ihn an. »Auf einmal?« Er richtete den Lauf der Waffe auf Halbach, zielte.

Halbach hob die Hände. »Du wolltest doch … etwas klären.«

»Genau. Jetzt hast du es verstanden.« Rainer winkelte den Arm an und feuerte. Der Schuss krachte ohrenbetäubend, Putz rieselte von der Decke herab.

Halbach war erschrocken zusammengezuckt, in seinen Ohren hallte der Lärm nach. »Bist du bescheuert?«, brüllte er, alle Vorsicht über Bord werfend. »Was soll das?«

Fast liebevoll betrachtete sein früherer Schulkamerad die Waffe in seiner Hand. »Ein Andenken an Afghanistan. Habe ich einem Taliban abgenommen, nachdem wir ihn unschädlich gemacht hatten. Eine russische Nagant.« Er grinste. »Manchmal ballere ich hier einfach so zum Spaß herum. Ein paar Konservendosen habe ich damit schon erledigt. Macht echt Spaß, ist ein tolles Teil. Die Patronen schließen gasdicht ab, daher geht das auch gut mit einem Schalldämpfer … ach, ist ja auch egal.« Er griff erneut in den Schrank und förderte eine Patronenpackung zutage. Dann hielt er ihm mit der einen Hand den Revolver, mit der anderen die Munition hin.

»Was soll das?«, fragte Halbach verwirrt.

»Nimm es.«

»Ich?«

Sein Arm ruckte vor. »Na los! Du vertraust mir nicht, und wie gesagt, ich verstehe dich. Nimm die Knarre zur Sicherheit. Und dann komm mit. Du kannst mich jederzeit über den Haufen schießen, sollte ich bedrohlich rüberkommen. Die verbliebenen sechs Kugeln in der Trommel sollten dafür reichen. Und wenn nicht, kannst du nachladen. Ich will dir etwas zeigen, das beweist, wie ernst es mir ist. Ich will einen Schlussstrich ziehen, ein für alle Mal. Ich muss nur noch …«

»… etwas klären«, sagte Halbach. »Ja, ja, das weiß ich inzwischen.« Rasch nahm er die Waffe, die Rainer ihm bereitwillig überließ. Die Packung mit der Munition legte er auf dem Küchentisch ab. Damit wollte er sich nicht belasten. Er glaubte nicht, dass Rainer nach sechs Schüssen noch auf den Beinen stehen könnte.

In Gedanken hatte er schon oft eine Pistole in der Hand gehalten und damit auf Rainer gezielt. Hatte entschlossen das Magazin geleert und die Kugeln in seinen Körper versenkt. Dass er aber tatsächlich einmal so vor ihm stehen würde, damit hätte er beim besten Willen nicht gerechnet. Mit einem Kopfnicken bedeutete er Rainer voranzugehen.

Sie verließen das Wohnhaus und gingen zur Scheune. Rainer öffnete das Tor. Dahinter sah es aus, als hätte ein Riese seine Spielzeugkiste mit Landmaschinen hinterlassen. Kreuz und quer standen die Gerätschaften, ein metallenes Chaos.

»Lass dich nicht täuschen«, sagte Rainer. »Sieht auf den ersten Blick wie zufällig hineingestellt aus, doch dem ist keineswegs so.« Er kletterte auf den Fahrersitz eines Traktors, startete den Motor und fuhr gut zwei Meter vor. Mehr Platz zum Rangieren gab es nicht. Dann stieg er vom Bock und zeigte auf die frei gewordene Öffnung. »Dort entlang.«

Halbach musste zwei Schritte vortreten, um den schmalen Gang dahinter zu entdecken. »Du gehst vor«, befahl er.

Rainer zwängte sich in den Durchgang, Halbach folgte mit ausreichend Abstand. Nach ungefähr zwanzig Metern erreichten sie einen durch die gestapelten Gerätschaften abgeteilten Bereich der Scheune. Hier stand, mit einer Plane abgedeckt, ein Fahrzeug.

Rainer zog die Plane zur Hälfte zurück. Die nun frei liegende Front des Fahrzeugs war rostig und verbeult.

»Ein Opel Corsa? Was soll das werden? Warum zeigst du mir die Karre?«

Rainer musterte schweigend den Wagen, in seinem Gesicht zeigte sich Abscheu.

»Was ist damit?«, brüllte Halbach, dem das Ganze inzwischen ziemlich gegen den Strich ging.

Rainer drehte sich zu ihm um und zeigte auf den Wagen. »Damit habe ich deine Schwester überfahren.«

Wie lange er schon in dem Wagen saß, konnte Halbach nicht sagen. Jegliches Zeitgefühl war ihm abhandengekommen.

Levkus war fort, wartete im Haus.

Tränen verschleierten seinen Blick, Rotz lief ihm aus der Nase. In Ermangelung eines Taschentuches nutzte er die Ärmel seines Sweatshirts. Er umfasste das Lenkrad, legte die Stirn darauf und stellte sich vor, wie Rainer hier hinter dem Steuer gesessen und Natalie über den Haufen gefahren hatte.

Warum?

»Warum?«, schrie er wütend, um schluchzend zu wiederholen: »Warum, warum, warum?«

Natalie war tot.

Jahrzehntelang hatte das Unwissen darüber einen Funken Hoffnung in ihm genährt, ihn glauben lassen, Natalie könnte noch am Leben sein. Daraus hatte er die Kraft geschöpft, seine Schwester nicht aufzugeben, weiter nach ihr zu suchen, ihr Schicksal zu klären. Doch damit war jetzt Schluss.

Die Erkenntnis schnürte ihm den Hals zu. Seit Minuten echote immer und immer wieder der eine Satz durch seinen Schädel: Natalie ist tot!

Wie in Trance nahm er den Revolver, den er auf dem Beifahrersitz abgelegt hatte, und verließ die Scheune. Jeder Schritt, der ihn näher zum Haus brachte, befeuerte die lodernde Wut in ihm.

Er betrat die Küche, richtete die Waffe auf Rainer und fragte mühsam beherrscht: »Warum?«

Anscheinend unberührt von der Gefahr, in der er schwebte, blieb Rainer auf der Bank sitzen. »Ich werde dir alles erzählen. Bald. Das verspreche ich dir.«

»Warum nicht jetzt, warum nicht hier und sofort?«

»Ich muss erst noch etwas …«

»Scheiß drauf«, brüllte Halbach. »Wo hast du Natalie verscharrt? Jetzt sag schon, oder willst du eine Kugel ins Hirn?«

»Wenn du mich jetzt tötest, wirst du niemals erfahren, wo Natalie ist. Vertraue mir«, bat Rainer eindringlich. »Ich bitte dich doch nur um einige Tage Aufschub. Dann wirst du am Grab deiner Schwester um sie trauern können. Ist es das nicht wert? Oder willst du für immer nach ihr suchen?«

Halbach spürte zwar einen tiefen Widerwillen, doch er ließ die Waffe sinken und fragte: »Wie lange?«

Rainer atmete aus. »Eine Woche? Länger wird es wohl nicht dauern, eher weniger.« Er wies mit dem Kinn auf die Pistole. »Nimm sie mit. Und wenn ich nicht liefere, erledigst du mich damit. Sie ist nicht registriert. Kann nicht zurückverfolgt werden.«

Halbach betrachtete den Revolver, legte ihn dann auf den Küchentisch neben die Packung mit den Patronen. Seit ewigen Zeiten wünschte er sich nichts sehnlicher, als Rainer für das büßen zu lassen, was er mit Natalie angestellt hatte.

Doch er *war kein Mörder.*

Er nicht!

»Eine Woche«, sagte er entschieden, dann verließ er das Haus.

34

Sigrid stellte den Topf auf den Tisch. »Was für eine abenteuerliche Geschichte.«

Welscher hielt ihr den Teller hin und ließ sich von ihr auftun. Nur zu gern hatte er Fischbachs Angebot angenommen, bei ihm und Sigrid zu Abend zu essen. Während sie darauf warteten, dass der Eintopf, eine traditionelle Eifeler Bohnensuppe, aufkochte, hatten sie Sigrid wie immer ins Vertrauen gezogen.

»Abenteuerlich schon«, gab Welscher zu, »aber deswegen muss es nicht gelogen sein. Halbach hatte zwar genug Zeit, sich eine plausible Geschichte auszudenken, doch die Details sind bemerkenswert.«

Sigrid reichte den Brotkorb herum und fragte: »Was genau meinst du?«

Welscher probierte die heiße Suppe, ehe er antwortete. »Sehr lecker«, lobte er. »Bunnesupp habe ich lange nicht mehr gegessen.«

»Dann hau ordentlich rein«, forderte Fischbach, der nachdenklich auf seinem Platz saß. »Ist genug da. Zwar isst man bei dieser Hitze eigentlich keinen Eintopf. Aber ich hatte so Appetit darauf.«

»Da lasse ich mich nicht zweimal bitten, auch nicht bei diesem Wetter«, sagte Welscher. »Aber um auf deine Frage zurückzukommen, Sigrid. Solche Dinge wie den Typ und das Kaliber der Pistole, meine ich. In einer erfundenen Geschichte würde man das wohl eher nicht nennen. Und dann die Konservendosen, auf die Levkus angeblich geballert hat. Die haben wir ja tatsächlich gefunden, und von denen konnte Halbach eigentlich nichts wissen.«

»Wäre aber möglich, dass Halbach das mit der Waffe im Internet recherchiert und sich schön zurechtgelegt hat«, wandte Fischbach ein. »Um uns in die Irre zu leiten. Und über die

Konservendosen könnte er zum Beispiel beim Verbrennen der Kleidung zufällig gestolpert sein.«

Welscher nickte. »Und dennoch.« Er löffelte weiter seine Suppe und berichtete zwischendurch. »Wir haben Halbach lange verhört, haben ihn mehrmals gebeten, seine Geschichte zu wiederholen. Die erste Version am Morgen unterschied sich kaum von dem, was er uns später erzählt hat. Ja, er könnte sich das alles zurechtgelegt und streng in- und auswendig gelernt haben. Oder er sagt schlicht die Wahrheit. Wie auch immer, widersprochen hat er sich nicht ein einziges Mal. Und wir haben nichts, wo wir einhaken könnten.«

Fischbach hob den Zeigefinger. »Du vergisst die möglichen Schmauchspuren.«

Welscher erklärte Sigrid: »Wir lassen Halbachs Hände und auch seine Kleidung untersuchen. Die, die er nach eigenen Angaben an dem Tag getragen hat. Ich bin auf das Ergebnis gespannt. Gibt es welche, ist es sehr wahrscheinlich, dass er bei dem besagten Schuss zugegen war.«

»Nur sehr wahrscheinlich?«, fragte Sigrid.

Fischbach lächelte wissend. »Jan spielt auf das FBI an. Dort wird die Analyse der Schmauchspuren schon länger nicht mehr angewandt.«

»Warum?«

»Ein potenzieller Täter könnte kontaminiert worden sein. Durch die Beamten, die ihn festgenommen haben. Oder durch die, die Fingerabdrücke nehmen. Oder in unserem Falle möglicherweise durch die Kollegin, die die Kleidung abgeholt hat. Da ich erst letzte Woche auf dem Schießstand war, darf ich mich selbst auch nicht ausschließen. Immerhin habe ich eine ganze Weile in Halbachs Hütte herumgeschnüffelt und auch in der Wäsche gewühlt. Die Kontamination ist ein Problem, keine Frage, alles schon mehrfach vorgekommen. Daher muss man umsichtig damit umgehen. Ich denke, es kommt auf die gefundene Menge an. Je mehr, desto wahrscheinlicher ist es, dass er bei einem Schuss dabei war.«

»Und sollte eine Hand auffällig sein, spricht es dafür, dass er den Schuss sogar abgegeben hat. Das würde dann zugleich auch bedeuten, dass er uns heute angelogen hat«, ergänzte Welscher.

Sigrid tupfte sich den Mund mit der Papierserviette ab und trank von ihrem Wasser. »Kompliziert. Und die Waffe ist immer noch verschwunden?«

Fischbach brach sich ein Stück von der Zwiebelstange ab und strich damit die Suppenreste auf dem Teller zusammen. »Leider. Und von der Munition, die Halbach erwähnte, wussten wir bis dato gar nichts.«

»Maila hat heute Halbachs Hütte auf den Kopf gestellt«, berichtete Welscher. »Dort war der Revolver nicht, er ist wie vom Erdboden verschluckt. Schon interessant alles.«

»Was genau?«, fragte Sigrid.

»Dass es die Waffe gibt, steht fest«, erklärte Welscher. »Wir haben das Geschoss, das zu Halbachs Angaben passt, dazu ein Loch in der Zimmerdecke, die Konservendosen. Der Revolver ist jedoch verschwunden. Somit muss ihn jemand mitgenommen haben. Wenn es nicht Frank Halbach war, wer kommt dann in Frage?«

»Der Mörder«, antwortete Sigrid.

»Ja. Aber warum sollte er?«, wandte Fischbach ein. »Das ergibt keinen Sinn. Levkus wurde nicht erschossen. Die Waffe würde ihn nur belasten, wenn wir sie irgendwann bei ihm finden sollten. Schließlich beweist sie, dass er bei Levkus war.«

Welscher nickte. Jetzt, wo der Hunger gestillt war, fühlte er sich zum ersten Mal am Tag wohl. Der Stress fiel von ihm ab, er entspannte sich zusehends. Hier bei den Fischbachs in der gemütlichen, warmen Wohnküche in aller Ruhe Gedanken auszutauschen, dabei beköstigt zu werden … das ließ ihn sogar fast die Sorge um Lars vergessen. Aber nur fast. Er hoffte, nachher ein paar Worte mit ihm wechseln zu können. Es eilte jedoch nicht, in den USA war es erst früher Nachmittag. »Ich sag euch mal, was ich denke.«

»Da bin ich gespannt«, sagte Fischbach und schöpfte sich eine zweite Portion Suppe auf den Teller.

Welscher tat es ihm nach. Er liebte den Geschmack der Buttermilch, der angenehm durchstach. »Ich glaube Halbach.«

Fischbach hielt, den Löffel auf halbem Weg zum Mund, inne und sah Welscher erstaunt an. »Ach. Sag bloß? Einfach so?«

»Ja. Woher, wenn nicht von Levkus, hätte er denn zum Beispiel von dem Durchgang in der Scheune wissen sollen? So etwas findet man nicht zufällig heraus. Das unterstreicht meines Erachtens den Wahrheitsgehalt. Und dass er im Opel saß, wissen wir auch. War ja schließlich der ausschlaggebende Grund für seine Festnahme. So weit ist also alles stimmig.« Welscher machte eine kurze Pause. »Allerdings fürchte ich, er hat das Ende der Geschichte zu seinen Gunsten ein wenig umgedichtet.«

»Inwiefern?«, fragte Sigrid.

»Angesichts der schmerzlichen Wahrheit hat er den Verstand verloren und ist nicht etwa einfach gegangen, wie er uns erzählt hat, sondern hat das Beil geschwungen. Als er wieder zur Besinnung kam, hat er aufgeräumt, damit meine ich, er hat alles, was ihn belasten könnte, verbrannt. Den Revolver hat er anschließend mitgenommen.«

»Ist das glaubhaft? Hotte hat gerade gesagt, er würde sich damit nur selbst belasten, wenn man ihn bei ihm findet.«

Welscher stach mit dem Zeigefinger in ihre Richtung. »Guter Einwand. Pass auf, ich stelle mir das inzwischen so vor: Halbach säubert sich im Bad und verbrennt dann seine blutbesudelte Kleidung. Dabei wird ihm klar, dass er, sollten wir ihm doch auf die Schliche kommen, Kleidung vorweisen können muss, die Schmauchspuren aufweist, damit seine Geschichte glaubwürdig ist. Er nimmt also den Revolver mit in seine derzeitige Unterkunft am Waldrand, wo er erneut die Kleidung wechselt, feuert ihn ein weiteres Mal ab und versenkt die Waffe dann auf Nimmerwiedersehen in einem See. Vielleicht ist er sogar so raffiniert, dass er dabei Handschuhe trägt, um keine Spuren an der Hand zu haben.«

Fischbach bewegte abwägend den Kopf und löffelte weiter die Suppe. »Könnte so gewesen sein. Warum hast du das vorhin nicht der Staatsanwaltschaft erzählt? Jetzt ist Halbach wieder auf freiem Fuß.«

»Wie? Er ist nicht in Haft?«, horchte Sigrid nach.

»Nein. Wir mussten ihn gehen lassen, da wir zurzeit nur spekulieren. Handfeste Indizien haben wir ja noch nicht. Und dass er zum Beil gegriffen hat, können wir auch nicht beweisen.« Er schob seinen leeren Teller von sich weg und lehnte sich entspannt zurück. »So sieht es leider aus.«

Sigrid fing an, das Geschirr abzuräumen. »Was ich mich die ganze Zeit frage: Was hat dieser Rainer Levkus noch klären wollen? Er hat zugegeben, die Schwester von Halbach überfahren zu haben. Sie hätten sofort zur Polizei gehen können. Aber stattdessen bittet er um einen Aufschub, obwohl er eigentlich reinen Tisch machen will. Ist doch seltsam, findet ihr nicht?«

»Durchaus«, stimmte Fischbach zu. »Auch deswegen knüpfen wir uns jetzt endlich den Vater und die Schwester von Rainer Levkus vor. Das ist das Erste, was mir morgen angehen werden. Ich will wissen, wo die zwei gerade stecken. Und dann will ich erfahren, was damals passiert ist. Ich bin sicher, die können uns auch sagen, was Rainer Levkus noch zu klären beabsichtigte. Die beiden lassen wir nicht mehr von der Leine, da steigen wir voll ein.«

»In medias res«, stimmte Welscher dem Vorgehen zu.

»Genau«, sagte Fischbach. »Mitten rein in die Sache, kein ab ovo mehr.«

Welscher schmunzelte. »Ab ovo? Vom Ei an? Du kannst Latein?«

Fischbach lachte und winkte ab. »Nur ein paar Sprüche, nicht der Rede wert. Es reicht, um Leute damit zu überraschen.« Er gähnte herzhaft. »Gönnt mir was Schlaf. Mir fallen fast die Augen zu.«

Sigrid tätschelte seine Hand. »Leg dich hin, Schnäuzelchen.« Sie zwinkerte Welscher zu und sagte: »Dann bleibt für uns beide mehr von der Nachspeise.«

»Nachspeise?« Fischbach straffte sich. »Was gibt es denn?«

»Grießschnitten, dazu Vanillesoße und rote Grütze.«

Fischbach zupfte sich verlegen grinsend an den Ohren. »Ach wisst ihr, so ein Betthupferl, dafür ist man doch nie zu müde.«

In dem Moment klingelte das Telefon.

24. August 1996, 18:45 Uhr

Im Jägerstand fühlte er sich sicher. Sein Vater hatte das Interesse an der Jagd verloren; seit seiner Rückkehr aus dem Gefängnis hatte er keinen Fuß mehr auf die Leiter gesetzt. Lieber weilte er an einem Tümpel und angelte.

Rainer war das nur recht.

So oft sie es einrichten konnten, trafen sie sich hier. Abgeschirmt von der Außenwelt, weit genug entfernt vom Hof, war es ihr Liebesnest geworden.

Rainer fühlte sich berauscht, vergessen war der Streit mit Natalie, es zählte nur noch die Gegenwart, das Sein, das Leben. Er streifte sein T-Shirt über den Kopf, betrachtete dann seine Liebe, die einzige, wahre, die alles abgelegt hatte und nackt neben ihm saß.

Er beugte sich vor, spürte warme, zarte Haut an seiner. Die Lippen fanden zueinander, ein lustvolles Stöhnen erklang. Seine Sinne fokussierten sich auf das, was er in den Armen hielt, er nahm die Umgebung kaum noch wahr. Das Vogelzwitschern, das Klopfen eines Spechts, das Rauschen der Baumwipfel im Wind, so weit entfernt. Wie in eine dicke Wolldecke gewickelt.

Etwas knarrte.

Rainer hörte es kaum, er saugte den Duft der Haare in sich auf. Sie rochen nach Orangen.

Etwas quietschte.

Niemals zuvor war er so glücklich gewesen, derart von der Liebe und Lust beseelt. Das Blut rauschte in seinen Ohren und pulsierte in seinem Glied wie heiße Lava.

Ein lautes Poltern … störte.

Der Körper, den Rainer in den Armen hielt, versteifte sich. Er benötigte einige Sekunden, bis er es registrierte. Bis er bemerkte, dass sich etwas verändert hatte. Auf einmal war die Realität wieder da.

Er ließ los, wirbelte herum.

Die Falltür. Offen!

Eine Person stand auf der Leiter, ragte halb in den Jägerstand hinein. Bestürzt starrte sie ihn an.

Natalie!

Sie musste ihm gefolgt sein. War ihm hinterhergeschlichen und hatte ihn … ertappt.

Die Zeit schien stillzustehen.

Natalies verzerrte Mimik zeigte deutlich, wie angewidert sie war. »Das … das … ist abartig!«, stieß sie hervor. »Ekelig!«

Dann verschwand sie, die Sprossen der Leiter knarrten.

Rainer streifte hastig seine Kleidung über. Er musste hinterher, ihr alles erklären, sie um Stillschweigen bitten. »Ich klär das!«, rief er.

Am Waldrand holte er Natalie ein. Er fasste sie am Oberarm. »Warte!«

Wütend riss sie sich los, stapfte weiter. »Deswegen also«, fuhr sie ihn an.

Rainer versuchte erneut, sie zu stoppen. Diesmal griff er fester zu. Seine Finger krallten sich um ihr Handgelenk, er wirbelte sie herum. »Ich mag dich doch trotzdem«, sagte er und wusste im selben Augenblick, wie verletzend es sich für sie anhören musste.

Natalies Blick hätte ihn erdolcht, wenn es denn möglich gewesen wäre. »Lass mich los!«

Er dachte gar nicht daran. »Verrat es niemandem«, bettelte er. »Unser … Geheimnis, okay? Bitte.«

»Bist du bescheuert?« Sie wies mit der freien Hand anklagend in Richtung des Jägerstandes. »So etwas ist nicht … normal.«

»Wer sagt das?«

»Alle!«

Rainer sah die Abscheu in ihren Augen, ein hämisches Lächeln umspielte ihre Mundwinkel. In dem Moment wusste er, dass er verloren hatte. Natalie würde ihn büßen lassen, dass er sie zurückgewiesen hatte. Sie hatte realisiert, wie sehr sie ihn mit dem neuen Wissen treffen konnte. Wie verletzlich er dadurch war.

Auge um Auge, Zahn um Zahn.

Alles an ihr, Mimik, Gestik, Körperspannung, strahlte nur noch eins aus: Rache!

»Ich werde dafür sorgen, dass es jeder erfährt«, zischte sie, keinen Raum für andere Interpretationen mehr lassend. Sie riss sich los und rannte.

Furcht vor dem, was sich hier anbahnte, lähmte Rainer. Natalie hatte schon einen großen Vorsprung.

Er musste hinterher.

Er musste sie aufhalten.

Er musste etwas unternehmen!

Nicht nur, um sich selbst vor Hohn, Spott und Verachtung zu schützen. Nein, er trug die Verantwortung für sie beide.

Die Furcht verschwand, Wut wallte auf.

Natalie hatte es auf ihn abgesehen. Sie würde ihn an den Pranger stellen und damit auch andere zutiefst verletzen.

Das durfte er nicht zulassen!

Er rannte los. Natalie war seinem Blick bereits entschwunden, sie musste schon fast die Straße erreicht haben.

Rainer sprang in den Corsa, startete den Motor.

Er hörte jemanden rufen.

Sein Vater?

Egal! Er musste Natalie zur Vernunft bringen, auch wenn er wenig Hoffnung hegte, sie umstimmen zu können …

Da hatte er auf einmal die Lösung vor Augen.

Reden ist Silber, Schweigen ist Gold.

Genau! Er musste Natalie zum Schweigen bringen.

Er musste selbstlos handeln, um das Geheimnis zu bewahren.

Rainer kuppelte ein, raste vom Hof, beschleunigte.

Dort! Natalie.

Sie hörte ihn kommen. Drehte sich um, riss entsetzt die Augen auf.

Dann traf das harte Blech den weichen Körper und schleuderte ihn davon.

35

Sigrid stellte den Topf, den sie gerade abräumen wollte, zurück auf den Tisch. Bevor sie jedoch in den Flur gehen konnte, um das Telefon zu holen, sagte Fischbach: »Ich mach schon. Ich kann besser abwimmeln. Und du könntest derweil ja schon den Nachtisch … oder?«

Welscher lachte. »Daher weht der Wind.«

Fischbach ließ die beiden zurück, stiefelte in den Flur und nahm das Gespräch an. Eine ihm unbekannte Frauenstimme meldete sich.

»Wo ist er?«, fragte die Anruferin aufgebracht.

Fischbach zog die Stirn kraus. »Wer spricht denn dort?«

»Er ist fort!«

»Beruhigen Sie sich doch erst einmal. Und dann Schritt für Schritt. Ist das möglich?«

Ein Schnaufen, gefolgt von einem kurzen Schweigen, dann: »Sie haben recht.«

»Sehr schön. Also, mit wem habe ich das Vergnügen?« Er bemerkte, dass es in der Küche still geworden war, und wusste, dass Welscher und Sigrid lauschten.

»Ich habe Ihre Telefonnummer von Frau Grießhagen. Sie sind doch der nette Polizist? So hat Frau Grießhagen Sie mir beschrieben.«

Fischbach schloss genervt die Augen. Diese Franziska Grießhagen entwickelte sich langsam zu einer Nervensäge. Jetzt gab sie schon seine Telefonnummer an ihre Freundinnen weiter. Er musste wohl mal ein ernstes Wörtchen mit ihr reden. »Ich bin Kriminalbeamter, das ist richtig … Frau …«

»Levkus, Carola Levkus. Ich bin aus Kanada zurück.«

Jetzt war Fischbach hellwach. Er stellte sich kerzengerade auf und drückte den Hörer fester ans Ohr. »Wir müssen Sie dringend sprechen, Frau Levkus. Bei unseren Ermittlungen sind wir auf …«

»Erst sagen Sie mir bitte, wo er ist.«

Trotz seiner Neugierde brachte Fischbach Verständnis für Carola Levkus auf. Bestimmt wollte sie ihren toten Bruder ein letztes Mal sehen. Wissen, wann die Leiche freigegeben wurde, damit die Beerdigung stattfinden konnte. Die Trauer um ihn würde er ihr nicht nehmen können, die Ungewissheit hingegen schon. »Er befindet sich noch in der Rechtsmedizin in Bonn. Aber ich denke, das wird nicht mehr lange nötig sein.«

Wieder herrschte Stille am anderen Ende der Telefonleitung.

»Er ist tot?«, hauchte sie.

Fischbach wunderte sich. Sie wusste doch, dass ihr Bruder ermordet wurde. Deswegen hatte sie schließlich ihre Auslandsreise abgebrochen und war nach Deutschland zurückgekehrt. War sie etwa nicht ganz bei Sinnen? Dement? Aber davon war bisher keine Rede gewesen. »Es tut mir leid …«, begann er vorsichtig.

Ein lautes Schluchzen unterbrach ihn. »Oh Gott!«

Fischbach geduldete sich. Das war das Mindeste, was er tun konnte. Er hörte sie weinen, dann schnauben. Endlich sagte sie: »Wissen Sie schon, wer … War es etwa derselbe, der meinen Bruder ermordet hat?«

Fischbach benötigte einige Sekunden, dann kapierte er. Er hatte sie missverstanden! Verdammt! Das passierte ihm in letzter Zeit häufiger. Anstatt Fragen zu stellen, um eine schlüssige Gesprächsbasis zu schaffen, setzte er viel zu viel voraus. Ihm wurde heiß, und er zupfte unbewusst am Kragen seines Poloshirts, der ihm die Luft abzuschnüren schien. Verlegen entschuldigte er sich und klärte sie darüber auf, dass ihr Vater seines Wissens noch lebte. Dann sagte er: »Ehrlich gesagt gingen wir davon aus, dass er Sie in Amsterdam abholt.«

»Wieso sollte er?«

»Er hat Sie doch auch hingefahren. Und da Ihr Vater schon einige Tage abwesend ist, haben wir vermutet, er ist in einem Hotel in Amster…«

»Er ist schon länger fort?«

»Zwei Tage, ja. Haben Sie vielleicht miteinander telefoniert?«

»Ich besitze keins von diesen strahlenverseuchten Geräten!«

Fischbach erinnerte sich an das, was die Heimleiterin ihm berichtet hatte: Frau Levkus war technikfeindlich eingestellt. »Hat Ihr Vater denn ein Smartphone? Haben Sie schon probiert, ihn anzurufen?«

»Habe ich, vom Flughafen. Bin aber immer nur auf der Mailbox gelandet. Daher bin ich direkt hierhergefahren.«

»Hierher bedeutet?«

»Na, Hillesheim. Seine Wohnung.«

Welscher kam mit seinem Handy am Ohr in den Flur und bedeutete Fischbach, dass er ihn sprechen müsse. Fischbach bat Carola Levkus um einen Moment Geduld und schirmte die Sprechmuschel mit der Hand ab. »Was ist denn?«, flüsterte er unwirsch.

»Belgische Polizei, Giulia Bonment. Sie sagt, im Haus von Carola Levkus brennt Licht.«

»Klar. Sie ist zurück.« Fischbach wies kopfwackelnd mit Kinn und Augen auf das Telefon an seinem Ohr. »Was glaubst du, mit wem ich gerade …« Er unterbrach sich und nahm die Hand von der Sprechmuschel. »Frau Levkus?«

»Ja?«

»Sie sind in Hillesheim?«

»Sagte ich doch.«

»Waren Sie schon bei sich zu Hause?«

»Nein, ich komme direkt aus Amsterdam.« Sie lachte verdrossen. »Der Leihwagen hat Unsummen gekostet, kann ich Ihnen sagen. Und dann die Technik. Mich kribbelt es überall, ekelhaft, diese Strahlung. Alles verseucht. Aber was sollte ich machen? Meinen 323 hat ja Papa.«

»323? Ist das Ihr Fahrzeug? Ein Mazda-Kompaktwagen, oder?«

»Stimmt genau. Baujahr 1995, noch ohne den ganzen technischen Schnickschnack, den heutige Autos …«

»Welche Farbe?«

»Bitte?«

»Die Farbe. Welche Farbe hat Ihr Mazda?« Fischbach ahnte,

was jetzt kommen würde. Halbach hatte ausgesagt, Levkus gegen sechzehn Uhr dreißig verlassen zu haben. Die Zeugin Margarete Tischendorf wiederum hatte geäußert, um siebzehn Uhr einen Wagen auf dem Hof gesehen zu haben. Fischbach hatte die halbe Stunde Differenz hingenommen und leichtfertig als nicht wichtig erachtet. Es kam vor, dass Zeugen sich in der Retrospektive nicht präzise erinnerten. Er war davon ausgegangen, dass es sich um Halbachs Wagen handelte, der ein wenig später losfuhr, während Margarete Tischendorf etwas früher vor Ort gewesen war. In Wirklichkeit jedoch gab es neben dem Golf von Frank Halbach noch ein weiteres Fahrzeug.

»Silbergrau. Aber wieso ist …«

»Wer hat alles einen Schlüssel für Ihr Haus?«

»Also hören Sie mal. Jetzt wird das aber etwas komisch. Warum …«

»Bitte.«

Sie seufzte theatralisch. »Nur mein Vater. Ich traue den Nachbarn nicht über den Weg.«

Welscher, der sich ein paar Schritte entfernt und sein Telefonat beendet hatte, kam zurück und zeigte ihm das Display seines Handys. »Die Kollegin hat ein Bild geschickt«, flüsterte er Fischbach zu. »Sie hat es durch das Terrassenfenster aufgenommen.«

Fischbach erkannte den Mann. Es war Bert Levkus, er saß zusammengesunken in einem Sessel. Neben ihm auf einem Beistelltisch lag eine Pistole. Und obwohl das Bild grobkörnig war, konnte Fischbach die Waffe identifizieren: eine russische Nagant.

Er nickte Welscher zu, dann sagte er ins Telefon: »Hören Sie, Frau Levkus. Ich weiß, wo sich Ihr Vater befindet. Er ist bei Ihnen zu Hause. Wir treffen uns dort.«

»Aber …«

»Später. Fahren Sie bitte los. Wir erklären Ihnen alles vor Ort.«

Er legte auf und nahm Welscher das Handy aus der Hand. »Frau Bonment?«

»Ah, Kommissar Fischbach. Bin noch dran.«

»Wir kommen. Frau Levkus ist auch unterwegs. Sorgen Sie bitte dafür, dass sie auf uns wartet, sollte sie vor uns eintreffen.«

»Mach ich. Bis gleich.«

Er legte auf, gab Welscher das Smartphone zurück. »Gleich ist gut«, murmelte er und überschlug im Kopf die Strecke in die belgische Wallonie nach Dinant. Mindestens zwei Stunden bei flotter Fahrt, schätzte er.

Rasch weihte er Welscher ein. Dann nahm Fischbach seine Sachen, hauchte Sigrid einen Kuss auf die Wange, eilte hinaus und schwang sich auf die Harley.

So leid es ihm tat, der Nachtisch musste warten.

36

Fischbach kannte Dinant nicht gerade wie seine Westentasche. Doch da er die Stadt einige Male besucht hatte, wusste er ungefähr, wohin er sich wenden musste. Über die Rue-Saint-Jacques kommend, fuhr er an der Zitadelle vorbei, bog am Ende der Straße nach Süden ab und folgte ein Stück der Uferstraße, die entlang der Maas verlief. Links ragte eine felsige Steinwand empor. Davor erhob sich die markante Kirche Notre-Dame-de-Dinant, vom warmen Licht einiger Strahler angeleuchtet. Weiter ging es rechts über die Charles-de-Gaulle-Brücke ans andere Ufer. Ein buntes Saxofon auf dem Gehweg erinnerte an den berühmtesten Einwohner Dinants: Adolphe Sax, der Erfinder des Instrumentes. Zu seinen Ehren fand man im ganzen Stadtgebiet Saxofone in unterschiedlicher farblicher Gestaltung. Auf den Spuren der Musikinstrumente zu wandern, gehörte zu den schöneren Dingen, die man in Dinant unternehmen konnte. Es gab aber auch geschichtlich düstere Pfade. Fischbach wusste, dass sich die Stadt oft im Brennpunkt kriegerischer Auseinandersetzungen befunden hatte. Besonders gelitten hatten die Bewohner im Ersten Weltkrieg angesichts der Besetzung durch deutsche Soldaten. Allein am 23. August 1914 töteten die Invasoren sechshundertvierundsiebzig belgische Zivilisten. Dieser Tag ging als das »Massaker von Dinant« in die Geschichte ein. Weitere Tausende Opfer folgten in den Monaten darauf. Ein Denkmal, das Fischbach vor einigen Jahren besucht hatte, erinnerte an diese schreckliche Zeit.

Am anderen Flussufer angekommen, fragte er einen Passanten nach dem Weg zur Rue de Sologne. Gestenreich, da der deutschen Sprache nicht mächtig, beschrieb ihm der Mann die Strecke. Dabei rollte er mit den Augen und ruderte mit den Armen in der Luft, als wollte er die Maas entlangkraulen. Dazu ließ er zwischen den Sätzen immer mal wieder ein »Oh« und »Ah« hören.

Fischbach verkniff sich ein Grinsen. Alles an dem kleinen Belgier erinnerte ihn an den Schauspieler Louis de Funès beziehungsweise dessen Paraderolle als Gendarm Ludovic Cruchot. Er bedankte sich und fuhr los. Überrascht stellte er wenige hundert Meter weiter fest, dass er bereits am Ziel war. Nach der bühnenreifen Vorstellung des Mannes hätte er erwartet, noch einige Kilometer durch die Stadt kreuzen zu müssen.

Zwei Einsatzwagen der belgischen Polizei parkten in der Straße vor dem Haus.

Fischbach stellte seine Harley ab.

In dem hinteren Wagen saß niemand, vor dem vorderen stand ein Polizist und rauchte, dabei unterhielt er sich angeregt mit einer Kollegin, die Fischbach zu sich winkte.

»Ich bin Giulia Bonment«, sagte sie und schenkte ihm ein freundliches Begrüßungslächeln. Sie war um die dreißig, klein und kräftig gebaut, aber eher von sportlicher Statur als füllig, und trug die Haare kurz. Ihre Augen strahlten selbstbewusst, Lachfältchen bewiesen, dass sie aller Wahrscheinlichkeit nach den Schalk im Nacken hatte. »Giulia für meine Kollegen. Und du musst der Horst sein, richtig?« Ihr Deutsch war ausgezeichnet, unterlegt mit einem wallonischen Singsang.

»Hotte bitte«, sagte Fischbach.

Giulia Bonment nickte und stellte ihren Kollegen vor. Der brummte nur kurz, drückte seine Kippe mit der Schuhspitze aus und verzog sich in den Wagen.

»Was hat er denn?«, wollte Fischbach wissen.

»Mach dir nichts draus. Jean ist wegen euch ein wenig eingeschnappt. Er meint, es sei unser Ding, und ihr hättet hier nichts zu suchen.«

»So ganz unrecht hat er damit nicht. Kann ich schon verstehen.«

»Mag sein. Mein Chef meinte aber, es könne nicht schaden, auf euch zu warten. Er ist hinten und überwacht mit einem Kollegen die Rückseite des Hauses. Von dort haben sie den Mann im Blick. Der verhält sich weiterhin ruhig. Sitzt wie erstarrt im Wohnzimmersessel und glotzt die Wand an.«

»Also ist nichts vorgefallen in den letzten Stunden?«

»Nichts. Sonst hätten wir garantiert nicht abgewartet.«

Anschwellende Motorengeräusche kündigten weitere Fahrzeuge an. Kurz darauf tauchte Welschers Dienstwagen auf, gefolgt von einem Pkw. Letzterem entstieg eine große Frau um die vierzig, die Haare strohig, die Kleidung bunt. Ihre Bewegungen waren anmutig und fließend. Wie eine Tänzerin auf dem Parkett schwebte sie förmlich über die Straße und steuerte direkt auf das Haus zu.

Überrascht von der Aktion, stieß Giulia Bonment ein »Merde« aus und rannte los.

Fischbach tat es ihr nach, doch sie hatten keine Chance. Carola Levkus erreichte die Eingangstür, schloss auf, schlüpfte ins Haus und warf die Tür hinter sich zu.

Giulia Bonment und Fischbach blieben stehen.

»Merde«, wiederholte Giulia Bonment.

Welscher gesellte sich zu ihnen. »Das kann man wohl sagen.«

Giulia Bonments Kollege Jean stieg aus dem Wagen und winkte ihnen mit dem Funkgerät in der Hand zu. Er rief etwas auf Französisch.

Sie lächelte säuerlich. »Der Chef will mich sprechen. War ja klar, nach dem, was gerade passiert ist. Ich erklär ihm das kurz. Bin gleich zurück.« Sie ging zu ihrem Kollegen.

»Und jetzt?«, fragte Welscher.

»Klopfen?« Fischbach betrachtete den Löwenkopf, der, mittig an der Tür befestigt, dazu einlud. Im Maul hielt er einen schweren Eisenring.

»Oder besser abwarten?«

»Bin schon neugierig. Du nicht?«

»Doch, ja. Aber wir sind hier nicht zuständig. Höflich wäre es daher, wenn wir uns zurückhielten.«

Fischbach griff beherzt zu und hämmerte dreimal mit dem Ring am Löwenkopf auf das Holz ein.

Welscher schüttelte den Kopf. »Das ist das genaue Gegenteil von Abwarten, du Rüpel.«

»Was soll schon passieren? Der Levkus wird ja wohl kaum

seine Tochter erschießen, weil ihn mein Klopfen erschreckt hat.«

Giulia Bonment kam zurück. »Der Chef fand das gar nicht lustig.«

»Das Klopfen?«, fragte Welscher und stellte sich kurz vor. »Ich wollte Hotte davon abhalten, ehrlich. Aber der ist leider manchmal … impulsiv.«

»Ihr habt geklopft? Gute Idee. Das meinte ich aber nicht. Sondern dass wir die Frau haben reinrennen lassen. Hat denn schon jemand aufgemacht?«

Fischbach wies schweigend auf die verschlossene Tür.

»Dann schlage ich vor, wir klopfen noch mal.« Giulia Bonment grinste frech. »Dass drinnen jemand ist, wissen wir ja. Die können uns nicht ignorieren.«

Fischbach schnappte sich den Ring. Er lag schwer und kalt in seinen Fingern. Doch zu seiner Überraschung wurde er ihm aus der Hand gerissen, weil die Tür aufschwang.

Vor ihnen stand Carola Levkus, wie er annahm. Sie ließ ihren Blick über die drei Besucher schweifen. Er blieb an Fischbach hängen. »Sind Sie der Kommissar, der meinen Vater besucht hat? In Hillesheim?«

»Der bin ich.«

»Dachte ich es mir. Seine Beschreibung passt nur auf Sie.«

»Die da wäre? So rein aus Neugierde?«, fragte Fischbach.

Carola Levkus machte den Weg frei. »Er sagte: ›Hol mir den Elefanten im Lederkostüm.‹ Kommen Sie bitte durch.«

Welscher und Giulia Bonment machten Anstalten, Fischbach ins Haus zu folgen, doch Carola Levkus stoppte sie. »Sie nicht! Mein Vater will nur mit ihm sprechen.« Sie wies mit dem Kopf auf Fischbach. »Nur er oder keiner, hat er gesagt.«

Fischbach bedeutete Welscher und Giulia Bonment mit einem Kopfnicken, dass das für ihn in Ordnung ging. Auch wenn er keine Pistole bei sich trug und Bert Levkus bewaffnet war, glaubte er nicht, sich einer Gefahr auszusetzen. Oder hoffte es zumindest. Er sah der belgischen Kollegin an, dass sie mit sich rang. Sicher würde sich ihr Chef erneut wenig begeistert zeigen, was garantiert den nächsten Rüffel mit sich brachte.

»Ach, eins noch, das hätte ich fast vergessen«, sagte Carola Levkus und zog etwas hinten aus ihrem Hosenbund hervor. »Die soll ich Ihnen geben.« Sie drückte Giulia Bonment die Nagant in die Hand.

Ein wenig ungläubig blickte die Polizistin auf die Waffe. »Wenn das so ist, denke ich, geht das in Ordnung, Hotte.«

»Na gut, red mit ihm.« Welscher deutete mit dem Daumen über die Schulter. »Ich werde dann schon mal den Wagen holen, Stephan.«

»Häh?«, entfuhr es Fischbach. »Ich heiße doch …«

»Derrick, Hotte, Derrick«, sagte Welscher leicht genervt. »Das ist doch ein bekannter Spruch, für mich gleichbedeutend damit, das fünfte Rad am Wagen zu sein.«

»Sind die Herren endlich fertig?«, fragte Carola Levkus. »Wenn ja, dann mal rein in die gute Stube.« Sie ließ Fischbach vorbei und schloss die Haustür hinter ihm.

Im Wohnzimmer stand die Luft. Fischbach atmete flach, um den Schweißgeruch, den Bert Levkus aus jeder Pore verströmte, nicht allzu sehr wahrzunehmen. Am liebsten wäre er zur Terrassentür geeilt und hätte sie weit aufgerissen.

»Setzen Sie sich doch«, sagte Carola Levkus.

Fischbach entschied sich für einen rollbaren Hocker, der neben einem Sekretär stand. Damit rückte er näher zu Bert Levkus, der wie unbeteiligt stumm im Sessel saß.

Carola Levkus ging vor ihrem Vater in die Hocke und legte ihre Hände auf seine Oberschenkel. »Papa, red mit uns. Sag uns endlich, was los ist. Du machst mir Angst.« Ihre Stimme klang warm und angenehm, melodisch fast. »Ist es wegen Rainer? Das kann ich verstehen. Es ist so traurig.«

Fischbach wartete geduldig. In der Zeit ließ er den Raum auf sich wirken. Zweckmäßige gebeizte Holzmöbel, sicherlich nachhaltig gefertigt. Sah man von der Deckenlampe ab, konnte er kein technisches Gerät entdecken. Selbst der im Wohnzimmer übliche Fernseher fehlte. Die erdfarbene Tapete harmonierte mit dem braunen Laminat, Vorhänge gab es nicht. Die Sitzgarnitur schien aus den fünfziger Jahren zu stammen, wulstige Polster, über die sich samtener Stoff spannte. Am Zustand des Materials erkannte Fischbach, dass die Möbel mit Liebe gepflegt wurden. Sicherlich hatte hier mehr als einmal ein Polsterer Hand angelegt. Die gesamte Einrichtung schien Nachhaltigkeit zu atmen.

Als ihr Vater nicht reagierte, stand Carola Levkus auf und wandte sich Fischbach zu. Sie wirkte müde und abgespannt. Kein Wunder nach der überstürzten, sicherlich anstrengenden Heimreise und der Ungewissheit, was sie hier wohl erwartete. »Versuchen Sie Ihr Glück. Ich werde uns einen Kräutertee aufbrühen.«

»Für mich bitte einen Kaffee«, sagte Fischbach. »Stark, wenn möglich.«

»Ich muss sehen, ob ich noch welchen dahabe«, entgegnete sie und ging hinaus. Kurz darauf hörte Fischbach Geschirr klappern. Er rollte mit dem Hocker noch näher zu Bert Levkus. Der alte Mann saß zusammengekrümmt im Sessel. Er wirkte verwahrlost. Dunkle Ringe unter den Augen, abgekaute Fingernägel, fettige Haare, Flecken auf der Kleidung. Wo war nur der rüstige Rentner geblieben, den Fischbach vor wenigen Tagen in Hillesheim besucht hatte?

»Sie wollten mich sprechen, Herr Levkus«, begann Fischbach. »Hier bin ich.«

Der Alte hob kurz das Kinn an, streifte ihn mit seinem Blick, sagte jedoch nichts.

Fischbach sah über die Schulter, um sich zu vergewissern, dass Carola Levkus noch nicht wieder aufgetaucht war, beugte sich vor und flüsterte: »Ihr Sohn. Waren Sie das?« Er vermutete, dass Bert Levkus vor seiner Tochter kein Geständnis ablegen würde. Daher bot er ihm eine Chance, sein Gewissen in ihrer Abwesenheit zu erleichtern. »Die Pistole haben Sie hinterher mitgenommen, nicht wahr? Die Munition auch, oder?« Er wartete einen Moment, doch der Alte schwieg beharrlich. »Wir können es kurz machen, Herr Levkus. Hier und jetzt reicht ein Ja von Ihnen aus. Den Rest, die ganze Geschichte, können Sie mir später erzählen.«

Fischbach lehnte sich zurück und verschränkte die Arme vor der Brust. Er wollte Bert Levkus nicht zu sehr bedrängen, weil er Sorge hatte, dass der dann endgültig zumachte. Besser war es, ihm einfache Wege aufzuzeigen, die er ohne Mühe beschreiten konnte. Also sprach Fischbach weiter. Vielleicht sprang Bert Levkus auf irgendeins seiner Stichworte an.

»Wir hatten Frank Halbach festgenommen. Sie kennen ihn bestimmt. Er ist der Bruder von Natalie Halbach.«

»Natalie«, murmelte der Alte und schauderte.

Ungewöhnliche Reaktion, dachte Fischbach.

Bert Levkus sah auf. Jetzt lag echtes Interesse in seinem Blick. »Haben Sie Frank wieder freigelassen?«

»Ja.«

Der Alte nickte. »Gut.«

»Wir haben aber weiterhin ein Auge auf ihn. Es laufen noch Ermittlungen. Je nachdem, wie diese …«

In Bert Levkus kam Bewegung. Behände rutschte er auf dem Sessel vor, packte Fischbach an den Armen und riss ihn zu sich.

Der säuerliche Geruch nach Schweiß stieg Fischbach in die Nase.

»Er hat nichts damit zu tun«, sagte Bert Levkus eindringlich. »Mit dem von letzter Woche nicht und mit damals auch nicht. Er ist unschuldig. Ich will nicht, dass … nein, kein Unschuldiger soll büßen müssen für das, was … das wollte ich nie.« Er ließ Fischbach los und rutschte wieder nach hinten. Jetzt saß er so apathisch da wie zuvor. Nichts deutete mehr auf den vor wenigen Sekunden erlebten Ausbruch hin.

Fischbach hätte sich am liebsten die Arme gewaschen. Bert Levkus benötigte wirklich dringend Körperpflege. Er überwand seine Abscheu. »Frank Halbach hat uns gegenüber stets seine Unschuld beteuert. Doch er hatte erfahren, dass Daniel Resche wegen Rainers Alibi gelogen hat, und als er Ihren Sohn damit konfrontierte, dass Natalie von Rainer überfahren wurde, hat

Rainer ihm sogar den in der Scheune versteckten Unfallwagen gezeigt. Sie wussten von dem Wagen, oder?«

Der Alte zuckte unbestimmt mit den Schultern.

»Wir werden die Wahrheit schon noch erfahren«, sagte Fischbach. »Nachdem er sie überfuhr, hat Rainer Natalie wohl irgendwo vergraben und so alles vertuscht. Daher können wir bei Frank Halbach Rache für das, was damals passiert ist, als Motiv nicht ausschließen.«

»Rainer hat sie nicht vergraben.« Bert Levkus lachte schnaubend. »Der war doch noch ein halbes Kind, gar nicht in der Lage dazu, solch perfide Dinge selbst umzusetzen.«

»Er hat es aber gegenüber Frank Halbach gestanden.«

»Dass er Natalie begraben hat? Glaube ich nicht.«

Fischbach kramte in seiner Erinnerung und stellte fest, dass tatsächlich keine Rede davon gewesen war, dass Rainer Levkus die Leiche vergraben hatte. Halbach war stets selbst davon ausgegangen. War das vielleicht der Punkt, den Rainer Levkus noch hatte klären wollen? Wo die Leiche abgeblieben war?

Bert Levkus setzte sich abrupt auf und fuhr mit den Händen durch die Luft. »Also gut, es hat eh keinen Zweck mehr. Reden wir.« Es schien, als wäre ihm neues Leben eingehaucht worden. Entschlossen blickte er Fischbach an. »Ich möchte nicht, dass meiner Tochter am Ende noch irgendetwas angehängt wird. Sie muss ihre Kräfte … also sie … sie hat damit nichts zu tun, das schwöre ich bei allem, was mir heilig ist.«

Fischbach machte eine auffordernde Handbewegung. »Schwören müssen Sie nichts. Aber reden, ja, das wäre toll. Also? Ich höre.«

»Ich war Zeuge, als mein Sohn das Mädchen überfuhr. Es geschah so plötzlich, ich konnte nichts dagegen tun. Auf einmal hörte ich den Motor aufjaulen und sah, wie der Wagen auf sie zuraste. Dann das Geräusch des Aufpralls … Ich werde wohl nie vergessen, wie sich das anhörte. Ich ließ alles stehen und liegen und rannte los. Doch als ich die Stelle erreichte, rührte sie sich schon nicht mehr.«

Bert Levkus packte seinen Sohn an den Schultern und schüttelte ihn, verstört und wütend zugleich.

Natalie lag zu ihren Füßen, in ihren Haaren klebte Blut, die Augen starrten leblos zum Himmel. Die Feindseligkeit, die er selbst aus der Ferne erkannt hatte, war von ihr gewichen. Jetzt wirkte sie wieder so friedlich und lieblich wie eh und je.

Er ließ Rainer los und kniete sich neben die Leiche. Obwohl er wusste, dass es zwecklos war, legte er die Finger auf ihre Halsschlagader. Er spürte … nichts. Kein unruhiges, schwaches Pochen, keine Regung, einfach nichts.

Es war wahr!

Er hatte es getan.

Sein Sohn hatte einen Menschen überfahren. Mit Absicht.

Daran zweifelte Bert keine Sekunde.

Er erhob sich schwerfällig. Eine tonnenschwere Last schien auf seinen Schultern zu liegen. Er wandte sich Rainer zu, der vollkommen entrückt auf Natalie hinabsah.

»Warum hast du das getan?«, brüllte er lauthals, zum einen, um seine Panik zu mildern, zum anderen, um Rainer aus der Starre herauszureißen.

Sein Sohn blinzelte einige Male, dann runzelte er die Stirn und sah ihn mit einem fragenden Gesichtsausdruck an. »Was?«

»Warum?«, wiederholte Bert und schüttelte dabei seinen Sohn erneut durch.

»Sie war … gemein zu mir«, nuschelte Rainer.

»Wie? Gemein?«

»Fies!«

Bert ließ ihn los, taumelte zurück. »Fies? Und deswegen überfährst du sie? Bist du verrückt? Du führst dich auf wie ein kleines Kind. Du willst mir doch nicht wirklich erzählen, dass du sie deswegen …« Fassungslos brach er ab, schlug sich die Hand vor den Mund. »Verdammte Scheiße«, flüsterte er heiser. »Du Idiot! Wie kann man sein Leben nur so wegwerfen.«

»Aber ich liebe sie doch«, erklärte Rainer verzweifelt.

»Du redest so einen Dünnschiss. Warum überfährst du sie dann? Erklär mir das, ich versteh's nicht.«

Rainers Reaktion kam verzögert. »Wie … ach so, nein, ich meinte nicht Natalie.«

»Wen dann, verflucht?«

»Ich konnte doch nicht zulassen, dass die da alles rumerzählt«, antwortete Rainer mit weinerlicher Stimme. Er zeigte anklagend auf den toten Körper. »Das verstehst du doch, oder? Du hättest das auch getan. Carola zuliebe.«

»Carola?« Bert Levkus glaubte, nicht richtig gehört zu haben. »Du und …« Er schluckte hart, als ihm bewusst wurde, was Rainer gerade angedeutet hatte. Zornig blickte er ihn an, baute sich vor ihm auf. »Du willst mir doch nicht wirklich sagen … du Schweinehund, verdammter!« Er musste sich beherrschen, den Jungen nicht an Ort und Stelle zu verprügeln.

»Was willst du von mir? Ich bin dein Sohn«, winselte Rainer. »Und es gehören immer zwei dazu. Wenn du mich verurteilst, dann musst du auch …«

»Sohn?«, höhnte Bert. »Auf einmal willst du wieder mein Sohn sein?«

»Ich bin da auch nicht froh drüber. Ich hätte selbst lieber …«

»Halt die Fresse!«, zischte Bert. »Ich muss überlegen.«

Zu seinem Erstaunen tat Rainer ihm den Gefallen.

Also, was nun? Das Ganze als Unfall deklarieren? Eine Möglichkeit, ja, aber würde die Polizei dem Glauben schenken? Am helllichten Tag auf einer gut einsehbaren Zufahrtsstraße ließ sich schwerlich versehentlich eine Passantin überfahren.

Er schaute zum Auto hinüber. Es stand einige Meter entfernt. Bremsspuren gab es keine. Natürlich nicht.

Um das als Unfall auszulegen, musste man schon sehr gutgläubig sein. Wahrscheinlicher war, dass die Staatsanwaltschaft Ermittlungen einleitete. Sollte dann jemand Rainer in die Mangel nehmen, würde der über kurz oder lang alles gestehen. Spätestens ab diesem Zeitpunkt wäre der Anklagepunkt nicht Totschlag, sondern Mord.

Mord!

Rainers Leben wäre verwirkt. Die besten Jahre im Gefängnis, Demütigungen und Willkür ausgesetzt. Bert kannte das aus eigener Erfahrung nur zu gut. Und war die Strafe abgesessen, würde er ewig mit dem Makel weiterleben müssen, ein Mörder zu sein. Außerdem war da ja noch der Rest der Familie. Bert wollte nicht, dass seine Frau davon erfuhr. Nur gut, dass sie an diesem Wochenende ihre Mutter besuchte. Und Carola? Sie musste er ebenfalls beschützen. Die Leute würden hinter ihrem Rücken tuscheln und mit dem Finger auf sie zeigen, sollte das ganze Ausmaß der Tragödie ans Tageslicht kommen.

Nein, das alles wollte er nicht zulassen!

Er traf eine Entscheidung. Er zog Rainer nahe an sich heran, ihre Nasen berührten sich fast. »Pass jetzt schön auf, denn wenn nicht, fährst du ein, und zwar lebenslänglich, … du … du … Mörder!«

Dass er das Wort aussprach, traf seinen Sohn sichtlich. Entsetzt weiteten sich Rainers Augen. Panisch flog sein Blick zwischen Bert, der tot am Boden liegenden Natalie und dem zerbeulten Blech des Corsas hin und her. »Oh Gott!«, hauchte er.

»Der wird dir nicht helfen«, zischte Bert. Er stieß Rainer von sich weg und ging zielstrebig zum Wagen, riss die Nummernschilder aus den Halterungen. Die Bleche drückte er seinem Sohn in die Hände. »Du haust jetzt ab. Du fährst zu deinem Kumpel, von dem du das Auto hast, und lässt dich den Rest des Wochenendes nicht mehr hier blicken, verstanden?«

»Zu Daniel? Was soll ich da?«

»Du hast die Karre geschrottet, und zwar gestern schon, sag ihm das. Er muss dir ein Alibi geben. Erzähl ihm irgendwas Unverfängliches, lass dir was einfallen. Mit den Nummernschildern kann er den Wagen abmelden. Vergiss nicht, vorher das Blut abzuwischen. Versprich ihm einen neuen Wagen, einen besseren, schöneren. Von mir aus einen, den er sich wünscht. Ich werde das Geld dafür auftreiben.« Bert machte eine ausholende Handbewegung. »Um die Scheiße hier kümmere ich mich auch.« Noch einmal packte er Rainer am Kragen. »Das hier ist nie passiert, verstanden? Lösch diesen Tag aus deinem Gedächtnis. Tabula rasa, klar? Ich lasse nicht zu, dass deine Mutter damit leben muss. Und mit … der anderen Schande.

Niemand von uns geht mehr in den Knast! Du nicht, ich nicht, niemand! Kapiert?«

»Aber wenn die Polizei auftaucht? Sie werden Natalie suchen.«

»Das werden sie, keine Frage. Doch sie haben nichts gegen uns in der Hand. Und finden werden sie hier auch nichts, dafür sorge ich. Du musst nur das mit deinem Kumpel klarmachen.«

»Und wenn der nicht mitspielt?«

Bert ließ ihn los und sah ihn mit hartem Blick an. »Dann hast du ein Problem. Dann haben wir alle ein Problem. Also klär das.«

Rainer nickte langsam.

»Wenn du auf mich hörst, wirst du davonkommen«, sagte Bert. »Eine Bedingung habe ich jedoch.«

»Ja?«

»Du lässt ab sofort die Finger von ihr!«

Rainer schnappte nach Luft. »Nein! Niemals!«, schrie er mit sich überschlagender Stimme.

»Dann kannst du mich mal, dann gehst du in den Bau. Am Ende läuft es auf das Gleiche hinaus. Denk drüber nach.«

Rainer sah zu Boden. Resigniert ließ er nach einigen Sekunden die Schultern fallen und murmelte: »Okay.«

»Das reicht mir nicht. Du musst es versprechen.«

»Scheiße, ja, du hast mein Wort darauf!«

Ein Getöse hinter Fischbach ließ beide Männer zusammenschrecken.

Bert Levkus stoppte mit der Erzählung und rappelte sich überraschend behände aus dem Sessel hoch, um zu seiner Tochter zu eilen, die kalkweiß im Türrahmen des Wohnzimmers stand. Sie schwankte bedenklich, schien kurz vor einem Zusammenbruch zu stehen. Zu ihren Füßen lag zerborstenes Porzellan, der Boden glänzte nass vom vergossenen Tee und Kaffee. Ihr Vater nahm ihr das leere Tablett aus der Hand, umfasste stützend ihre Hüfte und führte sie zum Sofa. Mit einem Stöhnen ließ Carola Levkus sich ins Polster sinken.

»Alles in Ordnung?«, fragte Bert Levkus hörbar besorgt, setzte sich neben sie und hielt ihre Hand.

»Ja … ja, nur …« Sie brach ab und weinte.

»Verstehe«, murmelte Bert Levkus und senkte den Kopf. »Wie viel hast du mitbekommen?«

»Ich … ich stand schon eine Weile … dort«, antwortete sie mit stockender Stimme. »Ist es wahr?«

Fischbachs Handy summte. Er zog es hervor und meldete sich. Es war Welscher. »Bei euch alles in Ordnung?«

»Wieso fragst du?«

»Giulias Chef meinte, es gebe wohl ein Problem bei euch. Er spannt immer noch hinterm Haus.«

Fischbach sah zu Carola Levkus. Die Farbe war in ihr Gesicht zurückgekehrt. Trotzdem wirkten ihre Bewegungen fahrig. Es schien jedoch kein akuter Handlungsbedarf zu bestehen. »Ich habe alles im Griff. Kann aber nicht schaden, wenn gleich ein Arzt zur Verfügung steht. Sicher ist sicher.«

»Gleich? Geht es auch genauer? Die hier draußen werden langsam ungeduldig.«

Was sollte Fischbach darauf erwidern? Dass seitens Bert Levkus noch nicht alles gesagt war, war klar. Rissen sie den Alten jetzt aus dieser geschützten Umgebung heraus, könnte er wieder ins Schweigen verfallen. Das Risiko wollte Fischbach nicht eingehen. »Ein paar Minuten noch.« Er legte auf, ohne Welschers Antwort abzuwarten. Auf Jan war Verlass, er würde das schon regeln.

»Probleme?«, fragte Bert Levkus.

»Drücken wir es so aus: Ich wildere als deutscher Polizist in fremden Zuständigkeiten. Nur dem Entgegenkommen einer mir freundlich gesinnten belgischen Kollegin verdanke ich es, dass wir hier ungestört sprechen können.«

Bert Levkus nickte. »Verstehe. Dann sollten wir wohl keine Zeit mehr verlieren.« Er fasste die Hand seiner Tochter fester. »Carola … es ist … ja, es ist wahr. Rainer hat Natalie überfahren, und ich habe ihm geholfen, es zu vertuschen.«

Carola Levkus schluchzte auf. »Deswegen wart ihr damals auf einmal alle so seltsam? Das war der Grund?«

Fischbach rollte mit dem Hocker näher ans Sofa. »Sie wussten nichts davon? Schwer zu glauben.«

Carola Levkus wollte antworten, doch ihr Vater kam ihr zuvor. »Es war aber so. Carola hatte sich ins Haus zurückgeschlichen, nachdem Natalie auf dem Hochsitz aufgetaucht war, und von alldem nichts mitbekommen. Bei der Beseitigung der … äh … Spuren ist sie auch nicht aufgetaucht. Und meine Frau war unterwegs. So blieb es ein Geheimnis zwischen mir und Rainer.«

Unschlüssig kratzte sich Fischbach das Kinn. Konnte das stimmen? Oder versuchte Bert Levkus nur, seine Tochter aus der Schusslinie zu bekommen? »Können Sie das bestätigen, Frau Levkus, sagt Ihr Vater die Wahrheit?«

»Ja. An dem Tag, ich weiß es noch genau, weil danach alles so anders war zu Hause, bin ich vom Hochstand durch den Wald zur Rückseite des Hofes und habe den Hintereingang genommen. Dann habe ich mich den ganzen Tag nicht mehr sehen lassen. Ich habe mich im Bett verkrochen, hatte fürchterliche Angst, Natalie würde alles ausplaudern.«

»Und später? Als die Polizei nach Natalie gefragt hat?«, fragte Fischbach. »Ist Ihnen das nicht seltsam vorgekommen?«

»Doch, schon. Aber … ich … ich … wollte nicht … dachte nicht …« Sie schluchzte wieder auf und vergrub ihr Gesicht in den Händen. »Papa hat mir gesagt, ich solle jedem erzählen, der fragt, Rainer sei an dem Wochenende gar nicht da gewesen. Und Natalie auch nicht. Es wäre besser so.«

Fischbach konnte es kaum fassen. »Und das haben Sie dann einfach so getan?«

»Ich habe meinen Bruder doch geliebt«, rief sie. »Und ich dachte nicht … so etwas erwartet doch niemand. Ansonsten hätte ich vielleicht … aber ich war noch zu jung, zu naiv, um …« Sie brach ab, sah ihren Vater an. »Hat Rainer sich deswegen verpflichtet? Deswegen all die Auslandseinsätze? Um Abstand zu gewinnen?«

»Ja.« Bert Levkus nickte schwach. »Er wollte fort, fort vom Hof, weit weg von dem, was dort passiert war. Auch, um nicht mehr in deiner Nähe sein zu müssen. Falls es dich tröstet: Nicht, weil er dich nicht mehr liebte. Er wollte einfach nicht in Versuchung geraten.«

»Aber der Opel«, wandte Fischbach ein. »Ich kann nicht glauben, dass danach niemals wieder jemand aus Ihrer Familie den Wagen zu Gesicht bekommen hat.«

Bert Levkus zuckte mit den Schultern. »Es war aber so. Eine Weile stand er in einem Schuppen am Waldrand. Dorthin ist außer mir nie jemand gegangen. Später dann, als der Schuppen baufällig wurde, habe ich ihn in einer Nacht-und-Nebel-Aktion in die Scheune gestellt. Etwa zur selben Zeit habe ich den Betrieb des Hofes eingestellt und praktischerweise meine Gerätschaft drum herum aufgebaut.«

Fischbach zweifelte nicht daran, dass der Alte ihm die Wahrheit sagte. Er wirkte offen und ehrlich, schien sogar froh zu sein, sich alles von der Seele reden zu können. Eins interessierte ihn aber noch, eine Frage, mit der er gleichzeitig den Wahrheitsgehalt der Aussage testen konnte. »Warum haben Sie dabei einen Weg zum Unfallfahrzeug frei gelassen?«

»Wegen Rainer. Als ich ihm den Hof übergab, habe ich ihn zum Wagen geführt.« Bert Levkus schaute traurig auf. »Sie müssen wissen, mein Sohn und ich ... er hat es mir übel genommen, dass ich im Gefängnis saß. Wir hatten danach kein gutes Verhältnis mehr. Obwohl ich mir Mühe gegeben habe ...« Er brach ab und schüttelte den Kopf. »Ach, es spielt jetzt keine Rolle mehr. Ich wollte ihm mit dem Wagen vor Augen führen, was ich für ihn getan habe. Was ich auf mich genommen habe, um ihn zu schützen.«

»Wie hat Ihr Sohn reagiert?«

»Er hat sich zurückgezogen und hat das Haus und den Hof verkommen lassen.«

Schuldgefühle, dachte Fischbach. Der Unfallwagen war für Rainer Levkus das, was das verräterische Herz für den Ich-Erzähler in Edgar Allans Poes gleichnamiger Kurzgeschichte war, die Fischbach als Jugendlicher in der Schule lesen musste. Sein vermeintliches Klopfen trieb den Täter in den Wahnsinn, und er gestand den Mord an dem Alten, den er zerteilt und unter den Dielen versteckt hatte. Wenn sich doch nur alle Täter von solchen Schuldgefühlen getrieben zu einem Geständnis bewegen ließen. Das würde seinen Job um einiges einfacher machen. »Und die Leiche? Natalie? Was ist mit ihr?«

»Die habe ich vergraben«, antwortete Bert Levkus, ohne zu zögern. »Im Hühnerstall. Und darüber den Betonboden gegossen.«

Fischbach musterte ihn skeptisch. »Warum auf einmal diese Offenheit?«, fragte er. »Das alles hätten Sie mir doch schon bei unserem ersten Aufeinandertreffen beichten können. Und warum die Pistole? Was hatten Sie damit vor?«

Bert Levkus ließ die Hand seiner Tochter los. »Ach ja, die Pistole. Ganz einfach: Ich wollte mich damit erschießen.«

»Papa!«, entfuhr es Carola Levkus. Ungläubig riss sie die Augen auf.

»Lass gut sein, Kind. Ich bin ja noch hier, oder? Mir ist, während ich hier saß, etwas klar geworden: Wenn ich mir eine Kugel durch den Kopf jage, wird die Wahrheit nie ans Licht kommen. Schlimmer noch: Womöglich werden sie dir oder anderen Unschuldigen etwas anhängen.« Er nahm Fischbach fest in den Blick. »*Das* ist der Grund, warum ich erst jetzt rede.«

»Sie haben richtig entschieden.« Sehr wahrscheinlich musste sich Carola Levkus trotzdem wegen Strafvereitelung verantworten. Doch zumindest bliebe ihr aufgrund der Aussage ihres Vaters ein Verfahren wegen Totschlages oder Mordes erspart.

Fürsorglich legte Bert Levkus den Arm um seine Tochter. »Rainer konnte mit dem Geheimnis nicht mehr leben. Er hatte mich schon länger bedrängt, wollte wissen, wo Natalie begraben ist, um reinen Tisch zu machen. Ich wusste nicht, was ich davon halten sollte, und hielt ihn hin.« Abrupt stand Bert Levkus auf. In seinem Gesicht spiegelte sich Entschlossenheit. »Herr Kommissar, ich habe meine Tochter an dem Tag nach Amsterdam gefahren. Dann war ich bei meinem Sohn und bin später wieder nach Amsterdam, um dort im Hotel zu übernachten. Ich war der Meinung, es wäre ein gutes Alibi.«

Deswegen hat er mir die Hotelrechnung zusammen mit den Abflugdaten seiner Tochter förmlich aufgedrängt, dachte Fischbach. »Verstehe ich das richtig? Ihr Sohn wollte ein Geständnis ablegen. Sie waren strikt dagegen. Weil sie keinen anderen Ausweg sahen, haben Sie ihn getötet. War es so? Wollen Sie mir das damit sagen?«

Carola Levkus sprang auf. Entsetzt sah sie ihren Vater an. »Papa! Stimmt das?«

Vehement schüttelte der Alte den Kopf. »Das Bewahren des Geheimnisses spielte zu dem Zeitpunkt überhaupt keine Rolle mehr, das schwöre ich. Ich wäre bereit gewesen, Rainer zu unterstützen.« Er streckte die Arme nach ihr aus, doch sie wich zurück, und er ließ sie wieder fallen. Kraftlos baumelten sie an seiner Seite. »Ja, ja, geh auf Distanz. Du stehst einem Monster gegenüber. Es ist besser so. Es ist besser für dich und …« Er brach ab, wandte sich Fischbach zu und streckte ihm die Hände entgegen. »Nehmen Sie mich fest. Es stimmt, ich habe Rainer umgebracht, habe ihn mit dem Beil ermordet und dann meine Sachen verbrannt, um Spuren zu beseitigen. Auf dem Hof hingen ja noch genug andere von mir herum. Ich habe die Pistole und die Munition genommen und bin weggefahren.«

Fischbach ging das jetzt alles ein wenig zu schnell. »Und das Motiv?«, zweifelte er. »Sie sagten doch gerade, dass Rainers Vorhaben für Sie in Ordnung ging. Wie passt das zusammen?«

»Nicht nur Rainer hat damals mir etwas versprochen«, sagte der Alte, »sondern ebenso ich ihm.« Seine Augen formten sich zu wütenden Schlitzen. »Sollte er Carola jemals wieder zu nah kommen, würde ich ihn eigenhändig umbringen.« Er ballte die Fäuste.

Carola Levkus wich zwei Schritte zurück, stieß gegen den Tisch und blieb zitternd stehen.

»Was heißt denn ›zu nah‹?«, fragte Fischbach. »Einen Besuch unter Geschwistern werden Sie damit wohl nicht gemeint haben.«

Bert Levkus sah seine Tochter eindringlich an. »Sag du es ihm.«

»Wa…as?«, stotterte sie.

»Sag es ihm«, schrie er unvermittelt. »Das, was du mir auf der Fahrt nach Amsterdam erzählt hast. Der Grund, warum Rainer gerade jetzt auf die Idee kam, alle Karten offen auf den Tisch legen zu wollen.«

In Carola Levkus' Miene begann es zu arbeiten, Verstehen zeichnete sich ab. »Deswegen hast du Rainer …« Sie brach ab, federte vom Tisch weg und baute sich wutbebend vor ihrem Vater auf. »Deswegen?«, schrie sie jetzt selbst und legte die Hand auf ihren Bauch. »Deswegen?«

Bei Fischbach fiel augenblicklich der Groschen. »Sie sind schwanger, Frau Levkus? Von Ihrem Bruder?«

Als sie ihn ansah, schien ihr Körper jede Anspannung zu verlieren. Die Hände vor das Gesicht geschlagen, weinte sie wieder und nickte stumm.

37

Der Morgen zeigte sich klar und versprach, in einen weiteren sonnigen Tag überzugehen.

Welscher gähnte und blickte zu Fischbach hinüber, der an den Stamm eines Baums gelehnt im Schatten stand und dem Treiben um sich herum aus rot geränderten Augen zuschaute. Manchmal schienen ihm die Lider zuzufallen, und Welscher fürchtete dann, der Kollege würde im nächsten Augenblick vor Müdigkeit umfallen.

Sie hatten die Nacht durchgearbeitet. Mit Bert Levkus im Fond von Welschers Dienstwagen waren sie nach Euskirchen zurückgekehrt. Die belgische Polizei hatte sich kooperativ gezeigt und nicht auf Zuständigkeiten gepocht. Was sicher auch dem Umstand geschuldet war, dass in Belgien nichts gegen Levkus vorlag, was ein Eingreifen der dortigen Behörden erfordert hätte. Abgesehen vielleicht von dem unerlaubten Waffenbesitz, was aber eher Peanuts waren.

In der Dienststelle angekommen, hatten sie umgehend Bert Levkus' Geständnis protokolliert und die Staatsanwältin Doris Schmitz-Ellinger informiert. Inzwischen saß der alte Mann in Untersuchungshaft.

Carola Levkus war in Obhut eines herbeigerufenen Seelsorgers in Dinant geblieben. Die Staatsanwaltschaft würde später entscheiden müssen, ob gegen sie Anklage wegen Falschaussage erhoben werden sollte.

Maila Aalto und ihr Team waren im Morgengrauen an den Tatort zurückgekehrt und hatten mit einem Bohrhammer den Boden des Hühnerstalls aufgestemmt. Zuvor mussten sie das Dach und die Bretterwände entfernen, um besser Zugang zu bekommen. Nun gruben sie sich mit Spaten und Schaufel durch den Beton, genau in der Mitte des Estrichs, wo Bert Levkus Natalie vergraben haben wollte. Ihre ehemals weißen Schutzanzüge waren grau vom Staub.

Etwas abseits auf einem Baumstumpf saß Frank Halbach. Welscher hatte ihn benachrichtigt. Er fand, dass es nach all den Jahren nur recht und billig war, wenn Halbach als einer der Ersten endlich Gewissheit über den Verbleib seiner Schwester erhielt. Maila Aalto hatte Welscher zudem darüber informiert, dass sie Schmauchspuren an Frank Halbachs Kleidung gefunden hatten. Damit war davon auszugehen, dass die Geschichte, die er ihnen erzählt hatte, stimmte.

Welscher schlenderte zu Fischbach hinüber. »Hoffentlich hat sich der Alte keinen Spaß mit uns erlaubt.«

Fischbach kniff die Augen zusammen, riss sie dann wieder auf. »Was?«

Welscher grinste. »Tagträume?«

»Nur ein wenig müde.«

Das konnte Welscher verstehen. Immerhin hatte der Kollege die letzten beiden Nächte kaum geschlafen. »Fahr doch nach Hause. Du musst nicht hier sein.«

Fischbach schüttelte den Kopf und machte einige Kniebeugen. »Dazu bin ich zu neugierig«, keuchte er. »Hoffentlich hat sich Levkus keinen Spaß mit uns erlaubt.«

»Das sagte ich gerade.«

»Was? Wann?« Fischbach stoppte die sportliche Aktivität und schaute verwirrt drein.

»Egal«, sagte Welscher und winkte ab. »Wir werden es in Kürze erfahren.«

Ein Mitarbeiter der Spurensicherung stand bereits bis zur Hüfte in dem Loch. Jetzt konnte es nicht mehr lange dauern.

»Schon ein seltsamer Fall, oder?«, stellte Fischbach fest.

»Was meinst du?«

»Nun, er war für uns beide so … hm … anders.«

»Anders?« Welscher verstand nicht. War der Kollege derart übermüdet, dass er wirres Zeug redete?

»Denk mal an die letzten Fälle, die wir beide zusammen gelöst haben. Am Ende gab es stets etwas … na ja … Spektakuläres. Oder?«

Welscher erinnerte sich. »Hm, eine Verfolgungsfahrt, ein wilder Pferderitt über Stock und Stein … Du bist angeschossen und einmal sogar eingefroren worden. Meinst du das?«

Fischbach nickte. »Und vergiss nicht die Aktion an der Urfter Staumauer, bei der meine Mutter und ich fast vom Wasser am Überlauf davongeschwemmt worden wären.«

Jetzt wusste Welscher, worauf Fischbach hinauswollte. »Davon gab es diesmal nichts.«

»Genau.«

»Stimmt. Fast langweilig.« Welscher schmunzelte. »Ein Fall, wie Derrick ihn gelöst hätte. Ruhig und beschaulich.«

»Du mit deinem Derrick.«

Der Mann in der Grube richtete sich kerzengerade auf und rief. »Hier! Ich hab was.«

Maila Aalto beorderte ihn heraus und sprang selbst mit einem Klappspaten bewaffnet hinein.

»Na dann mal los«, sagte Welscher. »Gleich wissen wir wohl mehr.«

Auch Frank Halbach hatte seinen Platz aufgegeben und stellte sich wie sie an den Rand der Grube.

Maila Aalto schaufelte vorsichtig weiter Dreck aus der Vertiefung. »Knochen«, sagte sie und wischte sich mit dem Ärmel Schweiß von der Stirn. »Moment … nicht nur. Hier ist …« Sie brach ab, ließ sich einen Pinsel reichen, säuberte die Stelle. »Sieht aus wie Schmuck. Könnte ein … ja, es ist ein Ohrring.« Sie nahm ihn mit spitzen Fingern auf, wischte darüber und zeigte ihn Welscher und Fischbach. »Gold, würde ich meinen. Der Buchstabe N.«

Frank Halbach trat mit Tränen in den Augen vor. »Natalie«, murmelte er. »Er ist von ihr. Ein Geschenk meiner Eltern zu Weihnachten.«

»Sind Sie absolut sicher?«, fragte Welscher.

Er nickte. »Es muss noch einer da sein. Ein H.«

Maila Aalto gab den Ohrring an einen Kollegen weiter, der das Schmuckstück in einer durchsichtigen Tüte verstaute. »Den werden wir finden«, verkündete sie und machte sich wieder an die Arbeit.

Schweigend standen sie um das Grab von Natalie Halbach.

Frank Halbach weinte stumm.

Fischbach faltete die Hände zu einem Gebet. Und Welscher, der eigentlich nicht gläubig war, tat es ihm gleich.

Epilog

Maila Aalto schob Welscher das Smartphone zu, das er vor sich auf dem Küchentisch abgelegt hatte. »Bring es hinter dich«, forderte sie.

»Lars wird enttäuscht sein«, sagte Welscher.

»Sicher. Aber du musst es ihm sagen. Das ist nur anständig.« Sie stand auf. »Ich gehe in mein Zimmer, damit du in Ruhe telefonieren kannst.« Sie umarmte ihn. »Sei tapfer. Du schaffst das.«

Maila verließ die Küche. Zurück blieb der blumige Geruch des Parfüms, das er so an ihr mochte.

Welscher zögerte noch. Ja, es wäre nur gerecht, Lars endlich reinen Wein einzuschenken und ihm mitzuteilen, dass er nicht mehr nach Amerika auswandern wollte. Und wären die Worte erst einmal ausgesprochen, stünde nichts mehr zwischen ihnen. Ein Befreiungsschlag, der es ermöglichte, sich Gedanken über die Zukunft zu machen. Welscher schwebte eine weitere Galerie in London vor; oder besser noch: in Berlin. Dorthin könnte er problemlos jedes Wochenende fahren oder fliegen. Sollte Lars für diese Idee nicht zu begeistern sein, wäre er auch bereit, einmal im Monat seine Überstunden zusammenzukratzen, um einige Tage am Stück in New York zu verbringen. Stressig, aber machbar. Für Kompromisse war er offen.

Der Regen klatschte in dicken Tropfen gegen die Fensterscheibe. Einige davon vereinigten sich und liefen in Schlieren am Glas hinab.

Welscher fragte sich, ob es in New York auch gerade regnete. Er nahm das Smartphone in die Hand, aktivierte das Display und hielt inne. Sein Daumen schwebte über der Wetter-App.

Ein klassischer Anfall von Prokrastination!

»Nichts da!«, brummte er und raffte all seinen Mut zusammen. Er durfte Lars nicht länger hinhalten. Er stand auf, drückte den Rücken durch, räusperte sich und wählte mit zittrigen Fingern, aber entschlossen seine Nummer.

Zwanzig Minuten später klopfte Welscher an Maila Aaltos Zimmertür.

»Komm rein«, rief sie.

Er drückte die Tür auf.

Sie lag auf dem Bett, richtete sich aber hastig auf, als sie ihn sah. »Was ist passiert?«

In dem Moment brachen bei Welscher alle Dämme. Er schluchzte auf und zitterte am ganzen Körper.

Maila kam zu ihm, umarmte ihn tröstend. »Es ist aus, oder?«

»Ja.«

»Echt? Unglaublich. Das hatte ich nicht erwartet. Fernbeziehungen sind doch heutzutage nicht mehr ungewöhnlich. Das machen doch ...«

»Bob!«, unterbrach er sie. »Es ist nicht, weil ich ... es ist wegen *ihm*!«

»Bob?«

»Sein Verleger.«

»Und jetzt ... äh ... mehr als das?«

Welscher konnte nicht weiterreden. Seine Kehle war wie zugeschnürt, daher nickte er nur.

Maila Aalto führte ihn zum Bett. »Hier. Leg dich hin.«

Welscher ließ es widerstandslos mit sich geschehen. Er streckte sich aus, rollte sich in Embryonalhaltung zusammen und ergab sich endgültig seinen Emotionen. Er weinte. Maila legte sich zu ihm und streichelte seinen Rücken.

So lagen sie eine Weile. Welscher war froh, jetzt nicht allein zu sein. Er schämte sich nicht seiner Tränen, und Maila strahlte eine angenehme Wärme aus, die ihn beruhigte. Der Tränenstrom versiegte, und er spürte, dass er trotz der Umstände schläfrig wurde.

Maila Aalto legte von hinten den Arm um seine Hüfte und schob sich näher an ihn heran. »Du wirst darüber hinwegkommen«, flüsterte sie, doch Welscher stoppte sie mit einem lang gezogenen »Psssscht«. Er fühlte sich noch nicht bereit dazu, Aufmunterungen entgegenzunehmen.

»Okay«, hauchte sie.

Welschers Augen fielen zu, der Schlaf griff nach ihm, hüllte seine verletzte Seele in eine weiche Decke. Er fühlte sich ausgelaugt und leer, daher kämpfte er nicht dagegen an.

»Ich liebe dich«, murmelte Maila Aalto.

Doch Welscher hörte es nicht mehr. Er war bereits eingeschlafen.

Fischbach saß auf seinem Hocker an der Werkbank der Werkstatt, die Tür zum Garten stand offen. Er legte den Tank zur Seite, den er gerade abschliff, und schaute den Schweinen Lady Grunz und Schnüffel zu, wie sie den vom Regen aufgeweichten Boden umpflügten. Die Tiere schienen sich dabei pudelwohl zu fühlen, grunzten zufrieden und verschlangen einen Regenwurm nach dem anderen.

Mit verschränkten Armen genoss er den Augenblick.

Wieder mal hieß es: Fall gelöst, nein, genau genommen zwei Fälle sogar. Der Kollege Welscher blieb der Eifel erhalten, Sigrid und ihm ging es gesundheitlich wie finanziell einwandfrei. Und es waren keine sonstigen Komplikationen am Horizont zu erkennen. Alles bestens also. Doch das Wohlbefinden konnte noch gesteigert werden.

Fischbach lächelte. Er stand auf und legte eine CD mit Schlagern aus den Siebzigern in seinen Player. Es ertönte Chris Roberts mit »Du kannst nicht immer siebzehn sein«.

Fischbach nahm den Tank, schmirgelte los und sang unmelodisch, jedoch begeistert mit.

So in Fahrt gekommen, ging ihm die Arbeit leicht von der Hand. Der alte Lack schien sich quasi in Luft aufzulösen. Als Tony Holiday dann den Samba tanzte, wurde Fischbach übermütig. Er hielt den Tank im Arm, als wäre er eine Tanzpartnerin, und wirbelte lachend leichten Fußes durch die Werkstatt. Gänzlich fort waren die schwarzen Wolken, die immer noch allzu oft seine Seele beschatteten.

Das Lied endete. Ein wenig außer Atem, hob er den Tank auf Augenhöhe, verbeugte sich leicht und sagte: »Vielen Dank für den Tanz, wertes Fräulein.«

Er stutzte, als der mattsilbrig glänzende Behälter vermeintlich antwortete: »›Fräulein‹ sagt man schon lange nicht mehr.«

Sigrid stand mit finsterer Miene im Türrahmen und hielt ihm das Telefon hin. »Für dich.«

Fischbach legte den Tank weg und nahm seiner Frau das Gerät ab. »Die Wache?«, fragte er unschuldig, wohl wissend, dass Sigrid dann nicht so aussähe, als würde sie am liebsten jemanden – ihn – erwürgen wollen.

»Nein. Es ist Frau Grießhagen.« Sie wollte sich umdrehen und ihn allein lassen, doch Fischbach stoppte sie mit einem beherzten Griff. Dann hob er das Telefon ans Ohr und meldete sich.

»Schön, dass ich Sie erreiche, Herr Fischbach«, sagte Franziska Grießhagen gurrend.

»Was kann ich für Sie tun?«

»Ich wollte Sie einladen.«

»Einladen?«

»Genau. Und dabei besser kennenlernen. Wie wäre es mit heute Abend um acht. Zum Essen? Bei mir?«

Fischbach seufzte stumm. »Frau Grießhagen …«

»Sagen Sie doch Franziska zu mir.« Sie lachte glockenhell. »Oder Franzi, dass wäre mir noch lieber.«

»Frau Grießhagen«, setzte Fischbach erneut an, »ich bin glücklich verheiratet.« Er sah Sigrid fest in die Augen. »Und ich liebe, verehre und vergöttere meine Frau noch so wie am Tag unseres Kennenlernens, als ich mich auf den ersten Blick in sie verliebt habe.« Zufrieden bemerkte er, wie Sigrids Miene weich wurde. Sie umarmte ihn und lehnte den Kopf an seine Brust.

Nach einem Moment der Stille kam ein verlegenes »Oh« aus der Leitung. Franziska Grießhagen räusperte sich. »Ich hatte gedacht … gehofft … gewünscht … ach, egal. Sie sehen also keine Chance, dass wir beide …«

»Nein, tut mir leid«, fiel ihr Fischbach rigoros ins Wort. Kurz fragte er sich, ob das nicht zu taktlos gewesen war. Franziska Grießhagen war gebildet und attraktiv. Er bewunderte ihren Mut, ihn anzurufen und um eine Verabredung zu bitten. Sicherlich hatte es sie Überwindung gekostet. Das hätte er ihr sagen können, um sie ein wenig über den Korb hinwegzutrösten. Doch er wollte das Gespräch nicht unnötig in die Länge ziehen. Sigrid hatte begonnen, seine Ohrläppchen zu streicheln, was er sehr mochte. Das konnte nur eins bedeuten … und die Vorfreude darauf ließ ihn wortkarg werden. Daher war er froh, dass Franziska Grießhagen ihn nicht weiter drängte, sondern sich rasch verabschiedete.

Er legte das Telefon auf die Werkbank und vergrub die Nase in Sigrids Haaren, die angenehm nach Pfirsich dufteten. »Das wäre endgültig erledigt«, sagte er.

Sie schlüpfte unter seinem Arm hindurch und zog ihn an der Hand hinter sich her. »Wurde aber auch Zeit. Sind noch weitere Frauen hinter dir her, von denen ich wissen müsste?«, neckte sie ihn.

Fischbach stolperte mit ihr ins Freie. »Nicht dass ich wüsste. Bin doch kein Schwerenöter.«

»Versprochen?«

Er lachte. »Versprochen.«

Sie waren unter dem Vordach angekommen, da hörte Fischbach jemanden rufen.

»Hallo?«

Sie stoppten und sahen zum Tor. Dort stand eine junge Frau. In der Hand hielt sie eine Reisetasche. Sie wirkte unsicher, so als wüsste sie nicht recht, ob sie stören durfte.

Fischbach ging zu ihr. »Guten Tag. Kann ich Ihnen irgendwie behilflich sein?«

Ihr Blick wanderte zum Namensschild am Briefkasten. »Fischbach?«

»Ja, genau.«

Die Frau nickte langsam. »Vorname.«

Fischbach musterte sie verdutzt. Was sollte das werden? War die junge Frau krank? Nicht klar bei Verstand? Orientierungslos etwa? »Horst und Sigrid«, gab er Auskunft. Sollte diese Person jedoch auf die Idee kommen, ihn weiter auszufragen, würde er dem eine Ende setzen. Zumindest so lange, bis sie erklärt hatte, was sie hier wollte.

Die Frau nickte wieder. Jetzt wirkte sie aufgeregt. »Polizeibeamter?«, fragte sie.

Fischbach wurde es zu bunt. Doch ehe er dazu ansetzen konnte, mit der Frau ein ernstes Wörtchen zu reden, antwortete Sigrid: »Mein Mann ist bei der Kriminalpolizei. Benötigen Sie Hilfe? Wollen Sie sich ihm anvertrauen?«

Daran hatte Fischbach gar nicht gedacht. Seine Frau besaß eindeutig mehr Empathie als er.

Ein schüchternes Lächeln huschte über das Gesicht der jungen Frau. Sie strahlte Fischbach aus glücklich leuchtenden Augen an und schien gar nicht gehört zu haben, was Sigrid gefragt hatte. »Dann ist es wahr.«

»Was ist wahr?«, wollte Fischbach wissen.

Die junge Frau wies auf ihn. »Na, dass es dich gibt.«

Entnervt sah Fischbach zum Himmel. »Ehrlich, ich komme da nicht mehr mit. Warum sollte es mich nicht geben? Und jetzt sagen Sie mir endlich, wer Sie sind.«

Die Frau schlug die Hand vor den Mund und riss erschrocken die Augen auf. »Verzeihung, stimmt, ich habe mich noch gar nicht vorgestellt.«

Etwas milder gestimmt sagte Fischbach: »Das können Sie ja jetzt nachholen.«

Sie nickte heftig. »Selbstverständlich, wie unhöflich von mir.«

Fischbach winkte ab. »Kein Thema mehr. Aber jetzt raus mit der Sprache.«

»Also, ich komme aus Köln und …« Sie brach ab, schüttelte unwillig den Kopf. »Ach, das können wir später klären. Wichtig ist jetzt nur eins.« Sie legte sich eine Hand auf die Brust, sah Fischbach fest in die Augen und sagte feierlich: »Ich bin deine Tochter.«

Rezepte

Pellkartoffeln mit Eifeler Eiersoße

Zutaten (4 Personen):

12 Eier (hart gekocht)
150 g saure Sahne
2 TL Senf
1 TL Zucker
2 EL Zitronensaft
4 EL frische Kräuter
100 ml Öl
Salz und Pfeffer
1,5 kg Kartoffeln (festkochend)

Die Eier pellen und halbieren. Eigelb in einen hohen Rührbecher geben, Eiweiß klein schneiden und hinzufügen. Dabei etwas Eiweiß zurückbehalten. Saure Sahne, Senf, Zucker und Zitronensaft dazugeben. Die Kräuter hacken und die Hälfte zum Eiermix geben, alles mit einem Stabmixer fein pürieren. Dabei das Öl langsam zugießen, bis die Soße cremig ist. Mit Salz und Pfeffer abschmecken. In eine Schüssel umfüllen und im Kühlschrank ein paar Stunden ziehen lassen. Vor dem Servieren mit den restlichen Kräutern und dem gehackten Eiweiß bestreuen. Kartoffeln waschen und mit der Schale in Salzwasser circa 20 Minuten gar kochen. Die Kartoffeln abgießen, kurz ausdämpfen lassen, pellen und mit der Eiersoße anrichten.

Püfferche

Zutaten (4 Personen):

100 g Rosinen
500 g Äpfel
3 Eier
1 Prise Salz
100 g Zucker
100 g Butter
½ Päckchen Backpulver
350 g Mehl
100 g Speisestärke
500 ml Milch
Butter zum Braten
Vanilleeis

Rosinen waschen, gut abtropfen lassen. Äpfel schälen, vierteln, entkernen und in kleine Würfel schneiden. Eier trennen und das Eiweiß steif schlagen. Eigelb mit Salz, Zucker und Butter schaumig rühren. Backpulver, Mehl und Speisestärke mischen und mit der Milch verrühren. Rosinen, Äpfel und zuletzt den Eischnee unter den Teig heben. In einer Pfanne Butter erhitzen und darin kleine goldgelbe Püfferche backen. Dazu Vanilleeis servieren.

Milchreisfladen

Zutaten (10 Portionen):

Milchreis:
500 ml Vollmilch
500 ml Sahne
25 g Butter
220 g Milchreis
220 g Zucker
½ TL Zimt
2 Eier
2 Eigelb

Hefeteig:
25 g Butter
10 g Trockenhefe
125 ml Milch
250 g Mehl (Typ 550)
1 Prise Salz
50 g Zucker
1 Ei

Für den Milchreis Milch, Sahne und Butter aufkochen. Reis darin bei schwacher Hitze circa 45 Minuten ausquellen lassen. Zucker und Zimt hinzufügen, auskühlen lassen. Eier und Eigelb unterrühren.

Für den Hefeteig Butter schmelzen. Hefe in lauwarmer Milch auflösen. Mehl mit der Prise Salz in eine Schüssel geben, in der Mitte eine Mulde formen. Zucker und Milch-Hefe-Mischung hineingeben, mit etwas Mehl vom Rand bestreuen. Etwa 10 Minuten gehen lassen. Die zerlassene Butter und das Ei zu den übrigen Zutaten geben und den Teig für 10 Minuten gut durchkneten. An einem warmen Ort mindestens 60 Minuten abgedeckt gehen lassen, bis sich der Teig etwa verdoppelt hat. Teig auf einem Stück Backpapier ausrollen und mit dem Papier in eine Backform geben, den Rand hochziehen. Den Backofen auf 170 Grad Umluft vorheizen. Den Milchreis auf den Teig geben und circa 45–60 Minuten backen, bei Bedarf mit Alufolie abdecken. Vor dem Verzehr komplett abkühlen lassen.

Eifeler Nudelsalat

Zutaten (4 Personen):

250 g Minimakkaroni
210 g geröstete Paprika (aus dem Glas)
250 g Kirschtomaten
2 Scheiben Eifeler Schwarzbrot
4 EL Öl
300 g Hackfleisch
200 g Joghurt
1 EL Apfelessig
1 EL Zucker
2 EL Schnittlauchröllchen
Salz, Pfeffer

Makkaroni nach Packungsanweisung kochen, abgießen und kalt abspülen. Paprika abtropfen lassen und klein schneiden. Kirschtomaten waschen und halbieren. Schwarzbrot zerkrümeln und mit 2 EL Öl in einer Pfanne anrösten und herausnehmen. Das restliche Öl in die Pfanne geben und das Hackfleisch darin krümelig braten. Joghurt, Essig, Zucker und Schnittlauchröllchen verrühren, mit Salz und Pfeffer abschmecken. Makkaroni, Paprika, Tomaten, Hackfleisch und Dressing miteinander verrühren. Den Nudelsalat mit den Schwarzbrotkrümeln garnieren.

Eifeler Berge

Zutaten (8 Personen):

100 g gehobelte Mandeln
Butter
1 EL Zucker
600 ml Sahne
4 TL Puderzucker
100 g Baiser
300 g TK-Himbeeren

Die gehobelten Mandeln mit etwas Butter und dem Zucker in einer Pfanne goldbraun rösten und abkühlen lassen. Sahne mit Puderzucker steif schlagen. Baiser zerkleinern, unter die Sahne heben und die Masse in eine Schüssel geben. Die gefrorenen Himbeeren darauf verteilen und mit den Mandeln bedecken. Das Dessert vor dem Verzehr für etwa 2 Stunden in den Kühlschrank stellen.

Gräwes

Zutaten (4 Personen):

2 Äpfel
125 g Speckwürfel
500 g Sauerkraut
1 Lorbeerblatt
5 Wacholderbeeren
1 TL Kümmel
250 ml Riesling
700 g Kartoffeln (mehligkochend)
150 ml Milch
30 g Butter
Salz, Pfeffer, Muskatnuss
2 Zwiebeln
2 TL Rapsöl
4 Mettwürste

Äpfel schälen, entkernen und würfeln. Speckwürfel in einem Topf glasig braten. Sauerkraut, Apfelwürfel, Lorbeerblatt, Wacholderbeeren und Kümmel dazugeben, mit Riesling aufgießen. Zugedeckt bei milder Hitze etwa 60 Minuten garen. In der Zwischenzeit die Kartoffeln waschen, schälen und in groben Stücken in Salzwasser 20 Minuten garen, anschließend das Wasser abgießen. Milch mit der Butter erhitzen, die Kartoffeln zerstampfen, die Milchmischung zufügen und unterrühren. Mit Salz, Pfeffer und Muskatnuss abschmecken. Zwiebeln in Ringe schneiden und mit dem Rapsöl in einer Pfanne goldbraun braten. Sauerkraut und Püree mischen, die gebratenen Zwiebeln darübergeben und mit gebratenen Mettwürsten servieren.

Eifeler Bohnensuppe

Zutaten (4 Personen):

500 g Buschbohnen
4 Möhren
500 g Kartoffeln (vorwiegend festkochend)
100 g Zwiebeln
Butter
200 g Speckwürfel oder Mettwurst
200 ml Brühe
200 ml Sahne
1000 ml Buttermilch
Salz, Pfeffer, Bohnenkraut

Bohnen und Möhren putzen, klein schneiden und in Salzwasser garen. Anschließend beiseitestellen. Kartoffeln schälen, klein schneiden, kochen und abgießen. Zwiebeln würfeln und in einer Pfanne in Butter anschwitzen, die Speckwürfel oder die klein geschnittene Mettwurst dazugeben.
Die Kartoffeln im Topf zerstampfen, die Zwiebeln mit Speck oder Mettwurst hinzugeben und mit Brühe auffüllen. Danach die Bohnen und Möhren hinzufügen. Ein paar Minuten ziehen lassen, die Sahne unterrühren und nochmals ziehen lassen. Nun die Hitze reduzieren und die Buttermilch einrühren. Die Suppe sollte jetzt nicht mehr kochen, sonst flockt die Buttermilch aus. Mit Salz, Pfeffer und Bohnenkraut abschmecken.

Grießschnitten mit roter Grütze und Vanillesoße

Zutaten (4 Personen):

Rote Grütze:
125 ml Wasser
500 g gemischte Beeren und Kirschen
1 Päckchen Vanillezucker
80 g Zucker
2 EL Zitronensaft
40 g Speisestärke
250 ml Rotwein

Vanillesoße:
½ Päckchen Vanillepuddingpulver
3 EL Zucker
500 ml Milch

Grießschnitten:
500 ml Milch
100 g Hartweizengrieß
50 g Zucker
50 g flüssige Butter
2 Eier
100 g Paniermehl
Butterschmalz zum Braten
Zimt und Zucker

Für die rote Grütze Wasser, Obst, Vanillezucker, Zucker und Zitronensaft in einen Topf geben und bei geschlossenem Deckel etwa 10 Minuten garen. Speisestärke mit Rotwein glatt rühren, zu den köchelnden Beeren geben und alles noch mal kurz aufkochen.

Für die Vanillesoße Puddingpulver zusammen mit dem Zucker laut Packungsanweisung anrühren. Danach die Milch aufkochen, den Topf vom Herd nehmen und das Puddingpulver einrühren. Anschließend wieder aufsetzen und noch 1 Minute weiterköcheln lassen.

Für die Grießschnitten Milch aufkochen und den Grieß langsam einrühren. Zucker dazugeben und mit der flüssigen Butter vermischen. Alles kurz aufkochen lassen. Den Brei in eine gefettete Auflaufform gießen, glatt streichen und circa 2 Stunden abgedeckt kalt stellen. Den Grießbrei aus der Form auf ein feuchtes Brett stürzen und in Quadrate schneiden. Eier in einem tiefen Teller verquirlen, das Paniermehl ebenfalls in einen tiefen Teller geben. Die Teigquadrate zuerst im Ei und danach im Paniermehl wälzen und gut andrücken. In heißem Butterschmalz goldgelb ausbacken, mit Zimt und Zucker bestreuen und mit roter Grütze und Vanillesoße servieren.

Die Kriminalromane von Erfolgsautor Rudolf Jagusch im Überblick

Alle Titel sind auch als eBook erhältlich.

Hotte-Fischbach-Reihe:

Eifelbaron
ISBN 978-3-89705-884-2

Eifelheiler
ISBN 978-3-89705-983-2

Eifelteufel
ISBN 978-3-95451-155-6

Eifelmonster
ISBN 978-3-95451-778-7

Eifelherz
ISBN 978-3-7408-1130-3

Weitere Kriminalromane:

Die Sau ist tot
ISBN 978-3-95451-461-8

111er-Reihe:

Susanne und Rudolf Jagusch
111 Dinge über Schweine, die man wissen muss
ISBN 978-3-7408-0990-4